Ben Kryst Tomasson

SYLTER BLUT

atb aufbau taschenbuch

BEN KRYST TOMASSON, geboren 1969 in Bremerhaven, ist promovierter Diplom-Psychologe. Er hat einige Jahre in der Bildungsforschung gearbeitet, ehe er sich als freier Autor selbständig gemacht hat. Tomassons Leidenschaft gehört den vielschichtigen Innenwelten der Menschen und dem rauen Land zwischen Nord- und Ostsee. Wenn er nicht schreibt, verbringt er seine Zeit am liebsten mit einem guten Buch am Meer.

Mit der verdeckten Ermittlerin Kari Blom sind bei atb bereits erschienen: »Sylter Affären« und »Sylter Intrigen«.

Eine Diebesbande hat die Villen auf Sylt im Visier und
volle Schmuckstücke. Als einer der Einbrecher er
übernehmen Hauptkommissar Jonas Voss und Kri
sarin Hannah Behrends die Ermittlungen. Schnell
eine Spur, die in ein Sylter Sicherheitsunternehm
einer der Mitarbeiter, die die Häuser eigentlich sc
die Diebstähle begangen? Jonas Voss und Hanr
fordern Ermittlungsunterstützung beim LKA Kiel
raschung ist groß, als die Undercover-Agentin sich a
entpuppt – die Jonas Voss gewaltig den Kopf verdreht

BEN KRYST TOMASSON

SYLTER BLUT

KRIMINALROMAN

aufbau taschenbuch

1.

Die alten Damen liefen im Gänsemarsch durch den Garten. Es war eine klare Nacht, am Himmel funkelten die Sterne, und der Wind trug den salzigen Geruch des Meeres herüber. Im Osten wurde es langsam hell.

Fanny Riepenhusen zog die Kapuze ihrer Regenjacke vom Kopf und suchte in den Taschen nach dem Schlüssel für die Terrassentür. Sie tastete nach dem Lichtschalter, und die Lampe neben der Markise flammte auf und warf ihr gelbes Licht auf die roten Terracottafliesen und den frisch gemähten Rasen. Dahinter lag der Garten, der zu der reetgedeckten Villa gehörte, einem der älteren und bescheideneren Anwesen im mittlerweile mondänen Kampen.

»Zieht bloß die dreckigen Stiefel aus«, sagte sie zu den Frauen, die ihr folgten. »Da im Regal stehen Pantoffeln. Ich habe gerade erst den Teppich reinigen lassen.«

Sie wandte sich wieder der Tür zu und hob die Hand, in der sie den Schlüssel hielt. Im nächsten Moment stieß sie einen erstickten Schrei aus. Direkt neben dem Türgriff klaffte ein Loch im Glas, eine kreisrunde Öffnung, groß genug, um hineingreifen und die Tür öffnen zu können.

»Ach du liebe Zeit!« Witta Claaßen, unter deren Kappe weiße Dauerwellen hervorlugten, schlug eine Hand vor den Mund. »Sag nicht, da ist jemand eingebrochen.«

Grethe Aldag zog die Augenbrauen zusammen. Sie war die Einzige, die keine Kopfbedeckung trug und ihre eisgrauen Haare dem Wind ausgesetzt hatte. »Genau so sieht's aber aus«, konstatierte sie.

Marijke Meenken beugte sich neugierig vor. »Das waren Profis«, befand sie. »Die haben einfach ein Stück der Scheibe mit dem Glasschneider herausgetrennt.« Sie griff nach der Klinke und zog die Terrassentür auf.

Witta erwischte sie am Arm. »Marijke! Du willst doch da nicht reingehen? Was ist denn, wenn die Einbrecher noch da sind?«

Fanny, immer noch mit dem Schlüssel in der erhobenen Hand, keuchte erschrocken auf. »Um Himmels willen!«

Marijke schob ihre Kapuze von den grauen Locken und kramte ihre Taschenlampe hervor, ein großes und schweres Gerät, das nicht nur ein hervorragendes Licht machte, sondern sich nötigenfalls auch zum Zuschlagen eignete. »Die werden die Beine in die Hand nehmen«, prognostizierte sie und betrat entschlossen das dunkle Wohnzimmer. »Immerhin sind wir zu fünft.«

Angst hatte sie, wie sie interessiert feststellte, nicht. Vielleicht, weil sie nicht wirklich glaubte, dass im Inneren des Hauses eine Gefahr lauerte. Womöglich aber auch, weil sie einfach zu alt dafür war. Sie hatte in ihrem Leben weiß Gott schwierigere und gefährlichere Situationen bewältigt.

Grethe, seit jeher furchtlos und zupackend, folgte ihr umgehend, und auch Alma Grieger, die alle unschönen Seiten des Lebens mit Zuckerguss versüßte, wollte nicht zurückstehen. Nur Witta, schon in der gemeinsamen Schulzeit ein Hasenfuß, rang weiter die Hände.

»Wir sollten lieber die Polizei rufen«, schlug sie flüsternd vor, als fürchtete sie, im nächsten Moment von den Ganoven entdeckt und niedergestreckt zu werden.

»Tu das«, entgegnete Marijke freundlich. »Ich habe mein Handy nicht dabei.«

Für einen Augenblick wurde die Sorge auf Wittas Gesicht

von einer anderen Emotion abgelöst. »Das machst du doch mit Absicht«, beschwerte sie sich und vergaß dabei, ihre Stimme zu senken. »Damit du die Telefongebühren sparen kannst.«

Marijke verdrehte die Augen. Aber sie kannte ihre Freundin ja nicht anders. Unter allen negativen Gemütsbewegungen, von denen Witta Claaßen beherrscht wurde, rangierte der Geiz an oberster Stelle.

»Mädels!« Alma, die ihre orangerot gefärbten Haare mittlerweile ebenfalls von der Kapuze befreit hatte, wedelte mit den Armen. »Jetzt hört doch damit auf. Wir haben im Moment wirklich andere Sorgen.«

Marijke, die ihrer Freundin nur zustimmen konnte, schaltete die Taschenlampe ein und ließ den Lichtstrahl durch Fannys Wohnzimmer wandern. Er erfasste einen hellen Tisch und eine cremefarbene Couchgarnitur, ein Bücherregal und einen aus rötlichen Steinen gemauerten Kamin. Gregor Riepenhusen, Fannys Mann und ehemaliger Geschäftsführer der Sylter Welle, legte Wert auf ein gediegenes Ambiente.

Grethe, die neben ihr stand, brummte verächtlich. »Das sieht alles aus wie immer«, vermerkte sie.

Fanny, die offensichtlich nicht tatenlos zusehen wollte, wie ihre Freundinnen ihr Haus durchsuchten, lief an ihnen vorbei. Dass sie dabei dunkle Flecken auf dem weißen Flokati hinterließ, bemerkte sie nicht. Marijke dachte kurz darüber nach, ob zumindest sie ihre Gummistiefel ausziehen sollte, entschied sich aber dagegen. Einem möglichen Einbrecher auf Strümpfen gegenüberzutreten, schwächte die eigene Position unnötig.

Sie warf einen Blick zurück auf die Terrasse, wo Witta gerade ihr Seniorenhandy mit dem großen Bedienfeld hervorzog und mit zusammengekniffenen Augen darauf starrte. Wenn sie es schaffte, die Tasten Eins und Null zu finden, würde die Polizei in wenigen Minuten hier sein.

Fanny strebte auf die Tür zum Flur zu.

»Die Briefmarken!«, rief sie dabei. »Gregor kriegt einen Herzinfarkt, wenn die weg sind.«

Was sehr unglücklich wäre, denn tatsächlich hatte er eben erst einen solchen erlitten und befand sich derzeit zur Kur in Mitteldeutschland.

»Ich dachte, ihr habt 'nen Tresor?«, erkundigte sich Grethe, ohne ihre mangelnde Wertschätzung für das Hobby von Fannys Gatten verbergen zu können.

»Sicher.« Fanny hielt kurz inne und drehte sich zu Grethe um. »Aber wenn das Profis waren ... Und da sind ja nicht nur die Briefmarken drin, sondern auch der Familienschmuck von Gregors Mutter. Da sind ein paar wirklich wertvolle Stücke dabei.« Sie griff sich an den Hals. »Wenn ich doch bloß die Perlenkette umgelegt hätte«, klagte sie.

»Wer trägt denn 'ne Kette zum Vogelbeobachten?«, knurrte Grethe.

»Ich meine ja nur«, Fanny wandte sich wieder der Tür zum Flur zu, »wenn ich sie tragen würde, wäre sie jetzt nicht weg.«

»Du weißt doch noch gar nicht, ob se weg is«, stellte Grethe richtig.

»Nein.« Fanny öffnete die Tür. »Aber wenn die Einbrecher den Tresor gefunden haben ...« Sie führte den Satz nicht zu Ende, sondern erstarrte mitten in der Bewegung. Ihr Mund blieb offen stehen, doch es drang kein Laut heraus.

»Was is nu wieder?«, erkundigte sich Grethe. »Hast du 'n Gespenst gesehen?« Marijke schob sich an Fanny vorbei und richtete den Lichtkegel ihrer Taschenlampe auf das dunkle Bündel, das am Fuß der Treppe lag. Es war ein Mensch, komplett in Schwarz gekleidet, mit einer Sturmhaube über dem

Kopf, wie sie Motorradfahrer als Schutz vor Kälte unter dem Helm trugen. Er lag in einer dunklen Pfütze. Erst als Marijke das kleine Loch in seinem Pullover bemerkte, begriff sie, dass es Blut war.

»Nein«, sagte sie und drehte sich zu Grethe um, verwundert darüber, dass sie nicht schrie und ihr Herz nicht raste. Stattdessen empfand sie eine seltsame Distanz, als wäre das alles nur ein böser Traum. »Kein Gespenst. Eine Leiche.«

2.

Jonas Voss schreckte hoch, weil er ein dumpfes Klingeln hörte. Er richtete sich auf und stöhnte unwillkürlich, als ein scharfer Schmerz durch seinen Kopf schoss. Er hatte am Abend zu viel getrunken, wieder einmal. Seit dem letzten Sommer griff er öfter zur Flasche, als ihm guttat. Seit Kari Blom wieder verschwunden war. Seit sie ihn zum zweiten Mal verlassen hatte.

Er wälzte sich aus dem Bett und taumelte die Stufen ins Wohnzimmer hinunter. Wie so oft in den letzten Monaten sah es aus, als wäre ein Sturm hindurchgefegt.

Voss watete zwischen Sofakissen, dem Lego-Nachbau einer mittelalterlichen Schlacht und den Greenpeace-Broschüren hindurch, in denen Finja zur Vorbereitung ihres Referats über die Gefährdung der Meere gelesen hatte. Dabei hatte er am gestrigen Abend eigentlich für Ordnung sorgen wollen, nachdem er Jasper und Finja bei Schulfreunden zu einer Übernachtungsparty abgesetzt hatte. Aber dann war er doch vor dem Fernseher versackt. Und eine Haushaltshilfe gab es nicht mehr.

Olivia Fernandez, das spanische Au-pair-Mädchen, das zwei Jahre bei ihnen gelebt hatte, war nach ihrem Herbsturlaub in der Heimat nicht zurückgekehrt. Sie hatte sich in einen jungen Mann verliebt und war ihm nach Sevilla gefolgt, wo er studierte und sie ihren Schulabschluss nachholen wollte. Eine vernünftige Entscheidung, soweit sie Olivias Lebensweg betraf, aber eine Katastrophe für Jonas. Wenn er ehrlich war, konnte er seine beruflichen Fälle als Kriminalhauptkommissar weitaus besser lösen als die Probleme eines alleinerziehenden Vaters.

In den letzten Monaten hatte er eine ganze Reihe von Kindermädchen engagiert. Die eine Hälfte hatte aufgegeben, weil Jasper sie nicht gemocht hatte und ihnen so lange auf die Nerven gegangen war, bis sie die Arbeit hinwarfen. Und die andere Hälfte war von Finja vergrault worden, die sich mit ihren dreizehn Jahren für erwachsen genug hielt, um allein auf sich und ihren drei Jahre jüngeren Bruder aufzupassen. Hätte Jonas' Vater, Opa Redlef, nicht ab und an ausgeholfen, hätte Voss längst Schiffbruch erlitten. Aber auf die Dauer konnte es so nicht weitergehen.

Er fand das klingelnde Telefon zwischen zwei Sofakissen und nahm das Gespräch an. Während er sich anhörte, was seine Kollegin Hannah Behrends zu berichten hatte, verstärkten sich seine Kopfschmerzen.

Es hatte wieder einmal ein Einbruch in eine Kampener Villa stattgefunden. Doch dieses Mal waren nicht nur Geld und teurer Schmuck entwendet worden. Dieses Mal gab es auch einen Toten.

▪ ▪ ▪

Als er eine halbe Stunde später seinen rostigen Passat vor dem Grundstück im Brönshooger Weg abstellte, waren die Rechtsmedizinerin aus Kiel und die Kollegen von der Spurensicherung aus Flensburg bereits vor Ort. Offenbar hatte er nicht zu den Ersten gehört, die informiert worden waren.

Die Haustür der reetgedeckten Villa öffnete sich, und Voss' Kollegin Hannah Behrends trat heraus. Sie streifte ungeduldig den weißen Tyvek-Anzug ab, der zum Betreten eines Tatorts nötig war. Darunter trug sie Jeans und Turnschuhe und einen roten Pullover, der ebenso leuchtete wie unter dem blonden Bob ihre blauen Augen. Vermutlich, weil sie im Gegensatz zu ihm Fälle liebte, die spannender waren als der Diebstahl von Fahrrädern und Handtaschen.

»Endlich«, sagte sie und betrachtete ihn stirnrunzelnd. »Ich habe drei Stunden lang versucht, dich zu erreichen.«

Jonas Voss konnte an ihrem Blick ablesen, dass er genauso zerschlagen aussah, wie er sich fühlte. Er hatte nicht die Energie aufgebracht, sich zu rasieren, und seine wirren braunen Haare hatten sich den Bemühungen, sie mit der Bürste zu bändigen, erfolgreich widersetzt. Er schob die Ärmel seiner abgewetzten Lederjacke nach oben und dachte, dass er sich wirklich zusammenreißen musste. Andernfalls würde er über kurz oder lang wie ein Penner herumlaufen.

»Ich habe das Telefon nicht gehört«, sagte er lahm. »Es lag unter den Sofakissen.«

Hannah lächelte ihn an. »Wenn du Hilfe brauchst ... zu Hause oder mit den Kindern ...«

Sie sprach nicht weiter, aber Voss verstand die Botschaft auch so. Hannah ließ seit Jahren keinen Zweifel daran, dass sie ihn mochte und gerne den Platz der Frau einnehmen würde, die in seinem Leben fehlte. Und vielleicht hätte er ihr sogar eine Chance gegeben – wäre da nicht Kari Blom gewesen. Kari, die ihm im Sommer vor zwei Jahren sein Herz geraubt hatte, als sie für die Recherchen zu einem Buch über einen Sylter Bauunternehmer auf die Insel gekommen war. Kari, die angeblich Schriftstellerin war, im letzten Jahr aber an der Kasse eines Delikatessenmarkts gearbeitet hatte und beide Male in die spektakulären Mordfälle verwickelt gewesen war, in denen Voss und Hannah ermittelt hatten. Und jedes Mal, wenn der Täter gefasst war und er geglaubt hatte, es könnte eine Chance für sie beide geben, war sie einfach verschwunden.

Jonas Voss schüttelte den Gedanken ab. Wenn er sein Leben wieder in den Griff bekommen wollte, war der erste und wichtigste Schritt, sich Kari endlich aus dem Kopf zu schlagen.

»Was ist denn passiert?«, erkundigte er sich.

Hannah stellte ihr Lächeln ein und zog stattdessen ihr iPad hervor.

»Wieder ein Einbruch«, sagte sie sachlich, ohne sich ihre Enttäuschung über Voss' Zurückweisung anmerken zu lassen. »Das Haus gehört Gregor und Fanny Riepenhusen«, erläuterte sie. »Riepenhusen ist der ehemalige Geschäftsführer der Sylter Welle. Die Einbrecher haben mit einem Glasschneider ein Loch in die Terrassentür geschnitten und sich darüber Zutritt verschafft. Sie haben im Arbeitszimmer des Hausherrn etliche Schubladen durchwühlt und den Tresor aufgebrochen. Wir haben gerade Fotos gemacht, damit die Besitzer sehen können, ob etwas fehlt. Der Tresor ist jedenfalls leer.« Sie hielt ihm das iPad hin, und er sah auf dem Display eine massive Stahltür mit einem Tastenfeld.

»Wie haben die den aufgekriegt?«, erkundigte er sich. »Wissen die Kollegen das schon?«

»Ja, allerdings.« Hannah schnitt eine Grimasse. »Auf die denkbar einfachste Art, die du dir vorstellen kannst. Die Diebe haben die Tasten mit Fingerabdruckpulver bestäubt. Dadurch kann man sehen, welche Ziffern benutzt worden sind und welche nicht. Wenn man weiß, wie viele Stellen der Code bei dem Tresormodell hat – was man problemlos im Internet nachlesen kann –, bleiben nicht viele mögliche Zahlenkombinationen übrig. Die hat man schnell durchprobiert.«

Jonas Voss verspürte widerwilligen Respekt und schnalzte mit der Zunge.

»Clever. Und dann?«

»Dann ist es möglicherweise zum Streit gekommen. Jedenfalls liegt einer der Einbrecher tot im Flur. Erschossen.«

Jonas Voss blickte zum Haus. »Spuren?«

»Bisher nicht.«

»Und wer hat den Toten gefunden?«

»Fanny Riepenhusen. Sie war mit ein paar Freundinnen auf einer Nachtwanderung an der Odde, um Vögel zu beobachten.« Erneut stahl sich ein Lächeln auf Hannahs Lippen. »Wir kennen die Damen übrigens. Sie gehören alle zum Sylter Häkelclub. Neben Fanny waren es«, sie warf einen Blick auf die Liste, die sie auf ihrem iPad erstellt hatte, »Witta Claaßen, Alma Grieger, Grethe Aldag und Marijke Meenken.«

Voss spürte, wie ihn widersprüchliche Gefühle durchzuckten, eine Mischung aus plötzlicher Sehnsucht und heftiger Abwehr. Marijke Meenken war die Frau, in deren Gartenhaus Kari während ihrer Besuche in den vergangenen beiden Jahren gewohnt hatte. Und Marijke und ihre Häkelfreundinnen hatten bei der Aufklärung der Mordfälle, in die Kari verwickelt gewesen war, kräftig mitgemischt. Unter diesen Umständen würde es nicht leichter werden, Kari zu vergessen. Oder war sie womöglich sogar wieder auf Sylt? Jonas Voss wagte nicht, danach zu fragen, weil Hannahs Laune dann vermutlich unter den Nullpunkt sinken würde.

»Hast du schon mit den Damen gesprochen?«, erkundigte er sich stattdessen.

»Nein. Nur ganz kurz mit Frau Riepenhusen.« Hannah schob ihr iPad zurück in die Tasche. »Sie sind alle ein bisschen neben der Spur. Sie brauchten erst mal einen Schnaps. Und ich dachte, wir machen das zusammen.«

Jonas Voss schaute wieder zum Haus. Einen Schnaps hätte er jetzt auch gern gehabt.

»Also dann«, sagte er.

▪ ▪ ▪

Es sah aus wie eine Gartenparty. Fast hätte Jonas Voss gelacht, als er die fünf alten Damen sah. Doch das wäre in dieser Situation wohl kaum die passende Reaktion gewesen.

Weil sie nicht ins Haus durften, um keine Spuren zu zerstören, hatten die Häkelfreundinnen den Tisch und die hölzernen Klappstühle von der Terrasse in den hinteren Teil des Gartens geschafft und die Auflagen aus dem Holzhaus geholt, in dem die Riepenhusens ihre Gartengeräte verwahrten. Sie hatten sich in Wolldecken gewickelt und die Kapuzen ihrer bunten Regenjacken über die Köpfe gestülpt. Es war noch kalt an diesem frühen Samstagmorgen, so wie an den meisten Morgen in diesem wechselhaften Frühling.

Die Frauen sahen allerdings nicht so aus, als würden sie frieren. Jede von ihnen hielt ein Schnapsglas in der Hand, und auf dem Tisch stand eine Flasche Küstennebel, in der sich kaum noch ein Daumenbreit Flüssigkeit befand. Entsprechend gelöst wirkten die Damen, als sie Jonas Voss und Hannah Behrends freundlich zuwinkten. Den Schock über den Fund des Toten hatten sie offenbar schnell überwunden. Nur die grauhaarige Frau in der grünen Regenjacke, bei der es sich um Fanny Riepenhusen handeln musste, machte einen mitgenommenen Eindruck. Schließlich war es ihr Haus, in dem der Tote gefunden worden war.

Voss schaute zur Terrassentür, über die sich die Einbrecher

Zugang verschafft hatten. Jetzt waren dort die in weiße Tyvek-Anzüge gehüllten Kollegen von der Spurensicherung am Werk und suchten nach Spuren. Einer der Männer blickte zu ihm herüber und tippte sich grüßend an die Stirn. Voss erwiderte die Geste und ging dann an der Terrasse vorbei ans Ende des Gartens.

»Hallo.« Jonas Voss blieb neben dem großen Holztisch stehen und musterte die Mitglieder des Häkelclubs. Er konnte sich noch gut an sie erinnern.

Die Frauen nahmen eilig ihre Kapuzen ab. Sie gehörten zu einer Generation, die noch Wert auf Etikette legte. Eine von ihnen stand auf und reichte ihm die Hand. Sie hatte kurze graue Locken und wache, leuchtende Augen. Marijke Meenken, Kapitänswitwe, wohnhaft in Braderup.

»Hallo, Herr Kriminalhauptkommissar Voss«, begrüßte sie ihn und wandte sich dann seiner Kollegin zu. »Und Frau Behrends, richtig?«

»Kriminalkommissarin Behrends«, korrigierte Hannah.

»Ja natürlich, Kindchen«, sagte Marijke Meenken und tätschelte ihr den Arm.

Jonas Voss verspürte schon wieder den Impuls zu lachen und wandte sich eilig den anderen Damen zu. Eine hagere Frau in einer steifen weißen Regenjacke mit einer Frisur, die an Marlene Dietrich erinnerte, rückte ihre Dauerwelle zurecht. Witta Claaßen, Kampener Landarztwitwe.

»Ich hoffe, Sie finden die Täter schnell«, näselte sie. »Man fühlt sich ja seines Lebens nicht mehr sicher.«

»Nu übertreib mal nicht«, mischte sich ihre Sitznachbarin ein. Blauer Anorak, eisgraue Haare und eine stoische Miene. Grethe Aldag, Witwe des Keitumer Klempnermeisters Etzard Aldag. »Die haben ja nicht uns angegriffen. Die murksen sich nur gegenseitig ab.«

Voss sah sie interessiert an. »Wie kommen Sie darauf?«, erkundigte er sich. »Dass der Einbrecher von einem Komplizen erschossen wurde?«

Grethe wandte ihm den Kopf zu. Voss wusste, dass sie um die achtzig war, aber ihre grauen Augen waren wach und klar wie die eines jungen Mädchens.

»Wer soll's denn sonst gewesen sein?«, entgegnete sie. »Fannys Mann Gregor ist nicht auf Sylt, und eine Pistole hat er auch nicht. Und dass zufällig irgendjemand anderes im Haus war, der einen Grund hatte, diesen Mann zu töten, ist doch wohl mehr als unwahrscheinlich.«

Jonas Voss nickte. Dasselbe hatte er auch gedacht.

Witta Claaßen griff sich an die Brust. »Schlimm genug!«, sagte sie. »Das zeigt doch, dass diese Leute skrupellos und gewaltbereit sind. Was passiert denn, wenn sich ihnen beim nächsten Mal jemand in den Weg stellt?«

Grethe machte eine wegwerfende Geste. »Da würd' ich mir keine Sorgen machen. Die geben Fersengeld und hauen ab.«

Die Landarztwitwe funkelte sie böse an. »Du hast leicht reden. Bei dir bricht ohnehin keiner ein. Da gibt es ja nichts zu holen.«

Grethe hob die Augenbrauen. »Tja. Da kannste mal sehen, dass das Bodenständige auch seine Vorteile hat.«

Witta rümpfte die Nase. Marijke Meenken ging dazwischen, ehe der Disput weiter ausarten konnte.

»Kinder!«, schimpfte sie. »Ihr benehmt euch wie ein paar dumme alte Gänse. Vielleicht denkt ihr auch mal daran, dass hier ein Mensch gestorben ist. Und dass man Fanny und Gregor bestohlen hat.« Sie blickte ihre Häkelfreundinnen auffordernd an. »Wir sollten Kommissar Voss helfen, die Ganoven zu ergreifen.«

Witta und Grethe neigten beide nicht zu übermäßiger

Selbstkritik, protestierten aber nicht. Alma Grieger, die den inneren Zirkel des Häkelclubs komplettierte, stellte ihr Schnapsglas ab und fuhr sich durch die orangerot gefärbten Haare. Sie war, wie Voss wusste, die Witwe eines Westerländer Bäckers und diejenige in der Runde, die mit ihrer guten Laune die Risse kittete.

»Wenn wir das können«, sagte sie entgegenkommend.

Hannah aktivierte die Tastatur auf ihrem iPad. »Erzählen Sie uns doch bitte genau, wie Sie den Toten gefunden haben.«

»Ach.« Almas Miene verdüsterte sich. »Das war so eine schöne Nachtwanderung. Wir waren an der Hörnum-Odde. Da haben wir letzte Woche einen Uhu entdeckt, der in einem Baum neben dem Leuchtturm sein Nest gebaut hat. Wir wollten sehen, ob es den Sturm gestern gut überstanden hat. Und ob die Uhus ihren Nachwuchs füttern.«

»Ach so?« Jonas Voss fiel wieder ein, dass die alten Frauen nicht nur gemeinsam häkelten, sondern auch begeisterte Hobby-Ornithologinnen waren.

»Alma.« Marijke Meenkens Stimme klang ungeduldig. »Ich glaube kaum, dass das für die Kommissare wichtig ist.«

»Aber *sie*«, Alma deutete auf Hannah Behrends, »hat doch gesagt, wir sollen es ganz genau erzählen.«

»Das heißt aber nicht, dass du bei Adam und Eva anfangen musst«, monierte Witta Claaßen.

Doch Alma ließ sich nicht beirren und berichtete haarklein die ganze Geschichte von der Ankunft im Garten über den versäumten Schuhwechsel bis hin zum Streit, ob man nun hineingehen oder lieber die Polizei rufen solle, und schließlich von dem mehrheitlichen Entschluss, die Sache selbst in Augenschein zu nehmen.

Voss verspürte etwas, das verdächtige Ähnlichkeit mit Zahnschmerzen hatte.

»Sie hätten das nicht tun dürfen«, tadelte er. »Vermutlich haben Sie damit den größten Teil der Fährten im Haus selbst verursacht und damit die Spuren der Täter überdeckt.«

»Oje!«, entfuhr es Marijke Meenken, und sie schaute reumütig zu Fanny Riepenhusen. »Wir hätten die Pantoffeln anziehen müssen.«

»Nein.« Voss sah die alten Damen streng an. »Sie hätten das Haus gar nicht betreten dürfen. Das ist Sache der Polizei. Frau Claaßen hat vollkommen richtig gehandelt.«

Die Augen von Witta Claaßen leuchteten auf.

Hannah warf ihrem Kollegen einen schiefen Blick zu.

»Vor allem«, ergänzte sie, an die alten Frauen gewandt, »hätten Sie das Haus nicht betreten sollen, um sich selbst nicht zu gefährden.«

Voss hüstelte ertappt. »Ja, natürlich. Die eigene Sicherheit geht immer vor.«

Witta Claaßen wandte sich ihren Häkelfreundinnen zu.

»Hab ich's euch nicht gesagt?«

»Ach was.« Grethe Aldag wischte ihren Einwand beiseite. »Wir haben uns ja nicht auf die Räuber gestürzt. Wir haben bloß mal geguckt.«

»Das war sehr leichtsinnig von Ihnen«, beharrte Hannah. »Schließlich hätten die Diebe noch im Haus sein können.«

»Einer von ihnen war auch noch drin«, bemerkte Grethe. »Aber der war tot.«

Witta kräuselte die Lippen. »Das konntet ihr aber nicht wissen.«

Marijke seufzte. »Wir waren zu viert. Und ich hatte meine Taschenlampe dabei. Die ist groß und schwer. Notfalls hätte ich sie dem Langfinger über den Schädel gezogen.«

Jonas Voss betrachtete die alte Dame und stellte fest, dass er ihr das tatsächlich zutraute. Er beschloss, die Diskussion nicht weiter fortzusetzen. Er hatte nicht das Gefühl, dass er die Häkelfrauen zur Einsicht bewegen würde, und im Augenblick gab es Dringenderes zu tun.

»Und dann?«, fragte er.

»Fanny ist plötzlich eingefallen, dass die Einbrecher in Gregors Arbeitszimmer sein könnten«, berichtete Marijke weiter. »Er hat dort einen Tresor für seine Briefmarkensammlung. Fanny hat die Tür zum Flur aufgerissen, und da hat sie den Mann entdeckt.«

Jonas Voss wandte sich an Fanny Riepenhusen, die Einzige, die bisher keinen Ton gesagt hatte.

»Was haben Sie gesehen?«

Fanny hob den Kopf, als würde sie aus einem tiefen Traum erwachen. In diesem Fall wahrscheinlich einem Alptraum.

»Nichts«, sagte sie. »Zuerst habe ich gar nichts gesehen. Nur einen dunklen Haufen. Dann ist mir klar geworden, dass es sich um einen Menschen handelt. Und dass das um seinen Körper herum Blut ist.«

Voss schaute zu Hannah, die alles, was die Frauen berichteten, auf ihrem iPad notierte.

»Der Tresor«, sagte er. »War der für jeden sichtbar oder versteckt?«

»Versteckt?« Fanny Riepenhusen schaute verwirrt. »Ach so, ja. Gregor hatte ein Bild davor gehängt. Irgendwas Abstraktes. Kandinsky, glaube ich.«

Jonas Voss schmunzelte. Es war normal, dass Menschen unter Schock nur schwer zwischen relevanten und unwichtigen Informationen unterscheiden konnten.

»Und wer wusste von diesem Tresor?«, fragte er weiter.

»Niemand!«, sagte Fanny empört. »Na ja, außer unseren Freunden natürlich. Aber die würden ja nicht mit Einbrechern gemeinsame Sache machen.«

Hannah rief ein Bild auf ihrem iPad auf und zeigte es der Hausbesitzerin.

»Können Sie erkennen, ob da irgendwas fehlt?«

»Nein.« Fanny Riepenhusen kniff die Augen zusammen. »Das sieht alles aus wie immer. Aber in den Schubladen war auch nichts Wertvolles. Das ist alles im Tresor.«

Hannah schob das Foto beiseite und zeigte das nächste.

»Den haben die Einbrecher aufgebrochen«, erklärte sie.

Fanny blickte auf das Bild des leeren Tresors.

»Oh Gott! Gregors Briefmarken! Und der Familienschmuck seiner Mutter. Alles weg!« Sie schaute zu Grethe. »Hab ich's nicht gesagt? Ich hätte die Kette doch umlegen sollen.«

Grethe beugte sich vor, um ebenfalls auf das Display zu sehen.

»Tja«, konstatierte sie. »Nu isse jedenfalls weg.«

Voss kämpfte erneut gegen unangebrachte Heiterkeit. Er räusperte sich und sah die Häkelfrauen ernst an.

»Ist Ihnen sonst noch etwas aufgefallen?«, erkundigte er sich.

Die alten Damen wechselten fragende Blicke. Schließlich hob Marijke Meenken stellvertretend für alle die Hände.

»Tut mir leid«, erklärte sie. »Ich fürchte, mehr können wir Ihnen nicht sagen.«

Voss wandte sich an Fanny Riepenhusen. »Eine Frage hätte ich noch.«

»Ja?«

»Haben Sie eine Alarmanlage?«

»Selbstverständlich!« Fanny erhob sich halb von ihrem Stuhl und sank dann wieder zurück. »Jetzt, wo Sie das fragen ... Das ist komisch. Eigentlich hätte sie auslösen müssen, und der Sicherheitsdienst, der sie eingebaut hat, hätte nach dem Rechten sehen müssen.« Sie dachte kurz nach. »Ich bin mir sicher, dass ich sie eingeschaltet habe, ehe wir zur Odde gefahren sind.«

Jonas Voss kniff die Augen zusammen. Für sich genommen waren Einbruchdiebstähle auf einer Insel wie Sylt mit vielen teuren und häufig leer stehenden Zweitwohnsitzen nicht ungewöhnlich. Doch der Einbruch bei den Riepenhusens war der dritte innerhalb von fünf Wochen. Und alle drei Fälle wiesen merkwürdige Besonderheiten auf.

Zum einen war – anders als bei Einbruchdiebstählen üblich – nicht alles durchwühlt worden. Normalerweise suchten Diebe systematisch nach Wertgegenständen. Sie zogen sämtliche Schubladen auf und öffneten alle Dosen, die oben auf Schränken standen, weil die Leute an solchen Orten oft Geldreserven versteckten, und natürlich nahmen sie alle Flachbildschirme, Handys, Kameras und dergleichen mit. Doch bei den beiden letzten Einbrüchen, genau wie bei diesem, hatten die Einbrecher das nicht getan. Es schien, als hätten sie genau gewusst, wo sie nach Beute suchen mussten – und wie man die Alarmanlage wirksam umging.

Das war der zweite Punkt, der Voss irritierte. In fast jeder Sylter Villa gab es Sicherheitssysteme, komplizierte Anlagen, die einen Alarm auslösten, wenn Türen oder Fenster von außen geöffnet wurden oder eine Lichtschranke passiert wurde. Das Signal ging in den meisten Fällen direkt an den Security-Dienst, der dann sofort ein Team zu der betroffenen Adresse schickte und die Polizei informierte. Bei den beiden vorherigen Einbrüchen allerdings hatte genau wie hier die Alarmanlage versagt.

Selbstverständlich konnte Fanny Riepenhusen sich täuschen. Es kam oft genug vor, dass Hausbesitzer nur glaubten, sie hätten den Alarmschutz aktiviert, während sie es in Wirklichkeit vergessen hatten. Doch wenn auch hier das System nicht funktioniert hatte ...

Er wollte gerade einen der Kriminaltechniker anfunken, um sich danach zu erkundigen, als er aus dem Augenwinkel eine in weißes Tyvek gehüllte Gestalt bemerkte, die auf ihn zukam. Erst als sie die Kapuze abnahm und ihren blonden Lockenkopf enthüllte, erkannte er Professor Doktor Susanne Lorenz vom Rechtsmedizinischen Institut am Universitätsklinikum Schleswig-Holstein. Er ging ihr entgegen, damit die alten Damen nicht mitbekamen, worüber er mit ihr sprach.

»Moin«, sagte die Rechtsmedizinerin, die nie mehr Worte als nötig verlor. Jonas Voss, der an Leichenfundorten ebenfalls nicht sonderlich redselig war, empfand das als angenehm.

»Moin«, erwiderte er. »Können Sie schon etwas sagen?«

Susanne Lorenz vollführte eine vage Geste mit der rechten Hand, die in einem weißen Latexhandschuh steckte. »Keine großen Überraschungen. Der Mann wurde erschossen, aber das sieht man ja auch so. Todeszeit schätzungsweise zwischen Mitternacht und zwei Uhr heute Morgen.«

Also vermutlich relativ kurz, nachdem Fanny mit ihren Vogelfreundinnen zu ihrer Exkursion aufgebrochen war.

»Die Kollegen von der Spurensicherung haben zwei Patronenhülsen gefunden«, ergänzte die Rechtsmedizinerin. »Sie sind schon per Kurier auf dem Weg nach Kiel in die KTU.«

Der Täter hatte also zweimal abgedrückt. Und die Kriminaltechniker im LKA würden feststellen können, mit welchem Waffentyp die Schüsse abgegeben worden waren und ob die Waffe möglicherweise schon bei anderen Straftaten verwendet worden war.

»Der erste Schuss hat die rechte Schulter des Opfers getroffen«, berichtete Susanne Lorenz weiter. »Der zweite ging durch die Brust direkt ins Herz.«

Sie blickte zurück zum Haus.

»Todesursächlich war vermutlich der Treffer ins Herz«, fuhr sie dann fort. »Der Abstreifring zeigt, dass der Schuss nahezu aufgesetzt war, der Schusskanal verläuft gerade. Der tödliche Einschuss kam also aus kurzer Distanz von vorn. Sonstige Verletzungen habe ich nicht feststellen können, aber wir entkleiden den Leichnam natürlich auch erst in der Rechtsmedizin vollständig.«

»Das heißt, Täter und Opfer haben beide am Fuß der Treppe gestanden?«, fragte Voss. »Er ist nicht die Stufen heruntergestürzt?«

»Nein.« Die Rechtsmedizinerin lächelte knapp. »Das können wir aufgrund der Körperlage ausschließen. Der Kopf des Toten weist zur Treppe. Wäre er gestürzt, müssten die Füße zu den Stufen zeigen. Und der Einschusswinkel wäre ein anderer, wenn man ihn beim Heruntersteigen beschossen hätte.«

Voss nickte nachdenklich.

»Haben Sie Hinweise darauf gefunden, ob es vorher eine handgreifliche Auseinandersetzung gab?«

Susanne Lorenz strich ihre widerspenstigen Locken zurück.

»Wie gesagt, es ist nur ein vorläufiger Befund, aber meiner ersten Einschätzung nach hat es außer den beiden Schüssen keine Angriffe vonseiten des Täters gegeben. Was das Opfer getan hat, können wir natürlich nur raten.«

»Also hat jemand den Einbrecher ertappt und einfach auf ihn geschossen?«, fragte Hannah Behrends, die dazugestoßen war. »Oder es waren mehrere Einbrecher, und es gab einen Streit? Unter Komplizen oder zwischen zwei Tätern, die zur selben Zeit in dasselbe Objekt eingebrochen sind?«

Die Rechtsmedizinerin wehrte ab.

»Die Interpretation überlasse ich Ihnen. Ich wollte Ihnen eigentlich nur das Foto geben, das ich von dem Toten gemacht habe.« Sie öffnete den Reißverschluss ihres Anzugs, zog ein Smartphone aus der Tasche und hielt es fragend hoch.

Hannah griff nach ihrem iPad. »Das können Sie mir direkt schicken«, schlug sie vor und diktierte der Rechtsmedizinerin ihre Mobilfunknummer.

Jonas Voss sah zu, wie sie die Zahlen eingab und nach einem leisen Piepen das Bild des toten Einbrechers auf dem Display erschien. Das war ohne Frage praktisch. Aber er selbst bevorzugte trotzdem Fotos, die man in die Hand nehmen konnte, und Notizen, die man mit Papier und Stift anfertigte. Auch wenn er für gewöhnlich weder das eine noch das andere fand, wenn er es brauchte.

Hannah hielt ihm ihr Tablet hin. »Hast du den schon mal gesehen?«

Jonas Voss kniff die Augen zusammen. Der Tote war ein junger Mann, vermutlich Anfang bis Mitte zwanzig. Die dichten dunklen Haare, von denen keines länger als zwei Zentimeter war, und der gleichermaßen sorgsam und phantasievoll gestutzte Bart ließen das Gesicht noch blasser erscheinen, als es im Tod ohnehin war.

»Nein«, sagte er.

Hannah deutete auf die Häkeldamen, die gerade den letzten Rest Küstennebel auf die Gläser verteilten und bereits wieder angeregt debattierten. »Wir sollten sie fragen, ob sie ihn kennen.«

Voss bedankte sich bei der Rechtsmedizinerin und sah zu, wie sie zurück zum Haus stapfte und die Kapuze ihres weißen Overalls über den blonden Lockenkopf stülpte, ehe sie eintrat. Dann ging er mit Hannah zu den Häkelfrauen.

»Verzeihen Sie«, unterbrach er ihr Gespräch. »Nur noch eine letzte Frage. Wir müssten wissen, ob Ihnen der Tote bekannt ist.«

Witta Claaßen schaute ihn missbilligend an. »Woher sollen wir das wissen? Der hatte doch so eine Schlupfmütze über dem Kopf. Eine Sturmhaube oder Skimaske oder wie man sonst noch dazu sagt. Und wir haben nichts angefasst. Wir sind ja nicht von gestern.«

»Nee. Du bist von vorgestern«, konterte Grethe Aldag und nahm das iPad entgegen, das Hannah ihr hinhielt. »Stell dir vor: Die haben ein Foto von dem Mann gemacht. Ohne die Sturmhaube.«

Witta presste verstimmt die Lippen aufeinander. Grethe musterte den Toten auf dem Display.

»Nee«, sagte sie schließlich und reichte das Gerät an Marijke Meenken weiter. »Den hab ich noch nie gesehen.«

Marijke kramte ihre Brille hervor und betrachtete das Foto eingehend. »Ich auch nicht«, bedauerte sie.

Witta riss ihr das Gerät aus der Hand. »Lass mich mal.« Sie wendete das iPad und gab einen erschrockenen Laut von sich, als sich das Foto automatisch drehte.

»Ach was. Das ist ja doll.« Sie schwenkte das Gerät wieder in die Senkrechte und gleich darauf erneut in die Waagerechte. Das Bild des Toten machte die Bewegungen geschmeidig mit.

»Haben Sie den Mann schon mal gesehen?«, fragte Hannah hoffnungsvoll.

»Hm?« Witta hörte auf, mit dem iPad zu spielen. »Ach so. Nein. Tut mir leid.« Sie gab das Gerät widerstrebend an Alma weiter. Die zog routiniert mit zwei Fingern das Foto auf dem Display größer.

Grethe zwinkerte Witta zu. »Tja. Das kann dein olles Seniorenhandy nicht, was?«

Witta hob das Kinn. »Nein. Aber so einen Tüddelkram brauche ich auch nicht.«

»Trotzdem hättste ihn gern«, feixte Grethe.

Alma schaute auf, ohne die beiden zu beachten.

»Nein. Ich kenne den Mann leider auch nicht«, erklärte sie und streckte Fanny Riepenhusen, die mit leerem Blick in ihr Schnapsglas starrte, das iPad entgegen.

Fanny schreckte auf. »Ach so.« Sie nahm das Gerät und warf einen flüchtigen Blick auf das Display. Im nächsten Moment weiteten sich ihre Augen, und sie fixierte das Bild ungläubig.

»Das …«, keuchte sie, »… das ist der Mann von *Sylt Guard*. Der die Alarmanlage eingebaut hat.«

Grethe lachte auf. »Kein Wunder, dass sie nicht angeschlagen hat«, bemerkte sie.

Jonas Voss spürte, wie sich sein Puls beschleunigte. Also war es in der Tat kein Zufall, dass bei den letzten drei Einbrüchen die Diebe offenbar so genau gewusst hatten, wo sie nach Beute suchen mussten. Und dass sie kein Problem gehabt hatten, die Sicherheitseinrichtungen zu überwinden. Alarmsysteme, die allesamt von *Sylt Guard* stammten. Er hatte geglaubt, dass die Täter womöglich einen Tippgeber in der Security-Firma hatten, doch tatsächlich waren es offenbar die Angestellten selbst, die sich als Diebe betätigten.

Hatten sie es hier mit organisiertem Verbrechen zu tun?

Er würde bei den Kollegen vom Landeskriminalamt in Kiel um Ermittlungshilfe ersuchen. Bei einem Fall von bandenmäßiger Kriminalität, der außerdem ein Todesopfer gefordert hatte, war das kaum zu umgehen. Hier auf Sylt fehlte einfach das Personal für umfassende Ermittlungen. Und die Tatsache, dass sich die Täter unter Umständen in einem lokalen Sicherheitsunternehmen verschanzten, machte die Sache nicht einfacher.

Die Beamten vom LKA hatten ganz andere Möglichkeiten.

Sie verfügten über das neueste technische Equipment und konnten eine große Zahl von Verdächtigen observieren oder abhören. Womöglich würden sie sogar einen Undercover-Ermittler einschleusen, der die Organisation der Diebesbande von innen knackte.

Sollte er das vorschlagen? Vielleicht war es mit Kanonen auf Spatzen schießen, aber ihm gefiel die Idee.

3.

Das Wasser leuchtete in einem strahlenden Türkis. Der Himmel war von einem hellen, durchscheinenden Blau. Und die zarten weißen Wolken, die in einer geraden Linie vorbeizogen, sahen nicht so aus, als könnten sie diesem herrlichen Frühlingstag etwas anhaben.

Karolina Dahl joggte in lockerem Tempo den Spazierweg an der Förde entlang. Rechts von ihr blühten die Büsche in zartem Rosa, links streckten die Bäume ihr junges Grün der Sonne entgegen. Auf den Koppeln dahinter grasten einige Pferde, auf der anderen Seite der Förde ragte das Marineehrenmal in Laboe auf.

Karolina hatte ihren Twingo auf dem Parkplatz am Surfkiosk abgestellt und joggte jetzt zum schwarz-weiß gestreiften Bülker Leuchtturm, der auf halbem Weg nach Dänisch-Nienhof auf die Ostsee blickte.

Ein paar Meter von ihr entfernt landete eine Möwe auf dem Weg und zerrte an einer Plastiktüte herum. Karolina musste unwillkürlich an die Möwen auf Sylt denken, die den Touristen ihre Brötchen oder Eiswaffeln einfach aus der Hand stahlen, und eine plötzliche Sehnsucht erfasste sie. Nach dem unvergleichlich klaren Licht. Nach der salzigen Brise, die dort so viel intensiver war als hier an der Ostsee. Und nach Jonas Voss. Dem Mann, der ihr Herz ins Stolpern gebracht hatte, und mit dem es trotzdem keine Zukunft gab.

Zweimal hatte sie sich gewünscht zu bleiben und war doch gegangen. Weil sie andernfalls ihren Job hätte wechseln müssen. Und dieses Opfer war ihr zu groß erschienen. Doch seit dem letzten Sommer fragte sie sich immer wieder, ob sie die richtige Entscheidung getroffen hatte.

Sie verschärfte ihr Tempo, als sie merkte, dass ihre Gedanken wieder dieselben Schleifen zu drehen begannen. Sie überholte einen anderen Läufer und wollte gerade zu einem Sprint ansetzen, als das Telefon in ihrer Tasche zu klingeln begann.

Schwer atmend blieb sie stehen und nahm den Anruf entgegen.

»Hallo, Kari.« Die Stimme von Kriminalrat Ole Lund klang dynamisch und gut gelaunt wie immer. Seit er sich diesen Spitznamen für ihre Sylter Einsätze ausgedacht hatte, machte er sich einen Spaß daraus, sie damit anzusprechen.

»Hallo, Ole.« Karolina setzte sich auf eine der Bänke, die an der Promenade standen, und schaute auf die Ostsee. Sie wünschte sich, dass es Kari Blom nie gegeben und sie Jonas Voss einfach so, in ihrem richtigen Leben als Karolina Dahl kennengelernt hätte. Aber es war müßig. Die Vergangenheit ließ sich nicht ändern.

»Ich nehme an, du läufst?«, erkundigte sich ihr Vorgesetzter.

»Ja«, entgegnete Karolina knapp.

»Hm«, machte Lund. »Soll ich dich fragen, wovor du wegläufst? Nein …«, beantwortete er seine eigene Frage, ehe sie etwas erwidern konnte. »Ich vermute, ich weiß es auch so.«

Karolina löste ihre Wasserflasche vom Gürtel und trank. Sie hatte keine Lust auf Lunds Geplänkel. Und schon gar nicht auf seine Anspielungen auf die Diagnosen ihrer Mutter, einer Psychotherapeutin, die die Ansicht vertrat, dass ihre Tochter eine ungesunde Angst vor Nähe und vor Kontrollverlust hatte. Dass Lund und ihre Mutter womöglich recht hatten, machte die Sache nicht besser.

»Was willst du?«

»Oh, oh.« Lund lachte leise. »Hast du schlecht geschlafen?« Wieder wartete er ihre Antwort nicht ab. »Ich habe einen Auftrag für dich.«

Sofort verspürte Karolina die freudige Erregung, die sie jedes Mal durchströmte, wenn ihr Beruf eine neue Herausforderung für sie bereithielt.

»Gern. Hauptsache, es ist nicht wieder Sylt«, entgegnete sie.

Lund ging nicht darauf ein.

»Wir sollen in einem Fall von bandenmäßigen Schmuckdiebstählen Ermittlungshilfe leisten. Anscheinend sitzen die Täter in der Sicherheitsfirma, die für den Schutz der betreffenden Objekte zuständig ist«, erläuterte er.

»Aha?« Karolina stand auf und ging gemächlich den Weg an der Förde entlang, zurück in Richtung des Surfkiosks. Das klang interessant. Und ein Einsatz fernab irgendeines Meeres würde sie hoffentlich auf andere Gedanken bringen.

»Der Kollege, mit dem du zusammenarbeiten sollst, ist auf dem Weg zu mir«, sagte Lund. »Wann kannst du hier sein?«

Karolina warf einen Blick auf ihre Armbanduhr. »Gib mir eine Stunde«, sagte sie.

»Gut.« Lund klang zufrieden. »Dann erwarte ich dich um fünfzehn Uhr in meinem Büro.« Karolina hörte ein leises Quietschen, wahrscheinlich, weil sich Lund in seinem

Schreibtischsessel zurücklehnte. »Ich bin sicher, deine neue Aufgabe wird dir gefallen.«

Damit legte er auf, und Karolina schaute verblüfft auf ihr Smartphone.

So wie sie Ole Lund kannte, hatte die Sache einen Haken, den er ihr natürlich verschwiegen hatte. Mit einem unangenehmen Grummeln im Magen machte sie sich auf den Weg. Wirklich verärgert konnte sie dennoch nicht über Lund sein, dafür schätzte sie ihn zu sehr. Auch wenn er sie gelegentlich auf die Palme brachte. Im Ernstfall war er ein Freund, auf den sie sich zu hundert Prozent verlassen konnte.

4.

»Frau Behrends!« Burkhard Sievert, Eigentümer und Geschäftsführer der Firma Sylt Guard, schüttelte Hannahs Hand und musterte sie mit schiefgelegtem Kopf. »Muss ich mir Sorgen machen?«

Er winkte sie durch den Flur, ging vor ihr die Treppe nach oben und öffnete die Tür zu seinem Büro. Mit einer einladenden Geste forderte er sie auf, den Raum zu betreten.

Hannah Behrends atmete tief durch. Es war das erste Mal, dass sie allein hier war, um mit Sievert zu sprechen. Ohne Jonas Voss an ihrer Seite fühlte sie sich irgendwie unvollständig. Aber Kriminalrat Ole Lund vom LKA Schleswig-Holstein hatte darauf bestanden, dass Voss persönlich nach Kiel kam, um den Kollegen kennenzulernen, der als verdeckter Ermittler bei *Sylt Guard* eingesetzt werden sollte. Es blieb ihr also gar keine andere Wahl.

Sievert wies auf die Sitzgruppe in der Ecke des Raums.

»Bitte. Möchten Sie einen Kaffee?«

»Nein, danke.«

Hannah setzte sich auf einen der Besucherstühle. Sie bestanden aus durchsichtigem Plexiglas mit einem Rahmen aus Metall und waren dem Gestaltungskonzept des Chefbüros angepasst. Neben den Plexiglasstühlen gab es einen Schreibtisch mit gläserner Arbeitsfläche, einen niedrigen Couchtisch mit Glasplatte und Regalbretter aus Plexiglas, auf denen die Bücher und Aktenordner zu schweben schienen, dazu abstrakte Gemälde mit silbernen Metallrahmen. Die Fenster hinter dem Schreibtisch waren riesig, der Ausblick allerdings eher etwas für Liebhaber militärischen Ambientes. Hannah schaute auf einige Wohncontainer, eine Halle und den Schießstand des ehemaligen Lister Kasernengeländes.

Natürlich hatte sie das alles auch schon bei ihren vorherigen Besuchen gesehen, doch heute schien ihre Wahrnehmung auf besondere Weise geschärft. Vielleicht weil sie das Gefühl hatte, dass ihr jetzt, wo sie auf sich allein gestellt war, auf keinen Fall etwas entgehen durfte.

Burkhard Sievert nahm ihr gegenüber Platz.

»Ich hoffe, Sie suchen Ihren Juwelendieb nicht immer noch bei uns?«, knüpfte er an seine Eingangsfrage an. Er lächelte und versuchte, seinen Worten einen scherzhaften Klang zu geben, aber Hannah bemerkte die Anspannung in seinem Gesicht.

Sie beugte sich vor und betrachtete den Firmeninhaber. Mit seinem silbergrauen Anzug, dem anthrazitfarbenen Hemd und der silbrig glänzenden Krawatte sah er aus wie ein Mann von Welt. Er passte auch gut in sein Büro. Wäre sie gekommen, um ein Foto für eine Werbebroschüre zu machen, sie hätte nichts mehr an dem Bild ändern müssen.

Hannah überlegte, wie sie ihre Nachricht am besten überbringen konnte. Aber eigentlich gab es nur einen Weg: geradeaus.

»Letzte Nacht hat wieder ein Einbruch stattgefunden.«

»Aha?« Burkhard Sievert hob die Augenbrauen.

»In eine Villa im Brönshooger Weg in Kampen«, präzisierte Hannah. »Die Besitzer heißen Gregor und Fanny Riepenhusen.«

Burkhard Sievert erhob sich von seinem Stuhl und ging zu seinem Schreibtisch. Er tippte auf eine Taste, um den Rechner aus dem Standby-Modus zu wecken. »Da muss ich nachsehen«, erklärte er. »Aus dem Stegreif kann ich Ihnen nicht sagen, ob das Ehepaar bei uns Kunde ist.«

»Wir wissen, dass sie von Ihnen betreut werden«, entgegnete Hannah. »Frau Riepenhusen hat es uns gesagt.«

»Ach so?« Burkhard Sievert wandte ihr den Kopf zu. »Das ist natürlich peinlich. Womöglich müssen wir unser Überwachungssystem modifizieren. Wenn sich herumspricht, dass man mit uns nicht sicherer ist als ohne eine Security-Lösung ... Das wäre eine Katastrophe.«

Er griff nach dem Hörer seines Telefons und drückte auf einen Knopf.

»Clemens? Kannst du bitte mal herüberkommen?«, fragte er, als am anderen Ende jemand abnahm, und legte ohne weitere Worte wieder auf.

Es dauerte nur ein paar Sekunden, ehe es an der Tür klopfte und ein zweiter Mann hereinkam. Sein Blick wanderte zwischen Hannah und Burkhard Sievert hin und her. Hannah registrierte ein schmales Gesicht, aschblonde Haare und kluge graue Augen hinter einer rotumrandeten Brille. Clemens Sievert, Buchhalter und Bruder des Firmeninhabers Burkhard Sievert.

»Was ist passiert?«, erkundigte er sich.

»Ein weiterer Einbruch«, sagte Burkhard Sievert. »Und wieder bei einem unserer Kunden.« Er deutete auf Hannah.

»Du erinnerst dich an Kriminalkommissarin Hannah Behrends von der Kriminalpolizeistation Sylt?«

Clemens Sievert strich seinen dunkelblauen Pullunder glatt, den er über einem hellblauen Hemd trug.

»Selbstverständlich«, erwiderte er und lächelte Hannah an. »Wir sind der renommierteste Sicherheitsdienstleister auf Sylt«, sagte er dann. »Da ist es kein Wunder, wenn ein Großteil der Betroffenen zu unserer Kundschaft gehört.«

Hannah zog ihr iPad aus der Tasche. »Wenn es nur das wäre ...«

Die Augen von Clemens Sievert verengten sich. »Was denn noch?«

Hannah räusperte sich. Es gefiel ihr nicht, dass sie den beiden Männern allein gegenübersaß. Es schuf ein Ungleichgewicht, das dazu führte, dass sie sich unterlegen fühlte. Aber nun war es zu spät, um einen Rückzieher zu machen.

»Wir haben festgestellt, dass in allen drei Fällen Ihre Alarmanlagen versagt haben«, erklärte sie.

Clemens Sievert wechselte einen Blick mit seinem Bruder, den Hannah nicht deuten konnte. Burkhard Sievert seufzte.

»Ja«, gestand er. »Wir haben den Verdacht, dass es möglicherweise ein technisches Problem mit den Geräten gibt. Ich habe mit dem Hersteller Kontakt aufgenommen, und wir versuchen, der Sache auf den Grund zu gehen. Aber bisher haben wir keinen Defekt finden können.«

»Soll das heißen, Sie wussten, dass der Alarm nicht funktionieren würde?«

Burkhard Sievert hob abwehrend die Hände. »Nein. So kann man das nicht sagen. Es ist nur eine Möglichkeit. Genauso gut könnten die Einbrecher die Anlagen manipuliert haben.«

»Aber Sie können nicht ausschließen, dass es ein Systemfehler ist? Und trotzdem haben Sie die Geräte eingebaut?«

Burkhard Sievert richtete sich auf. »Natürlich nicht. Seit die Einbrüche bekannt sind, benutzen wir ein anderes Modell.«

»Und was ist mit den Kunden, bei denen Sie die Anlage installiert haben, die unter Umständen nicht richtig arbeitet? Haben Sie die über das Risiko informiert?«

Burkhard Sievert räusperte sich. »Äh. Nein.« Er lächelte verlegen. »Wir wissen ja noch nicht, ob dem wirklich so ist.«

Hannah musterte den Firmeninhaber. Es war kaum zu übersehen, dass ihm die Sache unangenehm war. Trotzdem schien er nicht bereit, seinen Fehler zuzugeben.

»Wir wollten unsere Kundschaft nicht unnötig in Aufregung versetzen«, erklärte er. »Wahrscheinlich hätten wir es tun sollen. Aber wer konnte denn ahnen, dass ausgerechnet in diese Häuser eingebrochen wird?«

Hannah schaltete ihr iPad ein.

»Vielleicht war es ja genau andersherum«, schlug sie vor. »Jemand ist dort eingestiegen, weil er wusste, dass der Alarm nicht ausgelöst werden würde.«

Burkhard Sievert funkelte sie an. »Haben Sie Hinweise darauf, dass jemand aus unserer Firma sicherheitsrelevante Informationen herausgegeben hat? Das kann nicht sein!«

Hannah zuckte unwillkürlich zurück, doch ausgerechnet Clemens Sievert kam ihr zu Hilfe.

»Kannst du es ausschließen?«, erkundigte er sich.

Statt auf Hannah, richtete sich Burkhard Sieverts Zorn jetzt auf seinen Bruder.

»Das ist nicht dein Ernst«, grollte er.

Clemens Sievert blieb unbeeindruckt.

»Wir müssen uns an die Fakten halten, oder nicht?«, sagte er. »Es gibt offenbar eine Einbruchserie. In Häuser, bei denen wir die Alarmanlage eingerichtet haben. Ein System, von dem wir wissen, dass es möglicherweise nicht ordnungsgemäß funktioniert.«

Burkhard Sievert gestikulierte ungeduldig. »Wie gesagt: Es besteht der Verdacht, dass bei diesem Modell ein technisches Problem vorliegt. Aber bisher haben wir darüber keine Gewissheit. Und selbst, wenn es tatsächlich der Fall sein sollte – das bedeutet doch nicht, dass die Einbrecher aus unserer Firma kommen.«

Clemens Sievert nahm seine rotgerahmte Brille von der Nase und betrachtete sie nachdenklich.

»Genau genommen«, überlegte er, »würde es uns sogar entlasten, wenn es an der Technik liegt.« Er sah seinen Bruder bedeutungsvoll an. »Würden die Diebe aus den Reihen unserer Mitarbeiter stammen, müssten sie nicht darauf bauen, dass das Alarmsystem *womöglich* nicht funktioniert. Sie wären in der Lage, es selbst außer Betrieb zu setzen. Für jemanden, der hier arbeitet, ist das eine Kleinigkeit.«

Burkhard Sievert verzog den Mund. »Das sind doch nur Gedankenspielereien. Unsere Angestellten sind absolut zuverlässig. Keiner von ihnen würde seine Stellung ausnutzen, um unsere Kunden zu bestehlen.«

Sein Bruder setzte eine bedenkliche Miene auf. Burkhard Sievert sah ihn scharf an.

»Ich würde für jeden unserer Mitarbeiter die Hand ins Feuer legen«, erklärte er kategorisch. »Schließlich sind wir ein Familienunternehmen, und auch wenn außer dir und meinen Söhnen noch ein paar Externe bei uns arbeiten, sind wir doch alle so etwas wie eine große Familie. Das verbindet, denkst du nicht?«

Clemens Sievert machte eine vage Handbewegung. »Ich weiß es nicht. Ich kann dir sagen, ob die Bücher stimmen. Aber ich kann den Leuten nicht in den Kopf schauen.«

Hannah zog ihr iPad aus der Tasche und tippte. Sie wusste bereits von ihren vorherigen Besuchen, dass *Sylt Guard* ein Familienbetrieb war, und auch auf der Internetseite war das sofort erkennbar – immerhin trugen gleich vier der aufgelisteten Mitarbeiter den Namen Sievert, darunter der Firmenchef und der Buchhalter. Dass sich aber – zumindest aus Sicht des Firmenchefs – die anderen Angestellten dem Unternehmen ebenfalls familiär verbunden fühlten, war eine wichtige Information. Und dass Clemens Sievert anscheinend dennoch Zweifel an der Integrität des einen oder anderen Bediensteten hatte, auch wenn er das in ihrer Gegenwart nicht so deutlich sagen wollte, war mehr als interessant. Sie überlegte, wie sie herausfinden könnte, wen er im Verdacht hatte. Vielleicht würde ja der Schock über die Nachricht, die sie zu überbringen hatte, die beiden gesprächiger machen?

»Letzte Nacht«, erklärte sie und beobachtete die beiden Brüder genau, »hat es nicht nur einen Einbruch gegeben, sondern auch einen Toten.«

»Wie bitte?« Die graublauen Augen von Burkhard Sievert richteten sich ungläubig auf sie, genauso wie die seines Bruders Clemens. »Doch nicht etwa der Besitzer des Hauses? Dieser Herr Riepen ...«

»Riepenhusen. Nein. Ein Mann, den Frau Riepenhusen als Angestellten Ihrer Firma identifiziert hat.«

»Einer unserer Mitarbeiter ...?« Burkhard Sievert fuhr sich nervös über den sorgsam gestutzten grauen Vollbart. Hannah sah, wie es hinter seiner Stirn arbeitete. Vermutlich überlegte er, wem von seinen Angestellten er an diesem Tag schon begegnet war. Auch sein Bruder wirkte verstört.

»Wer?«, fragte er mit einer Stimme, als hätte er den Mund voller Watte.

»Wir wissen nicht, um wen es sich handelt«, erläuterte Hannah. Sie öffnete das Foto des Toten und hielt es den Brüdern hin.

Die beiden schauten angespannt auf das Display – und atmeten im nächsten Moment beinahe gleichzeitig auf.

Burkhard Sievert, der schneller als sein Bruder bemerkte, wie befremdlich ihr Verhalten wirken musste, machte eine entschuldigende Geste.

»Bitte. Verstehen Sie das nicht falsch. Aber ich habe befürchtet, dass einer meiner Söhne …« Er räusperte sich und deutete auf das iPad. »Das ist Kevin Köhler«, erklärte er. »Er war noch nicht lange bei uns. Erst seit … acht oder neun Monaten. Mein Sohn Leif hat ihn mitgebracht. Er hat ihn sozusagen am Strand aufgelesen.«

Hannah kniff die Augen zusammen. Sie konnte Sieverts Erleichterung darüber, dass der Tote kein Angehöriger war, nachvollziehen, aber sie fand nicht, dass es der richtige Moment für Scherze war.

»Kevin war ein begeisterter Surfer, genau wie Leif«, beeilte sich Clemens Sievert, den Fauxpas seines Bruders auszubügeln. »Dabei haben sie sich kennengelernt. Leif hat Kevin überredet, bei uns anzufangen, und Kevin war Feuer und Flamme. Und jetzt …« Clemens Sievert setzte die rotumrandete Brille wieder auf und rückte sie umständlich zurecht, »… jetzt hat ihn sein Engagement für die Firma das Leben gekostet?«

Hannah biss sich auf die Lippen. Offenbar hatte sie sich nicht klar genug ausgedrückt. Sie schob ihr Tablet zurück in ihre Handtasche.

»Es tut mir leid«, erklärte sie. »Aber Kevin Köhler ist

nicht … wie soll ich sagen … in Ausübung seiner Tätigkeit ums Leben gekommen. Er war einer der Diebe.«

Burkhard Sievert lachte auf.

»Fangen Sie schon wieder damit an? Meine Leute haben mit diesen Einbrüchen nichts zu tun. Wie Sie so etwas überhaupt denken können … Wenn Kevin tatsächlich in der betroffenen Villa war, dann deshalb, weil er letzte Nacht Dienst hatte. Sämtliche Alarmanlagen sind mit einem Notrufsystem gekoppelt. Wenn wir sehen, dass irgendwo Unregelmäßigkeiten auftauchen, fährt sofort einer unserer Mitarbeiter dorthin und kontrolliert die Lage. Kevin hat also vermutlich den Einbrecher gestellt, und der hat ihn erschossen. Aber Kevin war mit Sicherheit keiner der Täter. Er …«

»Herr Sievert.« Hannah unterbrach den Firmenchef ungeduldig. »Es tut mir wirklich leid. Aber die Situation ist eindeutig. Kevin Köhler trug keine Dienstkleidung, sondern Jeans, Pullover und Jacke, alles in schwarz. Und eine schwarze Sturmhaube über dem Kopf. Wie würden Sie das deuten?«

Burkhard Sievert sank auf einen der Besucherstühle. Er sah aus, als hätte jemand einen Kübel Eiswasser über ihm ausgegossen.

»Kevin?«, fragte er matt. »Kevin hat mit den Einbrechern gemeinsame Sache gemacht und ihnen verraten, wie sie sich Zutritt zu den Objekten verschaffen können?«

»Das wäre eine Möglichkeit«, entgegnete Hannah. »Die andere wäre, dass auch der oder die Mittäter aus Ihrer Firma kommen.«

Burkhard Sievert hob streitlustig das Kinn.

»Bitte«, sagte er steif und vollführte eine einladende Handbewegung. Seine versteinerte Miene ließ allerdings wenig Zweifel daran, dass es sich nicht um ein freundliches Willkommen handelte. »Sprechen Sie mit meinen Mitarbeitern. Sehen Sie sich um. Von mir aus stellen Sie alles auf den Kopf. Damit Sie begreifen, dass Sie sich irren.«

Clemens Sievert trat ans Fenster und gab einen überraschten Laut von sich. Hannah folgte seinem Blick und sah, dass soeben mehrere Mercedes-Vito-Busse auf den Hof fuhren. Die Türen öffneten sich, und ein kompletter Zug von Beamten der Polizeidirektion für Aus- und Fortbildung in Eutin stieg aus und versammelte sich auf dem Exerzierplatz.

»Das tun sie schon«, kommentierte Clemens Sievert und deutete nach draußen. »Alles auf den Kopf stellen, meine ich.«

Burkhard Sievert machte eine wegwerfende Geste und fixierte Hannah ärgerlich.

»Sie verschwenden Ihre Zeit«, sagte er. »Sie werden hier nichts finden.«

Hannah straffte sich. Sie fühlte sich nicht besonders wohl in ihrer Haut. Aber sie würde den Teufel tun, sich das anmerken zu lassen.

»Das werden wir ja sehen«, konterte sie.

▪ ▪ ▪

Burkhard Sievert wartete, bis die Bürotür hinter Hannah ins Schloss gefallen war. Dann ging er zu dem kleinen Schrank mit den Rauchglastüren hinter der Sitzgruppe und nahm eine Flasche Whisky heraus. Er betrachtete die goldschimmernde Flüssigkeit im Inneren und hob das Gefäß in Clemens' Richtung.

»Für dich auch einen Drink?«

Sein Bruder verzog den Mund. »Danke. Nicht am frühen Morgen.«

Burkhard zögerte. Clemens hatte natürlich recht, aber er brauchte jetzt einen Schluck. Er goss sich einen Fingerbreit ein und setzte sich mit dem Glas in der Hand in seinen Schreibtischsessel. Sein Blick wanderte aus dem Fenster in den Hof, wo die uniformierten Beamten von ihrem Einsatzleiter in Gruppen aufgeteilt wurden, die sich in Richtung der Wohncontainer in Bewegung setzten.

»Ich kann es einfach nicht glauben«, verkündete er.

Clemens, der die Polizeischüler ebenfalls beobachtete, drehte sich zu ihm um.

»Was?«

»Dass wir ein schwarzes Schaf in der Firma haben. Hatten.«

Clemens lachte freudlos. »Du meinst Kevin? Da gibt es doch keine geteilten Meinungen. Er war ein Taugenichts.« Er presste die Lippen zusammen, als wollte er etwas zurückhalten, sprach es dann aber doch aus. »Was ich dir im Übrigen von Anfang an gesagt habe.«

Burkhard nippte an seinem Glas. Der Whisky rann durch seine Kehle und wärmte seinen Magen, doch die eisige Kälte in seinen Gliedern konnte er nicht vertreiben.

»Das ist eine Katastrophe.«

Clemens strich seinen Pullunder glatt. »Du übertreibst.«

»Findest du?« Burkhard musterte seinen jüngeren Bruder. Er wirkte so unbewegt wie immer. Hatte er überhaupt Gefühle? Wenn ja, dann versteckte er sie gut. Burkhard hatte noch nie wirklich sagen können, was in Clemens' Kopf vorging. Dabei kannte er ihn von klein auf.

Aber Clemens war schon als Junge verschlossen gewesen. Später hatte er sich dann in Büchern vergraben. Geschichte, Technik, Mathematik – das waren die Dinge, für die sich der kleine Clemens begeistert hatte. Burkhard, der seine gesamte Freizeit mit Sport – und natürlich mit Mädchen – verbracht hatte, konnte mit diesem Bruder nicht viel anfangen. Aber dreizehn Jahre waren auch ein gewaltiger Altersunterschied.

Clemens war sechs gewesen, als Burkhard sein Abitur gemacht hatte und zur Marine gegangen war, genau wie sein Vater. Wenn er an seinen freien Tagen nach Hause kam, hatte er sich darüber gewundert, wie ein Junge in Clemens' Alter ein derartiger Stubenhocker sein konnte. Burkhard erzählte von seinen Reisen, doch Clemens konnte er damit nicht faszinieren. Sie fanden einfach keine gemeinsame Ebene. Später, als Burkhard seine Jugendliebe Dagmar geheiratet und eine eigene Familie gegründet hatte, hatten sie sich kaum noch gesehen. Clemens hatte studiert und in Hamburg als Wirtschaftsprüfer gearbeitet. Bis Dagmar gestorben war und Burkhard mit den beiden pubertierenden Jungen allein dastand. Da hatte Clemens ohne viele Worte seinen Job aufgegeben und war zu Burkhard nach Sylt gezogen.

War das nicht ein Zeichen großer Zuneigung? Clemens hatte sich um Leif und Bjarne gekümmert und nebenbei die Buchhaltung von *Sylt Guard* auf Vordermann gebracht. Mit der Firma war es danach deutlich bergauf gegangen. Aber echte Wärme hatte sich zwischen ihnen trotzdem nicht eingestellt.

»Wenn das wahr ist«, sagte Burkhard, »wenn Kevin wirklich ein Einbrecher war – dann haben wir ein riesiges Problem.«

Clemens lehnte sich ans Fenster. »Eine einzige personelle Fehlentscheidung hat noch kein Unternehmen ruiniert«, gab er zurück. Er hob die Augenbrauen. »Allerdings ... wenn die Polizei richtig liegt, wenn Kevin nicht allein gehandelt hat ...«

»Wer denn noch?«, gab Burkhard schärfer zurück, als er beabsichtigt hatte.

»Nun ja.« Clemens deutete mit dem Kopf nach draußen zum Kasernenhof. »Kevin war ja nicht der Einzige, von dem ich dir abgeraten habe.«

Burkhard lachte auf. Er merkte, wie es in seinem Inneren rumorte. Er wusste genau, worauf sein Bruder anspielte, doch in diesem Fall musste er sich einfach irren. Thilo Mertens war schließlich ein alter Kamerad.

»Ich habe Thilo aus seinem finanziellen Schlamassel herausgeholfen«, sagte er. »Und du meinst, er bedankt sich dafür, indem er bei unseren Kunden einbricht?«

Clemens erwiderte seinen Blick leidenschaftslos. »Kannst du es ausschließen?«

In Burkhards Kehle stieg die Magensäure auf, und er trank noch einen Schluck Whisky, um sie zurückzudrängen.

»Ich kenne Thilo«, gab er zurück. »Er wirkt vielleicht nicht so. Aber er ist ein anständiger Kerl.«

Clemens schnaubte leise. »Dein Wort in Gottes Ohr«, murmelte er. In der nächsten Sekunde verengten sich seine Augen. »Aber gut. Lassen wir Thilo außen vor. Bleiben wir bei Kevin.« Er fixierte seinen Bruder. »Angenommen, er ist in die Villen eingestiegen, die wir beschützen sollen ...«

»Dann?« Burkhard sah ihn fragend an. Er wusste nicht, worauf Clemens hinauswollte.

»Dann solltest du vielleicht darüber nachdenken, ob du Leif wirklich vertrauen kannst«, versetzte sein Bruder. »Er war es schließlich, der Kevin angeschleppt hat.«

Burkhard spürte, wie er wütend wurde. »Leif hat ihn mir lediglich vorgestellt. Ich habe mit Kevin gesprochen. Und ich hatte den Eindruck, dass er für den Job geeignet ist. Wenn es hier jemandem an Menschenkenntnis mangelt, dann mir.«

»Mhm.« Clemens musterte ihn durch seine rotumrandete Brille. »Das ist es, was dir eigentlich Sorgen macht, nicht wahr? Dass man dein Urteilsvermögen anzweifeln könnte.«

Burkhard leerte sein Whiskyglas in einem Zug. Er wollte die Bilder, die auf ihn einstürmten, nicht sehen. Doch sie ließen sich nicht aufhalten. Die Blicke seiner Parteigenossen. Die Urne mit den Wahlzetteln. Und das Ergebnis auf dem flimmernden Monitor.

»Es ist einfach ein denkbar schlechter Zeitpunkt«, stieß er hervor. »Du weißt, wie schnell einem solche Dinge in der Politik das Genick brechen können. Ich wollte für Sylt etwas bewirken im Landtag. Wenn man mich nicht wählt, kann ich alle meine Pläne in den Papierkorb werfen.«

Clemens nahm seine Brille ab und säuberte sie mit dem Hemdsärmel. »Natürlich«, entgegnete er. »Ich bin mir sicher, dass es das ist, was dich beschäftigt.«

Burkhard stellte sein Glas mit einem leisen Klirren auf den Tisch. Der spöttische Unterton in Clemens' Stimme war kaum zu überhören. Dabei gehörte Humor eigentlich nicht zu Clemens' hervorstechenden Eigenschaften.

»Was soll denn das bedeuten?«

Clemens hob müde einen Mundwinkel. »Muss ich dir das wirklich erklären? Ich meine, dass es dir nicht um Sylt geht, sondern um dich. Wie immer.«

Damit wandte er sich ab und verließ das Büro. Die Tür fiel mit einem leisen Klicken hinter ihm ins Schloss.

Burkhard Sievert fuhr sich über seinen akkurat gestutzten Bart. Clemens war seit einiger Zeit ungewöhnlich kritisch. Auf seine eigene unterschwellige Art natürlich. Aber seinem Verhalten nach könnte man beinahe denken, ihm sei bereits bekannt, welche Entscheidung Burkhard getroffen hatte. Dabei war das vollkommen unmöglich. Die Papiere lagen in einer verschlossenen Schublade in Burkhards Schreibtisch. Und der Schlüssel dazu befand sich in einem Geheimfach, das außer ihm niemand kannte.

Doch vielleicht täuschte er sich ja auch. Vielleicht war es etwas ganz anderes, das Clemens umtrieb. Ein buchhalterisches Problem. Oder eine Erkrankung, die er vor den anderen oder sogar vor sich selbst verstecken wollte?

Burkhard spürte, wie ihn das schlechte Gewissen durchzuckte. Womöglich hatte Clemens recht, und er war wirklich zu egoistisch. Doch jetzt war nicht der richtige Moment für Selbstzweifel. Der gute Ruf der Firma stand auf dem Spiel. Im Augenblick zählte nur die Aufgabe, die Dinge wieder ins Lot zu bringen. Um alles andere konnte er sich später kümmern.

5.

Jonas Voss ging an der Seite von Ole Lund durch die Gänge im Landeskriminalamt Schleswig-Holstein. Er war zum ersten Mal hier, und allein die Größe des Bürokomplexes im Mühlenweg in Kiel beeindruckte ihn. Arbeiten hätte er hier allerdings nicht wollen. Er mochte das altehrwürdige Gebäude, in dem sich die Kriminalpolizeistation Sylt befand.

»Das hier ist die Abteilung 5, Operativer Einsatz und Ermittlungsunterstützung«, erläuterte Lund. »Ich selbst leite das Dezernat 54, Verdeckte Ermittlungen.«

Voss war einen Moment lang irritiert. Der Kriminalrat war im letzten Sommer auf Sylt gewesen und hatte ihnen bei einem Fall geholfen. Um Undercover-Aktivitäten war es dabei allerdings nicht gegangen. Zumindest, dachte Voss mit einem Anflug von schwarzem Humor, hatte er nichts davon bemerkt. Aber das war ja auch der Sinn einer verdeckten Ermittlung.

»So. Da wären wir.« Ole Lund blieb vor einer Tür stehen und griff nach der Klinke.

Voss erinnerte sich plötzlich, wie der Kriminalrat sein Sylter Büro gemustert hatte: den Schreibtisch, auf dem sich die Papiere türmten, die Voss ohne irgendein System dort ablegte, wo gerade ein freies Fleckchen war. Damals hatte er gedacht, dass Lund in dieser Hinsicht sicherlich pedantischer war als er selbst. Eine Arbeitsweise, die so perfekt wäre wie der ganze Mann mit den ordentlich geschnittenen blonden Haaren, dem gutsitzenden hellen Anzug, der Designerkrawatte und den blankpolierten Schuhen. Neben ihm fühlte sich Jonas Voss mit seiner abgewetzten Lederjacke über dem schlichten Baumwollhemd beinahe schäbig. Doch das war jetzt nicht zu ändern.

Lund öffnete die Tür und bedeutete Voss mit einer Geste, voranzugehen. Voss trat über die Schwelle und lachte leise.

Das Büro des Kriminalrats war genauso sauber und aufgeräumt, wie er es erwartet hatte. Auf dem Schreibtisch lag nicht einmal ein Staubkorn, geschweige denn irgendwelche Papiere oder Stifte. Voss hätte Lund gern gefragt, wie er das schaffte, doch er kam nicht dazu. Seine Aufmerksamkeit galt der Frau, die mit verschränkten Armen am Fenster stand und auf den Olof-Palme-Damm hinausblickte. Groß und schlank, mit kurzen blonden Haaren, die sie in einer sportlichen Frisur trug. Von hinten hatte sie eine frappierende Ähnlichkeit mit Kari Blom.

Dann drehte sich die Frau um, und Jonas Voss erkannte, dass sie ihr nicht bloß ähnlich sah. Es war Kari.

Voss blieb vor Staunen der Mund offen stehen. Doch nicht

nur er, auch Kari war zu verblüfft, um etwas herauszubringen. Lediglich Ole Lund grinste.

»Darf ich vorstellen?«, sagte er. »Das ist Kriminalkommissarin Karolina Dahl. Eine unserer besten Undercover-Ermittlerinnen.« Er zwinkerte Voss zu. »Aber Sie kennen sie ja schon. Unter ihrem Decknamen Kari Blom.« Sein Blick wurde ernst. »Das ist der Name, unter dem sie auch dieses Mal ermitteln wird, also behalten Sie ihn einfach bei. Sie ist Kari Blom, freischaffende Schriftstellerin. Sie arbeitet an einem Buch über Frauen in Männerberufen. In diesem Fall bei einem Sicherheitsunternehmen, das womöglich zugleich der Hort einer Diebesbande ist, die die Villen der Sylter High Society unsicher macht.«

Kari beachtete ihn nicht. Sie starrte Jonas Voss an, und er sah, wie sich ein Kaleidoskop widersprüchlicher Empfindungen in ihren Augen spiegelte. Sie blitzten freudig auf und verdunkelten sich gleich darauf wieder, ihre Lippen verzogen sich unwillkürlich zu einem Lächeln, das eine Sekunde später wieder verblasste, sie öffnete den Mund, um etwas zu sagen, und schloss ihn sofort wieder. Und ihm selbst ging es kaum anders. Zahllose Gedanken schossen ihm durch den Kopf. Das war also der Grund, warum sie ihn immer wieder verlassen hatte. Weil sie nicht Kari Blom war, sondern – was war ihr richtiger Name? – Karolina. Karolina Dahl. Er ließ sich den Namen still auf der Zunge zergehen. Sie hatte nicht bleiben können, hatte sich ihm nicht offenbaren dürfen, weil sie eine Undercover-Ermittlerin war. Und nun war von einer Sekunde auf die andere alles anders. Oder nicht?

War sie tatsächlich gegangen, weil sie nicht bleiben durfte? Oder hätte sie ihn auch verlassen, wenn ihr Beruf sie nicht dazu gezwungen hätte?

Er wollte ihr tausend Fragen stellen, und ihr schien es nicht anders zu gehen. Im Gegensatz zu ihm hatte sie sich allerdings besser im Griff.

Sie wandte sich zu Lund und blitzte ihn an.

»Brillant, Ole«, sagte sie. »Wirklich. Die Überraschung ist dir gelungen. Und du hast sicher auch schon einen Plan, wie ich in dieses Sicherheitsunternehmen hineinkommen soll? Ich frage nur, weil«, sie ließ einen Finger neben ihrem Kopf rotieren, um den Denkprozess zu symbolisieren, »diese Leute vielleicht nicht besonders interessiert daran sind, dass jemand über sie schreibt.«

Lund breitete die Hände aus und zwinkerte Jonas zu. Offenbar wusste der Kriminalrat von ihrer unerfüllten Liebe. Hatte er womöglich deshalb beschlossen, sie gemeinsam ermitteln zu lassen, weil er ihnen eine Chance geben wollte? Oder war das nur Wunschdenken?

»Ich dachte, das versteht sich von selbst«, sagte Lund zu Kari, ohne auch nur den Versuch zu unternehmen, das Schmunzeln, das seine Mundwinkel umspielte, zu unterdrücken. »Du bist undercover, im doppelten Sinne, so wie bei deinem letzten Fall. Für die Leute, die dich auf Sylt kennen, bist du die Schriftstellerin Kari Blom, die für ein neues Buch recherchiert. Und die deshalb als Angestellte in einem Sicherheitsunternehmen arbeitet. Für die Leute in der Firma dagegen bist du lediglich eine neue Kollegin.«

Kari sah ihn ungläubig an.

»Findest du nicht, dass du es mit dem ganzen Mummenschanz ein wenig übertreibst? Und dass die Kollegen Voss und Behrends auf einmal wissen, wer ich bin, ist auch kein Problem? Wo du doch sonst immer so darauf bestanden hast, dass auf keinen Fall jemand meine wahre Identität kennen darf?« Sie runzelte die Stirn. »Ich meine, das ist immerhin die Grundregel jedes Undercover-Einsatzes. Ein Ermittler, dessen Tarnidentität aufgedeckt wird, ist verbrannt – auch dann, wenn es sich um Kollegen handelt.«

Lund neigte den Kopf.

»Ja. Das ist vollkommen richtig. Aber ich habe mich entschieden, in diesem Fall eine Ausnahme zu machen.«

Weil du uns verkuppeln willst?, schien Kari fragen zu wollen, doch sie sprach es nicht aus. Voss, der ebenfalls mehr als neugierig auf Lunds Antwort war, sah den Kriminalrat gespannt an.

»Ich will, dass du diesen Fall übernimmst«, erläuterte Lund. »Du kennst die Insel, und deine Tarnung als Schriftstellerin Kari Blom ist geradezu perfekt. Wir haben dich da so gut installiert, dass du quasi unsichtbar bist. Du kannst dir immer wieder neue Jobs auf Sylt suchen, ohne dass es Misstrauen erregt. Das ist auch für die Zukunft von großem Wert.« Er schaute erst Kari, dann Jonas Voss in die Augen. »Aber wir hätten trotzdem ein Problem, wenn die Kollegen auf Sylt nach wie vor nicht wüssten, wer du bist. Sie mögen ja glauben, dass du einmal, vielleicht auch ein zweites Mal versehentlich in die Ermittlungen zu einem Kriminalfall hineingerätst. Aber beim dritten Mal würden sie dir das nicht mehr abnehmen. Sie würden dich durch sämtliche Datenbanken jagen, und irgendwann würden sie herausfinden, dass es dich – das heißt, Kari Blom – nicht gibt. Deine Undercover-Vita ist zwar solide, aber es ist schlichtweg nicht möglich, jedes Loch zu stopfen.« Er schüttelte den Kopf. »Nein. Wenn du weiterhin auf Sylt ermitteln willst ... ich meine«, er blinzelte ihr zu, »wenn ich will, dass du weiterhin auf Sylt ermittelst, müssen wir neue Wege gehen und die Kollegen mit ins Boot holen. Das ist zugegebenermaßen ein höchst ungewöhnliches Vorgehen bei einer verdeckten Ermittlung. Aber ich glaube, es kann funktionieren. Und es lohnt sich.«

Jonas Voss stimmte ihm aus vollem Herzen zu. Was der Kriminalrat erklärt hatte, klang für ihn überzeugend. Wenn auch vielleicht vor allem deshalb, weil es seinen Wünschen so sehr entgegenkam.

»Natürlich gilt weiterhin, dass es sonst niemand wissen darf«, setzte Lund hinzu. »Wir verpflichten Voss und seine Kollegin Behrends zu absolutem Stillschweigen. Und ihr alle müsst euch so verhalten, dass niemand außer den beiden erfährt, dass du Polizistin bist. Ansonsten gilt, was immer gilt: Wenn deine Tarnung auffliegt, bist du raus.«

Kari nickte langsam, und Voss sah, wie sich ein Funkeln in ihre Augen stahl. Offenbar gefiel ihr die neue Herausforderung.

»Gut. Warum nicht?«, erwiderte sie. »Sagen wir einfach, das ist ein neues Spiellevel. Aber das Problem mit dem Einschleusen in die Sicherheitsfirma bleibt bestehen. Oder hast du den Arbeitsvertrag vielleicht auch schon in der Tasche?«

»Nicht ganz. Aber es gibt eine Tür.« Lund rückte seine Krawatte zurecht. »Bei *Sylt Guard* ist nach dem Tod eines Mitarbeiters eine Stelle freigeworden. Das Unternehmen hat bereits eine Ausschreibung online gestellt.«

Er setzte sich an seinen Schreibtisch und zog eine der Schubladen auf. Daraus entnahm er einige Papiere, die säuberlich in Prospekthüllen gesteckt waren.

»Die Anforderungen sind nicht ohne. Ich musste deine Vita ein wenig anpassen.«

Er blinzelte erst Kari und dann Voss zu, der sich fühlte wie auf einer kolossalen Gefühlsachterbahn. Was würde passieren, wenn Kari nach Sylt kam und sich nicht mehr vor ihm verstecken musste? Würden sie einander tatsächlich näherkommen? Oder würde sich überhaupt nichts ändern, weil sie gar nichts von ihm wollte, weder als Kari Blom noch als Karolina Dahl? Und wie würde er dann damit umgehen? Sein Herz klopfte wie verrückt, weil er sich dermaßen freute, sie zu sehen. Und zugleich schlotterten ihm vor Angst die Knie. Er wünschte sich so sehr, dass sie eine Rolle in seinem Leben spielte, doch was sollte er tun, wenn er vergeblich hoffte? Wie sollte er sie vergessen, wenn sie ständig in seiner Nähe war? Wenn er versuchen würde, all seine Gefühle in Alkohol zu ertränken, würde er sich verdammt schnell zu Tode gesoffen haben.

Ehe er seine Gedanken auch nur halbwegs sortiert hatte, sprach Lund schon weiter.

»Gesucht wird eine Person mit einer soliden Berufsausbildung, guter körperlicher Fitness, Kampfsporterfahrung und Kenntnissen im Umgang mit Handfeuerwaffen«, erläuterte er. »Das Einfachste wären ein paar Jahre bei der Bundeswehr, aber falls sich jemand von *Sylt Guard* damit auskennt, würde er vermutlich schnell merken, dass du nie bei dem Verein warst. Und eine Polizeiausbildung ist zu dicht an der Wahrheit und würde die Diebesbande womöglich misstrauisch machen. Ich musste mir also etwas anderes ausdenken.«

Lund legte die Unterlagen auf seinen Schreibtisch.

»Dein Magister in Literatur und Philosophie, den wir beim letzten Mal verwendet haben, geht vermutlich als Berufsausbildung durch. Auch wenn man darüber streiten kann, ob die Bezeichnung ›solide‹ zutrifft.« Lund feixte. »Dazu habe ich dir ein folkloristisches Interesse angedichtet. Du bist jetzt Mitglied in der Schönberger Schützengilde. Du nimmst zwar nicht an jedem Übungsschießen teil, weil dir aufgrund deiner ...«, er schmunzelte, »... ungünstigen Arbeitszeiten im Einzelhandel die Gelegenheit dazu fehlt, trainierst aber regelmäßig und bist natürlich dabei, wenn einmal im Jahr der Vogel abgeschossen wird.«

»Na, super.« Kari schnaubte. »Das trifft ja voll ins Schwarze.«

Jonas musste grinsen. Das von Kriminalrat Lund gewählte Hobby entsprach ganz offensichtlich nicht Karis tatsächlichen Vorlieben, doch sie nahm es mit Humor. Ein Wesenszug, den er bisher an ihr nicht entdeckt hatte. Er gefiel ihm, doch zugleich war er froh, dass sie ihre Pfeile nicht auf ihn, sondern auf den Kriminalrat abschoss. Lund ließ sich davon nicht irritieren.

»Nicht wahr?«, fragte er heiter und sah Voss vielsagend an. »Es wäre ja nicht das erste Mal, dass du einen Volltreffer landest.«

Jonas zuckte leicht zusammen. Er hatte das Gefühl, dass ihm der Kriminalrat bis auf den Grund seiner Seele blicken konnte. Dieser Ole Lund war ein Mann, dem er sich einfach nicht gewachsen fühlte. Zum Glück ritt er nicht weiter auf dem Thema herum.

»Der Rest war einfach«, erklärte er. »Den schwarzen Gürtel im Jiu Jitsu hast du ja tatsächlich, und an deiner körperlichen Fitness besteht wohl kein Zweifel. Auch wenn ich persönlich dein Programm etwas unausgewogen finde. Du solltest gelegentlich darüber nachdenken, die Lauferei mit ein bisschen Radfahren und Schwimmen zu ergänzen. Das würde zu einer Iron Woman wie dir passen.« Lund machte eine Handbewegung, als wolle er das Gesagte beiseitewischen. »Aber das nur am Rande.«

Jonas Voss, für den diese Seite an Kari vollkommen neu war, kam aus dem Staunen nicht mehr heraus. Karis Mundwinkel zuckten.

»Sicher, Ole«, sagte sie und nahm die Papiere an sich. »Alles, was du willst. Diese Schriftstellerin Kari Blom mit ihrer Schreibblockade ist eine meiner bevorzugten Rollen.

Und dann noch mit diesen wunderbaren neuen Marotten ...«

»Ich weiß«, erwiderte Lund ungerührt. »Deshalb habe ich auch schon alles in die Wege geleitet. In *meiner* Lieblingsrolle als dein dich liebender Bruder.«

Er öffnete erneut eine Schublade und zog einige weitere Blätter hervor, dieses Mal ohne Plastikhülle.

»Ich habe mich mit deiner Vermieterin auf Sylt in Verbindung gesetzt. Du darfst wieder bei ihr wohnen. Und mit dem Chef des Sicherheitsunternehmens habe ich für morgen einen Termin für ein Vorstellungsgespräch vereinbart. Du brauchst nur noch deinen Koffer zu packen, und dann kannst du gleich mit deinem Kollegen«, er deutete auf Voss, »nach Sylt fahren.«

Kari blickte Voss an, und er sah die Unsicherheit, die er selbst empfand, in ihren Augen gespiegelt. Ungeduldig riss sie Lund die Unterlagen aus der Hand.

»Ja, Ole«, sagte sie. »Das ist eine tolle Idee.«

Jonas Voss verspürte ein heißes Ziehen in der Brust. So oft hatte er sich gewünscht, Kari nah zu sein, doch jetzt fühlte er sich überfordert. Er freute sich unglaublich, sie wiederzusehen, aber da waren auch die alte Verletztheit und die Wut darüber, dass sie ihn zweimal einfach so hatte hängen lassen. Auch wenn ihr vermutlich gar keine andere Wahl geblieben war. Die Frau, die dort vor ihm stand, erschien ihm auf einmal vollkommen fremd. In Kari Blom hatte er sich verliebt, doch würde er auch Karolina Dahl lieben? Und was war mit ihr? Hatte sie ihn wirklich geliebt, oder hatte sie ihm nur etwas vorgespielt?

6. Die Polizeischüler waren in Reih und Glied auf dem Exerzierplatz angetreten. Kriminalkommissarin Hannah Behrends, die ihnen gemeinsam mit dem Einsatzleiter gegenüberstand, betrachtete ihre Gesichter. Sie waren ernst und entschlossen, doch zugleich strahlten sie auch eine fiebrige Begeisterung aus. Vermutlich war es der erste richtige Einsatz für sie.

Einen Moment lang dachte Hannah an ihre eigene Zeit in der Polizeidirektion für Aus- und Fortbildung in Eutin zurück. Es war anstrengend gewesen, körperlich ebenso wie geistig, aber es hatte auch riesigen Spaß gemacht. Was nicht zuletzt an ihrem Ausbilder gelegen hatte, der so viel Lebensfreude versprüht hatte, dass für düstere Gedanken gar kein Raum geblieben war. Sie hoffte, dass er noch immer an der Polizeischule tätig war.

Der Einsatzleiter, ein großer schlaksiger Mann mit kurzgeschorenen dunklen Haaren, der sich ihr als Polizeihauptkommissar Weber vorgestellt hatte, wies zu den Mercedes-Vito-Bussen.

»Wir haben die Schusswaffen sichergestellt«, erläuterte er. »Sie befanden sich allesamt in einem verschlossenen Sicherheitsschrank auf dem Schießstand. Wir haben auch die Munition mitgenommen.« Er hob den großformatigen Tablet-PC, den er in der Hand hielt. »Insgesamt waren es zwölf halbautomatische Pistolen und vier Schnellfeuerwaffen. Wir bringen sie auf dem Rückweg nach Eutin persönlich bei den Kollegen vom Landeskriminalamt in Kiel vorbei.«

Hannah nickte. Das war der schnellste und sicherste Weg. Und die Experten in der Kriminaltechnischen Untersuchungsstelle würden ihnen sagen können, wann zuletzt mit den einzelnen Waffen geschossen worden war. Und ob die

Projektile, die in Kevin Köhlers Körper gesteckt hatten, aus einer dieser Waffen stammten.

»Diebesgut haben wir bisher nicht gefunden«, unterbrach Weber ihre Gedanken. »Die Wohncontainer der beiden Wachmänner, Kevin Köhler und Thilo Mertens, sind sauber.« Er blätterte auf seinem Tablet. »Die dritte Angestellte, Wiebke Lüdemann, wohnt nicht auf dem Gelände, sondern bei ihren Eltern. Die haben hier in List eine kleine Pension.«

Weber wischte ein paarmal über das Display und hielt Hannah das Gerät hin, so dass sie die geöffnete Seite sehen konnte.

»Hier. Pension Lüdemann.«

Hannah erblickte eines der typischen Lister Backsteinhäuser mit einem kleinen gepflegten Garten und einer weißgestrichenen Bank vor dem Haus. Ein Schild an dem mit Rosenranken bewachsenen Eingangstor wies dezent auf die Übernachtungsmöglichkeit hin. Auf dem Foto daneben war Familie Lüdemann abgebildet, ein Ehepaar und zwei Mädchen, die freundlich in die Kamera lächelten. Offenbar ein älteres Bild, denn von den Mädchen war keines alt genug, um bei einem Wachdienst zu arbeiten, aber es passte zu der Homepage, die eine warme und einladende Atmosphäre vermittelte.

»Hübsch«, bemerkte Hannah, ohne ihre Ungeduld verbergen zu können.

Weber beeilte sich, auf das eigentliche Thema zurückzukommen.

»Also, bei den Angestellten keine versteckten Wertsachen oder größere Mengen Bargeld. Heißt: Wir nehmen uns jetzt die Familie und das restliche Gelände vor.« Er zeigte mit dem Kinn in Richtung des ehemaligen Offizierscasinos. »Richtig?«

Hannah blickte auf das Wohnhaus. *Sylt Guard* war ein Familienunternehmen.

Würde tatsächlich einer der Angehörigen den guten Ruf der Firma aufs Spiel setzen, um sich an den Kunden des Sicherheitsdienstleisters zu bereichern? Aber wer wusste schon, was hinter verschlossenen Türen vorging? In jeder Familie gab es Streitigkeiten, in mancher auch tiefe Gräben. Vielleicht fühlte sich auch bei den Sieverts jemand so benachteiligt, dass er auf kriminellem Wege nach Wiedergutmachung strebte. Sie fand das plausibel, und der zuständige Staatsanwalt beim Landgericht in Flensburg hatte ihre Theorie unterstützt. Er hatte die Durchsuchung beantragt, und die Ermittlungsrichterin des Amtsgerichts in Niebüll hatte dem Antrag zugestimmt.

»Gut.« Weber wandte sich seinen Polizeischülern zu und teilte sie in Gruppen ein. »Dann nehmen wir den Laden hier jetzt mal richtig auseinander.«

Die Polizeischüler setzten sich in Bewegung. Weber schaute Hannah an.

»Ich nehme an, Sie wollen sich den Container von Kevin Köhler ansehen? Wir sind damit fertig, aber wir haben ja lediglich nach Diebesgut gefahndet.«

Hannah zögerte nur kurz. Neben der Vernehmung von Zeugen war die Untersuchung der Wohnräume des Toten ein wichtiges Mittel, um Informationen über die persönlichen Beziehungen und Kontakte ebenso wie über mögliche Probleme oder Konflikte zu gewinnen. Jonas Voss würde diesen Schritt sicher gern mit ihr gemeinsam unternehmen. Aber auf der anderen Seite brauchten sie, so rasch es ging, Hinweise.

»Ja«, sagte sie entschlossen. »Würden Sie mich begleiten?«

Weber lächelte breit.

»Nichts lieber als das«, entgegnete er.

▪ ▪ ▪

Bjarne Sievert biss ein Stück von seinem Schokoladenbrötchen ab und starrte aus dem Fenster auf den Hof.

Wie die Heuschrecken, dachte er und beobachtete die Beamten, die das Gelände um die Wohncontainer herum in Augenschein nahmen. Ihre dunkelblauen Uniformen sahen nicht viel anders aus als die schwarzen, die sie hier bei *Sylt Guard* trugen. Nur dass da das schleswig-holsteinische Landeswappen fehlte. Stattdessen befand sich auf Brust und Schultern das Logo von *Sylt Guard*, ein roter Ritterschild mit silbernem Rand und dem Firmennamen in silbernen Blockbuchstaben in der Mitte.

Bjarne ließ ein Stück Schokolade auf der Zunge zergehen und seufzte. Es gab einfach nichts Besseres, um die Nerven zu beruhigen. Zugleich plagte ihn allerdings das schlechte Gewissen. Er wollte mehr auf seine körperliche Fitness achten. Doch es gelang ihm einfach nicht.

Als hätte er nur auf seinen Einsatz gewartet, tauchte sein Bruder Leif neben ihm auf.

»Du frisst ja schon wieder«, sagte er verächtlich und blickte bedeutungsvoll auf Bjarnes Bauch, der in einem Wulst über der Uniformhose hing. Bjarne schob sich eilig das restliche Brötchen in den Mund. Während er noch überlegte, wie er sich rechtfertigen konnte, wechselte Leif schon das Thema.

»Was glauben die, was die hier finden?«, fragte er und deutete nach draußen.

Bjarne betrachtete seinen Bruder. Das gebräunte Gesicht mit den leuchtend blauen Augen und den schlanken, durchtrainierten Körper. Auch Leif trug die Uniform des Wachschutzes, doch an ihm sah sie großartig aus.

»Diebesgut, wahrscheinlich«, nuschelte Bjarne, während er sein Gebäck zerkaute und herunterschluckte.

»Hm.« Leif fuhr sich durch die blonden Locken. An den Seiten hatte er sie mit viel Haarwachs geglättet, über der Stirn zu einer verwegenen Tolle geformt. »Schön blöd. Selbst wenn einer von uns der Einbrecher wäre, würde der doch seine Beute nicht ausgerechnet hier deponieren.«

»Warum nicht?« Bjarne nahm sich eine Flasche Cola vom Besprechungstisch und öffnete sie. »Hier gibt es so viele gute Verstecke, da würde nie jemand etwas finden.«

Leif verdrehte die Augen, ob wegen Bjarnes Bemerkung oder wegen der zusätzlichen Kalorien, die er sich mit der Cola einverleibte, war schwer zu sagen.

»Aber wenn doch«, erklärte er, »dann hätte er eine breite Spur gelegt.«

Bjarne wollte etwas erwidern, doch er kam nicht dazu, weil in diesem Moment sein Vater den Raum betrat, gefolgt von seinem Onkel Clemens und zwei weiteren Personen in Wachschutzuniform.

»Bitte setzt euch einen Moment«, bat Burkhard Sievert, und Bjarne und die anderen folgten der Aufforderung. Nur Leif blieb am Fenster stehen und schaute auf den Exerzierplatz.

»Leif. Würdest du bitte Platz nehmen?«

Sein Vater wirkte gereizt, und seine Stimme hatte einen Unterton, den Bjarne an ihm nicht kannte.

»Wenn's sein muss.« Leif zog sich einen Stuhl heran und ließ sich breitbeinig darauf nieder. »Aber ich würde zu gerne sehen, was die da unten machen.«

Burkhard Sievert zerrte am Knoten seiner silbrig glänzenden Krawatte und lockerte sie.

»Sie suchen nach gestohlenen Juwelen. Und sie konfiszieren unsere Waffen«, erläuterte er mühsam beherrscht.

»Unsere Waffen? Wieso denn das?«

Der Inhaber von *Sylt Guard* stützte sich mit beiden Händen auf den Tisch.

»Weil letzte Nacht etwas Furchtbares geschehen ist. Unser ... Kollege Kevin ... ist offenbar in eine Villa eingebrochen.«

»Wie bitte?« Wiebke Lüdemann, die einzige Frau in der Runde, riss die Augen auf. »Das kann doch nicht wahr sein. Ich hätte Kevin ja einiges zugetraut, aber so etwas ...«

Burkhard Sievert hob die Hand, um sie zum Schweigen zu bringen.

»Es besteht offenbar kein Zweifel«, berichtete er.

Leif hielt es nicht auf seinem Stuhl.

»Was sagt denn Kevin dazu? Hat er ein Geständnis abgelegt?« Er schaute sich um. »Wo ist er überhaupt? Haben sie ihn verhaftet?«

Bjarne sah, wie sich widerstreitende Emotionen auf dem Gesicht seines Vaters abzeichneten. Wut und Hilflosigkeit und noch etwas anderes, das Bjarne nicht benennen konnte. Sein Vater hob die Arme und setzte ein paarmal zum Sprechen an, brachte das, was er sagen wollte, aber offenbar nicht über die Lippen.

Sein Onkel Clemens faltete die Hände vor sich auf dem Tisch.

»Kevin kann zu den Vorwürfen leider nicht mehr Stellung beziehen. Er ist tot.«

»Was?« Bjarne starrte ihn ungläubig an. Leif sackte zurück auf seinen Stuhl. Clemens Sievert wandte ihm den Kopf zu.

»Die Polizei glaubt, dass ihn einer seiner Mittäter erschossen hat. Und dass dieser Komplize einer von uns ist.«

Die Stille, die auf seine Worte folgte, war so vollkommen, dass man hören konnte, wie Bjarne den Stoff seiner Uniformhose knetete.

Leif schnellte von seinem Stuhl hoch.

»Deswegen die Waffen«, kombinierte er. Sein ausgestreckter Zeigefinger wanderte von einem Kollegen zum nächsten und machte auch vor Bjarne nicht Halt.

»Wenn das einer von euch war ...«, stieß er hervor. »Wenn einer von euch Kevin erschossen hat – den bringe ich um.«

Bjarne spürte, wie sich etwas in seinem Inneren zusammenzog. Er sah das feuchte Glänzen in Leifs Augen und das Zittern seiner Hand. Er war überzeugt davon, dass Leif es ernst meinte. Und das war genau das, was ihn schmerzte: dass Kevin für Leif wie ein Bruder gewesen war, viel mehr als er selbst. Seinetwegen wäre Leif sicher nicht zum Racheengel mutiert.

■ ■ ■

Polizeihauptkommissar Weber zog das Schlüsselbund aus der Tasche, das die Kollegen von der Kriminaltechnik bei dem Toten gefunden hatten. Die rote Tür zu Köhlers Wohncontainer öffnete sich mit einem leisen Quietschen, und Weber hielt sie zuvorkommend auf.

»Nach Ihnen«, erklärte er höflich. Hannah trat ein.

»Oh«, sagte sie.

Kevin Köhler hatte sämtliche Wände seines Containers mit großformatigen Fotos beklebt. Zusammen ergaben sie ein Panorama, das den Eindruck erweckte, man würde oben auf der Uwe-Düne stehen. Nach allen Seiten blickte man über die Insel, auf Sand und niedrige Erikagewächse, lange Strände, tiefblaues Meer und den weiten Himmel. Über dem Küchenblock ragte der schwarz-weiß gestreifte Kampener Leuchtturm auf. Das ausklappbare Schlafsofa stand vor den Westerländer Hochhäusern. Auf der Straße nach Süden lehnte ein Surfbrett schräg an der Wand.

Dazwischen verstreut lagen Kleidungsstücke, Zeitschriften und leere Pizzakartons.

»Hübsch«, kommentierte Hannah und streifte sich durchsichtige Latexhandschuhe über die Finger. Weber, der den Container bereits gründlich in Augenschein genommen hatte, verzog den Mund.

»Na ja«, kritisierte er. »Wenn es bei mir zu Hause so aussehen würde ...«

Er stieg vorsichtig über eine zerrissene Jeans und ein Paar ausgetretene Turnschuhe hinweg.

»Dann würde Ihnen Ihre Frau die Hölle heiß machen«, ergänzte Hannah schmunzelnd, während ihre Augen bereits durch den Raum wanderten. Auf dem niedrigen Tisch vor dem Schlafsofa entdeckte sie, was sie suchte: Kevin Köhlers Handy. Sie betätigte den Einschaltknopf und brummte verstimmt, weil das Gerät zur Eingabe einer PIN aufforderte. So schnell, wie sie gehofft hatte, würde sie also keinen Überblick über Köhlers Kontakte gewinnen. Es sei denn ...

»Ich habe keine«, sagte Weber in ihrem Rücken.

Hannah wandte sich irritiert zu ihm um und runzelte die Stirn. »Bitte?«

»Eine Frau. Ich bin nicht verheiratet«, erklärte der Polizeihauptkommissar.

»Ach so.« Hannah lachte leise, und für einen kurzen Moment trafen sich ihre Blicke. Dann wandte sie sich einem Holztisch mit abgestoßenen Kanten zu, der eine große Schublade besaß. Darauf lagen einige bunte Prospekte. Australien, wie Hannah gleich darauf feststellte, während sie die Schublade öffnete.

»Ah!«, sagte sie und nahm ein in schwarzes Neopren verpacktes Objekt heraus. Sie zog es aus der Schutzhülle und stellte fest, dass es sich um ein Tablet handelte. Kein teures Gerät, und hoffentlich leicht zu knacken. Sie betätigte den Schalter, doch auch hier wurde ein Kennwort verlangt.

»Da müssen wohl die Kollegen von der IT-Beweissicherung ran«, bemerkte Weber, der ihr über die Schulter schaute.

»Ja.« Hannah schob das Tablet zurück in die Schutzhülle. Sie würde die beiden Geräte per Kurier nach Flensburg schicken, aber bis die Kollegen mit der Auswertung fertig wären, würde es trotzdem dauern. Sie wusste, dass sich dort Unmengen gleichartiger Geräte stapelten, die untersucht werden mussten. Es gab mittlerweile einfach zu viele davon.

»Bis dahin versuchen wir, Informationen über den Provider zu bekommen«, sagte sie und trat einen Schritt beiseite, vorgeblich, um sich den Inhalt von Köhlers Kleiderschrank anzusehen, tatsächlich aber, um etwas mehr Distanz zwischen sich und Weber zu bringen, der ihr für ihren Geschmack zu dicht auf die Pelle rückte. Sie konnte sogar den Duft seines Rasierwassers wahrnehmen.

Allerdings gab der Schrank nicht viel her. Der Inhalt war spärlich. Da das meiste auf dem Boden lag, war in den Fächern viel Platz. Neben einer sauber gebügelten Wachschutz-Uniform auf der Kleiderstange gab es vor allem Sport- und Freizeitkleidung in schreienden Farben.

»Muss ja ein bunter Vogel gewesen sein, der Tote«, kommentierte Weber.

Hannah durchforstete derweil den Inhalt von Köhlers Nachttisch, der aber außer ein paar Vitaminpillen, Sonnencreme und weiteren Prospekten – Florida, Südafrika, und wieder Australien – nichts enthielt. Den jungen Mann schien großes Fernweh geplagt zu haben. Vielleicht war er deshalb zum Einbrecher geworden.

Hannah ging zurück zum Schreibtisch und nahm sich die Schublade vor. Sie hoffte auf Kontoauszüge, Versicherungsunterlagen oder andere Urkunden. Doch der schmale Hefter, der darin lag, enthielt nichts dergleichen. Entweder hatte Köhler all diese Dinge nur in digitaler Form besessen, oder er hatte keinen Wert darauf gelegt. Trotzdem war der Inhalt des Hefters interessant. Sie hielt Weber die Blätter hin.

»Ach«, sagte dieser. »Das gehört ja wohl nicht in den privaten Besitz eines Wachdienstangestellten.«

Hannah machte ein paar Fotos von den Unterlagen: Grundrisse mehrerer Häuser inklusive der installierten Sicherheitssysteme.

»Womöglich stammt das aus einem Schulungslehrgang«, überlegte sie. »Aber wenn das die Pläne der Häuser sind, in die eingebrochen wurde …«

»Dann ist das ein ziemlich handfester Beweis«, bestätigte Weber. »Das untermauert Ihre Theorie, dass er den Einbruch durchgeführt und auch geplant hat.«

Hannah steckte den Hefter in einen großen Beweismittelbeutel.

»Wir wissen, dass Köhler einer der Einbrecher war«, bestätigte sie. »Aber diese Papiere führen uns vielleicht auf die Spur seines Komplizen.«

»Das heißt, direkt zum Mörder.«

»Vermutlich, ja. Wenn es sein Komplize war, der ihn erschossen hat. Ich persönlich glaube das, aber es könnte ja auch anders gewesen sein. Vielleicht war es auch ein selbsternannter Beschützer einer Bürgerwehr oder ein zweiter Dieb, der zeitgleich in das Objekt eingebrochen ist. Nicht sehr wahrscheinlich, aber nicht auszuschließen.«

Weber nickte anerkennend. »Völlig richtig. Das ist wichtig. Sich nicht zu früh auf eine Theorie einschießen, immer den Blick offenhalten.«

Hannah musste schmunzeln, weil es so lehrerhaft klang.

Aber Weber war ja auch Ausbilder in Eutin. Und er machte seine Sache sicher gut. Das hatte sie an den Blicken der Polizeischüler gesehen, die ihm unterstellt waren.

Sie schaute in die restlichen Schränke im abgeteilten Bad und der offenen Küche, fand jedoch nichts, das von Interesse gewesen wäre.

»Ich schätze, das war's erst mal«, erklärte sie und trat aus dem Container auf den Kasernenhof. »Ich werde bei der Firmenleitung nachfragen, ob man mir etwas zu den Grundrissen sagen kann«, verkündete sie Weber, der ihr gefolgt war. »Und danach ...«

»Bleiben Sie noch hier? Oder sollen wir Bescheid geben, wenn wir etwas finden?«, erkundigte sich der Polizeihauptkommissar, während er die Tür von Kevin Köhlers Wohncontainer abschloss und versiegelte.

Hannah schaute sich auf dem Gelände um. Sie überlegte nur kurz. Hier vor Ort konnte sie nicht viel tun. Sie würde die Zeit lieber nutzen, um ein paar Recherchen anzustellen.

»Ich fahre zurück nach Westerland«, erklärte sie. Wenn Voss mit dem Undercover-Ermittler eintraf, wollte sie vorbereitet sein und den Kollegen so umfassend es ging ins Bild setzen, damit er schnellstmöglich Zugang zu dem Fall fand. Wenn sie schon Hilfe von außen benötigten, wollte sie zumindest demonstrieren, dass auch die Sylter Kollegen ihren Job verstanden.

»In Ordnung.« Weber streckte ihr die Hand hin. »Dann schon mal viel Erfolg. Sie hören von mir.«

»Ebenfalls«, sagte Hannah, brachte aber nur die ersten beiden Silben hervor, weil ihr Weber beinahe die Finger zerquetschte.

»Ups.« Der Einsatzleiter lockerte den Griff. »Entschuldigung. Das ist das Adrenalin.«

»Schon gut.« Hannah schüttelte unauffällig ihre Hand aus.

»Vielleicht liegt es auch daran, dass Sie so einen robusten Eindruck machen«, setzte Weber hinzu und zwinkerte. »Da vergisst man leicht, wie zart Frauenfinger sind.«

Hannah musterte sein Gesicht. Sollte das womöglich ein Versuch sein, mit ihr zu flirten? Sie lächelte schief. Weber war nett und nicht unattraktiv, auch sein Rasierwasser hatte sehr angenehm geduftet. Hannah schüttelte den Gedanken aber wieder ab, er war nicht ihr Typ. Wenn es denn so etwas überhaupt gab. Im Grunde interessierte sie nur ein einziger Mann.

»Macht nichts«, sagte sie und winkte zum Abschied. »Beim nächsten Mal passen Sie einfach besser auf.«

Sie ging zum Wohnhaus der Familie Sievert und öffnete die Eingangstür. Als sie sich noch einmal umdrehte, bemerkte sie, dass Weber ihr enttäuscht nachsah, und ganz kurz durchzuckte sie der Verdacht, dass es vielleicht ein Fehler gewesen war, ihn zurückzuweisen. Aber solange auch nur ein Funken Hoffnung bestand, dass aus Jonas Voss und ihr eines Tages doch noch ein Paar wurde, konnte sie nicht anders.

7.

Kari Blom konnte sich nicht erinnern, sich irgendwann in den letzten Jahren derart befangen gefühlt zu haben. Sie saß neben Jonas Voss in seinem rostigen roten VW Passat und starrte aus dem Seitenfenster auf die Landschaft, die an ihnen vorbeizog. Grüne Wiesen und Felder, die die Autobahn von Kiel nach Rendsburg säumten.

Sie war wütend auf Ole Lund, der sie einfach ins offene

Messer hatte laufen lassen. Warum hatte er ihr nicht gesagt, dass es sich bei den Kollegen, die sie unterstützen sollte, um Jonas Voss und Hannah Behrends handelte? Hatte er geglaubt, sie würde den Auftrag rundheraus ablehnen? Wahrscheinlicher war allerdings, dass er sich den Knalleffekt nicht hatte verderben lassen wollen. Zugleich war sie ärgerlich auf sich selbst, weil es ihr nicht gelang, souveräner mit der Situation umzugehen. Sie hatte damals schließlich gute Gründe gehabt, Voss zurückzuweisen. Als Undercover-Ermittlerin musste sie während eines Einsatzes in ihrer Rolle bleiben. Für private Gefühle war kein Platz. Was vollkommen richtig war, nur dass ihr Herz das einfach nicht hatte einsehen wollen.

Und jetzt schien auf einmal alles möglich. Der Gedanke erfüllte sie mit einer freudigen Erregung. Und zugleich machte er ihr eine Heidenangst.

Auch Jonas kämpfte ganz offensichtlich mit seinen Emotionen. Er blickte angestrengt auf die Straße, obwohl kaum Verkehr war. Da es zudem eine Geschwindigkeitsbegrenzung auf hundertzwanzig Stundenkilometer gab, war die fahrerische Herausforderung nicht so groß, dass sie diese ausschließliche Aufmerksamkeit erfordert hätte. Doch solange er zumindest so tat, musste er sich nicht mit Kari auseinandersetzen. Natürlich machte er es trotzdem, das konnte sie spüren. Ein paarmal war seine Hand zum Autoradio gezuckt, als könne er die Stille zwischen ihnen nicht ertragen, aber dann hatte er sich doch jedes Mal dagegen entschieden, die Musik einzuschalten.

Jetzt holte er tief Luft.

»Das war eine ziemliche Überraschung«, sagte er, während er den Wagen auf die Zufahrt zur A7 am Autobahnkreuz Rendsburg lenkte.

»Ja.« Kari fuhr mit dem Finger über ihre Jeans. »Allerdings.«

Wieder schwiegen sie, und Kari schaute auf den Nord-Ostsee-Kanal, der unter der großen Brücke hindurchführte, die sie soeben überquerten. Sie betrachtete die Wälder und Rapsfelder, die sich rechts und links der Autobahn erstreckten, und suchte die Landschaft nach Rehen ab, die man hier gelegentlich entdecken konnte. Erst als sie wieder auf die Landstraße nach Leck bogen, ergriff Jonas das Wort.

»Dann war es das?«, fragte er rau. »Der Job, der dir keine Wahl gelassen hat? Das war der Grund, warum du einfach gegangen bist?«

Es wäre die Gelegenheit gewesen, ihm zu erklären, was sie empfunden hatte. Doch die Nähe, die damals zwischen ihnen entstanden war, wollte sich nicht wieder einstellen.

»Ich konnte nicht bleiben«, erwiderte sie nur.

Sie spürte seine Enttäuschung und war froh, dass er nicht weiterfragte.

Sie schwiegen, bis sie in Niebüll auf den Autozug rollten. Jonas lenkte den Wagen auf den Platz, den ihnen der Ordner zuwies. Dann stellte er den Motor ab, löste den Gurt und wandte sich ihr zu.

»Ich habe mir gewünscht, dass wir uns wiedersehen«, sagte er.

Kari blickte ihn an. Er war immer noch attraktiv, mit seinen wirren Haaren und den sanften braunen Augen, doch sie bemerkte auch die Falten, die sich eingegraben hatten.

»Es tut mir leid«, erklärte sie. »Dass ich dich so verletzt habe. Aber ich wusste einfach nicht, was ich anderes tun soll.«

Der Autozug rollte an und fuhr zwischen grünen Wiesen hindurch auf den Hindenburgdamm zu.

Jonas streckte die Hand nach ihr aus, doch Kari wich zurück. »Das ist keine gute Idee, Jonas.«

Er ließ den Arm wieder sinken. Der Schmerz in seinem Blick tat ihr weh.

»Im Grunde hat sich nichts geändert«, versuchte sie zu erklären. »Ich bin wieder undercover auf Sylt. Niemand darf wissen, dass wir Kollegen sind. Es wäre nicht gut für unsere Ermittlungen, wenn jemand merkt, dass wir uns kennen.« Sie lachte, obwohl ihr nicht danach zumute war. »Eine Bekannte des ermittelnden Hauptkommissars hat kaum einen besseren Zugang zu den Verdächtigen als eine Polizistin.«

Jonas Voss presste die Lippen zusammen. »Ja. Natürlich.« Er strich sich ein paar Haare aus der Stirn. »Aber wenn wir den Fall gelöst haben ...«

Die Wiesen blieben hinter ihnen zurück, und rechts und links des Damms tauchte die Nordsee auf. Braunes, vom Sturm gepeitschtes Wasser, darüber ein paar Möwen, die sich mit ausgebreiteten Flügeln gegen den Wind stemmten. Über dem nördlichen Ausläufer der Insel, den Kari vom Zug aus sehen konnte, hingen dunkle Wolken. Wie so oft war das Wetter an der schleswig-holsteinischen Westküste unbeständiger und rauer als auf der Ostseite.

Kari schaute wieder zu Jonas, und plötzlich sehnte sie sich danach, dass er sie in die Arme nahm und festhielt.

»Ja, vielleicht«, erwiderte sie. Sie zögerte kurz und griff dann nach seiner Hand.

»Ich habe es mir auch gewünscht, weißt du?«, brach es aus ihr heraus. »Ich ... ich hatte mich wirklich in dich verliebt, und es hat mich fast zerrissen, dass ich mich entscheiden musste. Aber ich konnte nicht anders. Mein Beruf ... bedeutet mir alles. Und beides geht nicht. Ging nicht.«

Sie merkte, wie sich etwas in ihrem Inneren verknotete, und zog ihre Hand wieder zurück. Seine Wärme an ihren Fingern verlor sich, und sie verspürte ein heftiges Bedauern.

»Ich weiß, dass ich dir wehgetan habe. Mir hat es auch wehgetan. Und ich kann verstehen, wenn du sauer bist.«

»Das war ich«, sagte er weich. Seine braunen Augen blickten sanft. »Aber das spielt jetzt keine Rolle mehr.«

Kari schluckte.

»Ich kann dir nicht sagen, wie es jetzt weitergeht. Das kommt alles … sehr plötzlich. Ich brauche einfach Zeit.«

Jonas sah sie ernst an.

»Die hast du«, sagte er. »Ich bin da. Und ich warte auf dich.«

▪ ▪ ▪

Hannah Behrends schob ihr iPad auf dem Schreibtisch von sich weg und streckte sich. Sie hatte tatsächlich den Provider aufgespürt, bei dem Kevin Köhler einen Handyvertrag hatte, und die Verbindungsdaten beantragt, die man ihr überraschend schnell und unbürokratisch übermittelt hatte. Sie hatte über eine Stunde gebraucht, um durch die zahllosen WhatsApp-, Facebook- und Twitterbotschaften zu blättern, die Kevin gepostet hatte, aber sehr viel schlauer gemacht hatte sie die Lektüre nicht. Kevin Köhler hatte mit Leif und Bjarne Sievert über das Surfen und andere Sportarten gefachsimpelt und sich mit Leuten im Netz über das Sylter Partyleben ausgetauscht. Außerdem mit zwei weiteren Männern – anscheinend ehemaligen Klassenkameraden –, die ihren Wohnsitz beide in Hessen hatten, über noch Belangloseres – von den Strandgebühren über die Lebensmittelpreise auf Sylt bis hin zur Höschengröße eines Mädchens, das den dreien offenbar aus der gemeinsamen Schulzeit bekannt war.

Nachdem sie eingesehen hatte, dass sie diese Mitteilungen nicht weiterbrachten, hatte Hannah die Lebensumstände aller Mitarbeiter von *Sylt Guard* recherchiert und für jeden Einzelnen ein Dossier angelegt. Von Burkhard Sievert hatte sie erfahren, dass die Grundrisse der von *Sylt Guard* betreuten Häuser, auf denen die Sicherheitssysteme eingezeichnet waren, im firmeneigenen Tresor verwahrt wurden – und zwar nicht nur die gedruckte, sondern auch die digitale Version, die ausschließlich auf einer mobilen Festplatte gespeichert und hinter der Panzertür verschlossen wurde. Wie die Unterlagen in den Besitz von Kevin Köhler gelangt waren, konnte sich der Firmenchef nicht erklären. Er hatte allerdings eingeräumt, dass er manchmal vergaß, die mobile Festplatte vom Rechner abzukoppeln, wenn er nur kurz sein Büro verließ, so dass sich Kevin einfach eingeschlichen und die Pläne heimlich ausgedruckt haben könnte.

Zu guter Letzt hatte sie sich noch die Festplatten mit den Videoaufnahmen sämtlicher Kameras, die sich auf dem Firmengelände befanden, aushändigen lassen und an die Kollegen vom Landeskriminalamt in Kiel geschickt, die versprochen hatten, ihr zeitnah Kopien zu senden. Mehr konnte sie im Augenblick nicht tun. Außer darauf zu warten, dass Jonas mit dem LKA-Beamten eintraf.

Hannah stand auf und trat ans Fenster, das auf den Hof hinausging. Vor ein paar Minuten musste der Autozug eingetroffen sein, der um kurz nach sieben in Niebüll Verladeschluss hatte. Wenn Voss ihn erwischt hatte, würde sein rostiger Passat jeden Moment auf den Parkplatz rollen, wo im Augenblick nur ein Streifenwagen und das Zivilfahrzeug der Polizeistation standen.

Hannah griff nach der Gießkanne und schüttete ein wenig Wasser in die Blumentöpfe auf der Fensterbank. Sie war nicht besonders erpicht auf den neuen Kollegen. Sie empfand es als Bankrotterklärung, dass sie die Diebesbande nicht allein dingfest machen konnten. Doch vielleicht wäre es ja auch spannend, mit dem gewaltigen Apparat des Landeskriminalamts im Rücken zu arbeiten.

Sie stellte die Kanne ab, als Voss' Passat auf den Hof fuhr, und stützte sich mit beiden Händen auf das Fensterbrett.

Die Fahrertür wurde aufgestoßen, und Jonas sprang heraus. Er wirkte dynamischer, als sie ihn in den letzten Monaten erlebt hatte. Wenn der LKA-Kollege dafür verantwortlich war, war sie ihm dankbar. Sie ertrug es nur schwer, Voss leiden zu sehen.

Er öffnete die Beifahrertür, und Hannah lachte. Der Kollege war offensichtlich eine Kollegin. Eine große schlanke Frau mit kurzen blonden Haaren.

Hannah kniff die Augen zusammen. Irgendetwas an dieser Person kam ihr bekannt vor. Dann wandte sich die Frau um, und Hannah stieß einen verblüfften Laut aus.

Das da unten war Kari Blom. Die Frau, die bei Jonas' und Hannahs beiden letzten Mordfällen auf Sylt ihre Hauptverdächtige gewesen war.

Das konnte unmöglich die Undercover-Ermittlerin vom LKA sein. Oder doch?

In Hannahs Kopf überschlugen sich die Gedanken. Bei ihren bisherigen Aufeinandertreffen war kaum zu übersehen gewesen, dass sich Jonas in Kari Blom verliebt hatte. Solange sie eine Verdächtige gewesen war, hatte er selbstverständlich Abstand davon genommen, eine Beziehung mit ihr einzugehen. Wenn sie jedoch eine Kollegin war ...

War es ein Fehler gewesen, dass sie nicht aktiver um Jonas geworben hatte? Sie hatte sich nicht aufdrängen, hatte ihm Zeit lassen wollen. Er musste doch gespürt haben, was in ihr vorging. Oder wusste er es womöglich wirklich nicht? Glaubte er tatsächlich, dass sie ihm lediglich freundschaftliche Gefühle entgegenbrachte? Weshalb hatte sie ihm nicht ein einziges Mal gesagt, was sie wirklich für ihn empfand?

Und nun war es womöglich zu spät. Kari Blom war wieder da, und Jonas würde Hannah kaum noch einen Blick schenken. Sie hatte es vermasselt. Jetzt konnte sie nur noch darauf hoffen, dass Kari Jonas Voss' Gefühle nicht erwiderte.

▪ ▪ ▪

Kari Blom lief die Stufen in der Kriminalpolizeistation Sylt hinauf, die sie in den beiden vergangen Jahren öfter hochgestiegen war, als ihr lieb war. Dieses Mal allerdings führte der Sylter Kommissar sie nicht in das Zimmer, das als Vernehmungsraum diente, sondern in sein Büro, das auf der anderen Seite des Flurs lag. Er öffnete die Tür, und Kari erblickte Hannah Behrends, die an ihrem Schreibtisch saß und ihr finster entgegensah.

Schlagartig wurden die Erlebnisse des letzten Jahres in Kari wieder wach – die Polizeibeamtin hatte sie schon damals auf eine unterschwellige Art abgelehnt. Kari hatte auf Eifersucht getippt. Wenn diese nun wieder aufflammen sollte, verhieß das für die Zusammenarbeit nichts Gutes. Kari rang sich ein Lächeln ab.

»Hallo, Frau Blom«, sagte Hannah. »Das ist ja eine Überraschung. Und vermutlich ist das auch nicht Ihr richtiger Name.«

Voss trat neben Kari. »Das ist Kriminalkommissarin Karolina Dahl vom LKA Kiel. Aber wir müssen uns nicht umgewöhnen. Ihr Deckname ist Kari Blom, und unter diesem Namen werden wir sie auch bei *Sylt Guard* einschleusen.«

Hannah erhob sich.

»Freut mich«, sagte sie und streckte Kari die Hand entgegen. »Ich nehme an, wir können uns duzen?«

»Ja. Selbstverständlich.« Kari war überrascht über so viel Entgegenkommen.

»Gut. Ich bin Hannah.« Die Kommissarin deutete auf zwei Stühle, die sie bereitgestellt hatte. Während Jonas Voss und Kari Platz nahmen, verband sie ihr iPad mit dem Beamer auf ihrem Schreibtisch und projizierte ein Foto an die leere Rückwand des Büros.

»Ich habe ein paar Informationen zu den Mitarbeitern von *Sylt Guard* zusammengetragen«, erklärte sie. »Damit du weißt, worauf du dich einlässt.«

»Danke«, sagte Kari. Sie war beeindruckt davon, wie professionell Hannah ihre persönlichen Empfindungen beiseiteschob, um sich auf ihren Job zu konzentrieren. Freundinnen würden sie vermutlich nicht werden, doch vielleicht gelang ihnen ja immerhin eine produktive Zusammenarbeit.

Sie betrachtete das Foto, auf dem ein Mann um die fünfzig mit kurzen grauen Haaren und einem sorgfältig gestutzten Bart zu sehen war. Er hatte eine gewisse Ähnlichkeit mit dem reifen Sean Connery.

»Das ist Burkhard Sievert«, erläuterte Hannah. »Er ist der Kopf von *Sylt Guard*. Firmengründer und Alleininhaber des Familienunternehmens. Neben Burkhard Sievert arbeiten sein jüngerer Bruder Clemens und seine beiden Söhne Leif und Bjarne in der Firma. Der Bruder als Buchhalter, die Söhne als Wachmänner. Die Mutter von Leif und Bjarne, Dagmar Sievert, ist vor acht Jahren gestorben.«

Kari holte tief Luft. Ihr schwirrte schon jetzt der Kopf von all den Informationen und Namen, die Hannah in schnellem Tempo vortrug. Sollte das vielleicht so etwas wie ein Test werden? Kari beschloss, gute Miene zum bösen Spiel zu machen. Im Zweifelsfall würde sie alle nötigen Auskünfte auch von Ole Lund bekommen.

Hannah präsentierte ein neues Foto, das einen unscheinbaren Mann um die vierzig mit aschblonden Haaren und roter Brille zeigte.

»Clemens Sievert, der Buchhalter. Er hat in Hamburg als Wirtschaftsprüfer gearbeitet und ist nach dem Tod von Dagmar Sievert zu seinem Bruder nach Sylt gezogen. Vermutlich, um ihn bei der Erziehung der beiden Söhne zu unterstützen. Bjarne war damals vierzehn, Leif sechzehn.«

Sie tippte wieder auf ihr iPad, und ein Bild mit zwei jungen Männern erschien, die unterschiedlicher kaum sein könnten. Der eine – schlank, braungebrannt und blondgelockt – sah aus wie ein Model, der andere – kräftig gebaut, mit langen braunen Locken und einem weichen Gesicht – passte nur mit Mühe in die schwarze Uniform, die über seinem Bauch spannte.

»Der Blonde ist Leif, Jurastudent und Teilzeit-Wachmann, der mit den braunen Haaren ist Bjarne. Mittelmäßiger Realschulabschluss, Wachschutzausbildung im familieneigenen Unternehmen.«

Kari legte den Kopf schief. Das war eine interessante Konstellation. Ein Haushalt mit vier Männern – Vater, Onkel und zwei Söhne. Es würde spannend sein zu sehen, wie die vier zurechtkamen. Der gepflegten Erscheinung von Burkard Sievert und seinem Bruder Clemens nach zu urteilen, würde sie dort allerdings wohl kaum Berge ungespülten Geschirrs und überall verteilte schmutzige Wäsche vorfinden. Vielleicht eher so etwas wie Kasernenatmosphäre.

Neugierig war sie aber vor allem auf die beiden Söhne. Leif wirkte charmant und selbstbewusst, Bjarne wie jemand, der sich augenscheinlich mit sich selbst unwohl fühlte und seinen Platz im Leben noch nicht gefunden hatte. Aber das waren natürlich nur Spekulationen. Anhand eines Fotos und einiger spärlicher Informationen konnte man sich kaum ein umfassendes Bild einer Persönlichkeit machen. Auch wenn sich der erste Eindruck erstaunlich oft als richtig erwies.

Hannah blätterte weiter und präsentierte ein Foto, das drei weitere Personen zeigte.

»Neben der Familie Sievert gibt es noch einige angestellte Mitarbeiter. Da wäre zunächst einmal Wiebke Lüdemann.« Sie wies mit dem Laserpointer auf die einzige Frau in der Gruppe. »Sie ist mit Leif Sievert zur Schule gegangen. Leif ist ein Jahr jünger als sie, aber Wiebke ist einmal sitzengeblieben, deswegen waren sie in derselben Klasse. Wiebkes Eltern haben eine kleine Pension in List. Wahrscheinlich ist sie deshalb auf der Insel geblieben. Sie hat bei *Sylt Guard* eine Ausbildung als Fachkraft für Schutz und Sicherheit absolviert und ist seit drei Jahren festangestellt.«

Hannahs Blick verharrte nachdenklich auf dem Bild von Wiebke Lüdemann, und Kari fragte sich, ob sich die Kommissarin mit ihr verglich. Tatsächlich waren sich die Frauen nicht unähnlich, beide mittelgroß, eher der sportliche als der feminine Typ, beide mit einem schwer zu durchdringendem Blick, hinter dem sich vermutlich eine große Verletzlichkeit verbarg, die sie auf keinen Fall zeigen wollten. Allerdings wirkte Hannah Behrends mit ihrem blonden Bob und den leuchtend blauen Augen weicher als die dunkelhaarige Wiebke. Und womöglich war ihre Miene auch weniger feindselig, wenn sich Kari nicht in ihrer Nähe aufhielt. Sie konnte sich gut vorstellen, wie Hannahs Gesicht erstrahlte, wenn sie Jonas anlächelte. Kari musste sich ein Schmunzeln verkneifen. Ole Lund und ihre Mutter hätten sicher ihre Freude an ihrer Analyse.

Hannah wandte sich wieder ihrem Referat zu.

»Außerdem wäre da noch Thilo Mertens«, erläuterte sie

und zeigte auf den linken der beiden Männer, der höchstens einen Meter fünfundsechzig groß war. »Er war früher selbständiger Privatdetektiv, hat aber vor einem halben Jahr Pleite gemacht und sich danach bei *Sylt Guard* verdingt. Und last, but not least ...«, der Lichtpunkt von Hannahs Laserpointer wanderte zu dem anderen Mann auf dem Bild, »Kevin Köhler, unser Mordopfer.«

Kari betrachtete den Wachmann. Er war groß und breitschultrig, hatte kurze dunkle Haare und einen Bart, der als schmales Viereck den Mund umgab. Er wirkte selbstbewusst und fröhlich – und ein wenig verwegen.

»Kevin Köhler hat mit Hängen und Würgen das Abitur geschafft und danach eine Tischlerlehre in Melsungen angefangen, aber nicht zu Ende gebracht«, erklärte Hannah. »Der Betrieb musste Insolvenz anmelden. Köhler war zwei Monate beschäftigungslos und ist jetzt seit neun Monaten als Wachmann bei Sievert angestellt.«

Kari nickte, obwohl sie sich nicht sicher war, ob sie alle Details hatte abspeichern können. Notizen machte sie sich nie. Zum einen, weil sie nicht gerne schrieb, zum anderen, weil es wichtig war, als Undercover-Ermittlerin nichts bei sich zu haben, das ihre Tarnung auffliegen lassen konnte.

»Und ihr glaubt, dieser Kevin Köhler war ein Dieb und eine der anderen Personen ein Mittäter? Und dieser Komplize hat ihn erschossen?«, erkundigte sie sich.

Jonas Voss hob die Hände.

»Wir müssen davon ausgehen, dass Köhler an dem Einbruch beteiligt war«, erläuterte er. »Er war vermummt und trug Tarnkleidung.«

»Er war auch nicht im Dienst, auch wenn der Firmenchef Burkhard Sievert das zunächst vermutet hatte«, fügte Hannah hinzu. »Ich habe mir von Clemens Sievert, dem Buchhalter, die Pläne schicken lassen. In dieser Nacht gab es keine Aufträge, und die Rufbereitschaft hatten Leif und Bjarne Sievert. Die Firma hat dafür ein Programm, das alle Notrufsignale auf die Handys der zuständigen Mitarbeiter weiterleitet. Aber Kevins App war deaktiviert, weil er nicht an der Reihe war.« Sie machte eine kurze Pause, um sich der vollen Aufmerksamkeit von Kari und Jonas sicher zu sein. »Und ich habe bei der Durchsuchung seiner Wohnung Grundrisse derjenigen Villen gefunden, in die in den letzten Wochen eingebrochen wurde. Auf diesen Plänen sind auch die Sicherheitssysteme eingezeichnet, und der Firmenchef, Burkhard Sievert, kann sich nicht erklären, wie diese Unterlagen in die Hände seines Angestellten gelangt sind. Das heißt«, sie schmunzelte, »er nimmt an, dass Köhler einen Moment der Unaufmerksamkeit genutzt hat, um sich die Dokumente heimlich auszudrucken.«

»Kevin Köhler hat sich also widerrechtlich in der Villa aufgehalten«, fasste Voss zusammen und warf Hannah nebenbei einen anerkennenden Blick zu. »Und dort hat er auch seinen Mörder getroffen. Meiner Ansicht nach kommt als Täter nur ein Komplize in Frage. Der Besitzer des Hauses hat keine Waffe und befindet sich außerdem nach einem Herzinfarkt zur Reha in Bad … Bad …«

»Wildungen«, sagte Hannah.

»Danke.« Voss strich sich seine wirren braunen Haare aus der Stirn. »Und seine Frau hat für die Tatzeit ein Alibi. Wenn es also kein Mittäter war, der Kevin Köhler erschossen hat, müsste sich jemand zufälligerweise – oder auch mit Absicht – zur selben Zeit dort befunden haben. Ein zweiter Einbrecher. Ein Mitglied einer selbsternannten Bürgerwehr, für deren Existenz es allerdings weder in Kampen noch irgendwo sonst auf Sylt Indizien gibt. Oder jemand, der es auf Köhler abgesehen hatte und sich ausgerechnet dieses Haus als Tatort ausgesucht hat.« Er ruckte ungeduldig mit dem Kopf, weil ihm die Haare schon wieder in die Stirn fielen. »Alle drei Möglichkeiten erscheinen mir nicht sehr wahrscheinlich.«

»Hm.« Soweit konnte Kari seine Überlegungen nachvollziehen. Sie suchten also eine Person, die gemeinsam mit Kevin Köhler in die Villa eingebrochen war und ihn dann erschossen hatte, aus welchem Grund auch immer.

»Weshalb glaubt ihr, dass der oder die möglichen Komplizen von Kevin Köhler ebenfalls aus der Firma stammen?«, fragte sie »Es könnten doch auch Ganoven sein, die zu ihm Kontakt aufgenommen haben, um an Informationen zu kommen.«

»Theoretisch ja«, erwiderte Hannah. »Aber die Angestellten von *Sylt Guard* arbeiten nicht nur zusammen, sie wohnen auch – mit Ausnahme von Wiebke Lüdemann – auf dem Firmengelände. Bei unseren Befragungen nach den ersten Einbrüchen hat uns die Firmenleitung erklärt, dass sie mehr oder weniger ihre gesamte Freizeit gemeinsam verbringen. Jedenfalls die jungen Leute, Leif und Bjarne und Wiebke und eben Kevin Köhler. Wir haben das überprüft. Ihre alten Schulfreunde haben alle die Insel verlassen, und wichtige neue Kontakte scheint keiner von ihnen geknüpft zu haben. Auf Kevins Handy und sein Tablet haben wir noch keinen Zugriff, beides liegt bei den Kollegen von der IT-Beweissicherung in Flensburg, aber der Provider hat mir alle verfügbaren Daten geschickt. Danach hatte Kevin Köhler außer mit Leif und Bjarne Sievert nur mit zwei ehemaligen Mitschülern Kontakt, die beide in Hessen beheimatet und polizeilich bisher nicht in Erscheinung getreten sind.« Sie schnitt eine Grimasse. »Selbstverständlich können wir trotzdem nicht ausschließen, dass er außerhalb der Firma irgendwelche zwielichtigen

Gestalten kennengelernt hat, die ihn vom Reiz des schnellen Geldes überzeugt haben. Aber nach allem, was wir bisher wissen, deutet nichts in diese Richtung.«

»Okay.« Kari dachte kurz nach. »Das heißt, wir gehen davon aus, dass sich diese Diebesbande aus Mitarbeitern von *Sylt Guard* zusammensetzt«, hielt sie fest. Nur fürs Protokoll. Für ihre Arbeit war es von existentieller Bedeutung zu wissen, wer die Zielpersonen waren.

»Exakt.« Hannah legte ihr iPad beiseite. »Leider ist das bisher nur eine Theorie. Wir haben, abgesehen von diesen Grundrisszeichnungen, keine Beweise. Ein Zug von der Polizeidirektion für Aus- und Fortbildung hat die Wohnungen der Angestellten und der Familie durchsucht, aber keine gestohlenen Sachen gefunden. Außerdem haben die Kollegen sämtliche Waffen konfisziert und zur Untersuchung in die Abteilung 4 für Kriminaltechnik im Landeskriminalamt gebracht. Wenn Kevin Köhler mit einer dieser Waffen ermordet wurde, sollte man das dort feststellen können. Aber beim LKA kennst du dich ja aus.«

Kari beschloss, den leicht gereizten Unterton in Hannahs Stimme zu ignorieren. Stattdessen nickte sie nur. Mit den Kollegen vom Dezernat 42, die sich unter anderem mit Schusswaffenspuren beschäftigten, hatte sie schon oft zusammengearbeitet. Sie war immer wieder fasziniert, wie viele Informationen man einer simplen leeren Patronenhülse entlocken konnte. Mehr noch als diese Erkenntnisse beeindruckte sie allerdings der Enthusiasmus, mit dem die Beamten ihre akribische und ausgesprochen mühselige Arbeit verrichteten.

»Natürlich suchen die Kollegen von der Polizeischule weiter«, berichtete Hannah. »Aber wenn auf dem Firmengelände Diebesgut versteckt sein sollte, wird es nicht leicht sein, es zu finden und mit einem der Angestellten in Verbindung zu bringen. Dazu ist das ganze Gebiet einfach zu unübersichtlich.«

Kari runzelte die Stirn. Sie konnte sich nicht recht vorstellen, was Hannah meinte. Wie groß konnte das Gelände einer Sicherheitsfirma denn sein?

Hannah nahm ihr iPad wieder zur Hand. Sie tippte auf das Display, und ein neues Bild erschien an der Wand. Es war die Luftaufnahme eines Areals, das an eine Kaserne erinnerte: längliche Backsteingebäude mit unzähligen Fenstern, dicht nebeneinander um einen großen grauen Platz angeordnet. Daneben befanden sich zwei weitere mit Bäumen bestandene Innenhöfe, ebenfalls von langgezogenen Backsteinbauten gesäumt. Auf der anderen Seite meinte Kari ein Wohnhaus zu erkennen, außerdem einen Wachposten, eine längliche weiße Halle mit grauem Dach und mehrere Container. Das gesamte Areal schien von einer Mauer umgeben zu sein.

»Das ist der Firmensitz in List«, erklärte Hannah und umkreiste mit ihrem Laserpointer das Haus, die weißgraue Halle und die Container. »Das Ganze war früher eine Marineversorgungsschule. Sie wurde Ende 2006 geschlossen.«

Treffer, dachte Kari, die davon nichts gewusst hatte.

»Burkhard Sievert hat sich die Nutzungsrechte für einen Teil des Geländes gesichert«, erläuterte Hannah. »Er ist seit Jahren in der Politik und hat seine Kontakte offenbar gewinnbringend eingesetzt. Am Anfang war es nur ein bescheidenes Unternehmen. Inzwischen ist Sievert der bestangesehene Sicherheitsdienstleister auf Sylt.«

Sie wies mit dem Laserpointer auf das Wohnhaus.

»Die Familie wohnt in diesem Haus, die Angestellten in den Containern. Die Firma hat eine eigene Sporthalle, ein Fitnessstudio und eine Schießanlage. Das gesamte Gelände ist eingezäunt, und ohne Anmeldung kommt keiner hinein.«

Sie legte das Zeigegerät beiseite und wandte sich an Kari.

»Das Ganze ist so etwas wie eine eingeschworene Gemeinschaft. Und das ist genau das Problem. Wir haben nach den ersten Einbrüchen versucht, Informationen zu bekommen, doch wir sind sehr schnell an Grenzen gestoßen.« Hannah sah Kari vielsagend an. »Aber dafür haben wir ja jetzt dich.« Sie lächelte freundlich, doch in ihren Augen las Kari etwas anderes. Auch wenn Hannah sich bemühte – so ganz gelang es ihr nicht, ihre Eifersucht zu unterdrücken.

Kari betrachtete nachdenklich das Luftbild. Ein derart abgeschottetes und fest verankertes System war nicht leicht aufzubrechen. Aber das war die Art von Einsätzen, für die sie ausgebildet worden war. Und genau die Sorte von Herausforderungen, die sie liebte.

■ ■ ■

Bjarne Sievert saß auf der Mole und starrte auf die Schiffe, die im Hafenbecken vor sich hin dümpelten. Am liebsten wäre er mit einem davon hinaus auf die Nordsee gesegelt. Oder, noch besser, mit einem Motorboot. Nach Westen. Immer weiter. Bis auf der anderen Seite des Ozeans wieder Land in Sicht käme. Dort könnte er bleiben, im Land der unbegrenzten Möglichkeiten, und einfach ein ganz neues Leben anfangen.

Die dunklen Wolken hatten sich verzogen, und jetzt lag das Meer glatt und silbrig glänzend unter einem tiefblauen Himmel im weichen Licht der Abendsonne. Ein paar Möwen fegten kreischend an ihm vorbei, und eine von ihnen stürzte sich kopfüber zwischen den Schiffen ins Wasser.

Bjarne griff nach der Pappschale, die neben ihm auf dem Pier stand, und schob sich die letzten Pommes in den Mund. Sein Blick fiel auf seine verwaschenen Jeans, in denen seine

Oberschenkel aussahen wie dicke, vakuumverpackte Fleischwürste, und er stöhnte leise. Er musste aufhören, ständig zu fressen, aber er schaffte es einfach nicht.

Er stellte die leere Schale zurück auf das Straßenpflaster und bemerkte dabei den unangenehmen Geruch, der in seinem T-Shirt hing. Was kein Wunder war. Er hatte Blut und Wasser geschwitzt, als die Polizisten sein Zimmer durchsucht hatten. Mehr als einmal hatte sich eine Hand seinem Geheimfach genähert. Doch sie hatten es nicht gefunden. Zum Glück. Aber es war verdammt knapp gewesen.

Er wischte sich die fettigen Finger an der Hose ab und schaute wieder aufs Meer. Es war diese Sehnsucht, die er immer empfand und doch nicht verstand. Es war doch Leif, der vollkommen in Wind und Wellen vernarrt war, nicht er. Aber trotzdem ...

Er blickte auf die leere Pappschale und seufzte. Warum hörte der Hunger einfach nie auf?

Es war doch kein Wunder, dass Wiebke nur Augen für Leif hatte. Sein Bruder sah einfach tausendmal besser aus als er selbst. Aber Leif schien überhaupt nicht zu bemerken, dass sie total in ihn verknallt war. Oder er tat einfach nur so. Leif könnte jede Frau haben. Er brauchte sich nicht mit einer wie Wiebke zufriedenzugeben.

Bei ihm selbst wäre das anders. Doch ihn schaute sie natürlich gar nicht erst an. Er war nie jemandem einen zweiten Blick wert. Bis auf Kevin. Kevin war sein Freund gewesen. Aber Kevin hatte ihn hintergangen. Und jetzt war er tot.

8. Im Westen färbten sich die Wolken rot im Licht der untergehenden Sonne. Kleine, zerrupfte Fetzen, wie die nachlässigen Tupfer eines ungeduldigen Malers, die vor einem blauen Himmel dahintrieben. Ein Vogelschwarm zog vorbei, schwarze Silhouetten, die aussahen wie Scherenschnitte.

Kari Blom lehnte den Kopf gegen die Nackenstütze. Durch das Seitenfenster, das einen Spaltbreit geöffnet war, drang würzige Meeresluft ins Innere des Wagens. Kari atmete tief ein und spürte, wie die Anspannung, die sie den ganzen Tag begleitet hatte, ein wenig nachließ.

Jonas Voss hatte angeboten, sie zu ihrer Unterkunft bei Marijke Meenken zu fahren, aber sie hatte abgelehnt. Stattdessen war sie von der Polizeistation aus zum gegenüberliegenden Bahnhof gegangen und hatte sich ein Taxi genommen. Ab jetzt war sie wieder Kari Blom, die Schriftstellerin mit der Schreibblockade. Und die hatte zur Sylter Polizei nicht das beste Verhältnis.

Als sie jetzt aus dem Fenster des Wagens sah, stellte sie fest, dass sie sich freute, wieder auf Sylt zu sein. Man vergaß einfach viel zu schnell, wie schön es hier war.

Sobald man die hässlichen Hochhäuser Westerlands hinter sich gelassen hatte und ein Stück in Richtung Nordosten gefahren war, erstreckte sich zu beiden Seiten der Straße das Grün, und rechter Hand öffnete sich kurz der Blick auf das Wattenmeer. Am Kreisel fuhren die meisten Wagen weiter nach Norden, auf die Straße, die nach Kampen und List führte. Nur wenige bogen so wie das Taxi, in dem Kari saß, nach rechts auf die holprige Piste nach Osten ab. Die Strecke war für die Stoßdämpfer eine Herausforderung, war dafür aber sehr idyllisch. Sie führte an Pferdekoppeln vorbei bis in das beschauliche Braderup, wo hübsche, reetgedeckte Häuser im Friesenstil die Straßen säumten. Kari betrachtete sie und dachte, dass es schön wäre, jetzt auf einer der Terrassen zu sitzen, mit einer warmen Decke um die Schultern und einem flackernden Kerzenlicht vor sich auf dem Tisch. Auf das silbrig glänzende Meer und in den immer dunkler werdenden Himmel zu blicken und die Seele baumeln zu lassen. Allerdings würde ihr das wohl kaum gelingen. Der neue Auftrag und das Wiedersehen mit Jonas Voss und Hannah Behrends hatten sie aus dem Gleichgewicht gebracht. Still auf einem Stuhl zu sitzen und die Landschaft zu betrachten, würde ihr nicht helfen, die innere Unruhe abzubauen. Viel eher hatte sie den Impuls, ihre Laufschuhe auszupacken und unterhalb der Heide am Flutsaum entlangzujoggen, auf der einen Seite die eindrucksvolle Heidelandschaft, auf der anderen das Wattenmeer. Davon würde natürlich im Dunkeln nicht viel zu erkennen sein, aber sie würde es beim Laufen spüren. Die Ruhe und den Frieden der Landschaft. Die frische Seeluft, die ihr Gesicht streichelte. Und den beruhigenden Puls des Meeres.

Das Taxi bog in die Straße Üp de Hiir, die zum offiziellen Parkplatz in der Braderuper Heide führte, fuhr dann aber nach rechts in den Lörkiwai, kurz bevor das Wattenmeer in Sicht kam. Stattdessen erblickte Kari das Haus von Marijke Meenken. Es war aus rotem Backstein gebaut, mit großen Fenstern und einem tief heruntergezogenen Reetdach mit Alterspatina. Halb verdeckt dahinter befand sich das Gartenhaus, in dem Kari wohnte, wenn sie auf Sylt war. Heute allerdings konnte weder das eine noch das andere Karis Aufmerksamkeit erregen. Dazu waren die Veränderungen zu groß, die Marijke Meenken darüber hinaus vorgenommen hatte.

■ ■ ■

Jonas Voss stand auf den Stufen vor der Kriminalpolizeistation Sylt und blickte dem Taxi hinterher, mit dem Kari davongefahren war. Es war schon seit geraumer Zeit nicht mehr zu sehen, doch Voss verharrte noch immer wie angewurzelt und schaute auf den Bahnhof von Westerland. Es war wie jedes Mal. Kaum war er Kari etwas nähergekommen, war sie auch schon wieder verschwunden.

Vermutlich wäre es das Beste, noch eine Runde mit dem Rad zu fahren. Oder sich ins Bahnhofsbistro zu setzen und seine vibrierenden Nervenenden mit einem Bier zu beruhigen.

Er hörte, wie sich in seinem Rücken die Tür der Polizeistation öffnete, und im nächsten Moment stand Hannah neben ihm. Sie schob die Hände in die Taschen ihrer Jeans und schaute ebenso wie er zu den grünen Figuren vor dem Bahnhof. Genau wie bei den *Reisenden Riesen* zerrte der Wind an ihren Haaren und Kleidern, und auch Hannah sagte nichts.

Voss verspürte ein schlechtes Gewissen. Hannah war nicht nur eine gute Kollegin, sie war auch eine tolle Frau. Obwohl er sie immer wieder zurückwies, blieb sie freundlich und hilfsbereit. Selbst Kari gegenüber hatte sie sich korrekt verhalten. Dabei musste es – mehr noch als für ihn – ein Schock für sie gewesen sein, dass ausgerechnet Kari die verdeckte Ermittlerin war, die man ihnen zugeteilt hatte. Diese ganze Situation war einfach vollkommen vertrackt. Der Einzige, der offenbar seinen Spaß daran hatte, war Kriminalrat Ole Lund vom LKA Kiel mit seinem merkwürdigen Humor.

Jonas selbst dagegen fühlte sich, als würde er sich langsam auflösen. Dieser ständige Wechsel von Hoffnung und Enttäuschung war schwer zu verkraften. Und dazu kam noch die Sache mit Hannah, die es einfach nicht verdient hatte, dass man sie so herzlos behandelte. Warum konnte er sich nicht einfach auf sie einlassen? Sie wäre eine großartige Partnerin. Eine, die Ordnung in sein Leben bringen würde. Die immer da wäre und zuverlässig an seiner Seite stünde. Doch Gefühle ließen sich eben nicht steuern.

»Sollen wir noch etwas trinken gehen?«, fragte Hannah. »Auf den Schreck könnte ich einen Schluck gebrauchen.«

Voss nickte. Er wusste, dass ein Schluck nichts verändern würde, aber er konnte es ja zumindest versuchen.

▪ ▪ ▪

Überall im Garten brannten bunte Lampions, und über der Eingangstür schwebte eine Girlande mit den Worten »Herzlich willkommen«, die aus verschiedenfarbigen, glitzernden Buchstaben gebildet wurden. Die alten Damen sahen Kari entgegen, als sie aus dem Taxi stieg. Sie hatten sich alle vier in Schale geworfen.

Marijke Meenken trug einen gehäkelten Poncho in Rot- und Brauntönen, Witta Claaßen ein weißes Häkelkleid. Sie sah an diesem Abend mehr denn je wie Marlene Dietrich aus. Alma Grieger trug einen roten Häkelpullover, der sich wie immer mit ihrer orangerot gefärbten Haarpracht biss. Nur Grethe Aldag hatte auf Selbstgewebtes verzichtet und zu ihren Jeans eine weiß-blau gestreifte Bluse gewählt. Mit ihren kurzen eisgrauen Haaren erinnerte sie Kari an die Darsteller in den alten Prinz-Eisenherz-Filmen.

Die Häkelmafia, wie Kari den Club heimlich getauft hatte, bemühte sich offensichtlich um Zurückhaltung, doch kaum war das Taxi verschwunden, stürzten sich die alten Damen auf sie.

»Kari! Frau Blom!« Marijke Meenken schüttelte ihr enthusiastisch die Hand. »Wie schön, dass Sie wieder hier sind.«

Witta Claaßen hatte ihre übliche blasierte Miene aufgesetzt, doch auch ihr war die Freude an den Augen abzulesen. »Das ist ja eine Überraschung«, verkündete sie. »Wir hatten jetzt im Mai noch gar nicht mit Ihnen gerechnet.«

Alma Grieger wollte Karis Hand gar nicht wieder loslassen. »Schreiben Sie ein neues Buch?«, fragte sie neugierig. »Worum geht es denn dieses Mal?«

Nur Grethe Aldag war so pragmatisch wie immer. »Nu lasst sie doch erst mal reinkommen«, tadelte sie ihre Häkelfreundinnen. »Für 'ne Gartenparty isses doch noch 'n büschen kalt.«

Die anderen Frauen nahmen Kari ihr Gepäck ab und zogen sie ins Haus. Im Flur halfen sie ihr aus dem Mantel und drängten sie ins Wohnzimmer.

Dort setzte sich die Feiertagsstimmung fort. Die Häkeldamen hatten den Raum mit farbenfrohen Papierblumen dekoriert und ein Buffet aufgebaut, das aussah, als solle eine komplette Fußballmannschaft verköstigt werden.

»Wir haben Fleischbällchen gemacht«, erklärte die Bäckerwitwe Alma Grieger. »Und gebratene Hähnchenkeulen.«

»Alma hat ein wenig gebacken«, sagte Marijke und deutete auf einen Korb, der bis obenhin mit Brotscheiben und verschiedenen Brötchen gefüllt war. »Ich habe Tomate-Mozzarella-Salat und Avocadocreme gemacht.« Ihr Finger wanderte von einer reichlich gefüllten Schale zur nächsten. »Und Grethe hat ein bisschen Räucherfisch eingekauft.«

Was die Untertreibung des Jahres war. Auf den Platten lagen mindestens acht unterschiedliche Sorten Fisch, von jeder so viel, dass Kari schon von einer davon satt geworden wäre. Sie war gerührt und hatte zugleich ein schlechtes Gewissen, weil sie vermutlich kaum etwas essen würde. Das Wiedersehen mit Jonas Voss und Hannah Behrends hatte ihr auf den

Magen geschlagen. Sie blickte zu Witta Claaßen, die sich als Einzige noch nicht mit ihrem Beitrag gebrüstet hatte.

»Und Sie?«

Alma, Grethe und Marijke wandten der Landarztwitwe mit der weißen Dauerwelle die Köpfe zu.

»Ja, Witta«, erkundigte sich Grethe. »Was hast du mitgebracht?«

Witta hob die Hand und wedelte damit, als wollte sie ein lästiges Insekt vertreiben. »Das Dessert natürlich. Das war doch mein Auftrag.«

Grethe schaute bedeutungsvoll auf den überladenen Tisch. Neben den herzhaften und deftigen Speisen entdeckte Kari nur einen Topfkuchen, den sicher die Bäckerwitwe Alma Grieger mitgebracht hatte – und eine winzige geöffnete Pralinenschachtel.

»Die Trüffel«, präzisierte Witta Claaßen hochmütig.

»Das sind nur vier«, stellte Grethe fest.

»Ach was.« Witta hob ihre Nase noch etwas höher. »Stell dir vor. Das ist mir nicht entgangen.«

»Wir sind fünf«, monierte Grethe.

»Ich brauche keine Pralinen.« Erneut verscheuchte Witta eine imaginäre Fliege. »Die könnt ihr euch teilen.«

Grethe Aldag, eigentlich ein Fels in der Brandung, wurde zusehends unleidlich. »Warum hast du nicht eine größere Schachtel gekauft?«

Diesmal warf Witta beide Hände in die Luft. »Hast du eigentlich eine Ahnung, was die kosten?«

»Nee.« Grethe funkelte ihre Häkelfreundin an. »Aber bestimmt nicht mehr als der ganze Räucherfisch.«

»Du hättest ja nicht so viel mitbringen müssen«, beschied ihr die Landarztwitwe. »Wer soll das überhaupt alles essen?«

Was inhaltlich nicht ganz falsch war, doch Kari würde den

Teufel tun, sich in den Disput einzumischen. Zum Glück machte Alma Grieger der Streiterei ein Ende.

»Mädels!«, rief sie. »Nennt ihr das eine nette Willkommensparty? Wenn ihr so weitermacht, geht Frau Blom gleich wieder.«

Witta und Grethe schwiegen. Marijke führte Kari zum bequemsten ihrer Sessel und drängte sie, sich zu setzen.

»Jetzt trinken wir erst mal einen schönen Prosecco«, verkündete sie. »Und dann erzählt uns Frau Blom, warum sie hier ist.«

Alma Grieger huschte in die Küche, als hätte sie nur auf dieses Stichwort gewartet, und kam gleich darauf mit einem Tablett zurück, auf dem fünf randvolle Sektflöten standen.

Der Geruch von frischem Räucherfisch löste wider Erwarten Appetit bei Kari aus. Auch die anderen Speisen dufteten köstlich. Nun gut, sie würde von allem ein wenig probieren. Sie schaute in die erwartungsvollen Gesichter der Damen – und wusste, etwas anderes käme auch gar nicht in Frage. Mit einem plötzlichen Anflug von Heiterkeit, der sie selbst überraschte, ergab sie sich in ihr Schicksal. Es war ihr sogar egal, dass sie eigentlich keinen Sekt mochte.

Marijke Meenken reichte ihr ein Glas Prosecco. Alma Grieger füllte einen Teller mit einem großzügigen Potpourri aus Fleisch, Fisch und Salat und stellte ihn vor Kari auf den Tisch. Anschließend bedienten sich die Häkelfrauen selbst und hockten sich auf das Sofa und die beiden weiteren Sessel. Sie stießen mit Kari an und beugten sich dann neugierig zu ihr.

»Also«, fragte Alma, »was ist es? Worüber schreiben Sie dieses Mal?«

Kari trank beschwingt von ihrem Prosecco und stellte ihr leeres Glas zurück auf den Tisch. Während sich die Häkelfrauen ihre Häppchen in den Mund schoben, begann sie, angeregt vom Alkohol, mit blumigen Worten ihr angebliches neues Projekt zu schildern. Nebenbei probierte sie dies und das und redete sich unter dem zustimmenden Nicken der Damen in Fahrt. Mit der Hähnchenkeule in der Hand berichtete sie von den Schwierigkeiten einer Frau, sich in einem typischen Männerberuf durchzusetzen. Nach dem zweiten Glas – wieso war es eigentlich schon wieder voll? – musste sie sich zusammenreißen, nicht allzu ausschweifend zu werden. Kein Alkohol mehr!

»Aber die Fleischbällchen müssen Sie noch probieren!«, verlangte Witta Claaßen. »Und den Trüffel!«

Kari kam der Aufforderung nach und schloss beim Kauen genüsslich die Augen. Zugleich rieb sie sich unauffällig über ihren vollen Bauch. Dafür würde sie morgen eine Stunde früher aufstehen und eine Runde am Strand laufen, damit sie sich bei ihrem Vorstellungsgespräch nicht fühlte wie eine Schlange, die gerade einen Medizinball verschluckt hatte.

Marijke Meenken, die Kari die ganze Zeit aufmerksam gelauscht hatte, stellte ihr Glas beiseite und neigte sich interessiert vor.

»Wo genau wollen Sie denn nun ab morgen eigentlich arbeiten?«

Kari blinzelte. Hatte sie das noch nicht gesagt? Sie hob den Zeigefinger und verkündete den Namen ihres neuen Arbeitgebers.

9.

»Thilo Mertens«, sagte Hannah Behrends und setzte ihr Bierglas ab. »Dieser ehemalige Privatdetektiv. Das ist für mich der Hauptverdächtige.«

Jonas Voss lehnte sich auf seinem Stuhl zurück und schaute aus dem großen Panoramafenster über die Terrasse mit den Strandkörben oberhalb der Promenade auf die Nordsee, die im Licht des beinahe vollen Mondes glitzerte. Sie hatten sich gegen das Bahnhofsbistro entschieden und waren ins Luzifer gegangen, nachdem Redlef Voss sich bereit erklärt hatte, sich den Abend über um die Kinder zu kümmern.

Jonas schaute zu Hannah, die ihn freundlich anlächelte. Karis Ankunft musste ein Schock für sie gewesen sein, doch sie ließ sich nichts anmerken. Voss war ihr dankbar dafür. Irgendwann würde er mit ihr reden und ihr offen sagen müssen, dass sein Herz Kari gehörte, auch wenn sie das vermutlich längst wusste. Doch im Augenblick fehlte ihm die Kraft dafür.

Vielleicht, wenn sie den Mord an Kevin Köhler geklärt hatten und die Juwelendiebe gefasst waren. Dann würde man ja sehen, ob Kari blieb oder wieder davonlief. Und dann könnte er auch anfangen, seine Gefühle für Hannah ein für alle Mal zu klären. Er erwiderte ihr Lächeln und sah zu, wie sie mit Appetit ihr Fischfilet verspeiste.

»Warum Mertens?«, fragte er und schnitt ein Stück von seinem Steak ab. Fisch, den nicht sein Vater Redlef aus dem Meer geholt hatte, aß er aus Prinzip nicht.

Hannah legte ihre Gabel beiseite.

»Er ist derjenige, der am dringendsten Geld braucht«, erläuterte sie. »Wenn er jemals wieder selbständig arbeiten will, muss er seine Gläubiger auszahlen.«

»Hm.« Voss kaute auf seinem Fleisch. Es war saftig und zart, nicht zu kurz und nicht zu lange gebraten. »Das könnte ein Grund für die Einbrüche sein. Aber warum ausgerechnet in Objekte, die sein neuer Arbeitgeber bewacht? Weil er dort am leichtesten die Alarmanlagen manipulieren kann?«

Hannah zog ihr iPad aus der Tasche.

»Das könnte eine Rolle spielen. Doch vor allem geht es, glaube ich, um Rache. Thilo Mertens macht Burkhard Sievert für die Insolvenz seines Detektivbüros verantwortlich. Indem er Sieverts Kunden bestiehlt, profitiert er doppelt: Er hat die Beute, und er schadet Sievert. Vermutlich macht *Sylt Guard* deshalb nicht gleich pleite, aber zumindest leidet der Ruf des Unternehmens. Ich nehme an, dass sie dadurch Einbußen haben.«

Jonas Voss trank einen Schluck von seinem Bier.

»Das wäre ein Motiv. Aber woher weißt du das? Ich meine, dass Mertens Sievert die Schuld am Konkurs seiner Detektei gibt?«

Hannah schaltete das iPad ein. Sie wischte ein paarmal über den Touchscreen und hielt das Gerät dann Voss so hin, dass er auf das Display sehen konnte.

»Aktenstudium«, sagte sie fröhlich. »Mertens hat Sievert ein paar bitterböse Briefe geschrieben. Und Sievert hat ihn deshalb angezeigt.«

Jonas Voss schaute auf den Bildschirm und sah die Fotografie eines Briefes, der mit blauer Tinte auf grauem Recyclingpapier geschrieben worden war.

»Burkhard, du Ratte«, stand da. »Glaub nicht, dass du so einfach davonkommst. Du wirst es noch bereuen, dass du mich in den Ruin getrieben hast. Warte nur ab!«

Unterschrieben war der Brief auch, allerdings war der Name nur mit viel gutem Willen zu entziffern. Es konnte »Thilo« heißen, ebenso gut aber auch »Theo« oder »Thor« – der Rachegott.

»Davon gibt es einen ganzen Stapel«, erläuterte Hannah. »Alle ähnlich phantasievoll und aggressiv.«

Jonas Voss legte den Kopf schief. »Wieso duzt er Sievert?«

Hannah lächelte. »Sievert und Mertens sind alte Bekannte. Sie waren mal zusammen bei der Marine. Sievert war natürlich etliche Ränge über Mertens, er ist ja auch ein paar Jahre älter.« Sie blätterte auf ihrem iPad. »Elf, um genau zu sein. Sievert ist jetzt zweiundfünfzig, Mertens einundvierzig. Aber sie waren wohl trotzdem locker befreundet. Deswegen haben sie ihren Disput letztlich auch friedlich beigelegt. Sievert hat seine Anzeige zurückgezogen und Mertens bei *Sylt Guard* eingestellt. Scheinbar hat Mertens danach die Füße stillgehalten.« Sie wedelte mit dem Tablet. »Aber die Akte haben wir natürlich trotzdem. Und ich wette, es war nur die Ruhe vor dem Sturm. Mertens hat sich bei Sievert eingenistet. Und dann hat er einen Plan ausgeheckt, wie er sich rächen kann.«

»Wow.« Voss nickte seiner Kollegin anerkennend zu. »Wann hast du das alles recherchiert?«

Hannah strahlte ihn an. »Ich hatte ja Zeit, während du in Kiel warst. Und ein bisschen Finderglück gehört auch dazu.«

»Trotzdem, gute Arbeit! Ich muss mich ranhalten, sonst löst du den Fall noch alleine.« Jonas Voss zwinkerte ihr zu und brachte Hannah damit zum Lachen. Ihre Blicke trafen sich.

Jonas trank sein Bier aus und schaute wieder aus dem Fenster. Am Horizont blinkten die roten Lichter des Windparks, den man etliche Kilometer vor der Küste Sylts in die Nordsee gebaut hatte. Wenn Hannah recht hatte, würden sie die Diebe und den Täter im Mordfall Köhler womöglich rasch gefunden haben. Was bedeuten würde, dass Karis Einsatz beendet wäre, ehe er richtig begonnen hatte. Sie müsste dann nicht länger undercover unterwegs sein. Aber sie hätte auch keinen Grund mehr, auf der Insel zu bleiben, zumindest keinen dienstlichen. Jonas Voss war sich nicht sicher, was er sich wünschen sollte. Er spürte, wie ihn die Sehnsucht ergriff, und zugleich dachte er, dass es vielleicht besser wäre, wenn alles so blieb, wie es war. Konnte das Leben nicht einmal einfach sein?

Er wandte sich wieder Hannah zu. Ja, sie war ihm wirklich sympathisch. Und er war froh, dass sie nicht versuchte, aus dem Essen ein Rendezvous zu machen, sondern sich auf das Dienstliche beschränkte. Andererseits war das Romantische auch nicht unbedingt ihre Art. Für ihn machte es die Dinge nur leichter, jedenfalls redete er sich das ein.

»Diesen Mertens knöpfen wir uns morgen vor«, erklärte er und spießte seine Gabel energisch in das Fleischstück auf seinem Teller. Er hob sein leeres Glas und signalisierte dem Kellner, ihm ein weiteres Bier zu bringen. »Aber jetzt machen wir Feierabend.«

▪ ▪ ▪

»*Was?*« Alma Grieger hätte beinahe ihr Fischhäppchen über den Tisch gespuckt. »Sie wollen bei *Sylt Guard* recherchieren? Da, wo heute Morgen der Wachmann erschossen wurde?«

Kari runzelte die Stirn. »Sie wissen davon?«

Marijke Meenken rutschte auf die Kante ihres Stuhls. »Das war vielleicht eine Aufregung«, erklärte sie. »Erst die aufgebrochene Terrassentür bei Fanny und dann der Tote im Flur.«

Kari griff wie automatisch zu ihrem Sektglas, obwohl sie eigentlich nichts mehr hatte trinken wollen.

»Sagen Sie nicht, Sie haben den Toten gefunden«, rief sie entgeistert und spürte, wie sie sich versteifte. Warum, um alles in der Welt, hatten dann weder Ole Lund noch Jonas Voss und Hannah Behrends etwas davon gesagt?

»Das war ein Schock!«, korrigierte Witta Claaßen die Darstellung ihrer Häkelschwester, aber Kari fand nicht, dass die alten Damen sonderlich verstört wirkten. Ihre Augen leuchteten, und auf den faltigen Gesichtern lag ein eigenartiger Glanz, als gäbe der Fund der Leiche ihrem Leben erst die richtige Würze.

»Wir waren mit meiner Schwägerin Fanny Riepenhusen an der Hörnum-Odde«, erläuterte Alma Grieger und griff nach einem Stück Ziegenkäse mit einer aufgespießten Weintraube. »Sie erinnern sich vielleicht an sie?«

Kari leerte ihren Prosecco und stellte das Glas beiseite. Tatsächlich hatte sie das Bild der würdevoll ergrauten Frau, die sich sehr gerade hielt, sofort vor Augen.

Alma stibitzte sich die Weintraube von einem weiteren Käsestück. »Danach wollten wir bei Fanny einen Tee trinken. Und stattdessen stolpern wir über eine Leiche. Schon wieder.«

Kari erinnerte sich, dass die Häkeldamen auch im letzten Jahr einen Toten gefunden hatten. Vielleicht regten sie sich deshalb nicht mehr darüber auf. Geistesabwesend griff sie nach ihrem Glas, das sich auf wundersame Weise wieder gefüllt hatte.

»Fanny hat den Mann erkannt«, erläuterte Grethe Aldag, während sie ein Stück Stremellachs sezierte. »Es war derselbe, der die Alarmanlage im Haus installiert hat. Ein Mitarbeiter von *Sylt Guard*.«

»Das war bestimmt kein Zufall«, mutmaßte Alma und schob Kari den Karton mit den Trüffeln hin. »Der hat gesehen, dass es bei Fanny und Gregor was zu holen gibt, und dann hat er die Anlage einfach außer Betrieb gesetzt.«

»Der arme Burkhard«, sinnierte Marijke Meenken und füllte erneut die Gläser. »Da hat er sich ein faules Ei ins Nest geholt.«

»Sie kennen Herrn Sievert?« Kari pickte sich einen der Trüffel aus dem Karton. »Oh, Verzeihung«, sagte sie und legte ihn wieder zurück, als sie Witta Claaßens missbilligenden Blick bemerkte.

Marijke lächelte. »Nehmen Sie nur.« Sie wies einladend auf die Schachtel. Dann kam sie auf Karis Frage zurück. »Rickmer, mein Mann, hat früher manchmal Kurse in der Marineversorgungsschule gegeben«, erläuterte sie. »Navigation. Burkhards Vater Torbjörn war dort Ausbilder, und Rickmer und er waren alte Freunde. Sie waren mal zusammen in Bremerhaven auf der Marineschule.«

Kari fiel wieder ein, dass der verstorbene Mann von Marijke Meenken Kapitän gewesen war. Allerdings auf einem Kreuzfahrtschiff, nicht bei der Marine. Sie nahm den weißen Trüffel in die Hand und biss ein Stück davon ab. Er war exquisit.

»Der Burkhard war ein feiner Junge. Rickmer hätte gern einen Sohn wie ihn gehabt. Wir haben ja leider keine Kinder.« Für einen Moment trübte sich Marijkes Blick.

»Sei froh«, bemerkte Witta Claaßen. »Kinder machen nichts als Dreck und Ärger. Und wenn sie erwachsen sind, verschwinden sie einfach und kümmern sich nicht mehr.«

»Hast du dich mal gefragt, weshalb?«, mischte sich Grethe ein und schob sich ein Stück Brot in den Mund, auf das sie eine gewaltige Menge Lachs getürmt hatte.

»Weil sie immer alles haben und nichts geben wollen«, entgegnete Witta barsch, doch Kari spürte unter der vorgetäuschten Ruppigkeit auch Verbitterung.

»Sören ist Arzt«, erläuterte Marijke und forderte Kari mit einer Geste auf, sich noch einen Trüffel zu nehmen. »Genau wie sein Vater. Aber er hat sich geweigert, die Landarztpraxis zu übernehmen. Stattdessen arbeitet er als Flying Doctor im Senegal.«

»Tatsächlich?« Kari konnte ihre Bewunderung nicht verbergen. Ihr Vater war Pilot eines Rettungshubschraubers, und sie wusste, was fliegende Ärzte leisteten. Sie hatte den größten Respekt davor. »Das ist doch toll.«

»Er wohnt irgendwo am anderen Ende der Welt«, erklärte Witta unwirsch. »Er hat keine Frau und keine Kinder. Und er kommt nie zu Besuch. Ich kann froh sein, wenn ich an Weihnachten und zum Geburtstag eine Karte von ihm bekomme.«

»Er ist erwachsen, Witta«, entgegnete Marijke. »Er lebt sein eigenes Leben.«

Ihre Freundin verschränkte die Arme. »Du hast leicht reden.«

Kari fischte sich den dritten Trüffel aus der Schachtel. »Burkhard Sievert«, sagte sie, ehe das Gespräch abgleiten konnte. »Der war auch bei der Marine?«

»Ja.« Marijke nickte ernst und reichte die Platte mit den Fleischbällchen herum. »Offizier war er. Ist mit ein paar schönen Schiffen um die Welt gesegelt. Ein schmucker Seemann, den die Dagmar da geheiratet hat. Die Dagmar, das war seine Jugendliebe. So eine zarte und warmherzige Frau. Rickmer und ich waren zur Hochzeit eingeladen. Eigentlich wollte Burkhard nach der Heirat sofort abheuern, aber die See hat ihn nicht losgelassen. Am Ende ist er weiter für die Marine gefahren, und Dagmar hat die beiden Jungs alleine großgezogen. Ja, und dann hat sie Krebs bekommen. Burkhard ist sofort aus dem Dienst ausgeschieden und hat seine erste kleine Sicherheitsfirma gegründet. Und als Dagmar zwei Jahre später gestorben ist, kam sein Bruder Clemens dazu. Die Söhne waren da ja gerade in der Pubertät, die brauchten jemanden, der sich um sie kümmert. Und für den Betrieb war das gut. Burkhard ist ein wunderbarer Mensch, aber das Hantieren mit Büchern und Zahlen liegt ihm nicht. Clemens hat da Ordnung reingebracht, und seitdem floriert das Unternehmen.« Marijke seufzte. »Das ist nun auch schon wieder sieben oder acht Jahre her. Mittlerweile sind die beiden Jungen groß und arbeiten ebenfalls in der Firma.«

Sie streckte den Arm aus und spießte mit ihrer Gabel ein Würstchen auf.

»Vor drei oder vier Jahren ist Burkhard mit *Sylt Guard* auf das Gelände der Marineversorgungsschule gezogen, weil er da mehr Platz hat. Aber ich glaube, es war auch eine Menge Nostalgie dabei.«

»Und die Gebäude waren einfach frei?«, erkundigte sich Kari, die von dieser Einrichtung bisher nichts gewusst hatte.

»Die Marine hat den Standort 2007 aufgegeben«, erläuterte Witta Claaßen. »Die Bundesvermögensverwaltung hat dann an private Investoren verkauft, die dort ein Eliteinternat einrichten wollten, aber das ist nicht zustande gekommen. Bis auf die Gebäude, die Sievert mit *Sylt Guard* nutzt, steht jetzt alles leer und verfällt. Weil sich die Gemeinde List und die Besitzgesellschaft nicht einig werden, was mit dem Gelände passieren soll. Derzeit gibt es einen Plan, Wohnungen zu bauen, aber ob das etwas wird, steht noch in den Sternen.«

Kari sah die Frau mit der weißen Dauerwelle überrascht an. »Sie sind ja gut informiert.«

Witta Claaßen hob den Kopf ein wenig höher. »Man hat eben so seine Verbindungen.«

»Pfff«, machte Grethe Aldag. »Das stand alles in der *Sylter Rundschau*. Man muss es nur lesen.«

»Und sich merken«, konterte Witta.

»Sicher.« Grethe funkelte ihre Häkelfreundin an. »Du warst ja schon immer bekannt für dein Elefantengedächtnis.«

Was vermutlich kein Kompliment war, aber Witta ignorierte den Unterton.

»Danke«, sagte sie und lächelte huldvoll.

Grethe verdrehte die Augen. »Jedenfalls hat sich Burkhard

Sievert einen Teil des Geländes gesichert. Er hat gute Kontakte, und er will für Sylt in den Landtag.«

Kari leerte ihr Sektglas, nahm sich den letzten Trüffel und lächelte. Sie hatte zwar mehr gegessen und getrunken, als sie wollte, aber dafür hatte sie eine Menge nützlicher Informationen gesammelt.

▪ ▪ ▪

Jonas Voss schloss die Haustür auf, streifte die Schuhe an der Fußmatte ab und hängte die Jacke an den Haken. Leise ging er zur Wohnzimmertür und öffnete sie. Dann blinzelte er. Für einen Moment fragte er sich, ob er sich in der Hausnummer geirrt hatte.

Die Sofakissen befanden sich allesamt am richtigen Platz, die Legosteine und die Spielfiguren lagen in einer blauen Plastikkiste in der Ecke des Raums, und die Greenpeace-Broschüren waren zu einem ordentlichen Stapel auf dem Couchtisch aufgeschichtet worden. Redlef Voss saß in einem der Sessel, neben sich eine Kanne Tee, auf den Knien eine Zeitschrift, vermutlich ein Fischerei-Magazin. Als er den Schatten in der Tür bemerkte, blickte er auf.

»Hallo, Jonas«, sagte er.

Jonas schaute in das wettergegerbte Gesicht mit dem dichten Bart.

»Wie hast du das denn geschafft?«, erkundigte er sich und machte eine Handbewegung, die das gesamte Wohnzimmer umfasste. Sein Vater schmunzelte.

»Das war ich nicht. Jasper hat aufgeräumt. Und Finja hat das Geschirr gespült und Staub gesaugt.«

»So?« Jonas Voss ließ sich auf das Sofa fallen und streckte die Beine aus. »Und womit hast du sie bestochen?«

Redlef Voss griente. »Rate mal.«

»Fisch«, tippte Jonas Voss.

»Stimmt. Gebratene Seezunge. Und für Finja eine Mousse au Chocolat zum Nachtisch.«

Jonas Voss blickte zur Decke. »Und jetzt sind die beiden im Bett.«

»Mhm.« Redlef Voss machte wie immer nicht mehr Worte als nötig. »Schlafen tief und fest. Ich hab ihnen noch eine Geschichte vorgelesen. Jonas und der Walfisch.«

Jonas spürte, wie ein warmes Gefühl seine Brust erfüllte. Er beugte sich vor und legte seinem Vater die Hand auf die Schulter: »Danke, Papa.«

»Schon gut, mein Junge. Die Kleinen sind ein wunderbares Geschenk.«

Jonas grinste. »Lass das bloß Finja nicht hören, dass du sie ›Kleine‹ nennst«, sagte er, ließ aber seine Hand gerührt noch einen Moment auf der Schulter seines Vaters ruhen. Seine beiden Kinder waren in der Tat das Beste, das ihm in seinem Leben passiert war. Jasper, mittlerweile zehn, war so versessen auf Fisch wie sein Großvater. Und die dreizehnjährige Finja wurde unwiderstehlich angezogen von Süßigkeiten und war erfüllt von dem Wunsch, die Erde zu einem besseren Ort für alle Lebewesen zu machen.

Redlef Voss stand auf und holte eine zweite Tasse aus der Küche. Er füllte sie mit Tee und schob sie seinem Sohn hin. Jonas Voss nippte daran, obwohl er lieber etwas Stärkeres getrunken hätte. Aber vor seinem Vater wollte er diesen beunruhigenden Drang nicht zeigen.

»Du hast einen neuen Fall, hm?«, fragte Redlef Voss.

Jonas Voss lachte leise.

Auf einer kleinen Insel wie Sylt sprachen sich aufregende Neuigkeiten rasch herum. Insbesondere, wenn man, so wie sein Vater, ein Fischgeschäft betrieb, das ein beliebter Umschlagplatz für Klatsch und Tratsch war.

»Ein Mitarbeiter von *Sylt Guard*, wenn ich das richtig verstanden habe?«

»Ja«, sagte Jonas Voss. »Kevin Köhler.«

»So, so.« Redlef Voss blickte nachdenklich auf seine Tasse und schwenkte den restlichen Tee darin. »So ein großer, kräftiger Dunkelhaariger? Mit einem Bart wie von diesem Fußballspieler?«

Jonas Voss, der sich mit Ballsport nicht auskannte, runzelte die Stirn. »Was für ein Fußballer?«

»Kevin Kuranyi«, entgegnete Redlef Voss. »War früher bei Schalke. Hat vor ein paar Jahren sogar mal in der Nationalelf gespielt.«

»Aha.« Jonas Voss kniff die Augen zusammen. »Und woher kennst du den?«

»Kuranyi? Das hab ich doch gerade gesagt.«

Jonas Voss schaute seinen Vater an. Seine Miene war unbewegt, aber unter dem dichten Bart meinte er ein Zucken der Mundwinkel erkennen zu können.

»Nein«, erwiderte Jonas Voss und bemühte sich, seine Ungeduld zu unterdrücken. »Nicht Kevin Kuranyi. Kevin Köhler.«

Redlef Voss stellte seine Teetasse beiseite.

»Die sind mal bei mir mitgefahren«, erklärte er. »Betriebsausflug.«

»Ach so?« Jonas Voss beugte sich neugierig vor. Sein Vater war nicht nur Inhaber eines Fischgeschäfts, er besaß auch einen alten Kutter, die *Andina*. Und mit dem veranstaltete er unter anderem Ausflugsfahrten für Schulklassen, die einmal beim Krabbenfang dabei sein wollten, aber auch für Touristen oder Firmen, die zu den Seehundbänken fahren oder einfach nur ein paar Stunden auf der Nordsee herumschippern wollten.

»Das muss letztes Jahr Anfang September gewesen sein«, berichtete Redlef Voss. »Burkhard, seine Jungs und sein Bruder Clemens. Und die beiden Mitarbeiter, Wiebke Lüdemann und Kevin Köhler.«

»Thilo Mertens war nicht dabei?«

Redlef Voss verzog den Mund. »Du meinst diesen windigen Privatermittler? Was soll der bei *Sylt Guard*?«

»Seine Detektei ist in Konkurs gegangen«, erläuterte Jonas Voss und fragte sich zugleich, warum ihm sein Vater nicht ein wenig mehr von seiner Fähigkeit vererbt hatte, den Überblick zu behalten.

»Wundert mich nicht«, kommentierte Redlef Voss. »Und jetzt arbeitet er für Burkhard?«

»Mhm.« Offenbar war auch der Besitzer von *Sylt Guard* seinem Vater persönlich bekannt.

»Wir kennen uns aus der Industrie- und Handelskammer«, erläuterte Redlef Voss. »Ein sehr kluger und ambitionierter Mann.«

Jonas musterte seinen Vater. Er war sich nicht sicher, aber da war so ein Unterton in seiner Stimme gewesen, als würde er etwas anderes meinen als das, was er gesagt hatte.

»Du magst ihn nicht?«

Redlef Voss machte eine vage Handbewegung.

»So kann man das nicht sagen. Burkhard ist absolut korrekt und integer. Aber du weißt ja: Leute mit Ambitionen auf politische Ämter sind mir immer ein wenig suspekt. Weil es den meisten mehr ums Prestige als ums Engagement geht.«

»Ist das bei Sievert so?«

Redlef Voss knurrte. »Kann ich dir nicht sagen. Mir sind die Hemdsärmeligen lieber, denen man glaubt, dass sie die

Dinge richtig anpacken wollen. Aber nur, weil einer einen Anzug trägt, ist er ja noch kein Verbrecher.« Er zwinkerte seinem Sohn zu. »Nicht mal dann, wenn es *Designer*-Anzüge sind.«

»Hm.« Jonas Voss nippte an seinem Tee. Sein Vater fixierte ihn scharf.

»Und Kevin Köhler soll bei Riepenhusens eingestiegen sein?«, fragte er.

»Ja.« Jonas Voss stellte seine Tasse wieder auf den Tisch und lehnte sich auf dem Sofa zurück. »Er und sein Komplize haben den Tresor aufgebrochen und Riepenhusens Briefmarken und den Schmuck seiner Frau gestohlen. Und dann muss es zum Streit gekommen sein, und sein Mittäter hat ihn erschossen.«

»Komisch.« Redlef Voss griff nach der Teekanne und füllte seine Tasse neu.

»Was?« Jonas Voss richtete sich wieder auf.

»Ich glaube das nicht«, erklärte sein Vater. »Dass Köhler ein Einbrecher war.«

»Das stellen wir nicht in Frage.« Jonas Voss hob die Hände. »Die Indizienlage ist eindeutig.«

Redlef Voss kniff die Augen zusammen.

»Ich habe mich mit Köhler unterhalten«, brummte er. »Ein ziemlicher Draufgänger war das, unbekümmert und voller Energie. Der hätte noch bei Windstärke neun in den Wellen gesurft oder sich mit fünf betrunkenen Schlägern gleichzeitig angelegt. Aber ich hätte geschworen, dass der nie im Leben etwas Ungesetzliches tun würde.«

Jonas Voss stand auf und holte eine Flasche Rum aus dem Schrank. Er brauchte jetzt doch etwas Hochprozentiges. Er gab einen ordentlichen Schuss in seine Teetasse.

»Vater«, sagte er. »Köhler hatte Tarnkleidung an und war

maskiert. Er hat sich widerrechtlich im Haus aufgehalten. Es besteht kein Zweifel daran, dass er dort eingebrochen ist.«

»Hm.« Redlef Voss goss sich ebenfalls Rum in den Tee. »Trotzdem. Manchmal trügt der Schein.«

Jonas Voss leerte seine Tasse und schloss die Augen. Hatte er nicht schon genug Probleme? Er hatte einen ungeklärten Mordfall und kein Kindermädchen. Und Kari Blom war wieder auf Sylt. Das Letzte, was er jetzt noch brauchte, war ein Vater, der seine Arbeit in Frage stellte.

▪ ▪ ▪

Kari Blom schlüpfte in das Bett mit der geblümten Bettwäsche und atmete tief durch. Sie fühlte sich erschöpft, zugleich aber auch seltsam beschwingt. Woran der süffige Prosecco, den ihr die Häkeldamen kredenzt hatten, nicht ganz unschuldig war.

Sie ließ ihren Blick über die Wände schweifen. Wie schon bei ihren letzten Besuchen hing dort das Schwarz-Weiß-Foto der Hörnum-Odde. Ein wunderschöner Ort, zweifelsohne, doch seit dem letzten Sommer auch mit ein paar unangenehmen Erinnerungen besetzt. Aber darüber wollte sie jetzt nicht nachdenken.

Sie griff nach dem Schalter der Nachttischlampe und zuckte zusammen, weil im selben Moment ihr Smartphone klingelte.

Kari sah erst auf die Uhr und fischte dann das Telefon aus der Handtasche, die neben dem Bett stand. Wer, um alles in der Welt, rief sie nachts um halb eins an?

Natürlich war es Kriminalrat Ole Lund.

»Hallo, Kari«, sagte er heiter. »Ich wollte mich nur erkundigen, ob du gut angekommen bist.«

»Ja, Ole.« Sie legte ihren Kopf wieder aufs Kissen. »Es war eine herrliche Fahrt. So entspannt. Wir haben uns ganz wunderbar unterhalten.«

»Das freut mich«, erwiderte Lund trocken.

Kari schloss die Augen. »Das war ein Scherz, Ole.«

»Mhm.«

Sie konnte sein breites Grinsen vor sich sehen.

»Hannah – Kriminalkommissarin Behrends – war übrigens auch hocherfreut, mich wiederzutreffen«, sagte sie. »Beinahe wäre sie vor Freude in die Luft gesprungen.« Sie versuchte, ihren Schluckauf zu unterdrücken.

Lunds Tonfall veränderte sich. »Hast du getrunken?«

Sie war sich sicher, dass er gerade die Stirn runzelte. »Nur ein wenig Prosecco.«

»Doch nicht etwa mit Voss?« Lund klang jetzt sehr ernst. »Dir ist doch klar, dass sich in dieser Hinsicht nichts geändert hat? Du bist undercover. Private Kontakte sind tabu.«

»Selbstverständlich, Ole«, säuselte Kari. »Das weiß ich doch.«

»Und mit wem hast du dann Prosecco gebechert?«

»Mit meiner Vermieterin natürlich. Und mit ihren Häkelschwestern. Die haben mich glatt unter den Tisch getrunken.«

Was, wie Lund wusste, nicht schwer war.

»Das heißt, du hast dir tatsächlich mehr als einen Fingerhut voll aufdrängen lassen?«

»Ha, ha!« Kari knurrte gespielt beleidigt. »Gibt es noch irgendetwas, das du mir sagen willst?«

»Trink eine Flasche Wasser und nimm ein paar Magnesium-Kapseln. Du musst morgen früh fit sein. Sonst schnappt dir jemand den Job bei *Sylt Guard* weg. Und dann haben wir ein echtes Problem.«

»Ja, Ole.« Kari hatte plötzlich ein schlechtes Gewissen. Sie liebte ihren Job und legte großen Wert darauf, ihn gut zu machen. Sich gehen zu lassen, war überhaupt nicht ihre Art. Aber das Wiedersehen mit Jonas Voss hatte sie ein wenig aus der Bahn geworfen.

»Du schaffst das«, sagte Lund und verzichtete darauf, sich mit einem spöttischen Kommentar zu verabschieden. »Gute Nacht.«

»Dir auch, Ole«, erwiderte Kari dankbar und drückte das Gespräch weg. Lund war eben doch ein echter Freund.

10.

List war ein kleiner und eigentlich recht überschaubarer Ort mit einer Reihe von Geschäften und hübschen, niedrigen Backsteinhäusern, die sich aneinanderschmiegten oder hinter grüne Hecken duckten. Es gab kaum mehr als ein Dutzend Straßen. Trotzdem brauchte Kari eine ganze Weile, bis sie das Gelände der ehemaligen Marineversorgungsschule fand. Aus irgendeinem Grund war sie davon ausgegangen, dass es sich am Ortsrand befinden würde. Tatsächlich lag es genau im Zentrum.

Die Einfahrt befand sich am Ende einer kurzen Stichstraße. Ein riesiges Rolltor aus massiven Metallstreben, das oben mit einer Reihe spitzer Zacken ausgestattet war, verwehrte ungebetenen Besuchern den Zutritt. Ein entsprechendes gelbes Warnschild und der Hinweis auf Kameraüberwachung unterstrichen die Botschaft.

Kari stellte den Wagen, den Marijke Meenken ihr geliehen hatte, auf der gegenüberliegenden Straßenseite ab. Es war ein fabrikneuer VW Beetle in Silbergrau. Nachdem der mehr als dreißig Jahre alte Käfer zunehmend Macken entwickelt hatte, hatte sich ihre Vermieterin schweren Herzens zur Anschaffung eines neueren Modells entschlossen.

Sie drückte die Wagentür ins Schloss und sah sich um. Rechts neben dem Kasernengelände ragte eine klobige Backsteinkirche auf, vor der ein weiß-blau gestreifter Strandkorb stand. Sie ging darauf zu und schaute nebenbei durch den Zaun, der das gesamte Areal der ehemaligen Marineversorgungsschule umgab. Er bestand aus einer niedrigen Backsteinmauer, aus der alle zwei oder drei Meter ein massiver Pfeiler erwuchs. In die Zwischenräume waren Gitter eingelassen; dicke Metallstreben, oben und unten mit einer wuchtigen Querstrebe verbunden.

Als sie sich der Kirche näherte, hörte Kari Orgelmusik und Gesang. Offenbar fand dort gerade ein Gottesdienst statt.

Sie spazierte wieder zurück und betrachtete die langgestreckten Gebäude, die hinter dem Zaun zu sehen waren. Fassaden aus rotem Backstein, dunkelrote Ziegeldächer und weißumrahmte hohe Sprossenfenster, dazwischen ein einzelnes Haus, das man offenbar nachträglich verklinkert hatte. Auch die Fenster hatte man durch eine schmucklosere Variante ersetzt. Es sah aus wie ein Schulungsgebäude. Weil an etlichen Stellen die cremefarbenen Klinker abgeplatzt waren, wirkte es noch verfallener als die anderen.

Kari lief noch ein Stück weiter und entdeckte den Seiteneingang, an den man sie bestellt hatte. Auch hier befand sich ein Metalltor, schmaler als das Rolltor am Haupteingang. Eine breite Straße aus Betonplatten führte von dort zum Exerzierplatz, der von einer Reihe gelblich grauer Kasernengebäude mit schwarzen Dächern umgeben war. Linker Hand standen zwei kleinere Backsteinbauten, die eher wie Wohnhäuser und weniger wie Soldatenunterkünfte aussahen. Auf dem Exerzierplatz hatte man einige Container aufgereiht, wie man sie Arbeitern auf Großbaustellen als Bedarfsunterkunft zur Verfügung stellte.

Trotz der zahlreichen Bäume und des gestutzten Rasens strahlte das gesamte Areal etwas Trostloses aus. Öde, verlassen und ein wenig heruntergekommen. Für ein Sicherheitsunternehmen mochte das ein geeigneter Standort sein, aber Kari konnte sich nicht vorstellen, dort zu wohnen.

Von irgendwo waren Schritte zu hören, und im nächsten Moment bog ein schmaler Mann um die Ecke eines der beiden Wohnhäuser. Er trug einen dunkelblauen Pullunder und ein hellblaues Hemd zu beigefarbenen Hosen. Die halblangen aschblonden Haare waren sorgfältig gescheitelt, das Gesicht wurde von einer rotumrandeten Brille dominiert. Als er Kari entdeckte, hob er grüßend die Hand.

»Frau Blom?«, fragte er, während er auf sie zukam.

Kari streckte sich. »Ja. Das bin ich.«

Der Mann öffnete das Eingangstor einen Spaltbreit und ließ Kari eintreten. Anschließend verriegelte er es sorgfältig, ehe er ihr die Hand reichte.

»Clemens Sievert«, stellte er sich vor. »Kommen Sie bitte.«

Kari folgte ihm und rekapitulierte nebenbei, was sie von Hannah Behrends über das Sicherheitsunternehmen wusste. Clemens Sievert war der jüngere Bruder von Burkhard Sievert, dem Firmeninhaber. Und er war für die Buchhaltung zuständig. Tatsächlich, dachte sie, sah er auch aus wie ein Buchhalter. Blass und unscheinbar und in sich gekehrt. Genau so, wie man sich jemanden vorstellte, der sich den ganzen Tag in Papieren und Zahlen vergrub, kaum Kontakt mit Menschen hatte und wenig Zeit an der frischen Luft verbrachte.

»Ich hoffe, Sie hatten keine Mühe, uns zu finden?«, erkundigte er sich, während er die Tür des rechten der beiden Backsteinhäuser öffnete und Kari den Vortritt ließ.

»Nun ja.« Kari lächelte schief. »Offen gesagt musste ich eine Weile suchen. Dafür, dass es eine komplette Kaserne ist, liegt es reichlich versteckt.«

Clemens Sievert lachte.

»Machen Sie sich keine Gedanken«, erwiderte er. »Das geht vielen Ortsunkundigen so.«

Seine grauen Augen leuchteten, als er sie ansah, und Kari dachte, dass er hinter seiner papiergrauen Fassade durchaus ein attraktiver Mann war. Er musste ungefähr so alt sein wie sie selbst, und er trug keinen Ring am Finger. Es könnte sich lohnen, ein wenig mit ihm zu flirten. So bekam sie vielleicht einen guten Zugang zu ihm und damit wichtige Informationen. Doch beim Gedanken an Jonas Voss verschwand ihr zufriedenes Gefühl gleich wieder. Mit Sievert zu flirten wäre natürlich der beste Weg, Jonas zu verletzen und ihn davon abzuhalten, sich ihr wieder zu öffnen. Aber es wäre dumm von ihr, die Möglichkeit, die sich ihr bot, nicht zu nutzen. Und es würde sich sicher eine Gelegenheit finden, ihm die Sache zu erklären, falls er Wind davon bekäme. Wenn er sie wollte, blieb ihm nichts anderes übrig, als zu akzeptieren, dass sie in ihrem Job so agieren musste, wie sie es tat.

»Einfach die Treppe hoch und dann nach rechts«, unterbrach Clemens Sievert ihre Gedanken.

Kari lächelte und gelangte in einen Flur, der so aussah wie die meisten Behördenflure. Schmucklos, grau und mit einer Reihe von Türen mit Glaseinsätzen, die zu den einzelnen Büros führten. Clemens Sievert wies auf diejenige, neben der ein Schild mit der Aufschrift »Geschäftsführung« hing.

»Bitte sehr.« Er hielt ihr zuvorkommend die Tür auf und erwiderte ihr Lächeln schüchtern. Wenn man genau hinsah, konnte man gar den Eindruck gewinnen, dass sich seine Wangen ein wenig gerötet hatten.

Kari strahlte ihn an. Ihre ersten Flirtversuche waren offenbar von Erfolg gekrönt. Sie klimperte ein wenig mit den Wimpern. Dann betrat sie das Büro.

An einem gläsernen Schreibtisch saß ein vornehm wirkender Mann mit kurzen grauen Haaren und einem sorgfältig gestutzten Vollbart. Er trug einen silbergrauen Anzug, der seidig schimmerte. Der Inhaber von *Sylt Guard*, Burkhard Sievert. In natura, stellte Kari fest, war die Ähnlichkeit mit dem reifen Sean Connery noch größer als auf dem Foto.

In der anderen Ecke des Raums, auf einem von mehreren metallgerahmten Stühlen aus durchsichtigem Plexiglas, lümmelte ein weiterer Mann. Blonde Locken, mit viel Haarwachs zu einer angesagten Frisur gestylt, die in Blue Jeans steckenden Beine ausgestreckt, die Ärmel des weißen Hemds über die Ellenbogen hochgeschoben. Leif Sievert, der Jurastudent.

»Guten Morgen.« Der Mann hinter dem Schreibtisch erhob sich und schüttelte Kari die Hand. »Ich bin Burkhard Sievert, der Firmenchef. Der Herr, der Sie abgeholt hat, ist mein Bruder Clemens. Er ist für die Buchhaltung zuständig. Und der junge Mann hier mit den schlechten Manieren ist mein Sohn Leif«, bestätigte er Karis Vermutung. »Setzen Sie sich doch.«

Kari nahm auf einem der Plexiglasstühle Platz. Die drei Sieverts positionierten sich ihr gegenüber. Interessant, vermerkte Kari, dass einer fehlte. Bjarne Sievert, der jüngere Sohn von Burkhard Sievert. Offenbar hatte er in der Firma nichts zu sagen.

»Bitte, bedienen Sie sich«, forderte Burkhard Sievert sie auf und wies auf eine Reihe von Getränkeflaschen, die auf dem niedrigen Tisch bereitstanden. Kari schenkte sich ein stilles Wasser ein. Sievert lehnte sich auf seinem Stuhl zurück und betrachtete sie neugierig.

»Vielleicht erzählen Sie uns kurz, weshalb Sie sich bei uns beworben haben«, bat er.

Kari machte eine Geste, von der sie hoffte, dass sie bescheiden wirkte.

»Nun ja«, sagte sie. »Ich bin, wenn ich das so sagen darf, auf der Suche nach meiner Berufung.« Sie deutete auf die Mappe, die auf dem Tisch lag und wahrscheinlich einen Ausdruck ihrer Online-Bewerbung enthielt. Oder besser gesagt, jener Bewerbung, die Ole Lund sich ausgedacht hatte.

»Sie haben vielleicht gesehen, dass ich eigentlich künstlerische Ambitionen hatte«, erläuterte sie. »Ich wollte schreiben. Biographien, Romane oder Kurzgeschichten für Zeitschriften. Aber ...«, sie breitete die Hände aus, »... damit kann man seinen Lebensunterhalt nicht bestreiten. In den letzten Jahren habe ich im Einzelhandel gearbeitet, unter anderem bei *Delikatessen-Freund* in Westerland. Doch auf die Dauer ist das unbefriedigend. Ich suche eine neue berufliche Herausforderung. Und ich dachte, ich könnte versuchen, mein Hobby zum Beruf zu machen.«

Sie hatte es als Scherz gemeint, um die Stimmung aufzulockern, aber ihre Geste kam nicht an. Die drei Sievert-Männer musterten sie nur wortlos. Burkhard mit einem nichtssagenden Lächeln, Clemens mit gerunzelter Stirn. Und Leif mit einem Interesse, das weniger ihrer fachlichen Kompetenz zu gelten schien.

»Und welches Hobby wäre das?«, fragte Burkhard Sievert schließlich.

»Sport«, sagte Kari. »Laufen, Selbstverteidigung, Schießen.«

Clemens Sievert verzog den Mund.

»Sie machen sich ein falsches Bild. Wir beschäftigen uns vorrangig mit der Installation von Sicherheitssystemen. Wir spielen nicht Cowboy und Indianer.«

Kari biss sich auf die Lippen. Vielleicht hätte Ole Lund ihr lieber eine technische Zusatzausbildung andichten sollen statt der Begeisterung für das Abschießen von Holzvögeln. Allerdings wäre vermutlich schnell aufgeflogen, dass sie davon nichts verstand.

Leif schob sich auf seinem Stuhl ein Stück höher.

»Wir machen ja nicht nur die Alarmanlagen«, wandte er ein. »Wir bieten auch Geld- und Wertsachentransporte und Personenschutz an.« Ganz offensichtlich war er daran interessiert, mit Kari zusammenzuarbeiten. Wenn sie sich auch nicht ganz sicher war, an welche gemeinsame Tätigkeit er dabei dachte.

Clemens Sievert musterte sie durch seine rote Brille hindurch.

»Ja. Für den Bereich brauchen wir jemanden. Aber ich weiß nicht, ob eine zarte Frau wie Frau Blom die Richtige ist.«

Der Firmenchef Burkhard Sievert trommelte mit den Fingern auf der metallenen Stuhllehne. Er sah aus, als wolle er seinem Bruder zustimmen. Kari spürte, wie ihre Handflächen feucht wurden. Was sollte sie tun, wenn die Gebrüder Sievert sie nicht einstellten? Dann wäre ihr Auftrag auf Sylt zu Ende, ehe er richtig angefangen hatte. Sie unterdrückte ein Auflachen. War es nicht das, was sie sich gestern noch gewünscht hatte? Aber die Sache interessierte sie. Sie wollte nicht, dass ein Kollege den Fall löste. Und wenn sie ganz ehrlich war, wollte sie Sylt auch nicht sofort wieder verlassen. Das Wiedersehen mit Jonas Voss hatte die Mauer, die sie in ihrem Inneren errichtet hatte, ins Wanken gebracht. Sie musste herausfinden, ob sie sie neu verstärken oder einreißen wollte. Und dazu brauchte sie Zeit.

»Warum probieren wir es nicht aus?«, schlug Leif Sievert vor und sprang von seinem Stuhl. »Na los«, forderte er. »Stehen Sie auf.«

Kari erhob sich. Leif bedeutete ihr, sich umzudrehen. »Schauen Sie aus dem Fenster«, verlangte er.

Kari sah durch die riesige Scheibe auf die Containerbaracken. Eine Tür öffnete sich, und zwei Männer traten heraus. Thilo Mertens, der ehemalige Privatdetektiv, und Bjarne, Sieverts jüngerer Sohn, erkannte Kari. Thilo Mertens redete auf ihn ein und gestikulierte heftig. Womöglich ging es um den Tod ihres Kollegen Kevin Köhler, dachte Kari. Ob die beiden etwas über die Einbruchdiebstähle wussten?

Kari war von der Szene im Hof derart abgelenkt, dass es ihr beinahe zum Verhängnis geworden wäre. Kräftige Arme schlangen sich plötzlich um ihren Oberkörper. Leif Sievert presste sich hart an ihren Rücken, und sie spürte seinen warmen Atem im Nacken.

»Hm«, schnurrte er an ihrem Ohr.

Kari atmete tief ein. Sie spannte ihren Oberkörper an und machte sich so breit wie möglich. Im nächsten Moment ließ sie ihre Muskeln erschlaffen und ging so blitzschnell in die Hocke, dass sie aus Leifs Umklammerung herausglitt, ehe er realisierte, was geschah. Sich wieder aufzurichten, um hundertachtzig Grad zu drehen und ihm die geballte Faust auf den Solarplexus zu schlagen, war eine einzige fließende Bewegung.

Leif stöhnte auf und taumelte zurück. Er stieß mit den Waden gegen einen der Plexiglasstühle, sackte auf die Sitzfläche und klappte zusammen wie ein Taschenmesser. Japsend schnappte er nach Luft.

Sein Onkel Clemens hob die Augenbrauen.

»Mhm«, machte er und fixierte Kari. Seine grauen Augen blitzten, aber Kari hätte nicht sagen können, ob in seinem Blick Bewunderung oder Missbilligung lag. Sie wandte sich verlegen an Leif.

»Entschuldigung«, sagte sie. »Ich hoffe, ich habe nicht zu stark zugeschlagen? Alles wieder okay bei Ihnen?«

Leif winkte mit einer matten Geste ab. »Bestens. Alles im grünen Bereich.«

Burkhard Sievert legte seine gefalteten Hände auf die Tischplatte. Er schaute zu seinem Sohn, der langsam sein Gleichgewicht wiederfand, dann zu seinem Bruder. Schließlich wanderten seine Augen zu Kari.

»Nun gut«, sagte er. »Sie haben offenbar ein brauchbares Reaktionsvermögen. Und Ihre Zeugnisse«, er tippte auf die Bewerbungsmappe, »sind nicht so übel.« Er legte den Kopf schief und sah Kari an. »Ich denke, wir versuchen es mit Ihnen. Sagen wir, zunächst einmal für zwei Wochen. Auf Probe.«

»Danke«, erwiderte Kari und spürte, wie sich die Erleichterung in ihr breit machte. Zwei Wochen waren nicht viel, aber besser als nichts. Sie würden hoffentlich reichen, um das Vertrauen der Mitarbeiter von *Sylt Guard* zu gewinnen. Und um herauszufinden, ob Jonas Voss in ihrem Leben eine Rolle spielen sollte.

▪ ▪ ▪

Das Tor glitt mit einem metallischen Surren zur Seite. Hannah Behrends fuhr den blauen Dienst-Audi der Polizeistation Sylt auf das Gelände der ehemaligen Marineversorgungsschule, musste aber schon nach wenigen Metern wieder stoppen. In der Zufahrt standen drei Personen und versperrten ihr den

Weg. Alle drei trugen die schwarze Uniform mit dem Logo von *Sylt Guard* auf der Brust. Auch ihre Pose war absolut identisch: breitbeinig, mit verschränkten Armen und finster zusammengekniffenen Augen. Darüber hinaus waren sie allerdings höchst unterschiedlich. Der Mann auf der rechten Seite war kräftig, der linke klein und schmächtig. Die Frau in der Mitte war nicht besonders groß, machte aber einen robusten Eindruck.

»Oha!«, sagte Jonas Voss, der genau wie Hannah bei ihren bisherigen Besuchen nur den Firmenchef Burkhard Sievert und den Buchhalter, Burkhards Bruder Clemens, kennengelernt hatte. Einer Befragung der Mitarbeiter hatten die beiden nicht zugestimmt. Aber dank der Bilder, die Hannah aufgestöbert hatte, war die Identifikation kein Problem.

Der große Mann mit dem runden Gesicht, der seine braunen Locken zu einem Pferdeschwanz zusammengefasst hatte, war Bjarne Sievert. Der kleine mit dem struppigen Schnauzbart war Thilo Mertens. Und die Frau musste Wiebke Lüdemann sein, die einzige weibliche Mitarbeiterin bei *Sylt Guard*.

»Was für ein nettes Empfangskomitee«, bemerkte Jonas und dachte, dass sich die Frauenquote bei *Sylt Guard* um glatte hundert Prozent erhöhen würde, wenn Kari den Job bekäme. Fast hätte er den Gedanken laut ausgesprochen, hielt sich aber im letzten Moment zurück.

Voss öffnete die Wagentür, stieg aus und ging auf die drei zu. Hannah folgte ihm.

»Guten Morgen«, begrüßte er die Sicherheitsleute. »Kriminalhauptkommissar Jonas Voss, Polizeistation Sylt.« Er deutete auf Hannah. »Meine Kollegin, Kriminalkommissarin Hannah Behrends.« Er blickte zu Thilo Mertens. »Wir würden uns gern mit Ihnen unterhalten.«

Die drei Wachleute rührten sich nicht von der Stelle. Voss hob fragend die Augenbrauen. »Ist das ein Problem?«

Thilo Mertens machte eine Geste in Richtung eines der Wohncontainer, gleichermaßen einladend und widerwillig.

»Bitte. Begleiten Sie mich in meine bescheidene Hütte.«

»Gern.«

Mertens warf noch einen Blick zu seinen Kollegen. Anschließend marschierte er über den Platz auf einen der Container mit grüner Tür zu. Er nestelte einen Schlüssel aus seiner Hose und öffnete die Metalltür.

»Bitte«, wiederholte er, während er sie aufhielt. »Treten Sie ein.«

▪ ▪ ▪

Clemens Sievert schwieg, bis Kari die Bürotür hinter sich zugezogen hatte und sich ihre und Leifs Schritte über den Flur entfernt hatten. Dann drehte er sich auf seinem Plexiglasstuhl zu seinem Bruder.

»Ich weiß nicht, ob das richtig ist«, sagte er.

Burkhard strich sich über den grauen Bart und stand auf. Seine Schritte führten ihn zu dem Schrank, in dem er seine Flaschen aufbewahrte. Schon wieder ein Whisky am frühen Morgen.

Clemens betrachtete seinen Bruder. Der versuchte, sich nichts anmerken zu lassen, aber seine gesamte Körperhaltung war angespannt. Die souveräne Fassade des erfolgreichen Geschäftsmannes und Politikers bröckelte. Stattdessen kam der Soldat zum Vorschein, der einen Angriff witterte und sich zum Kampf bereitmachte. Mit dem Glas in der Hand wandte sich Burkhard zu ihm um. Nicht nur einen Fingerbreit, sondern zur Hälfte gefüllt dieses Mal, stellte Clemens fest.

»Was genau meinst du?«

Clemens registrierte, wie die Muskeln im Gesicht seines Bruders arbeiteten.

»Die Stelle so rasch wieder zu besetzen«, erläuterte er seine Bedenken. »Nur einen Tag nach Kevins Tod. Ich meine, es könnte ... ein wenig pietätlos wirken.«

Burkhard setzte sein Glas mit einem Knall auf der Schreibtischplatte ab.

»Ich dachte, du bist so überzeugt davon, dass er ein Dieb und Taugenichts war?«

Clemens lächelte schief. Zu behaupten, es würde ihm keinen Spaß machen, seinen Bruder von seinem hohen Ross herunterzuholen, wäre eine glatte Lüge. Doch er wollte auch nicht, dass Burkhard mit den Fäusten auf ihn losging. Auch wenn man es ihm nicht ansah – unter Stress konnte der weltgewandte Burkhard Sievert schon mal die Contenance verlieren – aller militärischen Ausbildung zum Trotz.

»Ich habe meine Meinung nicht geändert«, erwiderte Clemens so sachlich wie möglich. »Trotzdem. Wir reden über einen jungen Mann, der gewaltsam zu Tode gekommen ist.«

Sein Bruder atmete tief durch. »Du meinst, es schadet dem Image?« Er nahm seinen Drink wieder zur Hand. »Was sollen wir denn tun? Eine Traueranzeige schalten? Für einen Mitarbeiter, der die eigenen Kunden bestohlen hat?«

Clemens setzte seine Brille ab und rieb die Gläser mit einem Putztuch sauber.

»Du glaubst es also mittlerweile?«

Burkhard schwenkte seinen Whisky. »Bleibt mir etwas anderes übrig? Du hast es ja gleich gesagt: Die Lage ist eindeutig.«

Clemens schob das Tuch zurück in die Hosentasche.

»Zugegeben, es ist eine heikle Situation«, sagte er. »Sollen wir den Kopf in den Sand stecken? Oder offensiv mit der Lage umgehen?«

Sein Bruder lachte rau.

»Du meinst, Angriff ist die beste Verteidigung? Nun ja.« Er schaute nachdenklich auf die goldschimmernde Flüssigkeit in seinem Glas. »Ich könnte mit dem Redakteur der *Sylter Nachrichten* sprechen und ein Exklusivinterview geben. Wir klären die Bevölkerung darüber auf, dass wir einen Fehler in den Sicherheitssystemen entdeckt haben, die man uns verkauft hat. Und dass wir einen faulen Apfel in unserem Team enttarnt haben. Man muss es nur richtig darstellen. *Sylt Guard* arbeitet so gründlich, dass wir auch vor den eigenen Reihen nicht Halt machen. Wir beseitigen jede Gefahr, selbst wenn sie von innen kommt. Wir verschärfen die Kontrollen bei der Rekrutierung neuen Personals. Und wir wechseln den Anbieter der Alarmanlagen, die wir einbauen. Wir tun alles, was in unserer Macht steht, um unseren Kunden den Schutz zu gewähren, für den sie bezahlen. Wir machen aus unserer Schwäche eine Stärke.«

Clemens kaute nachdenklich auf dem Bügel seiner Brille. Er musste seinem Bruder widerwillig Respekt zollen. So, wie er die Sache anging, ließ sich der Schlamassel womöglich doch noch ins Positive wenden.

»Hm.« Clemens setzte die Brille wieder auf. »Das könnte funktionieren.«

Burkhard lächelte, aber seine Augen blieben ernst.

»Dann hoffen wir mal, dass Kevins Nachfolgerin kein Fehlgriff ist«, überlegte er und schaute seinen Bruder herausfordernd an.

Clemens erhob sich von seinem Stuhl. Er trat ans Fenster und schaute nach draußen, wo gerade erneut einige Busse vorfuhren und einen Zug uniformierter Polizeibeamten auf den Kasernenhof entließen.

»Nein«, entgegnete er. Kari Blom war eine aparte Erscheinung. Eine Frau, die er gerne näher kennenlernen wollte. Trotzdem hatte er das Gefühl, dass sie nicht ganz ehrlich war. Was immer ihre Motive waren, sich für eine Stelle bei einem Sicherheitsdienst zu bewerben, ihr Interesse am Wachschutz war es nicht.

Vielleicht suchte sie einfach nur einen Job, der besser bezahlt war als eine Tätigkeit an der Supermarktkasse. Womöglich hatte sie aber auch ganz andere Pläne. Wer konnte schon sagen, ob sie nicht eine freie Journalistin war, die nach Informationen suchte? Und solch eine Person konnten sie momentan überhaupt nicht gebrauchen.

»Gerade jetzt«, erklärte er, »wo man nicht mehr weiß, wem man überhaupt vertrauen kann, halte ich es nicht für richtig, jemand Fremden in die Firma zu holen.« Er neigte demütig den Kopf. »Aber das ist ja nicht meine Entscheidung.«

11.

Die Möbel hatten alle schon bessere Tage gesehen. Offenbar hatte Thilo Mertens seinen Wohncontainer nicht möbliert übernommen, sondern die meisten Stücke aus seiner alten Wohnung mitgebracht. Jonas Voss betrachtete den fadenscheinigen Stoff des braunen Sofas. Verglichen mit Mertens' Mobiliar sahen die Einrichtungsgegenstände in seinem eigenen Haus geradezu gepflegt aus. Und das, obwohl Jasper und Finja die Sofakissen abwechselnd als Trampolin oder zur Konstruktion von Höhlen missbrauchten. Zumindest, dachte Voss nostalgisch, war das lange Zeit so gewesen.

Mittlerweile saß Finja häufiger kerzengerade auf dem Sofa und studierte mit ernster Miene Bücher oder Broschüren, meist über Natur- und Umweltschutz. Jonas Voss war stolz auf seine Tochter, aber er war auch froh, dass zumindest Jasper seine ungestüme Zeit noch nicht ganz hinter sich hatte.

Mertens setzte sich in einen abgewetzten braunen Sessel und lud die Kommissare ein, auf dem Sofa Platz zu nehmen.

»Also«, sagte er. »Was kann ich für Sie tun?«

Hannah zog ihr Tablet hervor und schaltete es ein. Voss beugte sich zu Mertens vor.

»Erzählen Sie uns etwas über Kevin«, bat er.

Thilo Mertens machte eine wegwerfende Handbewegung.

»Kevin war ein Spinner«, verkündete er und entblößte eine Reihe schiefer Zähne. »Hat von der großen weiten Welt geträumt. Dabei konnte er sich nicht mal anständige Klamotten leisten.«

Voss dachte an die zerrissenen Jeans und die ausgetretenen Schuhe, von denen Hannah ihm berichtet hatte.

»Diese löchrigen Hosen sind modern«, warf er ein.

Mertens lachte verächtlich, und sein struppiger Schnurrbart zitterte. »Wer's glaubt.«

Hannah sah auf.

»Sie selbst können ja auch keine großen Sprünge machen«, bemerkte sie.

Mertens zog die Nase hoch. »Sagt wer?«

»Wir haben ein paar Datenbanken abgefragt«, erläuterte Hannah. »Sie hatten eine eigene Detektei. Vor einem halben Jahr mussten Sie Insolvenz anmelden.«

»Weil Sievert mit seinen Dumpingpreisen alles kaputt macht«, brauste Mertens auf und räusperte sich dann geräuschvoll. Voss sah ihm den Ärger darüber an, dass er seine Gefühle nicht besser im Griff hatte.

»Und jetzt müssen Sie ausgerechnet für Sievert arbeiten«, stellte er fest. »Für den Mann, den Sie für Ihre Pleite verantwortlich machen.«

Mertens funkelte ihn an. »Man nimmt, was man kriegen kann.«

Jonas Voss schob die Ärmel seiner Lederjacke nach oben. »Ich könnte mir vorstellen, dass Sie das wütend gemacht hat.«

»Ja. Hat es.«

»Und jetzt bestiehlt jemand die Kunden von *Sylt Guard*. Irgendjemand bereichert sich und fügt Sievert zugleich großen Schaden zu. Sie haben nicht zufällig eine Idee, wer das sein könnte?«

»Lassen Sie doch die Spielchen«, knurrte Mertens. »Sie wollen andeuten, dass ich das bin, dass ich mich an Sievert räche, indem ich seine Kundschaft abzocke.«

»Erscheint Ihnen der Gedanke so abwegig?«

»Nee.« Thilo Mertens grinste. »Die Idee ist prima. Schade nur, dass ich nicht darauf gekommen bin.«

Jonas Voss rutschte auf dem Sofa nach vorn. »Ich finde das nicht besonders komisch. Beim letzten dieser Einbrüche ist ein Mensch ums Leben gekommen. Ihr Kollege Kevin Köhler.«

Mertens zog den Kopf zwischen die Schultern. »Ja, Mann. Das ist Scheiße. Aber ich hab nichts damit zu tun.«

Voss schaute dem ehemaligen Detektiv in die Augen. Blassblau und wässrig waren sie, der Blick herausfordernd. So etwas wie Schuldbewusstsein oder Nervosität sah Jonas Voss dagegen nicht. Er suchte nach Stift und Notizblock, fand in den Taschen seiner Jacke aber weder das eine noch das andere. Das Einzige, was er ertastete, war eine Dose Lutschpastillen, Sylter Brisen-Klömbjes, die er stets bei sich trug, seit er abends mehr trank, als seinem frischen Atem guttat. Das Heft und der Kugelschreiber dagegen lagen wahrscheinlich wieder einmal auf seinem Schreibtisch im Büro, begraben unter einem Stapel von Papieren, die er längst hätte sortieren sollen.

»Wir müssen Sie fragen, was Sie letzte Nacht getan haben«, erklärte er. Hannah würde die Information schon festhalten. Notfalls konnte er sich Mertens' Angaben auch einfach merken.

»Nichts.« Thilo Mertens lehnte sich in seinem Sessel zurück. »Ich habe im Bett gelegen und geschlafen.«

»Gibt es dafür Zeugen?«

»Nee.« Mertens hob spöttisch die Mundwinkel. »Aber Sie können sich ja die Videoaufzeichnung von den Toren anschauen. Da kommt keiner raus, ohne dass man ihn auf einem der Bänder sieht. Und mich werden Sie da nicht finden.«

Hannah wechselte einen bedeutungsvollen Blick mit Voss. Glaubte dieser ehemalige Detektiv wirklich, sie hätten ihre Hausaufgaben nicht gemacht?

»Das tun wir selbstverständlich«, erklärte sie. »Die Aufzeichnungen liegen schon bei den Kollegen im LKA Kiel. Die Aufnahmen von *allen* Kameras auf dem Gelände übrigens, nicht nur von denen an den beiden Eingangstoren. Herr Burkhard Sievert war so freundlich, sie uns auszuhändigen.«

»So?« Ein Anflug von Unsicherheit huschte über Mertens' Gesicht. »Na ja. Dann werden Sie's ja sehen.«

Jonas Voss musterte den Wachmann eindringlich. Er fragte sich, was den Stimmungswechsel veranlasst hatte. Hatte Mertens das Gelände heimlich verlassen und fürchtete nun, dass ihn dennoch eine Kamera erfasst hatte? Eine, von deren Existenz er womöglich gar nichts geahnt hatte? Oder war auf den Videoaufzeichnungen etwas ganz anderes zu sehen? Etwas, das Mertens gerne vor den Augen des Gesetzes verbergen wollte?

»Wenn Sie uns irgendetwas sagen möchten, sollten Sie

das jetzt tun«, schlug er vor, doch der Wachmann hatte sich längst wieder gefangen.

»Nee«, erwiderte er. »Ich habe nichts mit den Diebstählen und mit Kevins Tod zu tun. Und ich weiß auch nichts darüber.« Er wies über seine Schulter durch die Tür, die er offen gelassen hatte, auf den Hof, wo einige Kollegen der Polizeidirektion für Aus- und Fortbildung vorbeimarschierten. »Die uniformierte Truppe hat doch bereits alles bei mir durchwühlt. Haben die vielleicht was gefunden?«

Jonas Voss legte den Kopf schief und versuchte, in Mertens' Gesicht zu lesen. Seine Züge erinnerten ihn an ein Wiesel, der Ausdruck der blassblauen Augen wirkte verschlagen. Er hätte gewettet, dass Thilo Mertens Geheimnisse hatte. Ob die allerdings etwas mit seinem Fall zu tun hatten, war eine ganz andere Frage.

»Ich vermute, Sie wären nicht so dumm, die Beute aus Ihren Raubzügen in Ihrem Container aufzubewahren«, sagte er. »Hier auf dem Gelände gibt es genügend Möglichkeiten, etwas zu verstecken.«

Mertens hob die Mundwinkel. »Hm. Falls Sie beim Umgraben etwas finden, können Sie mich ja fragen, ob es mir gehört.«

Jonas Voss erkannte, dass er so nicht weiterkam. Mertens mochte ein Motiv und wahrscheinlich auch die Mittel und die Gelegenheit für die Einbrüche gehabt haben, doch Beweise gab es dafür nicht. Wenn Mertens nicht das Bedürfnis hatte, ein Geständnis abzulegen – und das hatte er eindeutig nicht –, dann konnten sie im Augenblick nichts tun. Ganz abgesehen davon, dass es auch noch ein anderes Problem gab: Falls Hannah richtiglag, ginge es Mertens darum, sich selbst zu bereichern und zugleich Burkhard Sievert zu schaden. Aber wie passte dann der Mord an Kevin in das Bild? Hatten sich die beiden über die Verteilung der Beute in die Haare bekommen, und der Streit war eskaliert? Oder gab es noch ein verborgenes Motiv, irgendwelche persönlichen Differenzen zwischen den Männern, und der Einbruch war nur die Gelegenheit gewesen, einen unliebsamen Widersacher ohne Zeugen aus dem Weg zu räumen? In diesem Fall wäre es allerdings ein geplanter Mord, und die zugrundeliegenden Emotionen müssten heftig gewesen sein.

»Erzählen Sie uns doch etwas über Herrn Köhler«, schlug Jonas vor. Vielleicht kämen dabei ja ein paar unterschwellige Gefühle zum Vorschein. Und wenn nicht, würden sie zumindest ein klareres Bild des Ermordeten bekommen. Immerhin war Jonas' Vater davon überzeugt, dass Kevin kein Täter war. Was vielleicht bedeutete, dass er nicht aus eigenem Antrieb gehandelt hatte. Doch sosehr Voss die Meinung seines alten Herrn auch schätzte, im Augenblick gab es nichts, das diese Möglichkeit untermauerte.

Bisher wussten sie – abgesehen von Kevin Köhlers angefangener Tischlerlehre und dem Umzug von Melsungen nach Sylt – nur, dass er aus soliden Verhältnissen stammte. Kevin war der einzige Sohn eines Ehepaars, das in Paderborn in der Universitätsbibliothek arbeitete. Die Beamten, die Kevins Eltern die Todesnachricht überbracht hatten, hatten deren Reaktion als schockiert und tief getroffen beschrieben. Über Kevin hatten sie nur berichten können, dass er ein guter Junge gewesen sei.

»Hab ich doch schon gesagt«, entgegnete Mertens. »Ein Kindskopf war er. Musste überall dabei sein, wo Action ist. Wollte immer nur seinen Spaß haben. Party machen.« Mertens verzog den Mund. »Bescheuert war der. Beim größten Sturm ist er surfen gegangen. Er meinte, das wäre erst der richtige Kick.«

»Hm«, machte Jonas Voss. Was Mertens sagte, stimmte mit der Beschreibung überein, die ihm sein Vater – mit etwas mehr Wohlwollen – geliefert hatte.

»Angst hatte er nicht?«

»Nee.« Mertens lachte verächtlich. »Der war ein richtiger Bruder Leichtfuß. Hat nichts ernst genommen.« Seine Mundwinkel sanken herunter. »Das ist ihm jetzt zum Verhängnis geworden.«

»Denken Sie, er war ein guter Wachmann?«

Mertens schnaubte. »Wenn er das gewesen wäre, wäre er jetzt nicht tot«, versetzte er.

Jonas Voss betrachtete ihn nachdenklich. Inhaltlich hatte Mertens nicht unrecht, doch die zynische Art gefiel ihm nicht.

»Wie war denn Ihr Verhältnis zu Kevin?«, erkundigte er sich.

Mertens blinzelte. »Was denken Sie? Wir haben zusammen gearbeitet und sind uns ansonsten aus dem Weg gegangen.«

»Gab es Streit?«

»Nein.« Thilo Mertens nahm die Mütze vom Kopf und strich sich durch seine lichten blonden Haare, die mit reichlich grauen Strähnen durchzogen waren. »Dafür war er mir nicht wichtig genug. Und selbst wenn ich ihm gesagt hätte, was ich von ihm halte, wäre ihm das einfach am Arsch vorbeigegangen. Er hätte bloß gelacht. Mit jemandem, der nichts ernst nimmt, kann man nicht streiten.«

»Ach so? Das heißt, es gab auch sonst niemanden, mit dem Kevin Streit hatte?«, hakte Jonas Voss nach. Schließlich war Kevin Köhler durch zwei Schüsse in Brust und Schulter zu Tode gekommen, was selbst bei gutwilliger Betrachtung nicht als fahrlässige Tötung durchgehen würde. »Immerhin hat ihn jemand ermordet, und für jeden Mord gibt es ein Motiv. Einen heftigen Konflikt oder heftige Wut.«

»Wenn Sie meinen.« Mertens zog geräuschvoll die Nase hoch. »Ist ja Ihr Job. Aber ich weiß davon nichts.«

»Mhm.« Jonas Voss sah ein, dass er seinen Verdacht, Mertens verheimliche etwas, im Augenblick nicht weiter erhärten konnte. Sie bräuchten zumindest ein paar Indizien. Aber vielleicht würde ja die Auswertung der Videoüberwachung etwas ergeben. Oder Kari fand eine heiße Spur.

»Danke, Herr Mertens«, sagte er und stand auf. »Das war's fürs Erste. Wir melden uns, wenn wir noch Fragen haben.«

»Fein.« Auch Mertens erhob sich und wartete an der Tür, bis Voss und Hannah seinen Container verlassen hatten. Dann warf er die grüne Tür energisch ins Schloss.

Voss sah sich auf dem verlassenen Kasernenhof um.

»Keine große Liebe zwischen den beiden«, bemerkte er.

Hannah, die noch mit ihren Notizen beschäftigt war, blickte nicht einmal auf.

»Nein«, entgegnete sie abwesend. »Aber ich bezweifle, dass Mertens überhaupt jemanden liebt.«

»Hm.« Jonas Voss verspürte einen Stich, schob seine Gedanken an Kari aber beiseite. Sie war beruflich hier. Und sie war undercover. So absurd es auch scheinen mochte: Jetzt, wo er wusste, dass sie eine Kollegin war, konnte er noch viel weniger eine Beziehung mit ihr eingehen als damals, als sie eine Mordverdächtige gewesen war. Wenn Kari das überhaupt wollte. Immerhin hatte sie auf ihr Wiedersehen nicht gerade mit überschäumender Freude reagiert. Aber vielleicht war sie einfach überrascht und verwirrt gewesen, genau wie er selbst. Oder war es einfach ihre Art, dass sie sich so zurückhaltend gab und sich nicht öffnete? Auf der Autofahrt nach Sylt hätten sie so viel Zeit zum Reden gehabt und die Dinge klären können, doch mehr als ihren kurzen Gefühlsdurchbruch auf dem Autozug hatte er nicht erreicht. Immerhin hatte er in diesem Moment den Eindruck gehabt, dass sie ihn noch wollte.

Und er? Wollte er sie auch noch? Wenn er ehrlich war, musste er zugeben, dass er sich vor einer erneuten Zurückweisung fürchtete. Sie würde ihn in ein Loch stürzen, das noch tiefer war als beim letzten Mal. Und doch. Wenn sie ihm eine Chance gäbe, würde er zugreifen.

▪ ▪ ▪

Leif Sievert lief noch ein wenig gekrümmt, grinste aber bereits wieder. Kari machte eine vage Geste in Richtung seines Brustkorbs.

»Tut mir leid«, sagte sie. »Ich wollte Sie nicht verletzen. Das war einfach ein Reflex.«

Leif winkte ab. »War meine Schuld. Ich habe Sie ... dich provoziert.« Er hielt ihr die Hand hin. »Wir duzen uns hier. Meinen Vater und Clemens natürlich nicht.«

Kari schlug ein. »Kari.«

»Leif.« Er neigte den Kopf in Richtung eines weißen Betonbaus mit dunklen Fenstern und marschierte über den Exerzierplatz in diese Richtung.

»Da drüben ist unser Schießstand«, erläuterte er. »Und dort haben wir auch die Uniformen.« Er blieb kurz stehen und ließ seinen Blick über ihren Körper wandern. »Du bist sicher, dass du nicht hier unterkommen willst?« Er deutete nachlässig zu den Containern, die auf dem Platz aufgereiht standen. »Wir hätten noch ein Appartement frei. Da könntest du umsonst wohnen. Die Mietpreise auf Sylt sind der Horror.«

»Danke.« Kari wich ein Stück zur Seite, weil sie das Gefühl hatte, dass Leif ihr immer näher kam. War das Ganze eine

Art Test? Oder interessierte sich Sieverts Sohn ernsthaft für sie? Kari konnte sich das kaum vorstellen. Leif war zwölf Jahre jünger als sie. Er sah gut aus, war selbstbewusst und charmant – er hatte sicherlich keine Schwierigkeiten, eine Frau um den Finger zu wickeln. Was also wollte er von ihr?

»Du hast gesagt, Sport ist dein Hobby«, sagte er. »Was machst du da so?

»Ich laufe.«

»Und sonst?«

»Jiu Jitsu. Schießen. Ich habe auch mal Kickboxen ausprobiert, aber das hat mir nicht so gut gefallen.«

»Aha?« Leif blieb stehen und musterte sie. »Und Wassersport machst du nicht?«

»Nein. Auf dem Wasser kann man nicht gut laufen«, scherzte Kari.

Leifs blaue Augen leuchteten. »Du musst es ausprobieren. Surfen, meine ich. Das ist wie ein Film. Wenn du mit Highspeed durch die Wellen fegst. Das ist hundert Mal geiler als bloß durch die Gegend zu rennen.«

Kari, die ungern Dinge tat, die sie nicht kontrollieren konnte, wehrte ab.

»Das ist nichts für mich«, erklärte sie. »Wind und Wellen sind so ... unvorhersehbar.«

Leif lachte. »Deshalb macht es ja solchen Spaß. Man kann sich einfach fallen und von den Elementen tragen lassen.«

Was, wie Ole Lund und ihre Mutter nicht müde wurden zu betonen, genau die Fähigkeit war, die Kari nicht hatte.

»Wie gesagt«, entgegnete sie steif. »Ich laufe lieber.«

»Ach, komm.« Leif ließ nicht locker. »Du musst es wenigstens mal versuchen.«

Kari betrachtete sein braungebranntes Gesicht mit den blonden Locken. Er sah genau so aus, wie man sich die lässigen Surfer vorstellte, die an den heißen Spots der Welt über die Wellen fegten.

»Welche Art von Surfen machst du denn?«, fragte sie. »Windsurfen? Oder Wellenreiten?«

»Beides.« Leif strahlte sie an. »Hier auf Sylt muss man Windsurfen. Aber die Königsdisziplin ist für mich das Wellenreiten. Nur ein Mann und ein Brett. Kein Segel, an dem man sich festhält. Und der Rausch, wenn man unter der brechenden Welle hindurch auf den Strand zurast.«

Was Kari bestätigte, dass es mit Sicherheit nicht der richtige Sport für sie war. Sie setzte sich wieder in Bewegung. »Gibt es sonst niemanden, der mit dir surft?«, fragte sie nebenbei.

Leifs Miene verdunkelte sich. »Doch. Kevin. Er war mit mir auf dem Wasser und hat es geliebt, wenn die See so richtig wild und rau war.«

Beinahe hätte Kari sich verplappert. In letzter Sekunde fiel ihr ein, dass sie als Kari Blom nichts von Kevin und seinem tragischen Tod wissen konnte.

»Wer ist Kevin?«

Leif stopfte die Hände in die Hosentaschen. »Er ist ... war ... dein Vorgänger.«

»Du meinst, er hatte meinen Job?«

»Hm.«

»Hat er ihm nicht mehr gefallen?«

Leif blieb wieder stehen. »Er hat ihn geliebt. Er hat immer gesagt, dass er hier seine Berufung gefunden hat.«

»Warum ist er dann weggegangen?«

»Das ist er nicht.« Leif kickte einen Kieselstein weg. »Er ist tot.«

Kari riss die Augen auf. »Tot?«, hauchte sie und fragte sich, ob sie es nicht ein wenig übertrieb. Schließlich spielte sie kein

Hausmütterchen, sondern eine eiserne Lady, die im Wachschutz arbeitete. Doch Leif schien genau diese Reaktion erwartet zu haben.

»Jemand hat ihn erschossen. In einem Haus, auf das wir aufpassen sollten.«

»Das heißt … er hat einen Einbrecher gestellt, und der hat ihn getötet?«

Leif legte den Kopf in den Nacken und blickte in den grauen Himmel, durch den sich nur mühsam der gelbe Ball einer schwachen Sonne fräste.

»Die Polizei sagt, Kevin war einer der Einbrecher. Und dass ihn ein Mittäter erschossen hat.«

»Du glaubst das nicht?«

Leif machte eine vage Geste. »Sie sagen, er hatte keine Uniform an, sondern seine privaten Klamotten, alles in schwarz. Und dass er eine Motorradhaube über dem Kopf hatte.«

Was, wie die Sylter Kommissare und die Häkeldamen fanden, nicht viel Spielraum für Interpretationen bot. Kari konnte sich ihrer Sicht nur anschließen.

»Warum, glaubst du, hat er das getan?«, fragte sie. »Weshalb ist er dort eingebrochen, wenn ihm der Job als Wachmann solchen Spaß gemacht hat?«

Leif warf seine blonden Locken zurück.

»Warum wohl?«, fragte er. »Da gibt es doch nur eine Erklärung. Er brauchte Geld.« Er verzog den Mund. »Als Sicherheitsmann verdient man nicht viel.«

»Na ja. Mehr als an der Supermarktkasse«, relativierte Kari, die beim Unterschreiben ihres vorläufigen Arbeitsvertrags festgestellt hatte, dass der Job als Wachdienstangestellte ähnlich honoriert wurde wie eine entsprechende Arbeit bei der Polizei. Wobei der Staatsdienst natürlich nicht gerade zu den bestbezahlten Berufen zählte.

Leif lächelte müde. »Sicher. Es ist immer alles eine Frage der Perspektive.«

Er trottete auf das helle Betongebäude zu. Gleich darauf hielt er wieder inne und schaute Kari durchdringend an.

»Es ist meine Schuld«, erklärte er. »Ich habe Kevin erzählt, dass ich nächstes Jahr zum Surfen nach Australien will, nach Burleigh Heads. Er wollte mit, aber er hätte sich das nicht leisten können.«

»Und du glaubst, deswegen ist er bei einem eurer Kunden eingebrochen? Damit er seinen Flug bezahlen kann?«

Leif zerrte an den Aufschlägen seiner Uniformjacke.

»Es geht nicht nur um die Reise«, erläuterte er. »Da finden auch jede Menge Wettbewerbe statt. Wenn man da gewinnt, kann man ganz ordentliche Preisgelder abräumen und Sponsoren gewinnen. Für eine bessere Ausrüstung. Und als Startkapital für eine eigene Surfschule.«

Kari setzte eine skeptische Miene auf.

»War Kevin denn so gut, dass er da eine Chance gehabt hätte?«

Leif zog die Schultern nach oben.

»Er war verrückt. Er war vielleicht nicht der beste Surfer, aber er hatte keine Angst, ein Risiko einzugehen. Der hätte sich in jede Monsterwelle gestürzt.«

»Aha. Ein Adrenalin-Junkie also.«

Leif schnitt eine Grimasse. »Ja. So könnte man es sagen.«

»Womöglich war es das«, überlegte Kari. »Vielleicht ist er deshalb bei eurem Kunden eingebrochen. Weil es ihm einen Kick gegeben hat.«

Leif schaute sie überrascht an.

»Du bist gut«, lobte er. »Du kanntest ihn gar nicht, aber du hast sofort kapiert, wie er getickt hat.« Seine Augen verengten sich. »Du bist eine Frau, vor der man sich besser in Acht nimmt, was?«

Kari lachte gekünstelt. Das fehlte noch, dass Leif sich wieder verschloss wie eine Auster, weil er merkte, dass sie in seine Gedankenwelt einzudringen versuchte.

»Das liegt nicht an mir«, gab sie zurück. »Du hast ihn einfach so gut beschrieben.«

»Hm.« Leif schien nicht ganz überzeugt. Sein Blick wirkte immer noch misstrauisch.

»Was ist mit dir?«, erkundigte sich Kari, um wieder zu einem unverfänglichen Thema zu kommen. »Hast du eine Chance auf den Sieg?«

Sie hatte die richtige Frage gewählt. Leifs finstere Miene hellte sich auf, und das breite Lächeln kehrte auf seine Lippen zurück.

»Komm einfach mal runter zum Brandenburger Strand. Dann kannst du es dir angucken. Ist natürlich etwas anderes mit dem Segel, aber wenn wir eine ordentliche Brandung haben, siehst du, was einer auf dem Brett kann.«

Kari erwiderte sein Lächeln.

»Das mache ich.« Für einen Moment versank sie in Leifs leuchtend blauen Augen, während ihre Gedanken bereits weitereilten.

»Das heißt, Kevin war eine echte Konkurrenz für dich?«, sagte sie laut und hätte sich im selben Augenblick am liebsten auf die Zunge gebissen. Das war nicht die Frage, die eine kluge Undercover-Ermittlerin stellte, jedenfalls nicht in einem Stadium, in dem es darum ging, Vertrauen zu gewinnen. Leif reagierte entsprechend pikiert.

»Was willst du damit sagen? Dass ich ihn abgeknallt habe, damit er mir bei irgendeinem Surf-Cup nicht im Weg steht?« Er lachte bitter. »Da hätte ich viel zu tun, wenn ich auf diese

Weise zum Sieg kommen wollte. Bei den Events treten richtig gute Leute an. Kevin hatte eine Chance, aber nur als Außenseiter. Er war sicher nicht mein schärfster Konkurrent.«

Kari winkte hastig ab. »Um Gottes willen. So war das nicht gemeint.«

Leifs Augen bohrten sich in ihre. »Wie denn dann?«

Kari hatte das Gefühl, sich auf ganz dünnem Eis zu bewegen. »Ich hab nur an die Surfmeisterschaft gedacht und nicht daran, dass er ermordet wurde«, improvisierte sie etwas fahrig und nuschelte noch eine Entschuldigung. Sie durchschaute nicht, was Leif von ihr wollte. Versuchte er, sein Revier abzustecken? Die Rangfolge in der Hierarchie zu klären? Oder wollte er mit ihr flirten?

Zum Glück kamen in diesem Moment einige Beamte von der Polizeidirektion für Aus- und Fortbildung in ihr Blickfeld.

»Was machen denn die ganzen Polizisten hier?«, versuchte sie eilig, Leifs Aufmerksamkeit auf etwas anderes zu lenken.

Der wandte den Blick von ihr ab und sah zu den Beamten hinüber.

»Die suchen nach Diebesgut«, erklärte er verächtlich.

»Ach so.« Kari tat, als gäbe es keinen Anlass zur Nachfrage, um Leif nicht erneut gegen sich aufzubringen, doch dieses Mal hatte er selbst das Bedürfnis, die Dinge zu erklären.

»Die glauben, dass Kevins Komplize ebenfalls aus der Firma stammt und dass die beiden die Beute hier versteckt haben.«

»Moment mal.« Kari holte tief Luft und hoffte, dass sie überzeugend wirkte. »Das heißt, der Typ, der Kevin ermordet hat, ist ein Kollege? Jemand, mit dem wir hier zusammenarbeiten?«

Leifs Blick flackerte. Ganz offensichtlich kaufte er ihr die Vorstellung ab.

»Keine Ahnung.« Er gestikulierte in Richtung des Wohnhauses. »Wenn du unter diesen Umständen nicht hier arbeiten willst …«, sagte er. »Ich könnte das verstehen.«

»Danke.« Kari straffte sich. »Ich kann ganz gut auf mich aufpassen. Und vielleicht täuscht sich die Polizei ja auch.«

Leifs Blick wurde ein wenig glasig.

»Wow«, sagte er und schob die Hände wieder in die Hosentaschen. »Du bist ja eine richtig taffe Frau.«

Kari tat, als würde sie sich über das Kompliment freuen, aber zugleich fragte sie sich, wie um alles in der Welt sie mit Leif die richtige Ebene finden sollte. Seine Emotionen wechselten wie die Farben eines Chamäleons. Im einen Moment zog er sich vollständig zurück, im nächsten kam er ihr viel zu nah.

»Wie wär's, wenn wir uns an die Arbeit machen?«, schlug sie vor, um die Spannung zu brechen, die sich erneut zwischen ihnen aufgebaut hatte.

»Klar.« Leif löste seine Augen nur langsam von ihr. Er deutete auf die Halle. »Wir besorgen dir erst mal eine Uniform.« Sein Blick wanderte erneut über ihren Körper. »Und dann sehen wir weiter.«

Kari verspürte einen impulsiven Widerwillen. Glaubte Leif wirklich, er könne mit einer derart plumpen Anmache bei ihr landen? Sie musste sich zusammenreißen, um einen halbwegs freundlichen Gesichtsausdruck aufzusetzen. Sie hatte nicht das geringste Verlangen, mit Leif zu flirten, aber auf der anderen Seite war sein Interesse an ihr natürlich die beste Eintrittskarte, die sie als Undercover-Ermittlerin bekommen konnte.

»Schön«, sagte sie und brachte einen halben Meter Sicherheitsabstand zwischen sich und Leif. »Genau so machen wir es.«

12. Die Teller waren weiß und schlicht, wirkten aber dennoch teuer, genau wie das schwere Edelstahlbesteck, das akkurat danebenlag. Die Servietten waren aus Stoff und sorgsam gefaltet, die Weingläser aus Kristall, das im Licht des Kronleuchters funkelte. In der Mitte der Tafel wechselten sich Warmhalteplatten und dicke Kerzen ab.

Kari zupfte unter dem Tisch an den Bügelfalten ihrer Hose. Die Uniform von *Sylt Guard* saß gut, doch sie fühlte sich trotzdem verkleidet. Seit ihrer Zeit an der Polizeischule hatte sie keinen Dienstanzug mehr getragen. Und die ganze Situation kam ihr irgendwie künstlich vor.

Fünf Personen in schwarzen Hosen und kurzärmeligen Hemden, die an einem langen Tisch im Speisezimmer Platz genommen hatten. Die gleichfarbigen Jacken mit dem Aufnäher, dem roten Ritterschild von *Sylt Guard*, hingen säuberlich über den Rückenlehnen der Stühle, die Schirmmützen mit einer kleineren Ausführung des Logos an Garderobenhaken neben der Eingangstür. Am Kopfende der Tafel saß Burkhard Sievert mit seinem silbergrauen Anzug und der silbrig glänzenden Krawatte. Clemens Sievert, jetzt mit einer weißen Schürze und einer halbhohen Kochmütze bekleidet, brachte eine große Terrine aus der Küche und stellte sie auf einer der Wärmeplatten ab. Während er Wein einschenkte, blickte Kari sich um.

Alles in diesem Zimmer erinnerte sie an ein Offizierscasino. Die lange Tafel mit dem steifen Tischtuch, die wuchtigen Sessel, die um mehrere niedrige Cocktailtische herumstanden. Der dunkle Teppich und die schweren bordeauxroten Vorhänge an den Fenstern. Und natürlich die Dekoration der Wände: sauber gerahmte Diplome, das Offizierspatent von Burkard Sievert, eine Sammlung von Orden, ein paar großformatige Drucke von Segelschiffen – und zwei antike Säbel.

Der ganze Raum war ein Anachronismus, der komplette Kontrast zu Burkhard Sieverts modern eingerichtetem Büro, und Kari fragte sich unwillkürlich, was den Firmenchef veranlasst hatte, ihn so zu gestalten. Vielleicht war es einfach Nostalgie, weil das Haus in der ehemaligen Marineversorgungsschule tatsächlich das Offizierscasino beherbergt hatte. Oder es steckte Kalkül dahinter, und die gesamte Inszenierung – der Speisesaal, die Uniformen, das gemeinsame Sonntagsessen – diente dazu, das Gemeinschaftsgefühl zu stärken.

Burkhard Sievert signalisierte seinem Bruder, mit dem Füllen der Teller noch zu warten und sich zu setzen. Dann stand er auf.

»Wir haben heute Grund zur Trauer und Anlass zur Freude«, sagte er und blickte auf den einzigen Stuhl, der leer geblieben war. Auch an diesem Platz stand ein Teller, allerdings ohne Besteck und Serviette. Stattdessen lag eine einzelne weiße Lilie darauf.

»Wir haben einen Mitarbeiter und Freund verloren«, erläuterte er, »und noch ist nicht geklärt, was genau passiert ist. Aber was auch immer die Polizei ermitteln wird, es bleibt ein tragischer Tod. Niemand sollte so jung sterben müssen.« Er schluckte und hob sein Weinglas. »Lasst uns auf Kevin trinken.«

Leif sprang auf. »Auf Kevin!«

Kari und Clemens Sievert erhoben sich ebenfalls, und nach und nach standen auch Bjarne Sievert, Wiebke Lüdemann und Thilo Mertens auf. Sie hoben stumm ihre Gläser und tranken.

Kari beobachtete ihre neuen Kollegen. Leif starrte auf die Lilie, und seine Augen schimmerten feucht. Die Hand, mit der er sein Weinglas hielt, zitterte. Sein Bruder Bjarne umklammerte sein Glas so fest, dass Kari befürchtete, es könnte zerbrechen. Den Blick hatte er auf den Tisch gesenkt. Wiebke Lüdemann presste die Lippen zusammen, und ihre Kiefer mahlten. Thilo Mertens trank einen Schluck Wein und verzog den Mund, als sei er zu sauer.

Burkhard Sievert wandte sich zu Kari.

»Das sind turbulente Zeiten, die Sie zu uns geführt haben. Trotzdem freuen wir uns, dass Sie hier sind.« Er machte eine Handbewegung, als würde er eine Statue enthüllen. »Unsere neue Kollegin, Frau Kari Blom. Sie wird vor allem im Bereich Personenschutz und Wertsachentransporte tätig sein. Um die technischen Angelegenheiten, die bisher Kevins Aufgabe waren, kümmert sich in Zukunft Herr Mertens.«

Der ehemalige Privatdetektiv warf seinem Arbeitgeber einen überraschten Blick zu. Dann straffte er sich, und sein Gesicht nahm einen triumphierenden Ausdruck an.

Leif blickte an ihm vorbei zu seinem Vater. »Meinst du, er kann das?«

Thilo Mertens hob das Kinn. »Ich hab mal Elektroniker gelernt.«

Leif schnaubte. »Glaub bloß nicht, du kriegst deswegen mehr Kohle«, versetzte er. »Du hast doch nicht mal den Abschluss geschafft, stimmt's?«

Mertens schnaubte ärgerlich. Dann riss er sich zusammen. »Es geht auch nicht ums Geld«, entgegnete er und lächelte. Sein struppiger Schnurrbart fächerte sich über seinen Lippen auf. »Es geht um den Vertrauensbeweis. Im Gegensatz zu dir glaubt dein Vater nicht, dass ich mit Kevin krumme Dinger gedreht habe.«

Sieverts älterer Sohn funkelte den früheren Detektiv an. »Da ist er allerdings der Einzige.«

»Leif, bitte.« Burkhard Sievert stellte sein Weinglas auf den Tisch. »Wir wollen uns nicht streiten. Wir wollen auch keine haltlosen Verdächtigungen in den Raum stellen. Die

Aufklärung der Diebstähle und des Mordes an Kevin sind Sache der Polizei. Wir mischen uns da nicht ein.«

»Das ist nicht dein Ernst.« Leif stemmte die Hände auf den Tisch. »Kevin war mein bester Freund. Und du willst, dass ich tatenlos zusehe?«

»Wenn du sachdienliche Hinweise hast, wird die Polizei ihnen sicher gerne nachgehen. Aber du wirst nichts auf eigene Faust unternehmen.«

»Sonst?«

Burkhard Sievert setzte sich auf seinen Platz und breitete die Serviette auf seinem Schoß aus. »Ich denke, das weißt du«, erwiderte er.

Für einen Moment dachte Kari, Leif würde seinen Teller vom Tisch fegen, doch dann sank er nur auf seinen Stuhl und ballte seine Fäuste auf den Knien.

Auch die anderen setzen sich wieder. Clemens Sievert hob den Deckel von der Terrine und verteilte die Suppe. Alle sahen ihm dabei zu, als hätten sie noch nie etwas ähnlich Spannendes beobachtet. Der Buchhalter tat, als würde er es nicht bemerken, doch als der letzte Teller gefüllt war und er den Deckel zurück auf die Schüssel setzte, klapperte das Porzellan laut in der Stille.

Clemens Sievert räusperte sich vernehmlich. »Guten Appetit«, sagte er und nahm Platz.

Die anderen murmelten etwas Zustimmendes, doch Kari fand, dass sie alle miteinander so aussahen, als sei ihnen der Appetit gründlich vergangen. Was kein Wunder war. Die Stimmung im Raum war so aufgeladen, dass Kari es förmlich knistern hörte.

Sie tauchte ihren Löffel in die Suppe und schob ihn in den Mund. Im nächsten Moment war sie von der Geschmacksexplosion auf ihrer Zunge vollkommen in Anspruch genommen. Die zartrosafarbene Creme schmeckte mild und zugleich würzig, ein wenig säuerlich und gleichzeitig leicht süß.

»Hm. Was ist das?«, erkundigte sie sich.

»Kürbiscreme«, erwiderte Clemens Sievert. »Mit Ingwer, Limette und Creme fraîche und ein paar Zutaten, die ich nicht verrate.«

»An meinem Bruder ist ein Meisterkoch verlorengegangen«, bemerkte Burkhard Sievert. »Warten Sie, bis Sie den Rollbraten probiert haben.«

Der Buchhalter wehrte bescheiden ab, doch Kari sah, dass seine Augen hinter der rotumrandeten Brille glänzten.

»Das ist nur ein Hobby«, erklärte er. »Es entspannt mich, etwas mit den Händen zu tun statt mit dem Kopf.«

»Ach so?« sagte Kari, die nur selten Zeit in der Küche verbrachte. »Ich finde es eigentlich eher lästig.«

Bjarne lachte auf. Ein bisschen zu laut, vermutlich, weil er sich in der Situation ebenso unwohl fühlte wie Kari.

»Das sehe ich auch so«, erklärte er. »Ich esse lieber.«

»Ach was.« Leif beugte sich über den Tisch. »Ich bin sicher, da wäre Kari nie drauf gekommen.«

Bjarne blitzte ihn wütend an. »Kannst du nicht einmal damit aufhören? Nicht mal jetzt?«

»Warum denn?« Leif legte den Kopf schief. »Weil dir Kevins Tod so nahe geht?«

Bjarne knirschte mit den Zähnen. »Er war auch mein Freund.«

»Ja. Klar.« Leif fuchtelte mit seinem Löffel herum. »Kevin war ein Kumpeltyp. Mit dem ist jeder gut ausgekommen.«

Wiebke Lüdemann verschränkte die Arme.

»Ich nicht«, erklärte sie kategorisch. »Mir ist er auf die Nerven gegangen mit seinen blöden Sprüchen. Immer unter der Gürtellinie. Und ohne einen Funken Respekt für andere.«

Kari verharrte mit dem Löffel auf halbem Weg zum Mund. Interessant, überlegte sie. Auf den ersten Blick schien Kevin niemand gewesen zu sein, der sich wirklich Feinde gemacht hatte. Er war vielleicht ein wenig überdreht gewesen, das war alles. Einzig Wiebke schien ein Problem mit ihm gehabt zu haben, aber das war wohl kaum ein Grund, ihn zu erschießen.

Leif hob überrascht die Augenbrauen und fixierte Wiebke. »Das hat dich gestört?« Er lachte auf. »Ich dachte, es gefällt dir, dass er dich nicht wie ein Püppchen behandelt.« Er neigte sich zu ihr. »Das ist es doch, was du willst, oder nicht?«

Kari sah, wie sich widerstreitende Gefühle auf Wiebkes Gesicht abzeichneten.

»Aber nicht so«, gab Wiebke zurück. »Ich brauche keinen Kollegen, der sich ständig über mich lustig macht.«

Leif zielte mit dem Löffel auf sie. »Vielleicht liegt es ja an dir. Du bist einfach nicht locker genug.«

»Ja. Klar.« Wiebke wandte den Blick ab und widmete sich ihrer Suppe. Sie versuchte offenbar, sich nichts anmerken zu lassen, doch Kari sah, wie schwer ihr das Schlucken fiel. Leif hatte sie ganz offensichtlich gekränkt.

Wieder schwiegen die Anwesenden verbissen und löffelten die Suppe in sich hinein. Viel zu achtlos, wie Kari dachte, angesichts der exquisiten Qualität. Doch dafür hatte momentan offenbar niemand einen Sinn. Unter der Oberfläche schien es bei *Sylt Guard* heftig zu brodeln. Womöglich würde sich irgendwo dort ein Motiv für den Mord an Kevin Köhler finden lassen. Noch besser wäre es allerdings, etwas Handfestes vorweisen zu können.

Die Situation war günstig. Das gesamte Team war im Speisesaal versammelt, und jeder hing irgendwelchen schweren Gedanken nach. Wenn sie es geschickt anstellte, könnte sie den Moment nutzen, um sich ein wenig im Haus umzusehen.

Sie löffelte den letzten Rest Suppe von ihrem Teller, wischte sich den Mund mit der Serviette ab und faltete sie dann ordentlich.

»Entschuldigung«, sagte sie und stand auf. »Ich müsste mir mal kurz die Hände waschen.«

Burkhard Sievert schmunzelte, wahrscheinlich wegen ihrer genierlichen Formulierung.

»Gehen Sie nach oben in den ersten Stock«, sagte er und wies zur Decke. »Sie können unser Badezimmer benutzen.« Seine Mundwinkel hoben sich noch ein Stück weiter. »Bei unserer Gästetoilette ist die Spülung defekt.«

»Ah.« Kari hüstelte. »Danke.«

Sie verließ eilig den Raum und hatte das Gefühl, dass man hinter ihrem Rücken heimlich über sie lachte. Erst als sie sich umdrehte, um die Tür zu schließen, sah sie, dass niemand sie beachtete. Alle brüteten weiter dumpf über ihren Tellern.

■ ■ ■

Das Bild war über alle Maßen eintönig. Ein graues Rolltor, dunkelgraue Pfosten und eine hellgraue Straße, die sich irgendwo in der Finsternis verlor. Es flackerte ein wenig, weil Jonas Voss das Überwachungsvideo im schnellen Bildlauf abspielte. Doch bisher war nichts geschehen.

Er wandte für einen Moment den Blick ab und schaute aus dem Fenster in den blauen Himmel. Dann studierte er weiter die Aufnahme, genau wie es Hannah ihm gegenüber mit den Bildern einer zweiten Kamera tat. Selbstverständlich würden das auch die Kollegen vom Landeskriminalamt in Kiel in aller Ausführlichkeit tun, aber es konnte dauern. Voss und Hannah wussten, dass die Kriminaltechniker chronisch überlastet waren. Weil sie selbst demgegenüber nicht viel Verwertbares in der Hand hatten, hatten sie sich entschieden, ihrerseits vorab einen Blick auf die Aufnahmen des Wachschutzunternehmens zu werfen. Zum Glück war das eine Aufgabe, die kaum kognitive Kapazitäten erforderte, denn Jonas Voss konnte sich nur schwer konzentrieren. Ihn beschäftigte etwas anderes.

Kari Blom war wieder auf Sylt. Er hatte sich noch nicht von dem Schock erholt. Nie im Leben wäre er auf den Gedanken gekommen, dass sie eine Kollegin war. Viel zu überzeugend waren ihre Auftritte als Schriftstellerin und Supermarktangestellte gewesen. Was zeigte, wie gut sie in ihrem Job war. Er hoffte, dass sie es auch in diesem Fall sein würde. Wenn seine Vermutung stimmte und sich Kevin Köhlers Mörder unter den Angestellten des Wachschutzunternehmens befand, war ihr Auftrag riskant. Doch auch daran war sie vermutlich gewöhnt.

Dass sie undercover agierte, erklärte, weshalb sie sich in den letzten Jahren ihm gegenüber so distanziert verhalten hatte. Aber womöglich empfand sie einfach nicht dasselbe wie er. Auch wenn er meinte, das ein oder andere Mal eine Spiegelung seiner eigenen Gefühle in ihren Augen gesehen zu haben. Aber vielleicht bildete er sich das auch nur ein.

Im Augenblick war es auch nicht von Belang. Solange Kari bei *Sylt Guard* beschäftigt war, musste er sich genauso von ihr fernhalten wie bisher. Andernfalls würde er ihre Tarnung gefährden. Es war einfach zum Verrücktwerden. Womöglich würde sich die ganze Sache ja auch als Seifenblase entpuppen. Es war zwar plausibel, dass die Schmuckdiebe aus der Security-Firma kamen, aber trotzdem war es nur eine Theorie. Sie durften auf keinen Fall versäumen, auch anderen Spuren nachzugehen.

»Ich glaube nicht, dass wir auf den Überwachungsvideos etwas finden«, sagte Hannah in seine Gedanken hinein, und

Voss wandte ihr den Kopf zu. »Ich meine, den Angestellten ist bekannt, dass es diese Kameras gibt. Sie würden nicht einfach daran vorbeilaufen, wenn sie etwas Illegales planen.«

Voss nickte nachdenklich. Wenn die Täter aus der Firma kamen, mussten sie einen Weg gefunden haben, das Gelände zu verlassen, ohne von der Überwachungsanlage erfasst zu werden. Doch das würde sich ja zeigen. Zumindest von Kevin Köhler wussten sie, dass er sich in der Tatnacht aus der Kaserne entfernt hatte. Sonst hätte er kaum tot im Hausflur von Fanny Riepenhusen liegen können. Also musste er entweder auf einem der Videos zu sehen sein, oder sie hatten den Beweis, dass es einen Zugang gab, der nicht von einer Kamera abgedeckt wurde.

Voss bemerkte eine Bewegung auf dem Film und beugte sich vor. Er stoppte die Aufnahme und spulte ein Stück zurück. Dann ließ er die Sequenz noch einmal ablaufen und lachte. Ein Kaninchen hoppelte von links nach rechts durch das Bild. Er drückte auf die Pause-Taste, griff nach der Kaffeekanne und füllte die Becher auf ihren Tischen ein weiteres Mal. Während Hannah aufstand, um Milch aus dem Kühlschrank zu holen, ließ er das Video im schnellen Bildlauf weiter abspielen. Im selben Augenblick wurde der Monitor schwarz.

»He!« Voss klickte auf den Stopp-Button. »Was ist das?«

Er spulte vor und zurück, doch das Ergebnis änderte sich nicht. Um Punkt dreiundzwanzig Uhr dreißig wurde der Bildschirm schwarz. Erst um zwei Uhr dreißig lichtete er sich wieder, und das Bild zeigte erneut das Rolltor, die Pfeiler und den Weg zum Exerzierplatz.

»Verdammt!« Hannah stand plötzlich hinter ihm und starrte auf seinen Bildschirm. Dann stellte sie die Milchtüte achtlos auf seinen Schreibtisch und ging an ihren eigenen

Platz. Sie spulte die Aufnahme auf ihrem Bildschirm an dieselbe Stelle vor, an der bei Voss das Bild schwarz geworden war. Im nächsten Moment stöhnte sie auf. Auch auf ihrem Monitor wurde um dreiundzwanzig Uhr dreißig das graue Bild von undurchdringlichem Schwarz abgelöst. Ungläubig sah sie zu Voss auf, der ihr gefolgt war.

»Was ist das? Ein Stromausfall?«

Jonas Voss wies auf die digitale Zeitanzeige.

»Wohl kaum. Dann wäre auch die Uhr stehengeblieben.«

»Stimmt.« Hannah schlug mit der Faust auf den Tisch und schnitt eine Grimasse. »Das heißt, diese Videos nützen uns überhaupt nichts. Aber wir hätten es uns natürlich denken können.« Sie gestikulierte in Richtung des Bildschirms. »Das ist schließlich ein Sicherheitsunternehmen. Die kennen sich mit Technik aus.«

Voss ging zurück an seinen Platz. Er goss Milch in seinen Kaffee und nippte daran.

»Ja«, gab er zu. »Das kommt nicht ganz überraschend.«

»Also werden uns die Aufnahmen nicht verraten, ob außer Kevin Köhler noch jemand in der Nacht das Gelände verlassen hat.« Hannah schob ihre Computertastatur mit einer ungeduldigen Bewegung von sich weg. »Weil irgendjemand vorher die Kamera außer Betrieb gesetzt hat. Und wir haben keine Ahnung, ob es Köhler selbst war oder sein Mittäter und Mörder.«

»Nein.« Jonas Voss stellte seine Tasse zurück. »Aber wir wissen zumindest, dass sich jemand große Mühe gegeben hat, die Ereignisse der Nacht im wahrsten Sinne des Wortes ins Dunkle zu hüllen. Und wenn du mich fragst: Ich glaube nicht, dass es Köhler war. So, wie man ihn uns beschrieben hat, war er ein impulsiver und abenteuerlustiger Typ. Der wäre doch eher über den Zaun geklettert, anstatt sich die Technik vorzunehmen. Aber hier hat jemand sorgfältig geplant und systematisch die Kameras manipuliert. Das spricht für einen überlegten und gut organisierten Täter. Und dafür, dass wir zu Recht davon ausgehen, dass Kevins Komplize aus dem Unternehmen kommt.«

Hannahs finstere Miene hellte sich ein wenig auf.

»Stimmt«, sagte sie. »So gesehen … sind wir doch einen guten Schritt weiter.«

Voss lächelte ihr zu, aber seine Gedanken eilten bereits weiter. Würde es Sinn machen, ein paar Kollegen von der Kriminaltechnik in die Firma zu schicken, die vielleicht herausfinden konnten, auf welche Weise der Zugriff auf die Aufzeichnungen erfolgt war? Oder war es besser, den Täter in Sicherheit zu wiegen und die Sache Kari zu überlassen?

■ ■ ■

Kari schob vorsichtig die Badezimmertür auf und lauschte. Unten war wieder ein Gespräch in Gang gekommen. Sie sah sich im Flur um, von dem vier Zimmer abgingen. Kari schlich, so geräuschlos das mit den klobigen Schuhen möglich war, zum ersten Raum und öffnete die Tür.

Dahinter verbarg sich ein Schlafzimmer, vermutlich das von Burkhard Sievert. In der Mitte stand ein breites Bett, eine Wand wurde von einem deckenhohen Kleiderschrank eingenommen. Neben dem Bett befand sich ein Nachttisch, auf dem ein Tablettenblister und ein Taschenbuch lagen. Alles in Schwarz und Weiß gehalten, keine Bilder an den Wänden.

Kari öffnete den Schrank und erblickte ein umfangreiches Sortiment an Anzügen, Hemden und Wäsche, gebügelt und akkurat gefaltet. Auch die Poloshirts, die Burkhard Sievert wahrscheinlich in seiner Freizeit trug, waren glatt und auf Kante gelegt. Offensichtlich ließen sich die Jahre militärischer Schulung nicht ohne Weiteres abschütteln. Ehe sie das Schlafzimmer wieder verließ, warf sie noch einen Blick auf das Taschenbuch. Es war eine Abhandlung über die Sylter Inselgeschichte, was zu Sieverts politischem Interesse passte. Der Mann machte offenbar nie Feierabend. Aber das Problem kannte sie ja von sich selbst.

Kari zog die Tür leise wieder ins Schloss. Für ihre Ermittlungen hatte der minimalistisch gestaltete Raum nicht viel zu bieten. Sie horchte kurz, hörte von unten aber nur Gemurmel. Schnell ging sie zur nächsten Tür. Auch hinter dieser verbarg sich ein Schlafzimmer, und auch dieses war kaum einladender als das erste. Die Einrichtung war fast identisch, nur dass es hier noch einen kleinen Tisch und einen Lesesessel gab. Die vorherrschenden Farben waren weiß und grau. Und die Tabletten lagen neben einem ganzen Stapel von Büchern, zusammen mit mehreren Stiften und einem Klemmbrett mit Papier. Ein schneller Blick verriet, dass der Besitzer offenbar eine Leidenschaft für Zahlenrätsel hatte. Sie schlug eines der Bücher, eine philosophische Abhandlung über die Welt der Ziffern, auf und lächelte, als sie sah, dass sie richtig getippt hatte: Auf der ersten Seite stand in säuberlicher Schrift der Name Clemens Sievert.

Kari öffnete auch den Kleiderschrank, war aber kaum überrascht, dort ebenfalls akribische Ordnung vorzufinden. Dieses Mal waren es nur wenige Anzüge, dafür mehrere dunkle Stoffhosen, Hemden und Pullunder. Die Hemden waren ebenso glattgebügelt und gefaltet wie die von Burkhard Sievert. Militär und Buchhaltung zeitigten anscheinend ähnliche Verhaltensmuster. Oder der Ordnungssinn lag den Gebrüdern Sievert einfach in den Genen.

Kari verließ den Raum wieder und spitzte die Ohren. Noch

immer unterhielt man sich unten, und bisher schien sich niemand zu fragen, was sie so lange im Bad trieb. Sicherlich ging man davon aus, dass sie ihr Make-up erneuern wollte. Was nicht der Fall war, aber sie sollte zumindest ein wenig Lippenstift auftragen, damit es so aussah, als ob sie sich geschminkt hätte.

Kari wechselte zur linken Seite des Flurs. Sie öffnete die hintere Tür und fühlte sich im nächsten Augenblick wie am anderen Ende der Welt. An den Wänden hingen großformatige Poster, auf denen Surfer mit ihren Brettern durch die Tunnel riesiger, sich überschlagender Wellen glitten. Daneben gab es eine Landkarte von Australien, auf der mit roten Pins einige Orte markiert waren, wahrscheinlich Spots, die sich gut zum Wellenreiten eigneten. Um die Karte herum hingen weitere Poster. Weißer Sand, blaues Wasser und stürmische Brandung. Traumstrände, an denen man sicherlich herrlich joggen konnte. Auch wenn das wahrscheinlich nicht das war, was Leif Sievert bei der Gestaltung des Raums vor Augen gehabt hatte.

Auf einem Regal stand eine Reihe von Pokalen, auf dem Schreibtisch lagen ein paar Zeitschriften neben einem Laptop. Darüber hinaus fügte sich auch Leifs Zimmer in das familiäre Schema ein. Es war aufgeräumt und sauber, und in den Regalen standen überwiegend juristische Fachbücher. Auch der Inhalt der Schubladen bestätigte das Bild des fleißigen Studenten. Kari hätte gern einen Blick auf die Daten einer mobilen Festplatte geworfen, doch dazu fehlte ihr die Zeit.

Sie trat zurück auf den Flur und versicherte sich, dass noch immer niemand die Treppe heraufkam, um nach ihr zu sehen. Dann öffnete sie die vierte Tür.

Ihr entwich ein leises Lachen. Die Ordnungsliebe hatte sich definitiv nicht auf beide Söhne vererbt. In Bjarnes Zimmer lagen Kleidungsstücke auf dem ungemachten Bett, einem abgewetzten Sessel und dem Boden verstreut. Unter dem Bett entdeckte Kari ein Paar Hanteln. Auf dem Schreibtisch stand ein großer Computermonitor, auf einem weiteren Tisch ein Fernseher. In den Regalen stapelten sich DVD-Hüllen.

Kari öffnete den Kleiderschrank. Die Fächer im Inneren waren ohne jedes System vollgestopft mit Pullovern, T-Shirts und Hosen, Unterwäsche und Socken, alles munter durcheinander. Kari wollte die Türen schon wieder schließen, als sie stutzte. Der Schrank wirkte von außen größer und wuchtiger als sein Innenraum.

Kari zerrte entschlossen die Kleidungsstücke aus dem mittleren Schrankfach heraus und tastete die Rückwand ab. Sie fühlte dünnes Sperrholz, aber keinen Spalt oder Griff, wie sie gehofft hatte. Eilig legte sie die Kleidungsstücke zurück in den Schrank und nahm sich das nächste Fach vor. Zumindest, dachte sie zynisch, musste sie sich beim Wiedereinräumen keine große Mühe geben. Bjarne würde sicher nicht bemerken, wenn seine Kleiderhaufen ihre Form verändert hatten.

Kari probierte es weiter oben, dann auf der rechten Seite, doch sie wurde nicht fündig. Vielleicht hatte sie sich getäuscht, und ihre ganze Aktion war umsonst. Doch jetzt wollte sie die Sache auch zu Ende bringen. Sie leerte das Fach auf der linken Seite und streckte die Hand hinein. Im nächsten Moment lächelte sie. Ihre Finger fanden einen schmalen Griff, der in die Rückwand des Schranks eingelassen war. Sie zog daran und hielt plötzlich das gesamte Viereck der rückwärtigen Verkleidung in der Hand. Sie nahm es heraus und erblickte ein offensichtlich selbstgebautes Regal in der zweiten Ebene des Schranks.

Sie pfiff unwillkürlich durch die Zähne. Bjarne Sievert besaß eine beeindruckende Sammlung elektronischen Spielzeugs, um die ihn selbst die Kollegen vom LKA beneidet hätten. Kari erkannte eine Drohne, die wie eine metallene Libelle geformt und mit einer Videokamera bestückt war, außerdem winzige Mikrofone und Kameras, die man unauffällig in der Kleidung verbergen konnte. Daneben gab es allerhand optische Instrumente, vom leistungsstarken Fernglas bis zu Infrarot- und Nachtsichtgeräten.

Was Bjarne wohl damit machte? Für die Arbeit des Sicherheitsunternehmens waren diese Dinge sicher nicht nötig. Wenn sie es wären, würde man sie in einem entsprechenden Raum aufbewahren und nicht im Kleiderschrank verbergen. Allem Anschein nach hatte Bjarne ein heimliches und wenig gesellschaftsfähiges Hobby. Kari hätte gern gewusst, wen er mit seinem Equipment bespitzelte, doch die zugehörigen Aufzeichnungsgeräte verwahrte Bjarne offenbar an einem anderen Ort. Vielleicht im Schreibtisch? Speichermedien waren ja weitaus unverdächtiger als die Aufnahmetechnik, und Bjarne hielt es womöglich nicht für nötig, sie zu verstecken. Oder er wollte einfach leichteren Zugriff darauf haben.

Kari sah auf die Uhr. Sie musste sich beeilen. Sie war schon fast zehn Minuten abwesend. Langsam würden die anderen am Tisch sie vermissen.

Sie fügte das ausgeschnittene Stück der Rückwand wieder ein und warf die Kleidungsstücke aus dem Fach zurück in den Schrank. Zugleich jagten Gedanken durch ihren Kopf. Was sagte ihr der Fund? Die Leidenschaft, andere Menschen heimlich zu beobachten, passte nicht unbedingt zum Wesen eines Einbrechers. Auf der anderen Seite könnte Bjarne seine Ausrüstung natürlich genutzt haben, um die Objekte auszuspähen. Oder die Diebstähle waren notwendig gewesen, weil Bjarnes heimliche Leidenschaft seine finanziellen Möglichkeiten überstieg. Kari hatte nicht die Zeit gehabt, die Geräte genauer in Augenschein zu nehmen, doch sie ging davon aus, dass zumindest einige davon nicht frei verkäuflich waren und der Besitz verboten war. Wollte man solche Dinge trotzdem haben, bekam man sie selbstverständlich über irgendwelche dunklen Kanäle im Internet. Doch dann hatten sie auch ihren Preis. Bjarnes geheimes Hobby war also vermutlich zugleich ein überaus kostspieliges. Was die Frage aufwarf, ob Burkhard Sievert seine Söhne derart großzügig mit finanziellen Mitteln ausstattete, dass sich Bjarne diese Leidenschaft leisten konnte, oder ob er sich das Geld für seine Liebhaberei auf anderem und ebenfalls nicht legalem Weg beschafft hatte.

Kari schloss die Schranktür und ging zu Bjarnes Schreibtisch. Sie wollte zumindest einen kurzen Blick in die Schubladen werfen, doch gerade, als sie die oberste öffnen wollte, hörte sie von draußen Schritte.

Eilig huschte sie zur Tür und flüchtete in das gegenüberliegende Bad. Sie kramte hektisch in ihrer Handtasche, fischte den Lippenstift heraus und fuhr sich rasch damit über die Lippen. Das Ergebnis war ein wenig unsymmetrisch, doch darauf konnte sie jetzt keine Rücksicht nehmen. Sie stopfte den Lippenstift zurück in die Tasche, öffnete die Badezimmertür und trat hinaus. Im selben Moment erschien das schmale Gesicht von Clemens Sievert auf dem Treppenabsatz.

Er musterte sie skeptisch. »Frau Blom. Ist alles in Ordnung?«

Sein Blick verweilte einen Moment auf ihren Lippen und wanderte dann über den Flur. An der Tür zu Bjarne Sieverts Zimmer, die nur angelehnt war, blieb er hängen. Kari fluchte lautlos. Sie hatte die Tür in der Eile nicht richtig geschlossen. Sievert runzelte die Stirn.

Kari begann zu schwitzen. Ahnte Sievert etwas? Bjarne mit seinen verborgenen Schätzen war bestimmt nicht der Typ, der seine Zimmertür offen stehen ließ. Auf der anderen Seite war er, wie sie festgestellt hatte, schlampig. Er könnte die Tür also auch aus Versehen nicht ordentlich ins Schloss gezogen haben. Selbst wenn Clemens Sievert einen Verdacht hatte – sicher konnte er sich nicht sein.

»Ja, bestens«, entgegnete Kari und versuchte, ein möglichst unbefangenes Lächeln auf ihre nicht ganz akkurat geschminkten Lippen zu zaubern.

»So?« Die Miene von Clemens Sievert blieb skeptisch, und sein Blick wanderte erneut zu Bjarnes Zimmertür. »Ich dachte nur ... weil Sie gar nicht zurückgekommen sind.«

»Das war, weil ...«, Kari hüstelte verlegen, »... ich ... äh ... manchmal einen nervösen Darm habe. Aber«, fügte sie eilig hinzu, »das hat nichts mit Ihrer Kürbiscremesuppe zu tun. Das ist nur die Aufregung.«

Clemens Sievert entspannte sich, und seine Miene wurde weich.

»Machen Sie sich keine Gedanken. Sie werden schon zurechtkommen«, sagte er, und seine grauen Augen versenkten sich in Karis. Er war ihr plötzlich ganz nah.

Kari schluckte. Sie hatte ja mit Clemens Sievert flirten wollen, doch das hier war zu viel.

»Das hoffe ich.« Sie drängte sich an ihm vorbei und eilte die Treppe hinunter.

Sievert blieb oben stehen, und Kari hatte das Gefühl, dass sich seine Blicke wie Pfeile in ihren Rücken bohrten.

»Ja. Ich auch«, hörte sie seine leise Stimme. »In Ihrem eigenen Interesse.«

■ ■ ■

Jonas Voss blickte über den Brandenburger Strand und drehte den Becher in seinen Händen. Es war ein herrlicher Frühlingstag, und draußen auf dem Meer fegten Windsurfer durch die Wellen, die in gerader Linie auf den Küstensaum zurollten. Der Wind pfiff kräftig, beutelte die Segel der Surfer und zerzauste Voss' Haare. Zugleich pustete er ihm auch die Melancholie aus den Knochen.

Er war froh, dass Hannah zugestimmt hatte, die Angaben der Wachdienstmitarbeiter über ihre Alibis hier auf einer der Bänke auf der Promenade durchzugehen. Also hatten sie sich im Sunset-Beach neben der Surfschule Kaffee und eine Tüte Nachos geholt und es sich hier gemütlich gemacht. Der Besitzer des Lokals kannte sie und gab ihnen die Getränke gerne mit, damit sie nicht auf der winzigen Terrasse sitzen mussten, wo die Gäste an den umstehenden Tischen ihr Gespräch hätten belauschen können. So waren sie für sich, und der Wind verwehte ihre Worte zu Fetzen, ehe einer der zahlreichen Passanten etwas Zusammenhängendes aufschnappen konnte.

Burkhard, Clemens, Leif und Bjarne Sievert hatten erklärt, dass sie die Nacht auf dem Kasernengelände verbracht hatten. Jeder in seinem eigenen Zimmer oder Büro, der Firmenchef mit der Vorbereitung einer Rede für ein Parteitreffen, der Buchhalter mit einem komplizierten Logikrätsel, Leif mit der Anfertigung einer juristischen Hausarbeit, Bjarne mit dem Schneiden irgendeines Urlaubsvideos. Leif und Bjarne waren für die Rufbereitschaft eingeteilt gewesen, doch das System hatte keine Nachricht auf ihre Handys gesendet. Die Alarmanlage der Riepenhusens hatte den Einbruch nicht gemeldet.

Begegnet waren sich die Mitglieder der Familie Sievert nach eigener Aussage während des gesamten Abends nicht. Was durchaus verblüffend war, denn immerhin wohnten sie alle im selben Haus. Doch offenbar war jeder so in seine Beschäftigung vertieft gewesen, die ihn bis spät in die Nacht wachgehalten hatte, dass er nichts mehr von der Welt um sich herum wahrgenommen hatte. Sie hatten ja auch nicht wissen können, dass es wichtig war. Aber es bedeutete, dass keiner von ihnen ein Alibi hatte.

Auch der ehemalige Detektiv Thilo Mertens hatte erklärt, dass er das Areal nicht verlassen habe, und hinzugefügt, dass er nicht einmal die Tür seines Wohncontainers geöffnet habe. Was er dort getan hatte, wollte er nicht zum Besten geben, weil es, wie er meinte, für die Ermittlungen nicht relevant sei. Da das zutraf, hatten Voss und Hannah nicht weiter insistiert und lediglich vermerkt, dass es für Mertens' Behauptung ebenso wenig einen Zeugen gab wie für alle anderen.

Wiebke Lüdemann war die Einzige, die sich den eigenen Angaben zufolge während des Einbruchs und des Mordes an Kevin Köhler nicht auf dem Firmengelände aufgehalten hatte, da sie die Nacht wie immer im Haus ihrer Eltern verbracht hatte. Bestätigen konnte allerdings auch das niemand, denn die Lüdemanns gingen früh zu Bett.

»Toll«, konstatierte Hannah. Sie legte ihr iPad beiseite und schob sich ein paar Nachos in den Mund. »Sieben potentielle Täter. Und kein einziges belastbares Alibi. Nur ein Überwachungsvideo, auf dem drei Stunden lang nichts zu sehen ist.«

»Hm.« Jonas Voss stellte seinen Kaffeebecher neben sich auf die Bank und sah zu, wie einer der Surfer einen waghalsigen Salto vollführte. »Damit bleibt aufgrund der Motivlage Thilo Mertens unser Hauptverdächtiger. Ich finde es nach wie vor plausibel, dass er die Einbrüche unternommen hat, um sich an Burkhard Sievert zu rächen, weil er diesen für den Konkurs seiner Detektei verantwortlich macht. Und weil er vermutlich Geld braucht, um die Schulden aus seiner Insolvenz abzustottern. Aber ...«, er strich die Haare zurück, die ihm der Wind ins Gesicht wehte, »... jeder andere könnte es theoretisch auch gewesen sein, weil keiner ein Alibi hat.«

Hannah beobachtete zwei Windsurfer, die sich ein Rennen lieferten.

»Wir können nur hoffen, dass die Spurensicherung etwas findet. Oder dass die Beute auftaucht.« Ihr iPad piepte, und sie griff danach. »Ah! Nachrichten von der neuen Kollegin.« Sie studierte den kurzen Text auf dem Bildschirm. »Sie hat sich bei den Sieverts umgesehen. Bjarne Sievert besitzt ein hübsches Sortiment illegaler und teurer Observations- und Abhörgeräte. Und Wiebke Lüdemann konnte Kevin Köhler anscheinend nicht besonders leiden.«

Jonas Voss schaute ein wenig verletzt auf Hannahs iPad. »Warum schreibt sie *dir* das?«

Hannah legte die Stirn in Falten. »Ich weiß nicht. Hast du dein Handy denn dabei? Eingeschaltet? Und den Akku geladen?«

»Natürlich.« Voss wühlte in den Taschen seiner Lederjacke. Er war sich sicher, dass er das Gerät eingesteckt hatte. Oder hatte er es doch auf dem Schreibtisch liegen lassen? Er klopfte noch einmal alle Taschen ab und gab dann auf. Würde er es jemals schaffen, Ordnung in sein Leben zu bringen? Oder wäre er immer auf eine gut organisierte Frau wie Hannah an seiner Seite angewiesen? Er schob den Gedanken beiseite.

»Das heißt, nicht nur unser insolventer Privatdetektiv Thilo Mertens braucht dringend Geld, sondern womöglich auch Bjarne Sievert. Und zwischen Kevin und Wiebke Lüdemann gab es eventuell größere Differenzen, als man auf den ersten Blick sieht«, sagte er.

Hannah schaute zu einem Windsurfer, der seine Fähigkeiten offenbar überschätzt hatte und kopfüber in eine Welle stürzte.

»Ja«, erwiderte sie. »Es schadet sicher nicht, wenn wir mit den beiden reden.« Sie steckte ihr Tablet weg. »Aber ein bisschen dünn ist das schon. Mir wäre weitaus wohler, wenn wir ein paar harte Fakten hätten.«

Sie sah aus, als wollte sie noch etwas hinzufügen, einen spitzen Kommentar zu Karis Einsatz womöglich, der ihre eigenen Bemühungen ja ohnehin überflüssig machte, doch dann ließ sie es sein. Zum Glück. Es wäre nicht nur unkollegial gewesen – und das war Hannah nicht –, es hätte auch Voss erneut auf das Minenfeld seiner Gefühle katapultiert. Und das konnte er gerade jetzt überhaupt nicht gebrauchen.

13.

Der Firmenwagen von *Sylt Guard* hielt vor dem kleinen Holzhaus neben der Straße, und Leif ließ das Fenster auf der Fahrerseite herunter. Er entrichtete die Maut für den Zufahrtsweg zum Ellenbogen, fuhr die Scheibe wieder nach oben und legte den Gang ein. Kari, die neben ihm auf dem Beifahrersitz saß, blickte aus dem Seitenfenster über die Dünenlandschaft.

Sie hatte den Ellenbogen sofort gemocht, als sie zum ersten Mal hier gewesen war. Die weite, unbebaute Landschaft mit den Sandhügeln, die mit Dünengras bewachsen waren. Die beiden rot-weißen Leuchttürme, die am vorderen und hinteren Ende der Landzunge aufragten. Und auf beiden Seiten das Meer, das hier und da hervorblitzte.

Trotzdem fühlte sie sich unwohl. Sie war die Einzige im Wagen, die nach wie vor Uniform trug. Die anderen drei – Leif, Bjarne und Wiebke – hatten sich umgezogen und ihre Dienstkleidung gegen Jeans und T-Shirts getauscht. Für einen

Ausflug an den Strand schien das die passendere Bekleidung zu sein. Doch Leif hatte darauf bestanden, dass Kari das Outfit des Sicherheitsdienstes anbehielt.

»Das ist so etwas wie ein Ritual«, hatte er erklärt und ihr anzüglich zugeblinzelt. »Das machen wir für alle Neuen.«

Kari hatte nur kurz gezögert und sich dann gefügt. Schon allein, um sich nicht erneut in Leifs Gegenwart umziehen zu müssen. Sie versuchte, ihn auf Distanz zu halten, ohne ihn zu verprellen.

Leif lenkte den Transporter auf den letzten Parkplatz am Ende der Landzunge, und Kari stellte fest, dass nur ein paar vereinzelte Fahrzeuge dort standen. Was sie wahrscheinlich nicht verwundern sollte. Um zu schwimmen oder am Strand zu liegen, war es noch zu kalt. Und die Gebühr für die Nutzung der Privatstraße war nicht gerade niedrig. Die Wanderer, die es immer wieder auf den Ellenbogen zog, parkten deshalb vor der Mautstelle. Doch Leif war die Gebühr egal gewesen.

»Voilà«, sagte er und breitete die Arme aus, als sei die gesamte Landzunge sein Eigentum. »Da sind wir. An einem der besten Orte auf Sylt.«

Er sprang aus dem Wagen, und Kari, Bjarne und Wiebke folgten ihm. Sie erklommen den steilen Weg durch die Dünen und gelangten auf der anderen Seite zum Strand. Der Sand knirschte unter ihren Schuhen. Kari ließ den Blick über den Königshafen, die Bucht zwischen dem Ellenbogen und dem restlichen Teil der Insel, wandern. Es war ein klarer Tag, und sie konnte ohne Probleme bis nach List sehen. Es war wirklich wunderschön.

»So.« Bjarne setzte den großen Rucksack ab, den er mitgeschleppt hatte. »Jetzt wird erst mal gegessen.«

Leif funkelte ihn an. »Korrigiere mich, aber ich meine, wir hatten gerade Mittag.«

Bjarne hob den Arm, und die klobige Uhr, die er am Handgelenk trug, wurde sichtbar.

»Es ist gleich drei. Kaffeezeit.«

»Bei dir vielleicht«, stänkerte Leif, doch sein Bruder ließ sich nicht beirren. Er entnahm seinem Gepäckstück eine große Decke und breitete sie auf dem Sand aus. Dann holte er Kaffeebecher, eine Thermoskanne und einen kastenförmigen, in Plastik verpackten Kuchen hervor.

»Hm. Feist. Pappgebäck vom Discounter«, kommentierte Leif. »Genau das Richtige nach Onkel Clemens' kulinarischen Highlights.«

Wiebke kicherte, und Kari schaute zu ihr hinüber. Die junge Frau machte nicht den Eindruck, als fände sie Leifs Gestichel tatsächlich witzig. Anscheinend ging es darum, Leif ihre Verbundenheit zu demonstrieren. Bjarne starrte die beiden wütend an.

»Ihr müsst ja nichts essen«, entgegnete er. »Aber vielleicht wollt ihr wenigstens auf Kevin anstoßen. Oder auf unsere neue Kollegin.« Er angelte einen Stapel Pappbecher und eine Flasche Sekt aus seinem Rucksack.

Über Leifs Gesicht zog eine dunkle Wolke. Dann hellte es sich wieder auf, und er zwinkerte Kari zu. »Natürlich. Auf das neue Licht in der Finsternis.«

Kari lächelte angestrengt. Mehr wollte ihr angesichts der frostigen Stimmung nicht gelingen.

Bjarne entkorkte die Flasche und verteilte Sekt. Leif prostete Kari zu.

»Herzlich willkommen bei *Sylt Guard*. Auf gute Zusammenarbeit«, sagte er. Wiebke, die neben ihm stand, schoss zeitgleich giftige Blicke ab. Sie hatte wohl bemerkt, dass Leif ein Auge auf Kari geworfen hatte. Und es gefiel ihr ganz offensichtlich nicht.

Kari hob ihren Sektbecher und musterte die kleine Feiergesellschaft. Das konnte ja ein lustiger Nachmittag werden. Sie nippte an ihrem Getränk und hätte sich am liebsten geschüttelt. Sie trank nicht gern Alkohol, schon gar nicht mit Kohlensäure. Und dieser hier war zu allem Überfluss auch noch warm und von minderer Qualität.

»Nicht lang schnacken, Kopf in 'n Nacken«, sagte Wiebke, der Karis Unbehagen nicht entgangen war, und Leif, Bjarne und Wiebke kippten ihren Sekt in einem Zug herunter.

»Was ist los?«, erkundigte sich Wiebke scheinheilig und schaute auf Karis Pappbecher, der immer noch halb voll war. »Willst du nicht mit uns trinken?«

»Doch, sicher.« Kari leerte den Becher mit Todesverachtung.

»Na also.« Wiebke nahm Leif die Flasche aus der Hand und füllte ihn erneut. »Und weg damit!«

Kari betrachtete widerwillig die sprudelnde hellgelbe Flüssigkeit. Leif, Bjarne und Wiebke fixierten sie gespannt. Das Ganze war ganz offensichtlich eine Probe. Und wenn sie einen Zugang in das Innere von *Sylt Guard* finden wollte, musste sie mitspielen. Sie konnte nur hoffen, dass es ihr am Ende nicht den Magen umdrehte.

»Prost!«, sagte sie und trank schwungvoll aus.

Leif lächelte beifällig. Bjarne wirkte betreten, mischte sich aber nicht ein. Wiebkes Augen glühten.

»Wohl bekomm's«, erwiderte sie und schenkte erneut ein. Sie betrachtete den verbliebenen Rest in der Flasche und verteilte ihn dann auf die anderen Becher.

Kari schluckte. Sie hatte ja bereits am Abend zuvor bei den Häkeldamen mehr getrunken, als ihr lieb war. Aber danach hatte sie einfach ins Bett fallen können. Jetzt dagegen war helllichter Tag, und sie war außerdem im Dienst. Sie musste eine Rolle spielen. Und das war schwer, wenn sie sich nicht im Griff hatte. Schon jetzt hatte sie das Gefühl, dass der Alkohol auf den Kohlensäureblasen durch ihre Adern tanzte und ihre Synapsen verklebte. Zögernd hob sie den Pappbecher zum Toast. Wenn Wiebke, Leif und Bjarne gleichzeitig tranken, ergab sich vielleicht eine Gelegenheit, den Inhalt ihres eigenen Bechers heimlich in den Sand zu schütten.

»Danke«, sagte sie. »Ich freue mich auf die Zusammenarbeit.«

Die anderen streckten ihr die Pappgefäße zum Anstoßen entgegen, und Leif und Bjarne leerten ihre in einem Zug. Wiebke dagegen verharrte mit dem halb zum Mund geführten Becher und behielt Kari eisern im Blick.

Kari schloss ergeben die Augen. Dann schüttete sie die süße Brühe herunter. Als sie wieder aufsah, hatte auch Wiebke ihren Becher geleert. Sie wirkte, als sei sie nicht zufrieden mit dem Ausgang ihres Experiments. Kari dagegen war es durchaus. Sie hatte sich nicht übergeben, und ihre Gedanken waren immer noch klar.

Sie ließ sich zwischen Leif und Bjarne auf der Decke nieder und nahm das Stück Kuchen, das Bjarne ihr reichte. Noch etwas, das sie nicht mochte, aber darauf kam es jetzt auch schon nicht mehr an. Und vielleicht würde das Gebäck ja etwas von dem Alkohol aufsaugen.

Leif vergrub seine Hand im Sand und schleuderte die Körner als helle Wolke zur Seite.

»Du hättest einen Schnaps mitbringen sollen«, sagte er zu Bjarne. »Damit wir auf Kevin trinken können.«

»Ja. Das hätte Kevin sicherlich gefallen«, warf Wiebke zynisch ein. Die Empfindungen, die der tote Kollege bei ihr auslöste, waren anscheinend noch intensiver als die Eifersucht auf die neue Kollegin. Kari beschloss, die Gelegenheit beim

Schopfe zu packen. Menschen, die emotional aufgewühlt waren, achteten weniger darauf, was sie sagten.

»Leif hat mir davon erzählt«, bemerkte sie und hoffte, dass sie nicht zu naiv rüberkam. »Ich kann das gar nicht glauben, dass mein Vorgänger ein Einbrecher war und dass ihn jemand ermordet hat.«

Leif warf die nächste Handvoll Sand beiseite.

»Das kann keiner fassen.« In seinen Augen blitzten heftige Gefühle. »Ausgerechnet Kevin. Ich dachte, der zerreißt sich für den Job. Und was macht er stattdessen? Bricht bei den Leuten ein, die er beschützen soll, und klaut ihre Juwelen. Dieses blöde Arschloch.«

Wiebke hob das Kinn. »Tja. Da hast du dich ganz schön getäuscht in deinem Buddy.«

Leif kniff die Augen zusammen.

»Wer sagt denn, dass es stimmt?«, zischte er. »Vielleicht irren sich die Bullen ja, und es war alles ganz anders.«

Bjarne hielt seinen Blick gesenkt. Kari beobachtete ihn genau. Er sah aus, als wüsste er mehr als die anderen. Als hätte er Informationen, die er nicht preisgeben wollte. Kari hätte zu gern gewusst, was das war. Doch der jüngere Sievert-Sohn äußerte nichts. Stattdessen redete sich Wiebke in Rage.

»Vielleicht bist auch du derjenige, der ein Brett vor dem Kopf hat«, sagte sie zu Leif. »Über Tote soll man ja nicht schlecht reden, aber wenn du mich fragst, hat er dich bloß ausgenutzt.«

Leif schlug mit der Faust in den Sand. »Ach ja? Meinst du nicht, das hätte ich gemerkt?«

»Offenbar nicht«, versetzte Wiebke. »Der hat doch bloß so getan, als würde ihm was an dir liegen. Damit du ihm den Job besorgst und ihm dein Surfbrett leihst und ihm jeden Abend ein paar Drinks spendierst. Aber in Wirklichkeit ging es ihm nur darum, auf deine Kosten Spaß zu haben. Das war doch das Einzige, was ihn interessiert hat.«

»Quatsch.« Leif machte eine unwirsche Geste. »Das sagst du bloß, weil du sauer bist. Weil du seinen Humor nicht verstanden hast.«

»Weil er nicht witzig war«, konterte Wiebke.

»Lassen wir das.« Leif sprang auf. »Ich will nicht mehr darüber reden.«

Er drehte sich einmal um die eigene Achse und ließ den Blick über die Dünenlandschaft und den Königshafen schweifen.

»Wir fahren nach Hause«, entschied er dann und marschierte zurück zum Parkplatz.

Wiebke eilte ihm nach, während Kari Bjarne half, die Sachen zu packen. Dem allerdings schien das eher unangenehm zu sein, und kaum hatte er den Rucksack geschlossen, lief er den Dünenweg hinauf, so schnell er konnte. Kari musste schmunzeln. Sie hätte ihn natürlich mühelos einholen können. Doch sie verzichtete darauf und schlenderte gemächlich hinter ihm her.

Leif hatte bereits hinter dem Steuer Platz genommen. Wiebke stand an der offenen Seitentür. Bjarne zwängte sich an ihr vorbei in den Wagen, legte seinen Rucksack ab und sank auf die Rückbank. Kari wollte ihm folgen, doch Wiebke hielt sie zurück und knallte ihr die schmale Tür vor der Nase zu.

»Du nicht«, erklärte sie und kletterte auf den Beifahrersitz. »Du gehst zu Fuß.«

Sie zog die Tür zu; Leif startete den Motor und gab Gas.

»He.« Kari lief neben dem Wagen her. »Was soll denn das?«

Leif ließ das rechte Seitenfenster herunter.

»Das ist deine Taufe«, rief er über Wiebkes Kopf hinweg und beschleunigte.

Kari blieb stehen und sah dem Transporter hinterher, der auf der Straße zwischen den Dünen davonfuhr. Er wirbelte Staub auf und war gleich darauf verschwunden.

Kari schaute sich um. Weit und breit war keine Menschenseele zu sehen, und bis die Besitzer der wenigen Autos von ihren Spaziergängen zurückkehrten, konnten Stunden vergehen. Sie war allein auf dem Parkplatz. Nur am Himmel über ihr kreisten ein paar Möwen und kreischten, als würden sie über sie lachen.

»Verdammt.« Kari tastete die Taschen nach ihrem Smartphone ab, doch das steckte in ihrer Handtasche, die sie im Umkleideraum von *Sylt Guard* eingeschlossen hatte. Sie schnaubte wütend. Wenn das ein Witz sein sollte, fand sie ihn nicht komisch. Die anderen würden doch zurückkommen? Sie würden sie nicht einfach hier stehen lassen?

Kari wartete eine Weile, doch der Firmenwagen von *Sylt Guard* tauchte nicht wieder auf. Das Einzige, das sich veränderte, war der Himmel. Dort, wo sich eben noch ein lichtes Blau über das tiefblaue Meer gespannt hatte, bildeten sich faserige weiße Wolkenfäden, die sich rasch verdichteten. Der Wind frischte auf, und die Schreie der Möwen über ihrem Kopf schienen lauter zu werden. Kari, die mittlerweile wusste, wie schnell das Wetter auf Sylt umschlagen konnte, atmete tief durch und setzte sich in Bewegung. Sie hatte überhaupt keine Lust, in der unbequemen Wachschutzkleidung zurück nach List zu laufen. Aber so, wie es aussah, blieb ihr kaum etwas anderes übrig.

Kari joggte mit großen, gleichmäßigen Schritten, doch die Entspannung, die sie dabei gewöhnlich empfand, wollte sich nicht einstellen. Der klebrige Sekt und der noch süßere

Kuchen lagen ihr schwer im Magen. Manchmal, dachte sie, machte ihr der Job wirklich keinen Spaß.

■ ■ ■

Der Transporter stand vor dem Kasernengelände, als Kari eine knappe dreiviertel Stunde später dort anlangte. Die Strecke über den Ellenbogen und die Straße am Königshafen entlang nach List musste um die sieben oder acht Kilometer lang sein. Eigentlich keine große Herausforderung für sie, doch die Uniform von *Sylt Guard* hatte sich als lästiger erwiesen, als sie gedacht hatte. Der feste Stoff behinderte sie beim Laufen, und die Sohlen der klobigen Schuhe waren so steif, dass sie ihre Füße nicht richtig abrollen konnte. Darüber hinaus war das Material alles andere als atmungsaktiv.

Kari blieb stehen und wischte sich den Schweiß von der Stirn. Sie hatte damit gerechnet, dass Leif, Bjarne und Wiebke sie erwarten würden, doch von den drei Spaßvögeln war nichts zu sehen. Wie sollte sie jetzt an ihre Sachen kommen?

Das Rolltor war geschlossen. Sie blickte am Tor nach oben zur Kamera. Vielleicht gab es ja jemanden, der das Bild der Überwachungskamera im Auge behielt. So etwas wie eine Klingel konnte sie jedenfalls nicht entdecken. Sie hob die Hand und winkte in das Kameraauge.

Während sie wartete, bewegte sie sich ein wenig auf der Stelle, um ihre Muskulatur zu lockern. Dann hielt sie wieder inne. Sie wurde das Gefühl nicht los, dass sie beobachtet wurde. Und zwar nicht von der Kamera auf dem Pfeiler neben dem Tor.

Langsam drehte sie sich um und scannte die Umgebung mit den Augen ab. Da waren die Straße, ein paar Häuser und Bäume und die Tankstelle. Einige Leute waren unterwegs, doch niemand sah in ihre Richtung.

Kari runzelte die Stirn. Das Empfinden, beobachtet zu werden, ließ nicht nach. Noch einmal spähte sie die Straße entlang. Dann blieb ihr Blick am Firmenwagen von *Sylt Guard* hängen. Er war so geparkt, dass die Rückseite zum Eingangstor des Kasernengeländes wies. In den hinteren Wagentüren befanden sich schmale waagerechte Scheiben, mehr Sehschlitze als Fenster. Und dahinter, da war sich Kari plötzlich sicher, erkannte sie drei Augenpaare.

Sie spürte, wie sie wütend wurde. Einstandsritual hin oder her, langsam ging ihr der Spaß zu weit. Sie war ohnehin keine Freundin von Partyscherzen. Der lange Weg vom Ellenbogen hierher war schon hart an der Grenze gewesen. Dass man sie jetzt nicht etwa freundlich empfing und beglückwünschte, sondern stattdessen im Regen stehen ließ und sich auch noch auf ihre Kosten amüsierte, ging zu weit.

Sie wollte schon auf den Transporter zumarschieren und den dreien die Meinung sagen, doch dann hielt sie inne. So würde Karolina Dahl, Kriminalkommissarin beim LKA Kiel, reagieren. Aber was würde Kari Blom tun? Eine erfolglose Schriftstellerin, die dringend darauf angewiesen war, Geld zu verdienen? Würde sie Rückgrat zeigen? Oder würde sie versuchen, die neuen Kollegen durch Coolness zu beeindrucken?

Hinter ihr raschelte plötzlich etwas, und Kari fuhr herum. Dann seufzte sie erleichtert. Auf der anderen Seite des Rolltors erblickte sie das wieselhafte Gesicht von Thilo Mertens. Er hob einen Mundwinkel, und sein struppiger Schnurrbart sträubte sich.

»Der Ellenbogen, he?«, bemerkte er und öffnete das Eingangstor so weit, dass sie hindurchtreten konnte.

»Ja«, sagte Kari. »Sehr lustig. Erst Sekt und süßer Kuchen, und dann eine Joggingrunde in dieser bequemen Uniform.«

»Hm.« Mertens Mundwinkel sank wieder nach unten. »Die Idee war von Kevin. Der hat sich ständig solche Sachen ausgedacht. Und Leif ist voll darauf eingestiegen.« Er schob die Tür wieder zu.

»Die beiden waren gut befreundet?«

»Ja.« Mertens gab einen unwilligen Laut von sich. »Haben ständig zusammen rumgehangen. Wie siamesische Zwillinge. Man hätte meinen können, Kevin wäre Leifs Bruder.«

»Und Bjarne?«, fragte Kari, die daran dachte, wie der jüngere Bruder auf ihre Frage nach dem verstorbenen Kollegen reagiert hatte. »War der nicht eifersüchtig?«

»Doch.« Mertens lachte verächtlich. »Der hat ständig versucht, sich dazwischenzudrängen. Wollte unbedingt, dass Kevin *sein* Kumpel ist und nicht Leifs.«

Was wohl bedeutete, dass beide Brüder als Komplizen von Kevin in Frage kamen.

»Und du?«

Thilo Mertens machte eine wegwerfende Handbewegung.

»Ich hab die wilden Zeiten hinter mir. Ich brauche niemandem mehr etwas zu beweisen.«

Kari musterte den Kollegen, der so gar nicht das Bild des respekteinflößenden Wachmanns verkörperte. Klein und schmächtig und mit diesem unsteten Blick, hinter dem sich alles Mögliche verbergen konnte. Wenn er gemeinsam mit Kevin die Einbrüche verübt hätte, dann sicher nicht, weil zwischen den beiden große Sympathie geherrscht hatte. Aber Mertens hätte ja ein anderes Motiv gehabt. Auf der anderen Seite war Mertens nicht der Einzige, der Geld brauchte. Für Bjarne mit seiner Leidenschaft für teures elektronisches Observierungs-Equipment galt wahrscheinlich dasselbe. Und wer konnte schon sagen, was Leif und die anderen hinter ihrer Fassade verbargen?

Im Grunde wusste sie bisher noch gar nichts. Aber sie war ja auch gerade erst einen Tag im Unternehmen.

»Hier.« Thilo Mertens hielt ihr ein Schlüsselbund hin. »Damit kommst du in den Umkleideraum. Da kannst du dich umziehen und duschen.«

»Danke.« Kari, die sich in ihrer verschwitzten Uniform zunehmend unwohl fühlte, nahm die Schlüssel entgegen. Dann drehte sie sich zur Straße um.

Natürlich war es albern, aber sie konnte nicht anders. Sie winkte und streckte den drei heimlichen Beobachtern im Transporter die Zunge heraus.

■ ■ ■

Bjarne Sievert strich mit beiden Händen seine langen braunen Locken zurück und ließ sich auf die Sitzbank im hinteren Abteil des Firmenwagens fallen.

»Besonders nett war das nicht«, sagte er.

Leif lehnte sich lässig an die Wagentür und versuchte, sein verwegenes Grinsen aufrechtzuerhalten. Aber irgendetwas in seinem Inneren zog ihn nach unten. Eine bleischwere Müdigkeit, die sich über ihn legte wie eine dicke Decke.

»Nee«, gab er zu und senkte die Mundwinkel. »Es war eine Scheißidee. Aber als Kevin sich das damals ausgedacht hat …«

»… da klang es irgendwie lustig«, bestätigte Bjarne, von dem Leif überhaupt keine Schützenhilfe erwartet hatte. Verblüfft sah er ihn an. Vielleicht sollte er anfangen, seinen Bruder ernster zu nehmen. Er hatte sich Bjarne immer überlegen gefühlt. Schließlich war er zwei Jahre älter als er. Er hatte Abitur gemacht und war studieren gegangen. Bjarne hatte mit Müh und Not den Realschulabschluss geschafft und eine Ausbildung im väterlichen Betrieb absolviert. Für Leif war er immer der ungeschickte kleine Bruder geblieben. Der Dicke. Dabei hatte es sicher seinen Grund, dass Bjarne ständig irgendwas in sich hineinfraß. Natürlich hatte auch Leif an seiner Mutter gehangen, aber er war besser mit ihrem Tod zurechtgekommen als Bjarne. Mit seinen sechzehn Jahren war er ohnehin schon irgendwie auf dem Absprung gewesen, auf dem Weg ins Erwachsenenleben. Bjarne dagegen ...

»Klar«, ätzte Wiebke in seine Gedanken hinein. »Kevin hatte ja immer so tolle Ideen.«

Leif winkte müde ab.

»Hör schon auf. Wir haben kapiert, dass du nicht gut auf Kevin zu sprechen warst. Und ich sag's dir noch mal: Er hat dich nicht schlecht behandelt. Er hat einfach nur keinen Unterschied gemacht. Aber du bist doch die Letzte, die von einem Mann auf Händen getragen werden will, oder nicht?«

Wiebke zog eine Schnute, und Leif studierte ihre verkniffene Miene. Wiebke gab sich alle Mühe, von den Männern im Betrieb akzeptiert zu werden. Sie schonte sich nicht beim Sport, sie trainierte wie verrückt auf der Schießbahn und im Fitnessbereich, und sie war sich für keine Arbeit zu schade. Eigentlich, dachte er, sah er sie gar nicht als richtige Frau. Wiebke war einfach ein Kollege. Ein Kumpel.

Er schaute noch einmal genauer hin und entdeckte ein feuchtes Glänzen in ihren Augen. Und dann kapierte er es plötzlich. Er war wirklich blind gewesen. Dabei hatte Kevin doch sogar ein paarmal so etwas angedeutet, aber Leif hatte ihn ausgelacht. Was sollte er mit einer Frau wie Wiebke? Die war nun wirklich nicht sein Typ. Aber das bedeutete ja nicht, dass sie es sich nicht wünschen konnte.

Leif hatte plötzlich das Gefühl, dass die Luft im Wagen unerträglich heiß und stickig war. Und es war auch viel zu eng.

Kevin hätte jetzt irgendeinen Witz gerissen und laut gelacht und diese seltsame Blase, die sich um sie drei gebildet hatte, gesprengt. Aber Kevin war ja nicht mehr da. Er war einfach abgehauen. Er hatte alles kaputtgemacht.

Bjarne knetete seine dicken Finger.

»Wir sollten vielleicht hingehen und uns bei Kari entschuldigen«, schlug er vor.

Leif versuchte, sich aus dem Dickicht in seinem Inneren frei zu strampeln. Was Bjarne sagte, stimmte natürlich. Als Kevin die Idee mit dem Gewaltmarsch in Uniform vom Ellenbogen zum Kasernengelände aufgebracht hatte, war sie ihm witzig vorgekommen. Weil er dabei Kevin vor sich gesehen hatte, wie er mit einem gewaltigen Rucksack auf den Schultern dort entlangstapfte und lachte. Kevin hätte Spaß dabei gehabt. Doch auf die neue Kollegin traf das sicher nicht zu. Sie hatte die ganze Aktion kein bisschen lustig gefunden. Das war kein guter Start, dabei war sie eine tolle Frau. Leif straffte sich.

»Du hast recht«, sagte er zu Bjarne, der sich vor Überraschung ein Stück aufrechter hinsetzte. Behandelte er ihn wirklich so schlecht, dass er überhaupt nicht damit rechnete, in irgendetwas seine Zustimmung zu finden?

Wiebke ließ sich neben Bjarne nieder. »Finde ich nicht.«

Bjarne wandte sich zu ihr.

»Du magst sie nicht, oder?«, erkundigte er sich.

Wiebke machte eine vage Geste.

»Keine Ahnung. Wir haben sie ja noch gar nicht richtig kennengelernt«, erwiderte sie ausweichend, doch Leif sah ihr an, dass Bjarne richtiglag. Kein Wunder, wenn der Verdacht, der ihm vor ein paar Minuten gekommen war, stimmte. Kari war eine attraktive Frau. Sie zog Blicke auf sich. Und sie hatte etwas Geheimnisvolles. Sie gab sich kühl und distanziert, und das reizte ihn. Wenn Wiebke bei ihm landen wollte, musste sie Kari als gefährliche Konkurrenz ansehen.

»Aber ich meine, es ist ein falsches Signal«, fuhr Wiebke fort. »Es schwächt unsere Position, wenn wir vor ihr kriechen.«

Bjarne erhob sich mit ungewohnter Energie von der Sitzbank.

»Macht, was ihr wollt«, verkündete er. »Ich gehe jedenfalls zu ihr und sage, dass es mir leid tut.«

Er öffnete die Wagentür und kletterte aus dem Transporter. Leif sah ihm nach, wie er die Straße überquerte und die schmale Tür neben dem Rolltor aufschloss.

Er schaute wieder zu Wiebke.

»Das ist doch echt nicht nötig«, sagte sie und sah ihn mit glänzenden Augen an. »Ich meine, so schlecht war die Idee wirklich nicht. Auch wenn sie von Kevin war.«

In Leifs Kopf dröhnte es, und irgendetwas schien zu explodieren.

»Verdammt, Wiebke«, fauchte er. »Hör doch endlich auf zu schleimen.«

Damit kehrte er ihr den Rücken zu und sprang aus dem Wagen. Natürlich hatte er trotzdem gesehen, was seine Worte angerichtet hatten. Er hätte Wiebke genauso gut ins Gesicht schlagen können. Aber er schaffte es nicht, sich umzudrehen und irgendetwas Versöhnliches zu sagen. Er wollte einfach nur noch weg. Fort aus dieser Welt, in der alles in Scherben lag.

14.

Am liebsten wäre Kari auf direktem Weg in die Sporthalle gegangen, um ihre verschwitzte Uniform auszuziehen und unter die Dusche zu springen. Doch als sie am Wohnhaus der Sieverts vorbeikam, blieb sie stehen und blickte sich rasch um. Thilo Mertens bog gerade um die Hausecke und verschwand in Richtung seines Wohncontainers. Und Leif, Bjarne und Wiebke saßen auf der Straße vor dem Kasernengelände im Transporter und amüsierten sich über ihren albernen Streich. Die Gelegenheit war günstig. Sie könnte sich noch einmal in Bjarnes Zimmer schleichen und nach den Speichermedien suchen, auf denen er die Aufzeichnungen seiner Beobachtungs- und Abhörgeräte archivierte. Entschlossen öffnete sie die Haustür und schlüpfte in den Flur.

Rechts lag die Wohnung der Sieverts, im linken Flügel befanden sich die Büros. Kari wollte eben einen Fuß auf die Treppe zu den Privaträumen setzen, als sie von der anderen Seite Stimmen hörte, den ruhigen und sonoren Bariton von Burkhard Sievert und Clemens Sieverts etwas helleren Klang. Spontan wandte sie sich um und schlich stattdessen nach oben in den Unternehmensbereich.

Die Tür zum Büro des Firmenchefs war nur angelehnt, und von dort kamen auch die Stimmen. Kari näherte sich so lautlos, wie das mit den klobigen Wachschutzschuhen möglich war.

»Wir sollten vorsichtig sein«, sagte Clemens Sievert gerade. »Irgendjemand spielt hier mit gezinkten Karten. Was wir im Augenblick überhaupt nicht gebrauchen können, ist eine weitere Person, von der wir nicht wissen, wie zuverlässig sie ist.«

Hinter der Tür klapperte es, als würde jemand etwas ungeduldig auf den Tisch werfen. Einen Stift oder einen Schlüssel vielleicht. Leder knarzte, wahrscheinlich, weil sich der Firmenchef auf seinem Stuhl zurücklehnte.

»Es wäre natürlich fatal, wenn dein Verdacht stimmt«, gab Burkhard Sievert zu. »Aber du kannst dir nicht sicher sein, ob sie sich wirklich heimlich bei uns umgesehen hat. Vielleicht hatte sie tatsächlich nur ein Verdauungsproblem, und Bjarne hatte seine Tür nicht richtig zugezogen. Und selbst, wenn es stimmt, was sollen wir machen? Wir brauchen dringend Verstärkung. Und auf die Schnelle finden wir keinen geeigneteren Bewerber.«

Kari biss sich auf die Lippen. Sie war viel zu unvorsichtig gewesen. Das Wichtigste bei der Undercover-Arbeit war, sich das Vertrauen des Umfelds zu erarbeiten, in dem man tätig war. Mit ihrer unbedachten Durchsuchung der Zimmer hatte sie den Erfolg ihrer ganzen Mission aufs Spiel gesetzt. Ole Lund würde alles andere als begeistert sein, wenn er davon erfuhr. Sie musste dringend etwas unternehmen, um die entfachten Bedenken zu zerstreuen.

»Wir schaffen das auch so«, entgegnete Clemens Sievert. »Es müssen einfach alle ein bisschen mehr arbeiten. Sonderschichten fahren. Dafür zahlen wir dann eben extra.«

»Das heißt, du willst dich auf einen Geldtransporter setzen?«, erkundigte sich Burkhard Sievert.

»Natürlich nicht.« Clemens Sievert hatte offenbar keine Lust, auf den scherzhaften Ton seines Bruders einzugehen. »Aber wir haben immer noch vier vollwertige Mitarbeiter.«

»Leif ist nur während der Ferien hier«, gab Burkhard Sievert zu bedenken. »Er müsste eigentlich morgen früh wieder nach Hamburg in die Uni. Er bleibt natürlich, solange Not am Mann ist, aber gut ist das nicht. Und außerdem … ich dachte, die Neue gefällt dir?«

Clemens Sievert schnaubte ungeduldig.

»Es geht um die Firma, nicht um eine Kontaktanzeige. Diese Kari macht einen sehr sympathischen Eindruck. Aber was ist, wenn sie nur hier ist, um zu schnüffeln?«

Burkhard Sievert gab einen unwilligen Laut von sich.

»Du meinst, man hat sie eingeschleust, damit sie herausfindet, ob jemand aus unserem Unternehmen etwas mit der Einbruchserie zu tun hat? Dieser Komplize, der Kevin erschossen hat und der angeblich aus unserer Firma kommen soll?«

Kari spürte, wie ihr heiß wurde. Burkhard Sieverts Theorie deckte sich so perfekt mit der Wahrheit, dass es kaum noch möglich sein würde, ungestört und effektiv zu arbeiten.

»Nicht offiziell«, entgegnete Clemens Sievert. »Dafür war sie zu schnell hier. Kevin ist ja erst gestern Morgen gefunden worden. Wie hätte die Polizei in der kurzen Zeit jemanden auf die Sache ansetzen sollen? Solche Aktionen erfordern eine gründliche Vorbereitung. Aber ... ich könnte mir vorstellen, dass sie für eine Zeitung arbeitet. Als freie Journalistin. Oder einfach auf eigene Faust. Hat sie nicht erwähnt, dass sie Schriftstellerin ist?«

»Hm.« Wieder knarrte drinnen das Leder. »Und selbst wenn? Wir haben nichts zu verbergen.«

Kari hörte, wie Clemens Sievert schnaufte.

»Nein. Aber sie ist zu neugierig. Und das Letzte, was wir in der momentanen Situation brauchen, ist jemand, der Unfrieden stiftet.«

»Wir werden einfach ein Auge auf sie haben«, erklärte Burkhard Sievert. »Und ihr eine Chance geben.«

»Wenn du mich fragst: Ich bin dagegen«, konterte sein Bruder.

Kari hielt die Luft an. Was sollte sie tun, wenn die beiden beschlössen, sie auf der Stelle wieder zu feuern? Es wäre das erste Mal, dass sie an einer Aufgabe scheiterte. Ole Lund würde sehr enttäuscht sein. Und Jonas Voss natürlich auch.

»Tut mir leid«, ließ sich Burkhard Sievert vernehmen. »Es ist nicht deine Entscheidung.«

Für einen Moment war es still hinter der Tür.

»Ich dachte«, sagte Clemens Sievert dann, »du hast die Absicht, die Firmenleitung abzugeben, wenn du in den Landtag gewählt wirst?«

»Das habe ich.« Burkhard Sievert räusperte sich. »Aber nicht an dich.«

»Ach so?« Clemens Sieverts Tonfall war neutral, wenn auch ein wenig angespannt.

»Clemens!« Kari hörte, wie sich Burkhard Sievert von seinem Stuhl erhob. Anscheinend ging er ein paar Schritte auf seinen Bruder zu. »Du weißt, dass ich dir unendlich dankbar bin für alles, was du für uns getan hast. Dass du damals nach Dagmars Tod ... Ohne dich wären wir nicht zurechtgekommen, Leif, Bjarne und ich. Und ich weiß auch, was du für die Firma leistest. Diese ganze Buchhaltung – das ist einfach nicht mein Metier.« Er lachte, so wie es Politiker taten, wenn sie jemandem Honig ums Maul schmieren wollten. »Aber du musst doch verstehen, dass ich dir *Sylt Guard* nicht übertragen kann. Leif macht in ein paar Monaten seinen Abschluss. Und dann will er natürlich auf den Chefsessel. Und ich will das auch, er ist schließlich mein Sohn.«

»So.« Clemens Sievert gelang es nicht, seine Bitterkeit zu verbergen. »Und worin äußert sich dann deine Dankbarkeit mir gegenüber?«

»Clemens, bitte.« Burkhard Sievert versuchte es weiter auf der Verbrüderungsschiene. »Du bist ein gestandener Mann. Du brauchst keine Titel und Lorbeeren. Natürlich wollen wir auf dich und deine Arbeit nicht verzichten. Aber das, was wir tun, machen wir doch für die nachfolgende Generation.«

Wieder war es eine Weile still. Kari schob sich näher an den Türspalt heran. Sie hätte zu gern die Gesichter von Burkhard und Clemens Sievert gesehen. Doch die Lücke war zu klein, um hindurchschauen zu können.

»Ich hoffe wirklich, dass du bei uns bleibst«, sagte Burkhard Sievert, und Kari konnte hören, dass er es ernst meinte.

»Ja.« Clemens Sieverts Stimme klang rau. »Ich denke darüber nach.«

Sie hörte ein Scharren und gleich darauf Schritte, die sich der Tür näherten.

Eilig huschte sie die Treppe nach unten und presste sich in den schmalen Spalt zwischen den beiden Aufgängen. Das fehlte noch, dass Clemens Sievert sie ein zweites Mal beim Herumschnüffeln erwischte.

Der Buchhalter kam die Stufen herunter und ging so dicht an Kari vorbei, dass sie nur die Hand hätte ausstrecken müssen, um ihn zu berühren. Zum Glück war er so mit sich selbst beschäftigt, dass er sie nicht bemerkte. Sein Gesicht war gerötet, und sein Atem ging heftig. Er riss die Haustür auf und stürmte nach draußen. Im nächsten Augenblick fiel die Tür krachend hinter ihm ins Schloss.

Kari wartete einen Moment, ehe sie sich aus ihrem Versteck hinauswagte.

Sie verwarf den Plan, sich noch einmal im Haus umzusehen. Clemens Sievert konnte jeden Moment zurückkommen, und sie wollte ihm auf keinen Fall in die Arme laufen. Schnell trat sie auf den Hof und machte sich auf den Weg zur Sporthalle. Sie schaute auf ihre Schuhe, deren steife Sohlen auf den Beton des Kasernenhofs klatschten. Abrupt blieb sie stehen. Sie war damit gerade erst am Strand gegangen. Hatte sie im Treppenhaus der Sieverts womöglich Spuren hinterlassen, die sie verrieten? Eilig hob sie erst den rechten, dann den linken Fuß, um die Profile der Stiefel zu kontrollieren. Zum Glück klebten weder Sandkörner noch Matsch daran. Offenbar war sie lange genug auf Asphalt gelaufen, und alle verräterischen Rückstände waren getrocknet und herausgefallen.

Wenigstens das, dachte sie erleichtert. Sie setzte ihren Weg fort, und auch ihre Gedanken gingen wieder auf Wanderschaft. Was Burkhard Sievert seinem Bruder da gerade zugemutet hatte, war hart. Wie würde Clemens Sievert damit umgehen? Würde er versuchen, gute Miene zum bösen Spiel zu machen? Oder würden die Risse aufbrechen und die Gefühle, die jeder hier zu verbergen versuchte, an die Oberfläche spülen? Für das Betriebsklima wäre vermutlich Ersteres verträglicher. Karis Ermittlungen dagegen konnten nur davon profitieren, wenn sich der Sturm, der angefacht worden war, auch Bahn brach.

▪ ▪ ▪

Kari gab einen Laut des Wohlbehagens von sich, als sie nach der heißen Dusche wieder ihre eigene Kleidung anzog. Die Jeans waren zwar figurbetont, wegen des elastischen Materials aber trotzdem bequemer als die steife Wachschutzhose, und die Bluse und die lockere Strickjacke ließen ihren Armen Bewegungsfreiheit. Sie schlüpfte in ihre flachen Pumps, hängte sich die Handtasche über die Schulter und warf einen prüfenden Blick in den Spiegel. Mit ein paar geübten Handbewegungen strich sie ihre kurzen blonden Haare, die noch feucht vom Waschen waren, zurecht.

»Krass«, sagte eine Stimme unmittelbar hinter ihr, und Kari fuhr erschrocken herum.

Bjarne Sievert, der in der offenen Tür der Umkleidekabine stand, lächelte verlegen.

»Entschuldigung«, sagte er. »Ich wollte dich nicht erschrecken. Ich wollte nur ... dir sagen, dass es mir leidtut.«

Kari hob die Augenbrauen. Ihr Puls normalisierte sich wieder, und sie musste sich ein Schmunzeln verkneifen. Sieverts jüngerer Sohn sah aus wie das personifizierte schlechte Gewissen.

»Ach so?«, fragte sie.

Bjarne hustete.

»Wegen der Taufe, meine ich«, präzisierte er. »Dass wir dich da am Ellenbogen ausgesetzt haben. Das war ... eine Scheißidee.« Er räusperte sich. »Sie war von Kevin«, fügte er hinzu. »Und Leif dachte, es wäre witzig. Er fand ja alles toll, was Kevin vorgeschlagen hat.« Ein Schatten legte sich über sein Gesicht. »Kevin war so verdammt cool, weißt du? Der hatte vor nichts Angst. Er wollte immer überall dabei sein. Alles ausprobieren. Und seine Grenzen austesten.«

Er senkte den Kopf, und seine langen braunen Locken fielen ihm ins Gesicht.

Kari betrachtete ihn. Von der körperlichen Kraft her war Bjarne seinem Bruder Leif sicher überlegen und hatte vermutlich auch dem toten Kevin Köhler kaum nachgestanden. Aber sein Selbstbild musste ein völlig anderes sein.

»Du bist doch auch cool«, sagte sie.

Bjarne lachte auf. »Ich? Nee.« Sein Blick richtete sich nach innen, und für eine halbe Sekunde hoben sich seine Mundwinkel. Dann sackte er wieder in sich zusammen. »Bestimmt nicht. Ich bin bloß ein Loser.«

War er jemand, der jenen, die ohnehin von allem zu viel hatten, etwas wegnahm, um sich selbst besser zu fühlen? Und um damit zugleich sein kostspieliges Hobby zu finanzieren? Kari fand ihre Theorie plausibel und überlegte, wie sie Bjarne dazu bringen konnte, sich ihr weiter zu öffnen.

Das, wonach er sich offenbar sehnte, war Freundschaft. Also würde sie ihm genau das anbieten. Eine Person, der er sich anvertrauen konnte. Und der er mehr offenbarte, als er geplant hatte.

»Wer sagt denn so etwas?«, fragte sie mit gut gespielter Empörung.

»Eine Menge Leute.« Bjarne machte eine vage Geste.

»Und wen interessiert das?« Kari stemmte die Hände in die Hüften. »Was kümmert dich das Gerede? Du bist doch ein starker Typ. Du …« *siehst gut aus*, wollte sie sagen, brachte es aber nicht über die Lippen, »… hast einen anspruchsvollen Job«, erklärte sie stattdessen. »Du verdienst dein eigenes Geld. Du kümmerst dich um den Familienbetrieb.«

Bjarne ließ sich auf eine der Bänke in der Umkleidekabine sinken.

»Die Firma – das machen mein Vater, Leif und Onkel Clemens«, gestand er. »Ich habe da nichts zu melden. Ich kriege nur die einfachen Aufträge. Alarmanlagen einbauen und warten, Geldtransporte, Personenschutz.«

Kari setzte sich neben ihn.

»Weil du respekteinflößend wirkst«, sagte sie, um sein angeschlagenes Selbstwertgefühl ein wenig zu päppeln. »Wenn du daneben stehst, traut sich bestimmt keiner, irgendwas Verbotenes zu tun.«

Bjarne lächelte schief.

»Danke, Kari. Das ist nett. Aber ich weiß, wie ich aussehe.«

Er kramte in den Taschen seiner Uniformjacke und beförderte zwei dicke Schokoriegel hervor. Einen davon hielt er ihr hin.

Kari seufzte innerlich. Sie wollte nicht schon wieder irgendetwas Süßes essen. Ihre Adern schienen ihr nach der Willkommensparty bei den Häkeldamen und dem Sekteinstand am Ellenbogen bereits mehr als genug verklebt. Doch wenn es half, einen Zugang zu Bjarne zu finden … Vielleicht würde er ihr ja etwas von dem verraten, was sie vorhin am Strand in seinem

Gesicht zu lesen geglaubt hatte. Sie nahm den Riegel, und beide bissen gleichzeitig ein großes Stück ab.

»Dein Bruder hat sich getäuscht, stimmt's?«, wagte sie einen Vorstoß. »Er hat geglaubt, Kevin wäre sein Kumpel, aber in Wirklichkeit war er dein Freund.«

Bjarnes Augen verengten sich. Er kaute und schluckte.

»Wie kommst du denn darauf?«

»Nur so.« Kari ruderte eilig zurück. Sie wollte, dass Bjarne sich öffnete, nicht, dass er ihr gegenüber misstrauisch wurde. »Ich dachte nur …«

»Ja?«

»Ich hatte das Gefühl, dass du mehr weißt als die anderen.«

Sie sah, wie es in Bjarnes Kopf arbeitete. Er schien ihr etwas sagen zu wollen. Doch wenn er derjenige war, der gemeinsam mit Kevin die Einbrüche begangen und ihn ermordet hatte, würde er wohl kaum so mir nichts, dir nichts ein Geständnis ablegen? Es sei denn, die Tat belastete ihn derart, dass er einfach nicht damit zurechtkam. Aber was würde geschehen, wenn er realisierte, in welche Lage er sich mit seiner Offenbarung gebracht hätte?

Sie waren allein in der Umkleidekabine, auf einem alten Kasernengelände, das niemand ohne Weiteres betreten konnte. Bjarne mochte sich zwar minderwertig und verwundbar fühlen, aber wenn es darauf ankam, hatte er sicher erhebliche Kräfte. Kari war sich nicht sicher, ob sie eine körperliche Auseinandersetzung gegen ihn gewinnen könnte, allen Kampfsportfähigkeiten zum Trotz. Aber so weit war es ja auch noch nicht.

Bjarne betrachtete seine dicken Finger.

»Ja«, sagte er leise. »Da war etwas. Kevin und ich … Wir haben …«

Er verstummte, und Kari spürte, wie ihre Nerven vibrierten. Bjarnes Wangenmuskeln arbeiteten. Er schien mit sich zu ringen, sich ihr anvertrauen zu wollen, und wollte es doch wieder nicht.

Bjarne öffnete den Mund, doch es kam nichts heraus. Dann stand er abrupt auf.

»Aber er hat mich bloß verarscht«, verkündete er. »Genau wie alle anderen auch.«

Er schaute Kari vorwurfsvoll an. »Keine Ahnung, was ihr alle von mir wollt. Um mich geht es dabei jedenfalls nicht«, verkündete er und verließ den Raum.

Kari hörte, wie sich seine schweren Schritte über den Flur entfernten. Einen Augenblick später fiel die Tür der Halle mit einem dumpfen Laut ins Schloss.

Kari erhob sich und warf den angebissenen Schokoriegel in den Papierkorb. Bjarne hatte vielleicht kein Geständnis abgelegt. Aber interessant war das Gespräch allemal gewesen.

15. Jonas Voss raufte sich frustriert die Haare. Fast drei Stunden hatten sie im Vernehmungsraum zugebracht, zuerst mit Wiebke Lüdemann, dann mit Bjarne Sievert. Herausgekommen war dabei nichts. Wiebke hatte offen zugegeben, dass sie mit Kevin Köhler Probleme gehabt hatte. Was für sie ein Grund gewesen sei, auf Distanz zu gehen, nicht, mit ihm gemeinsam Einbruchdiebstähle zu verüben. Und das war sicher kein hinreichendes Motiv für einen Mord. Voss und Hannah hatten ihr geglaubt und sie gehen lassen.

Bjarne Sievert hatte sich weitaus weniger kooperativ verhalten. Und da sie von seiner teuren und zumindest teilweise verbotenen Techniksammlung offiziell nichts wissen durften, hatten ihnen die Mittel gefehlt, an der entsprechenden Stelle nachzubohren. Sie hatten seiner Behauptung, dass ihn Geld nicht interessiere und er als Wachmann genug verdiene, nichts entgegenzusetzen gehabt. Ebenso wenig wie seiner Darstellung, dass er mit Kevin gut befreundet gewesen war, genau wie sein Bruder Leif. Die Aussage deckte sich mit den WhatsApp-Nachrichten, die Hannah vom Provider von Köhlers Handy erhalten hatte. Und ein Mordmotiv ließ sich auch hier nicht konstruieren.

Sie waren einfach keinen Schritt weiter.

Jonas sah zu Hannah, die an ihrem Rechner saß und den Bericht zu Bjarnes Aussage schrieb. Er selbst hatte Wiebkes Befragung protokolliert, aber die Informationen waren so dünn, dass er bereits fertig war. Als Hannah seinen Blick bemerkte, hob sie den Kopf und strich sich eine Strähne zurück, die aus ihrem blonden Bob gerutscht war. An ihrem Gesicht konnte er ablesen, dass sie ebenso unzufrieden war, wie er sich fühlte.

»Wenn du mich fragst: Dass Bjarne Geld für irgendwelches Elektronikspielzeug braucht und Wiebke nicht gut auf Kevin zu sprechen war, scheint mir als Motiv für eine ganze Einbruchserie und erst recht für einen Mord verdammt dünn.«

Jonas Voss schob seine Hemdsärmel nach oben. Was Hannah sagte, stimmte natürlich. Trotzdem fühlte er sich kritisiert. Schließlich war es seine Idee gewesen, eine Undercover-Ermittlerin bei *Sylt Guard* einzuschleusen. Hätte er im Vorhinein gewusst, wie kompliziert dadurch alles werden würde, er hätte sich vermutlich anders entschieden. Allerdings wäre dann auch Kari nicht zurück auf Sylt. Plötzlich hatte er es satt, vernünftig zu sein. Er öffnete sämtliche Schreibtischschubladen und wühlte darin, bis er sein Handy gefunden hatte. Dann sprang er auf, nahm seine Lederjacke vom Stuhl und stopfte das Gerät in die Tasche.

»Es ist Sonntag«, erklärte er Hannah, die ihn verblüfft beobachtete. »Wir machen jetzt Feierabend und versuchen, den Kopf freizukriegen. Und morgen denken wir über alles noch einmal nach. Vielleicht haben wir bis dahin ja auch schon die ersten Berichte von der Kriminaltechnik und aus der Rechtsmedizin.« Er sah, dass seine Kollegin ihn etwas fragen wollte, wahrscheinlich, ob sie noch gemeinsam etwas unternehmen sollten, kam ihr aber zuvor: »Ich fahre nach Hause«, verkündete er. »Ich muss mich ab und zu auch mal um meine Kinder kümmern.«

Hannah sackte auf ihrem Stuhl zurück, und die Enttäuschung über die Zurückweisung fiel wie ein Vorhang über ihr Gesicht. Voss hatte sofort ein schlechtes Gewissen.

»Ein andermal, ja?«, sagte er und schlüpfte eilig aus dem Büro. Im Gang zog er die Jacke über und schaltete das Handy ein. Während er eine SMS zu tippen begann, nahmen seine Schuldgefühle weiter zu. Was er plante, war zwar privat, hatte aber nichts mit seinen Kindern zu tun. Und – was noch weitaus schlimmer war – es gefährdete seine Ermittlungen.

Er blieb stehen, als die Tür der Polizeistation hinter ihm ins Schloss fiel. Einen Moment zögerte er und blickte über die Straße zum Westerländer Bahnhof, wo gerade ein Intercity einfuhr. Dann schickte er die Textnachricht ab.

■ ■ ■

Kari stellte Marijke Meenkens VW Beetle auf dem Parkplatz neben dem Erlebniszentrum Naturgewalten ab und ging über das Areal vor der ehemaligen Tonnenhalle zu den Ausflugsschiffen. Die Frau in dem kleinen Häuschen machte ein bedauerndes Gesicht.

»Ach, Sie sind zu spät«, erklärte sie und wies auf den alten Kutter, der bereits seinen Dieselmotor angeworfen hatte. Kari folgte mit den Augen ihrer ausgestreckten Hand und wandte sich dann wieder der Frau zu.

»Das Schiff ist doch noch da«, sagte sie.

»Schon.« Die Frau hob die Hände. »Aber die Passagiere sind bereits an Bord. Ich darf keine Karten mehr verkaufen.«

Kari wagte noch einen Versuch. »Es dauert doch nur eine Minute.«

Der Blick der Kartenverkäuferin wurde reserviert.

»Wie gesagt, Sie sind zu spät. Ich habe meine Anweisungen.«

»Gut.« Kari spürte, wie sie ärgerlich wurde. »Dann eben nicht.«

Sie wandte sich ab und trat näher an den Kutter heran. An der Reling entdeckte sie vier buntgekleidete Gestalten. Marijke Meenken und ihre Häkelfreundinnen, wie Kari feststellte. Sie hatten wieder ihre Regenjacken angezogen und die Kapuzen aufgesetzt. Alle vier winkten heftig.

»Kari! Frau Blom!«, rief Marijke Meenken. »Kommen Sie! Wir sind hier!«

Kari lief zur Gangway, die den Kutter mit der Mole verband und noch nicht eingezogen worden war. Ein junger Mann mit Pudelmütze und einer speckigen Geldtasche zum Umbinden stand dort und sah ihr entgegen.

»Moin«, grinste er und deutete mit dem Daumen nach oben, dorthin, wo sich die Häkeldamen über die Reling beugten. »Das sind dann wohl Sie, auf die wir warten.«

Er löste den Karabiner und nahm das Seil beiseite, das den Zutritt zum Schiff verwehrte.

»Willkommen an Bord.«

Kari ließ sich nicht zweimal bitten. Sie betrat die Gangway und befand sich einen Augenblick später auf dem Achterdeck, umringt von Marijke Meenken, Grethe Aldag, Alma Grieger und Witta Claaßen.

Der junge Mann holte die Gangway ein und warf die Leinen los. Der Schiffsdiesel dröhnte laut, und der alte Kutter entfernte sich von der Mole. Er drehte den Bug in Richtung Meer und nahm Fahrt auf.

»Das war knapp«, erklärte Witta Claaßen und setzte eine missbilligende Miene auf.

»Aber rechtzeitig«, konstatierte Grethe Aldag nüchtern.

»Wir hatten Ihnen doch geschrieben, dass Sie pünktlich sein sollen«, beharrte Witta.

»War sie ja.« Grethe funkelte ihre Freundin an. »Sie konnte halt nicht früher. Sie hat einen Job, den sie machen muss.«

Witta hob das Kinn. »Da sollte man von Beginn an klare Verhältnisse schaffen.«

»Am ersten Arbeitstag?« Grethe tippte sich an die Stirn. »Da ist sie die Stelle ja schneller wieder los, als sie gucken kann.«

»Kinder!« Marijke Meenken klatschte in die Hände. »Wir haben Frau Blom eingeladen, damit sie diese herrliche Fahrt genießen kann. Und das gelingt ihr sicher besser, wenn wir für eine nette Atmosphäre sorgen.«

Witta und Grethe schwiegen, ohne dass sie besonders einsichtig wirkten. Alma Grieger rieb sich die Hände.

»Jetzt gehen wir erst mal nach unten und besorgen uns eine schöne Tasse Kaffee und ein Stück Kuchen.«

Kari warf einen bedauernden Blick zurück. Über dem Lister Hafen sah sie die tiefstehende Sonne, die langsam hinter den Dünen auf der anderen Seite der Insel versank. Die

Wolken, die in dicken Schwaden über der Nordsee aufzogen, färbten sich rosa. Der Himmel leuchtete in einem langsam verblassenden Blau, das Wasser türkis. Es waren die Farben der Abendstimmung, die Kari besonders mochte. Sie wäre lieber an Deck geblieben, aber die alten Damen hatten sie eingeladen. Es wäre nicht besonders höflich, sie allein zu lassen.

»Ja, gern«, behauptete sie und schickte sich an, den Häkelfrauen zu folgen. Marijke Meenken hielt sie zurück.

»*Wir* gehen Kuchen essen«, erklärte sie. »*Sie* schauen sich diesen herrlichen Sonnenuntergang an.« Sie deutete nach vorn. »Auf dem Vordeck ist der beste Platz. Gehen Sie dorthin.«

Kari fühlte sich hin- und hergerissen. Natürlich war es verlockend, die Fahrt einfach zu genießen, doch sie wollte auch die Häkeldamen nicht enttäuschen.

»Nu machen Sie schon.« Grethe Aldag schob Kari in Richtung Bug. »Wir kommen wunderbar allein zurecht.«

»Also gut.« Kari gab sich geschlagen und ging am Führerstand vorbei nach vorn. Als sie sich noch einmal umdrehte, bemerkte sie, dass die alten Frauen noch immer am Niedergang standen und ihr nachsahen. Sie wirkten irgendwie verschmitzt, so, als hätten sie irgendeinen Plan ausgeheckt. Kari hob die Hand und winkte. Die Häkeldamen erwiderten die Geste. Dann verschwanden sie nach unten.

Kari setzte ihren Weg fort. Sie würde sicher noch früh genug erfahren, weshalb die Frauen sie zu dieser Fahrt eingeladen hatten. Sie hob den Kopf und atmete tief ein. Die Luft war herrlich frisch und salzig.

Auf dem Vordeck saßen nur wenige Fahrgäste. An der Reling am Bug stand ein einzelner Mann, der ihr den Rücken zuwandte. Er hatte leicht gelockte braune Haare, die vom Wind zerzaust waren. Die Ärmel seiner weichen Lederjacke hatte er nach oben geschoben.

Kari blieb stehen. Erst in diesem Moment realisierte sie, dass sie den Kutter kannte. Es war die *Andina*, das Schiff von Jonas Voss' Vater Redlef. Sie schaute zum Führerhaus und entdeckte den alten Fischer am Steuer. Sie konnte ihn nur schemenhaft erkennen, weil sich die tiefstehende Sonne in den Scheiben spiegelte, aber sie hätte trotzdem geschworen, dass er ihr zublinzelte.

Da hatten sich Voss und die Häkeldamen ja ein hübsches Komplott ausgedacht.

Kari ging die letzten Schritte zum Bug und lehnte sich neben Jonas an die Reling.

»Das ist nicht sehr professionell«, sagte sie. »Hatten wir nicht ausgemacht, dass wir während der laufenden Ermittlungen keinen persönlichen Kontakt haben?«

Voss machte ein zerknirschtes Gesicht.

»Schon«, erwiderte er. »Aber ich dachte ... Hier auf dem Schiff kennt dich ja keiner. Und selbst wenn, du bist neu auf Sylt. Es ist nicht ungewöhnlich, wenn du eine Fahrt zu den Seehundbänken machst. Und wenn du dabei zufällig mit jemandem ins Gespräch kommst, wird sich auch niemand darüber wundern.«

Kari studierte sein Gesicht, den lächelnden Mund, die Nase, die ein klein wenig schief war, und die dichten Wimpern. Dann registrierte sie, dass sie schon viel zu lange in seine warmen braunen Augen schaute und wandte sich mit einem Räuspern ab.

»Trotzdem«, beharrte sie. »Es ist riskant.«

»Ja.« Voss strich mit einem Finger über die Reling, abwechselnd von rechts nach links und wieder zurück. Mit jedem Mal kam er Karis Hand ein wenig näher. Als seine Finger nur noch wenige Zentimeter von ihren entfernt waren, hielt er inne.

Kari stieß die Luft aus. Sie hatte gar nicht bemerkt, dass sie sie angehalten hatte.

Ihre Hand kribbelte, und ihr kleiner Finger schien ein Eigenleben zu entwickeln. Sie verspürte einen unwiderstehlichen Drang, ihn abzuspreizen, bis er den von Jonas berührte. Doch Voss löste plötzlich seine Hände von der Reling und drehte sich zu ihr.

»Wir stecken in der Sackgasse«, sagte er, und Kari fragte sich, wovon er sprach. Von ihnen beiden? Oder von ihren Ermittlungen?

»Wir haben die Videoaufzeichnungen aus der Tatnacht gesichtet, und da gibt es eine Lücke von ziemlich genau drei Stunden«, erklärte er, und Kari atmete heimlich auf. »Jemand aus der Firma muss die Kamera manipuliert haben. Vielleicht Kevin, damit niemand sieht, wie er auf Einbruchstour geht, vielleicht auch sein Komplize. Oder irgendjemand anderes.« Er schob seine Haare nach hinten, doch sie fielen ihm sofort zurück in die Stirn. »Thilo Mertens hätte ein Motiv, aber wir können ihm nicht nachweisen, dass er das Kasernengelände in der Nacht verlassen hat. Und für Bjarne Sievert gilt dasselbe.«

Wieder versuchte er, eine widerspenstige Haarsträhne zurückzustreichen, und Kari merkte, dass sie Mühe hatte, sich auf den Inhalt seiner Worte zu konzentrieren. Sein Gesicht schien im Abendlicht zu leuchten, und seine Augen glänzten. Sie fragte sich, ob sich seine Lippen so weich anfühlten, wie sie aussahen. Dann rief sie sich energisch zur Ordnung. Sie war nicht auf Sylt, um mit Voss zu flirten.

»Mertens und Bjarne sind nicht die Einzigen, die möglicherweise ein Motiv haben«, berichtete sie. »Ich habe zufällig gehört, wie sich Burkhard Sievert und sein Bruder Clemens gestritten haben. Clemens hat wohl geglaubt, er würde die Firmenleitung übernehmen, wenn Burkhard in die Politik geht. Aber Burkhard hat andere Pläne. Er will den Betrieb seinem Sohn Leif übergeben.«

Voss legte den Kopf schief. »Und Clemens Sievert war das bekannt?«

Kari zuckte mit den Schultern. »Es klang so, als hätte es ihm Burkhard Sievert erst in diesem Moment offenbart. Aber das muss ja nichts heißen. Clemens Sievert könnte es trotzdem gewusst haben oder zumindest geahnt.«

»Mhm.« Voss' Augen ruhten auf ihr. »Und du meinst, deshalb bricht der Buchhalter bei der Kundschaft seines Bruders ein und klaut Juwelen?«

»Warum nicht?« Kari spürte, wie ihre Knie unter seinem eindringlichen Blick weich wurden.

»Na ja.« Voss neigte sich näher zu ihr. »Ich dachte, er ist nicht der Typ dafür. Aber mit meiner Menschenkenntnis ist es auch nicht so weit her.«

Kari leckte sich über die Lippen. Das war doch albern. Da stand sie hier am Bug eines Schiffes, das in den Sonnenuntergang fuhr, und fühlte sich wie ein Teenager bei seinem ersten Flirt. Dabei war sie doch eine gestandene Frau, die nichts so leicht aus Bahn warf. Schon gar nicht ein Mann, der seinen Blick in ihren versenkte.

Die *Andina* drosselte ihr Tempo, und im nächsten Moment erklang Redlef Voss' Stimme aus dem Bordlautsprecher.

»Wir erreichen jetzt die Sandbänke«, verkündete er. »Sie liegen auf unserer Backbordseite, oder für die Landratten: links von uns. Wir fahren so nah heran, wie es erlaubt ist, aber wir wollen die Seehunde nicht stören. Verhalten Sie sich also möglichst ruhig und verwenden Sie kein Blitzlicht, wenn Sie

Fotos machen. Die Tiere haben nämlich eigentlich schon Feierabend.«

Ein paar der Fahrgäste lachten. Alle strebten zur linken Bordseite.

Voss griff nach Karis Hand.

»Komm«, sagte er und zog sie mit sich. »Es lohnt sich.«

Kari folgte ihm und lehnte sich neben ihn auf die Reling. Einen Augenblick später tauchte die Sandbank im Dämmerlicht auf, und Kari erkannte Dutzende tonnenförmiger Leiber mit spitzen Gesichtern und glänzenden Knopfaugen. Sie lagen über die gesamte Sandbank verteilt, einige dicht nebeneinander, andere allein. Sie hoben nur träge die Köpfe und reagierten kaum auf das herannahende Schiff. Nur einer der Seehunde rollte sich auf die Seite, als wäre er das ständige Angestarrtwerden leid. Die gesamte Szenerie strahlte etwas Behagliches aus.

»Schön«, sagte Kari. Voss rückte ein Stück näher an sie heran und legte ihr einen Arm um die Schultern. Kari wollte ihn schon zurückweisen, doch dann überlegte sie es sich anders. Auch wenn sie es gewöhnlich nicht mochte, die Kontrolle abzugeben, verspürte sie jetzt plötzlich den Wunsch danach. Zumindest für einen winzigen Moment.

Sie legte ihren Kopf an seine Schulter und seufzte. Vielleicht war es ja gar nicht so schwer, wie sie immer geglaubt hatte.

■ ■ ■

Kriminalkommissarin Hannah Behrends betrachtete die Nachricht, die Kari Blom ihr geschickt hatte. Dann sah sie aus dem Fenster. Die Dämmerung hatte bereits eingesetzt, und das letzte Tageslicht verschwand unter der dunklen Decke, die sich über die Insel legte.

Sie hätte längst nach Hause gehen können. Immerhin war Sonntag, und es gab ohnehin nicht viel, was sie tun konnte. Sie hatte eine EIS-Abfrage zu Clemens Sievert gestartet, doch das Einwohnermeldeinformationssystem hatte nichts enthüllt, das sie voranbrachte. Sie würde sich am Montag mit Sieverts früherem Arbeitgeber in Verbindung setzen. Vielleicht konnte man ihr dort etwas berichten, das ihr weiterhalf.

Zu ihrer Überraschung hatten die Kollegen von der IT-Beweissicherung bereits die gespiegelten Speichermedien von Kevin Köhlers Handy und Tablet geschickt. Irgendjemand dort hatte wohl genau wie sie an diesem Sonntag Überstunden geschoben. Genützt hatte es allerdings nichts. Neben den bereits bekannten WhatsApp-, Facebook- und Twitterpostings hatten sich auf Köhlers Smartphone nur eine SurfApp und eine PartyApp befunden. Auf dem Tablet waren dieselben Programme installiert sowie zusätzlich eine Suchmaschine. Der Browserverlauf zeigte, dass Kevin alle möglichen Surfseiten und gelegentlich ein Erotikforum besucht hatte, dazu die Seiten diverser Reiseveranstalter. Hinweise auf Kontakte außerhalb der Firma oder irgendwelche ungesetzlichen Aktivitäten gab es nicht, auch nicht in seinem E-Mail-Account, den die Kollegen ebenfalls geknackt hatten, der aber nur einige wenige Nachrichten seiner ehemaligen Mitschüler enthielt. Die Jugendlichen heutzutage kommunizierten offenbar kaum noch per E-Mail, sondern überwiegend mit ihren Smartphones.

Hannah seufzte und fuhr ihren Rechner herunter. Sie hatte keine Lust, in ihre winzig kleine Wohnung mit Blick auf die Verladestation des Sylt Shuttles zu gehen. Es war einsam, öde und trostlos.

Sie fragte sich, warum sie noch immer keine Freunde auf Sylt gefunden hatte.

Weil du ständig nur arbeitest, beantwortete sie sich ihre Frage selbst. *Und weil du immer noch darauf wartest, dass Jonas dich endlich in seine Familie aufnimmt.*

Für einen Moment sah sie vor sich, wie sie mit ihm und seinen beiden Kindern am Küchentisch saß, in dem hübschen kleinen Haus in Keitum mit den blauen Fensterläden. Wie sie gemeinsam aßen und redeten und lachten. Dann wischte sie das Wunschbild ungeduldig beiseite. So würde es nie sein. Nicht, solange diese Kari Blom immer wieder auftauchte und Hannahs Pläne durchkreuzte.

Schon allein deshalb wäre es gut, die Einbruchserie und den Mord an Kevin Köhler so schnell wie möglich zu klären. Je eher der Fall gelöst war, desto eher verschwand Kari wieder von der Insel.

Hannah Behrends nickte entschlossen. Dann schaltete sie ihren Rechner wieder ein.

■ ■ ■

In allen Fenstern brannte Licht. Jonas Voss lehnte sein rostiges Hollandrad an die Hauswand und kramte nach seinen Schlüsseln. Als er sie endlich gefunden hatte, ging er durch den Flur ins Wohnzimmer.

Finja und Jasper hatten versprochen, dass sie spätestens um neun im Bett liegen würden. Sie wollten ihm beweisen, dass sie ganz wunderbar allein zurechtkamen und kein Kindermädchen brauchten. Doch anscheinend stimmte ihre Selbsteinschätzung nicht. Wahrscheinlich hockten sie vor dem Fernseher und sahen sich irgendeinen Film für Erwachsene an, tranken Cola und verteilten Chips über die gesamte Sitzgarnitur. Oder sie aßen fettige Pizza vom Bestellservice aus dem Pappkarton.

Voss warf seine Lederjacke auf die große Truhe im Flur. Vor der geschlossenen Wohnzimmertür blieb er stehen. Er liebte seine Kinder über alles, und er wollte nicht mit ihnen schimpfen. Es war ja auch gar nicht ihre Schuld. Er war zurzeit kein guter Vater und schaffte es nicht, sich vernünftig um sie zu kümmern.

Trotzdem konnte er es sich nicht erlauben, zu nachgiebig zu sein. Er hatte mit Jasper und Finja eine Abmachung getroffen. Vertrauen gegen Vertrauen. Sie durften nicht mit dem Eindruck aufwachsen, dass sie ihm auf der Nase herumtanzen konnten.

Noch einmal holte er tief Luft. Dann öffnete er entschlossen die Tür.

Das Wohnzimmer war leer, der Fernseher ausgeschaltet. Die Couchkissen standen aufgereiht wie Soldaten, und der Tisch sah aus, als hätte ihn jemand abgewischt. Voss hob verblüfft die Augenbrauen.

Er schaltete die Lampe aus und ging leise die Treppe nach oben. Die Tür zu Jaspers Zimmer war nur angelehnt. Voss schob sie ein Stück weit auf und spähte hinein.

Über dem Bett brannte das Nachtlicht, ohne das Jasper nicht einschlafen wollte. Das dämmerige Licht reichte aus, um die kleine Gestalt seines Sohnes zu sehen, der sich unter der Bettdecke zusammengerollt hatte. Nur sein blonder Wuschelkopf und seine Stupsnase schauten heraus. Voss wurde von einem jähen Gefühl der Zärtlichkeit überschwemmt. Am liebsten hätte er Jasper in die Arme genommen und heftig gedrückt. Aber er wollte ihn nicht wecken.

Auf leisen Sohlen verließ er den Raum wieder und schaute nach seiner Tochter. Es war völlig dunkel in ihrem Zimmer, die Vorhänge vor ihrem Fenster mussten geschlossen sein. Voss öffnete die Zimmertür so weit, dass etwas Licht vom Flur hineinfiel, doch trotzdem konnte er Finja nicht richtig sehen. Er ging näher an ihr Bett heran und hoffte, dass sich seine Augen an die Dunkelheit gewöhnen würden.

Seine Tochter bewegte sich unter ihrer Bettdecke, und Voss machte noch einen Schritt auf sie zu. Unter der Sohle seines Schuhs knackte etwas und zerbarst. Finja fuhr aus dem Schlaf hoch. »Was?«

Jonas Voss betätigte eilig den Lichtschalter.

»Papa!« Finja schaute ihn aus ihren dunklen Augen an. Ihre halblangen Haare, die sie tagsüber stets ordentlich kämmte, hingen ihr wirr um den Kopf. »Was machst du denn da?«

Voss grinste verlegen.

»Ich wollte nur ... sehen, ob bei euch alles in Ordnung ist.«

Seine Tochter rieb sich die Augen.

»Ja. Sicher.« Sie gähnte ausgiebig. Dann klärte sich ihr Blick langsam. »Wir waren um neun im Bett«, erläuterte sie. »So, wie wir es abgemacht hatten.«

Er sah, wie es hinter ihrer Stirn zu arbeiten begann und sich so etwas wie Misstrauen in ihre Miene schlich. Sie richtete sich auf und musterte ihn mit diesem seltsamen Ausdruck, den er neuerdings häufiger an ihr bemerkte. Sie war schon immer ernst und ein wenig altklug gewesen, doch nun kam noch eine Attitüde hinzu, die ihn unangenehm an seine Ex-Frau Friederike erinnerte. Ein Blick, der missbilligend schien und Finja irgendwie überheblich und zugleich ein wenig gereizt wirken ließ. Vermutlich typisch für ein pubertierendes Mädchen, doch Jonas Voss wusste nicht recht, wie er damit umgehen sollte.

»Wir haben aufgeräumt und abgewaschen. Wir haben sogar den Tisch abgewischt.«

Voss lächelte. »Das habe ich gesehen.«

»Also.« Finja verschränkte die Arme vor der Brust.

»Ich dachte nur …«, Jonas Voss machte eine Handbewegung, die das gesamte Haus umfasste, »… weil überall Licht brennt.«

»Papa.« Seine Tochter schaute ihn nun wirklich herablassend an. »Das haben wir extra gemacht. Wegen der Einbrecher. Damit sie nicht denken, dass keiner zu Hause ist, wenn schon um neun alles dunkel ist.«

»Ah.« Jonas Voss nickte. »Das ist schlau.«

»Das steht in eurer Broschüre«, verkündete Finja und deutete auf ihre Kommode, auf der ein Faltblatt lag: *Die Kriminalpolizei rät …*

Voss räusperte sich. »Ja, sicher. Ich lasse dich dann weiterschlafen.«

Er beugte sich vor, verwuschelte ihre seidenweichen dunklen Haare und hauchte ein Küsschen darauf. Entgegen seiner Erwartung lächelte sie. Zum Glück. Er wäre wirklich traurig, wenn er ihr auf einmal nicht mehr zeigen dürfte, wie lieb er sie hatte.

Finja wollte sich wieder hinlegen, hielt aber mitten in der Bewegung inne. »Wieso hast du mich überhaupt geweckt?«

»Das war nicht meine Absicht. Ich wollte nur schauen, ob alles okay ist. Und dann bin ich auf irgendetwas draufgetreten.«

Sein Blick wanderte zum Boden vor Finjas Bett. Dort lag ein rechteckiger weißer Gegenstand, umgeben von etlichen Scherben und Splittern. Jonas Voss brauchte eine Sekunde, um zu erkennen, worum es sich handelte. Dann zog sich sein Magen schmerzhaft zusammen. Finja beugte sich über die Bettkante.

»Oh nein! Mein Handy!«, rief sie und griff nach dem Gerät. »Du hast es kaputtgemacht.«

Voss schluckte. Finja hatte hart darum gekämpft, ein Smartphone zu bekommen. Alle anderen in ihrer Klasse besaßen angeblich bereits eines. Und wenn sie keines hatte, machte sie das automatisch zur Außenseiterin. Voss hatte sich gesträubt, doch sein Vater hatte ihm geraten, Finja ihren Wunsch zu erfüllen.

»Du solltest beiden eins kaufen«, hatte er gesagt. »Dann kannst du sie jederzeit anrufen.«

Am Ende hatte dann doch nur Finja eines bekommen, weil Jasper kein Interesse gehabt hatte. Er hatte großmütig abgewinkt, als Jonas Voss ihn gefragt hatte.

»Nee, lass mal«, war seine Antwort gewesen. »Da muss ich bloß ständig aufpassen, dass ich das blöde Ding nicht verliere.«

Was wieder einmal ein Punkt war, in dem sich Jonas Voss seinem Sohn näher fühlte als seiner Tochter. Er selbst mochte auch keine Mobiltelefone. Mit seinem eigenen Gerät stand er beständig auf Kriegsfuß. Er vergaß es, fand es nicht oder der Akku war leer. Auf der anderen Seite musste er natürlich zugeben, dass es gerade in seinem Job wichtig war, ständig erreichbar zu sein. Ohne Hannah, die mit ihrem iPad fast verwachsen war, hätte er ein ernsthaftes Problem.

»Ich kaufe dir ein neues«, sagte er zu Finja.

»Hm.« Finja kniff die Augen zusammen. »Dann will ich aber ein besseres. So eins, wie Hannah hat. Und eine Internet-Flat.«

Voss seufzte. Er hatte ein schlechtes Gewissen, und in diesem Augenblick hätte er Finja jeden Wunsch erfüllt, aber er wusste auch, dass es ein Fehler wäre.

»Wir reden morgen darüber«, erklärte er und löschte das Licht. »Mach dir keine Sorgen. Schlaf schön.«

Er hörte, wie sich Finja auf die Seite warf und ihre Bettdecke über den Kopf zog. Er hätte gern noch etwas gesagt, doch es wäre alles das Falsche gewesen. Also zog er die Tür ins Schloss und ging die Treppe hinunter.

Eine Weile stand er einfach nur im Wohnzimmer und schaute auf das große Fenster zum Garten, hinter dem die schwarze Nacht lag. Es war kaum zu glauben, wie schnell die Kinder größer wurden. Gerade waren sie noch knuddelig und anschmiegsam gewesen und hatten seine Nähe gesucht, und jetzt war Finja schon so erwachsen. Sie begann, sich von ihm abzunabeln. Ein paar Jahre noch, dann würde sie aus dem Haus gehen und ihr eigenes Leben führen. Jasper mit seinen zehn Jahren war noch ein kleiner Junge, aber er wurde ebenfalls älter. Auch er würde eines Tages erwachsen sein und ihn verlassen.

Und Kari?

Dieser Moment der Nähe auf dem Schiff seines Vaters war wunderbar gewesen, aber er hatte nicht den Mut gehabt, weiterzugehen. Und Kari hatte sich schnell wieder zurückgezogen.

Jonas fuhr sich müde über die Wangen, und die Bartstoppeln knisterten. Würde es immer so sein? Würde sie immer wieder auf Distanz gehen? Oder würde sie sich irgendwann öffnen?

Er trat an den Wohnzimmerschrank und nahm die Flasche mit dem Martini heraus. Er wusste, dass ihm der Alkohol nicht guttat, doch das Gefühl der Leere in seinem Inneren begann sich plötzlich mit rasender Geschwindigkeit auszubreiten. Er würde es nicht stoppen können, aber er konnte ihm zumindest die Schärfe nehmen.

Er setzte sich mit dem Glas in der Hand in den Sessel, schaute hinaus in die Nacht und fragte sich, was Kari wohl gerade machte.

▪ ▪ ▪

Sie lief mit langen, gleichmäßigen Schritten. Unter ihren Füßen knirschte der Sand. Rechts von ihr schwappten die Wellen ans Ufer. Es war Flut, und das Wattenmeer füllte sich langsam. Ein heller Mond stand am sternenklaren Himmel. Er spiegelte sich auf dem Wasser und tauchte die Dünen, den Strandhafer und die mit niedrigen Erikapflanzen bewachsene Heidelandschaft in ein milchiges Licht.

Kari atmete tief ein und aus und genoss das Gefühl, wie die salzige Luft ihre Lungen füllte und ihre Atemwege befreite. Das Unbehagen, das sie verspürt hatte, als sie zurück in das Gartenhaus von Marijke Meenken gekommen war, fiel langsam von ihr ab.

Eigentlich, dachte sie, war sie heute bereits genug gejoggt. Doch im Gegensatz zu ihrem unfreiwilligen Lauf vom Ellenbogen zum Lister Kasernengelände empfand sie ihre nächtliche Runde in der Braderuper Heide als befreiend. Mit ihrer eigenen bequemen Kleidung, in der sich Arme und Beine uneingeschränkt bewegen konnten, war es keine Anstrengung, die Energie kostete, sondern eine, die ihre Reserven wieder auffüllte.

Als sie an einer Bank vorbeikam, blieb sie stehen. Das Laufen machte den Kopf frei, doch denken konnte sie besser, wenn sie innehielt. Zumindest, wenn es um komplizierte Dinge ging. So wie die abendliche Fahrt mit Jonas Voss zu den Seehundbänken. Und die Ermittlungen im Mordfall Kevin Köhler.

Sie stellte einen Fuß auf die Bank und begann, ihre Waden zu dehnen. Als hätte es nur auf diese Gelegenheit gewartet, begann ihr Smartphone zu klingeln. Kari angelte es aus der Jackentasche.

»Ja?«

»Hallo, Kari.« Ole Lund machte eine kurze Pause und schien zu lauschen. »Was ist schiefgelaufen?«, fragte er dann.

Kari wechselte das Bein, das sie dehnte.

»Wie kommst du darauf, dass irgendetwas nicht funktioniert hat?«

»Du läufst«, entgegnete der Kriminalrat.

Kari stellte den zweiten Fuß wieder auf den Boden und wandte sich zum Meer.

»Das tue ich öfter«, versetzte sie. »Es ist ein Hobby von mir.«

»Hm.« Wieder machte Lund eine Pause. »Aber es ist halb eins. Da liegst du gewöhnlich im Bett.«

Kari schaute auf ihre Armbanduhr. Lund hatte recht. Es war tatsächlich schon so spät.

»Und weshalb rufst du mich dann an?«, erkundigte sie sich. »Wenn du davon ausgehst, dass ich bereits schlafe?«

»Ich hatte so eine Ahnung«, gab der Kriminalrat zurück. »Du hast dich den ganzen Tag nicht gemeldet.«

Kari setzte sich auf die Bank. Sie hatte das Gefühl, gleich in mehrere Stürme geraten zu sein.

Ihre neuen Arbeitgeber, die Gebrüder Sievert, hatten sie bereits auf dem Kieker, weil Clemens Sievert sie beinahe beim Herumschnüffeln in den Privaträumen der Familie erwischt hatte und misstrauisch geworden war. So sehr, dass Clemens seinen Bruder Burkhard drängte, Kari wieder hinauszuwerfen. Und dann verwickelte sie sich auch noch heillos in ihre Gefühle für den ermittelnden Kriminalhauptkommissar und gefährdete ihren Undercover-Einsatz, indem sie sich auf ein privates Treffen mit ihm einließ. Wobei sie das streng genommen nicht getan hatte. Voss hatte es initiiert und sie mithilfe der Häkelmafia in die Falle gelockt. Doch das Ergebnis blieb dasselbe. Sie steckte bis zum Hals in Schwierigkeiten. Und das Letzte, was sie wollte, war, Ole Lund davon zu berichten.

Aber Lund war nicht nur ihr Vorgesetzter, er war auch ihr Freund. Sie liebten es, miteinander zu frotzeln und intellektuell die Klingen zu kreuzen, doch wenn es darauf ankam, standen sie unverbrüchlich füreinander ein. Und sie hatte ihn noch nie angelogen. Also gab sie ihm einen minutiösen Bericht. Erwartungsgemäß war Lund nicht begeistert.

»Mein Gott, Kari«, stöhnte er. »Du machst diesen Job seit Jahren, und du bist eine der Besten. Was ist da los, dass dir plötzlich an einem einzigen Tag mehr Anfängerfehler unterlaufen als jedem Greenhorn?«

Kari ließ geräuschvoll die Luft entweichen. »Ich weiß es nicht, Ole.«

»Hm.« Lund schwieg eine Weile. Kari hörte, wie er eine Schublade öffnete und sie wieder verschloss. Papier raschelte, und es klapperte, als würde der Kriminalrat mit seinem Stift auf den Tisch klopfen.

»Ich könnte Petzold schicken«, sagte er schließlich, »und dich abziehen.«

Kari setzte sich auf. »Du willst mir den Fall wegnehmen?«

»Du kannst nicht zugleich undercover ermitteln und einen Flirt mit Voss anfangen. Du brauchst das Vertrauen deiner neuen Kollegen. Insbesondere desjenigen, der mit Kevin Köhler die Einbrüche verübt hat. Und dieses Vertrauen gewinnst du nicht, wenn die betreffende Person herausfindet, dass du mit dem ermittelnden Kriminalhauptkommissar befreundet bist. Wenn du die Chance darauf nicht ohnehin schon mit deinem ungestümen Vorgehen verspielt hast.«

Kari presste die Zähne zusammen. Ole Lund hatte allen Grund, sauer zu sein. Was war nur in ihr vorgegangen? Sie war doch sonst stets besonnen und kontrolliert. Deswegen war sie ja so gut in ihrem Job. Weil sie sich nicht von Gefühlen leiten ließ, sondern wohlüberlegt und bedacht vorging.

»Es ist meine Schuld«, erklärte Ole Lund. »Ich hätte das nicht tun sollen.«

»Bitte?« Kari kniff die Augen zusammen. Sie konnte ihm nicht folgen.

»Ich hätte den Fall von Anfang an jemand anderem geben sollen. Ich wusste doch, dass Voss sich in dich verliebt hat. Und du dich in ihn.«

»Unsinn.« Kari stand auf und ging in Richtung Wasserkante. »Wie kommst du denn darauf? Wir sind uns einfach nur sympathisch. Liebe ist ein viel zu großes Wort.« Eines, das ihr Angst machte.

Lund lachte leise.

»Ich habe euch letztes Jahr erlebt, als wir die Ermittlungen im Delikatessenmarkt durchgeführt haben. Glaubst du, mir ist entgangen, wie er dich angesehen hat? Und du ihn?«

»Ja.« Kari malte mit der Schuhspitze einen Kreis in den Sand. »Ich mag Voss. Aber das ist nichts Ernstes.«

»So?« Ole Lund schwieg so lange, dass Kari schon dachte, die Verbindung wäre unterbrochen worden.

»Gut«, sagte er schließlich. »Ich überlasse es dir. Aber du musst dich entscheiden. Entweder, du unterbindest ab sofort jeden Kontakt zu Voss, oder ich ziehe dich von dem Fall ab.«

Kari spürte, wie sich etwas in ihrem Inneren verkrampfte. Sie wollte Jonas Voss gerne näher kennenlernen. Aber sie hatte noch nie einen Auftrag hingeworfen. Sie liebte ihre Arbeit und war stolz auf das, was sie erreicht hatte. Und sie war eine Frau, auf die man sich verlassen konnte.

»Ich mache weiter bei *Sylt Guard*«, erklärte sie. »Allerdings weiß ich nicht, wie das ohne Kontakt zu den Sylter Kollegen gehen soll. Wir arbeiten schließlich zusammen an dem Fall.«

»Das läuft über mich«, erklärte Lund streng. »Du kommunizierst weder mit Voss noch mit Hannah Behrends. Du löschst ihre Kontaktdaten auf deinem Handy. Der einzige real existierende Mensch, den es dort gibt, bin ich. *Dein Bruder*. Ansonsten gibt es da nur die Scheinnummern, die allesamt bei den präparierten Mailboxen landen.« Lund atmete hörbar aus. »Wirklich, Kari. Das sind doch die Basics. Was machst du denn, wenn jemand dein Smartphone findet und einen Blick darauf wirft?«

Kari zog die Schultern hoch. Sie fühlte sich in die Ecke gedrängt, doch sie hatte Lund nichts entgegenzusetzen. Alles, was er sagte, stimmte. Sie verhielt sich einfach unprofessionell. Und das ärgerte niemanden mehr als sie selbst.

»Ich bleibe dran«, wiederholte sie. »Und ab sofort mache ich wieder alles nach Lehrbuch.«

»Schön.« Lunds Stimme klang kühl, und dennoch meinte Kari zu hören, wie sich auf seinen Lippen ein Schmunzeln entfaltete. »Ich habe auch nichts anderes erwartet. Es würde schließlich nicht zu dir passen, dass die eiskalte Blonde plötzlich locker wird.«

Damit legte er auf, und Kari starrte das Smartphone wütend an. Manchmal war Ole Lund wirklich nicht die geringste Hilfe. Sie brauchte niemanden, der in ihren Schwachstellen herumstocherte, sie brauchte jemanden, der ihr Gelegenheit gab, wieder zur Ruhe zu kommen. Was, wie ihr im nächsten Moment aufging, Lund soeben getan hatte.

»Also gut.« Sie reckte sich und holte tief Luft.

Danke, Brüderchen, sei unbesorgt, deine blonde Schwester bleibt cool ;-), tippte sie in ihr Handy und schickte die Nachricht ab. Dann lief sie zurück in Richtung Braderup. Morgen war ein neuer Tag. Sie konnte noch einmal von vorn anfangen und alles besser machen als heute.

16. Der Weg kam ihm heute endlos vor, obwohl es vom alten Teil Keitums bis zur Kriminalpolizeistation Sylt im Kirchenweg in Westerland nur ein paar Kilometer waren. Sein Schädel dröhnte, und seine Beine waren so schwer, dass ihm jede Umdrehung der Pedale mühsam erschien. Er hätte natürlich den Wagen nehmen können, doch ein Blick in den Spiegel, ehe er das Haus verlassen hatte, hatte ihn belehrt, dass er sich dringend ein wenig frischen Wind um die Nase wehen lassen sollte. Sein Gesicht war müde, seine Augen gerötet, und die Rasur war aufgrund fehlender Präzision nicht besonders gründlich ausgefallen.

Jonas Voss schloss sein Fahrrad im Hof des Reviers an und ging über die Hintertreppe nach oben zu den Büros. Auf dem Weg dorthin schlüpfte er in den Waschraum und schaute noch einmal in den Spiegel.

Viel besser als vor einer halben Stunde sah er auch jetzt nicht aus, doch sein Gesicht hatte etwas Farbe bekommen, und dank der vom Wind zerzausten Haare konnte man zumindest mit gutem Willen unterstellen, dass die roten Augen vom Radfahren kamen.

Mit einem unbehaglichen Gefühl im Magen betrat er sein Büro, doch wie sich herausstellte, hätte er sich keine Gedanken machen müssen. Hannah Behrends hatte überhaupt keinen Blick für sein Äußeres.

»Jonas!«, rief sie, kaum dass er die Tür geöffnet hatte. »Schau dir das an!« Sie winkte mit einem dünnen Papierstapel.

Voss schloss die Tür hinter sich, hängte seine Lederjacke über seinen Stuhl und ging zu Hannahs Schreibtisch. Dabei fiel ihm auf, wie hübsch sie heute aussah. Der blonde Bob fiel ihr vorwitzig ins Gesicht, und ihre blauen Augen leuchteten.

Es könnte alles so einfach sein, wenn sie die Frau wäre, für die sein Herz schlug. Doch so war es nun einmal nicht.

»Die Kollegen von der Spurensicherung haben alles, was sie im Haus der Riepenhusens gefunden haben, an die Kriminaltechnik übergeben, aber sie machen uns nicht viel Hoffnung«, erläuterte Hannah. »Wenn da irgendetwas Verwertbares war, haben es die Häkeldamen mit ihren schlammigen Stiefeln zertrampelt. Aber ...«, sie lächelte ihn an, »... dafür haben die Waffenexperten vom LKA ein Ergebnis.«

»Aha?« Jonas Voss war überrascht. Die Analyse von Waffenspuren nahm sehr viel mehr Zeit in Anspruch, als man gemeinhin dachte. Ole Lund musste eine Menge Leute darauf angesetzt und ihnen ordentlich Dampf gemacht haben.

»Sie haben die Waffen von *Sylt Guard* geprüft«, erklärte Hannah. »Fünf davon sind erst kürzlich benutzt worden, was ...«, sie blätterte in den Papieren, »... zu den Angaben von Burkhard Sievert passt, nach denen seine Mitarbeiter einmal in der Woche ein Schießtraining absolvieren. Allerdings ...«, Hannah hob den Zeigefinger, »... ist eine dieser Waffen mit ziemlicher Sicherheit nicht nur dort, sondern auch in der Villa der Riepenhusens benutzt worden. Die Spuren an den Projektilen scheinen zur Waffe zu passen. Natürlich steht die Detailanalyse noch aus, aber die Kollegen haben den Beschuss durchgeführt, und die Muster ähneln sich.« Hannah tippte nachdrücklich auf das Blatt, das vor ihr lag. »Das heißt, bei dieser Waffe handelt es sich mit großer Wahrscheinlichkeit um die Mordwaffe.«

»Hm.« Jonas Voss kniff die Augen zusammen und betrachtete die Blätter auf Hannahs Schreibtisch. Sie zeigten Aufnahmen von den am Tatort gefunden Projektilen und den Geschossen, die die Kollegen im LKA in ihr zu diesem Zweck gebautes Wasserbecken gefeuert hatten, um sie mit jenen aus der Kampener Villa zu vergleichen. Das Wasser bremste den Schuss, so dass die Projektile nicht verformt wurden, wie es ansonsten beim Auftreffen auf ein Objekt geschah. Dadurch blieben die Spuren erhalten, die man bei aufgefundenen Projektilen erst durch mühsames Auffalten des Metalls entdeckte. Voss wusste natürlich, dass der Lauf jeder Waffe auf den verfeuerten Geschossen ein eindeutiges Muster aus Riefen und Kerben zurückließ, die im Fachjargon *Züge* und *Felder* hießen. Er konnte es auf den Bildern auch sehen. Doch die Unterschiede waren sehr viel feiner, als man meinen mochte. Er selbst hätte nie zu sagen vermocht, ob zwei Kugeln aus derselben Waffe stammten. Zum Glück gab es dafür Experten.

Hannah strahlte ihn an.

»Das heißt, du hattest recht.«

»Womit?«

»Dass der Komplize und Mörder von Kevin Köhler aus der Firma kommt, dass sich die Juwelendiebe tatsächlich bei *Sylt Guard* verschanzen.«

Erst in diesem Moment, als Hannah es aussprach, begriff Jonas Voss diesen Umstand wirklich. Offenbar war sein Hirn nach dem Martini-Genuss vom Vorabend noch so vernebelt, dass er deutlich langsamer dachte als gewöhnlich. Natürlich hatte einiges darauf hingedeutet, dass er mit seiner Vermutung richtiglag, aber einen Beweis hatten sie bisher nicht gehabt.

Er fühlte sich plötzlich erleichtert. Es war richtig gewesen, sich ans LKA zu wenden und einen Undercover-Ermittler anzufordern. Auch wenn sich daraus Komplikationen ergeben hatten, die nicht vorherzusehen gewesen waren.

»Wir müssen also nur noch herausfinden, wer bei *Sylt Guard* die Waffe benutzt hat«, fuhr Hannah fort und wies auf das Whiteboard, das hinter ihr an der Wand stand. Voss folgte ihrer ausgestreckten Hand und sah, dass sie darauf eine Tabelle angelegt hatte. Jeder Mitarbeiter von *Sylt Guard* hatte eine eigene Spalte bekommen. Und bei dreien von ihnen hatte Hannah aufgeführt, weshalb sie als Komplizen von Kevin Köhler in Frage kamen.

Sammelt teures und vermutlich illegales Equipment zum Observieren und Abhören, stand unter dem Namen Bjarne Sievert, *hat Schulden aus der Insolvenz seiner Detektei,* stand bei dem von Thilo Mertens. Neu war, was Hannah zu dem dritten Namen notiert hatte.

»Clemens Sievert hat Dreck am Stecken?«, fragte Jonas Voss überrascht. Der Buchhalter von *Sylt Guard* war ihm als Musterbeispiel des braven und biederen Verwaltungsangestellten erschienen, der sorgfältig seine Arbeit verrichtete und sich mit dem beschied, was das Leben ihm bot.

Hannah zog ein neues Blatt aus ihrem Stapel hervor.

»Man hat ihm nichts nachweisen können«, erläuterte sie. »Aber damals, vor acht Jahren, kurz bevor er nach Sylt gezogen ist, um seinen frisch verwitweten Bruder zu unterstützen, gab es einen Vorfall. In der Kanzlei, in der er als Wirtschaftsprüfer gearbeitet hat, war der Verdacht aufgekommen, dass sich Clemens Sievert bestechen ließ. Man hatte bereits einen privaten Ermittler engagiert, doch ehe der ein Ergebnis bringen konnte, hat Clemens Sievert gekündigt.«

»Er war also gar nicht so großmütig, seinem Bruder und seinen beiden Neffen zuliebe sein Leben aufzugeben?«, fasste Voss ungläubig zusammen. »Er ist einfach nur seiner Entlassung und womöglich einer Anzeige zuvorgekommen?«

Hannah breitete die Arme aus. »Wie gesagt, es bestand der Verdacht. Doch es gab keine Beweise, dass er Geld für gefälschte Gutachten bekommen hat.«

Jonas Voss rollte seine Hemdsärmel nach oben und trat ans Fenster. Auf dem gegenüberliegenden Bahngelände fuhr soeben ein Sylt Shuttle ein. Am Himmel zogen sich schwarze Wolken zusammen.

»Clemens Sievert hat also möglicherweise moralische Defizite«, überlegte er und erinnerte sich daran, was ihm Kari gestern Abend an Bord der *Andina* berichtet hatte. »Und jetzt hat sich herausgestellt, dass Burkhard Sievert die Firma nicht ihm übertragen will, wenn er in den Landtag gewählt wird, sondern seinem Sohn Leif.«

»Exakt!« Hannah hielt ein weiteres Blatt hoch. Offenbar war diese Neuigkeit auch bei ihr bereits angekommen.

»Clemens Sievert ist verbittert«, setzte Voss seinen Gedankengang fort. »Er hat für seine Familie die gutbezahlte Arbeit in Hamburg an den Nagel gehängt.«

»Die er eventuell ohnehin hätte aufgeben müssen ...«

»Ja, vielleicht.« Vos trat einen Schritt zurück, weil plötzlich ein Regenschauer gegen die Scheibe prasselte. »Jedenfalls hat er sich um seinen Bruder und dessen beide Söhne gekümmert. Er ist zu ihnen nach Sylt gezogen und hat den Job als Buchhalter bei *Sylt Guard* übernommen, der sicher nicht so lukrativ ist wie eine Tätigkeit als Wirtschaftsprüfer.«

»Egal, ob er aus der Not heraus oder aus echter Liebe zur Familie gehandelt hat, er wird sich erhofft haben, dass sein Einsatz belohnt wird«, griff Hannah den Faden auf. »Dass ihn sein Bruder zum Teilhaber macht oder ihm eines Tages die Firma übergibt, aber er hat sich getäuscht.« Wieder blätterte sie in ihren Papieren und zog eines davon hervor. »Ich habe hier den Auszug aus dem Handelsregister. Burkhard Sievert ist der alleinige Inhaber des Unternehmens.«

Jonas Voss lachte trocken. »Mit Sieverts Dankbarkeit ist es also nicht weit her.«

Hannah blitzte ihn an.

»Clemens Sievert fühlt sich betrogen. Acht Jahre lang hat er sich für die Familie krummgelegt, und am Ende steht er mit leeren Händen da. Wenn das kein Motiv ist!«

Voss nickte und schaute in den Regen, der mit jeder Minute heftiger zu werden schien. Sturmböen peitschten die Schauer gegen das Fenster wie schwere, nasse Vorhänge. Sie mussten dringend mit Clemens Sievert sprechen. Aber gerade in diesem Moment hatte er nicht die geringste Lust, das Revier zu verlassen und sich auf dem weitläufigen Lister Kasernengelände dem Unwetter auszusetzen. Hannah schien seine Gedanken zu erraten.

»Ich habe schon angerufen, dass wir kommen«, erklärte sie. »Man wird uns das Tor öffnen, und wir können direkt bis vor das Wohnhaus fahren.« Sie deutete in eine Ecke des Raums. »Und außerdem habe ich neue Regenschirme besorgt.« Mit einem Grinsen schwenkte sie ihr iPad. »Meine WetterApp hat mir nämlich genau das vorhergesagt.«

Jonas Voss musste lachen. »Na dann«, sagte er, »kann uns ja nichts passieren.«

Sie sahen sich an, und Voss genoss den Moment. Hannah war vielleicht nicht die Frau, in die er verliebt war, aber sie war die beste Kollegin, die er sich wünschen konnte.

■ ■ ■

Kari Blom hielt ihre Kapuze mit beiden Händen fest und hastete über die Straße zum Rolltor. Unter ihren Schuhen spritzte das Wasser auf. Sie schüttelte sich und winkte in Richtung der Kamera, als sie den Eingang erreicht hatte. Eine Weile lang passierte überhaupt nichts. Dann ertönte ein Summen, und die kleine Pforte neben dem großen Tor schwang auf.

Kari schnaubte leise. Es war also keineswegs so, dass man darauf warten musste, bis jemand zum Öffnen kam, wenn man das Kasernengelände betreten wollte. Offenbar gab es auch die Möglichkeit, den Zugang von innen zu steuern. Dort, wo jemand die Bilder der Kamera im Auge hatte. Wer immer das war, hatte vermutlich keine Lust, bei dem strömenden Regen das Haus zu verlassen.

Kari trat ein, und die Tür schloss sich mit einem scharfen Klicken hinter ihr. Wenn man erst einmal drinnen war, kam man auch nicht so einfach wieder hinaus, fiel ihr ein. Doch damit konnte sie sich beschäftigen, wenn es so weit war.

Sie hatte keine Ahnung, wo sie eigentlich hingehen sollte. Es war ihr erster offizieller Arbeitstag, aber sie hatte keine Anweisungen bekommen. Vermutlich war es jedoch kein Fehler, zunächst einmal die Uniform anzulegen.

Sie hastete über den riesigen Kasernenhof zur Sporthalle und zog erleichtert die Tür auf. Eigentlich machte ihr Regen nicht viel aus. Sie joggte schließlich auch bei Wind und Wetter. Doch wenn es so stürmisch war wie heute und ihr die winzigen Tropfen wie Geschosse von vorn ins Gesicht fegten, fand sie es unangenehm.

Sie schälte sich aus ihrer nassen Jacke und schüttelte sie am Eingang aus. Anschließend betrat sie die Umkleidekabine.

Außer ihr war niemand da. Sie öffnete den Schrank, den man ihr zugewiesen hatte, und begann, sich umzuziehen. Ihre eigene, regenfeuchte Kleidung drapierte sie zum Trocknen über zwei Kleiderhaken und einer Bank in der Kabine. Sie hatte gerade ihre Jeans ausgezogen und wollte in die Wachschutzhose schlüpfen, als die Tür zur Umkleidekabine aufflog. Bjarne Sievert stand dort und starrte auf ihre Beine. Sein Bruder Leif schob ihn beiseite.

»Glotz nicht so«, versetzte er. »Oder hast du noch nie

nackte Frauenbeine gesehen?« Er ließ seinen Blick über Karis Schenkel gleiten. »Auch wenn man zugeben muss, dass diese hier besonders hübsch sind.«

Kari zog rasch die Hose hoch und verschloss den Reißverschluss. Gewöhnlich hatte sie keine Schwierigkeiten, sich in ein fremdes Milieu einzufinden. Aber dieses familiengeführte Wachschutzunternehmen schien eine einzige Ansammlung von Stolperfallen zu sein. Sie stieg in die klobigen Schuhe und schnürte sie zu. Dann zupfte sie ihre Jacke zurecht und setzte die Dienstmütze auf.

»Guten Morgen«, sagte sie, während sie die schwarze Wetterjacke von *Sylt Guard* über die Uniform zog. »Ich hoffe, ich bin nicht zu spät?«

Leif schaute auf seine Uhr.

»Just in time«, grinste er. »Die Morgenbesprechung fängt in fünf Minuten an.«

Er machte eine auffordernde Geste, und Kari ging vor ihm her zum Ausgang. Wenn sie jetzt wieder über den Kasernenhof rennen musste, wäre ihre Hose vermutlich innerhalb weniger Minuten vollständig durchnässt. Und es würde kein Spaß werden, anschließend den ganzen Tag darin herumzulaufen.

Leif öffnete ihr zuvorkommend die Tür und wies einladend auf ein Golfcart, das direkt davor parkte.

»Bitte sehr.«

»Ah.« Sie musterte das breite Dach des Fahrzeugs. Das erklärte natürlich, weshalb auf den Wetterjacken der beiden Brüder kaum ein Tropfen zu sehen war. Schnell kletterte sie in den Elektrowagen, und Leif zwängte sich neben sie. Er steckte den Schlüssel ins Zündschloss und startete den Motor.

»Ich komme gleich zurück und hole dich«, sagte er zu Bjarne. »Obwohl ...«, er musterte seinen Bruder spöttisch, »... ein bisschen Bewegung könnte dir auch nicht schaden.«

Er tat so, als müsse er nachdenken. Dann grinste er. »Ich glaube, es ist besser, wenn du läufst.«

Er drückte das Gaspedal durch, und das Elektrofahrzeug rollte leise auf das Offiziersgebäude zu.

»He!« Bjarne machte ein paar wütende Schritte hinter ihnen her. Er trat in eine Pfütze, und Wasser spritzte auf seine Hosenbeine.

Kari drehte sich nach ihm um und sah, wie er fluchend unter das vorstehende Hallendach floh. Anschließend schaute sie wieder zu Leif.

»Ach so«, sagte sie.

Leif wandte ihr den Kopf zu. »Was?«

»Ich dachte, die Aktion gestern am Ellenbogen habt ihr gemacht, weil ich neu bin, aber in Wirklichkeit sind das eure ganz normalen Umgangsformen.«

Leif lachte auf. »Ehrlich, Kari«, erklärte er. »Du gefällst mir.«

▪ ▪ ▪

Eine halbe Stunde später waren die Aufgaben verteilt. Der Montagvormittag wurde genutzt, um Wartungsarbeiten durchzuführen. Leif, Bjarne, Wiebke und Thilo hatten jeder eine Mappe mit Unterlagen erhalten, die sie in ihren vollkommen identisch aussehenden silbernen Metallkoffern verstauten. Kari hatte gehofft, dass sie einen ihrer neuen Kollegen begleiten dürfte, doch Burkhard Sievert hatte ihr mitgeteilt, dass sie zunächst eine Einweisung in die Grundlagen der Sicherheitstechnik erhalten würde. Und zwar ausgerechnet von Clemens Sievert, der sie ohnehin schon auf dem Kieker hatte.

Während sich die anderen auf den Weg zu ihren Kunden machten, folgte Kari dem Buchhalter in sein Büro. Es war, abgesehen davon, dass es nur halb so groß war, fast eine Kopie des Chefbüros: Tische und Stühle aus Stahl und Glas, abstrakte Gemälde an den Wänden. Allerdings fehlte eine Sitzgruppe, und statt der Bücherregale aus Plexiglas gab es deckenhohe graue Aktenschränke, die sicher die Buchführung der Firma enthielten. Kari hätte einiges dafür gegeben, ungestört einen Blick hineinwerfen zu können, doch das war natürlich nicht möglich. Clemens Sievert ließ sie nicht eine Sekunde aus den Augen.

»Bitte. Setzen Sie sich«, forderte er sie auf und zog für sie einen zweiten Stuhl hinter den Schreibtisch. Anschließend ließ er sich auf seinem Bürostuhl nieder und fuhr seinen Rechner hoch. Kari nahm neben ihm Platz und beobachtete ihn.

Würde er noch einmal auf den peinlichen Vorfall zu sprechen kommen, als er sie beinahe beim Durchstöbern der Zimmer erwischt hatte? Und seine Verbitterung darüber, dass sein Bruder ihn ausbooten wollte, an ihr auslassen?

Doch Clemens Sievert überraschte sie. Er wandte ihr den Kopf zu, und seine grauen Augen hinter der rotumrandeten Brille blickten freundlich.

»Also«, sagte er. »Wir hatten gestern vielleicht nicht den besten Start, aber ich schlage vor, wir vergessen das und fangen noch einmal von vorne an. Herzlich willkommen bei *Sylt Guard.*«

»Danke.« Kari hätte gern noch mehr gesagt, doch ihr schossen so viele Gedanken gleichzeitig durch den Kopf, dass sie keine Ordnung hineinbekam. Was allerdings nicht weiter schlimm war. Clemens Sievert schien ihre Sprachlosigkeit als Zeichen von Einsicht und Demut aufzufassen, und Kari hatte den Eindruck, dass ihm das gefiel. Er öffnete eine Übersicht auf seinem großen Flachbildschirm.

»Das hier sind unsere Arbeitsbereiche«, erläuterte er. »Sicherheitstechnik. Objektschutz. Geldtransporte. Und Personenschutz. Für den Einbau der Alarmanlagen sind Leif und Kevin zuständig … ich meine … dafür war Kevin zuständig. Jetzt soll ja Herr Mertens diesen Part übernehmen.« Clemens Sievert verzog beinahe unmerklich den Mund. Anscheinend war das eine weitere Entscheidung seines Bruders, mit der er nicht einverstanden war. Er zeigte ihr einige Bilder von Alarmsystemen und erläuterte die grundlegenden Funktionsprinzipien: Türcodes, Lichtschranken, Bewegungsmelder und so weiter. Je mehr er sich in Details verlor, desto weniger gelang es Kari, seinen Ausführungen zu folgen. Nicht, dass sie ein Problem damit hatte, ihn zu verstehen, aber sie konnte sich einfach nicht konzentrieren. Ihr Blick wanderte aus dem bodentiefen Fenster auf den Hof.

Unter dem Vordach eines der Gebäude sah sie eine Bewegung. Eine dunkel gekleidete Gestalt huschte zu dem Firmentransporter, der davor parkte, eilte um den Wagen herum, öffnete die Tür und kletterte auf den Beifahrersitz. Der Größe und Statur nach war es Wiebke. Doch weshalb nahm sie kein eigenes Fahrzeug? Alle vier Kollegen hatten Aufträge an unterschiedlichen Orten erhalten. Es machte keinen Sinn, gemeinsam zu fahren. Es sei denn, man hatte etwas anderes vor.

Kari veränderte ihre Sitzposition, so dass sie unauffällig nach draußen sehen konnte. Sie wollte zu gern wissen, wer am Steuer des Transporters saß. Und wohin die beiden unterwegs waren. Doch der Wagen fuhr an und rollte davon, ohne dass sie mehr hätte erkennen können.

Clemens Sievert stand auf und entnahm einem Schrank eine Reihe von Mappen, die er auf seinem Schreibtisch ausbreitete.

»Das sind unsere Schulungsunterlagen«, erläuterte er. »Normalerweise arbeiten unsere Lehrlinge sie im Laufe der

Ausbildung durch. Aber Sie sollten sich rasch einen Überblick verschaffen, damit Sie aktiv einsteigen können. Sehen Sie sich die Grundregeln für Werttransporte an. Das wird Ihr erster Einsatzbereich werden.«

»Mhm.« Kari bemerkte aus dem Augenwinkel einen Schatten und schielte wieder nach draußen. Der Firmenwagen tauchte erneut in ihrem Blickfeld auf. Er setzte zurück bis unter das Vordach, und Wiebke sprang heraus. Sie zog sich die Kapuze ihrer schwarzen Wachschutzregenjacke über den Kopf und eilte über den Hof. Anscheinend hatte sie etwas vergessen.

Karis Augen wanderten zwischen dem Fenster und den Mappen auf dem Schreibtisch hin und her. Wenn sie es schaffte, schnell hier herauszukommen, könnte sie zu Marijke Meenkens Wagen laufen und dem Transporter folgen, wenn er sich erneut auf den Weg machte. Doch Clemens Sievert wirkte nicht so, als wolle er seine Einweisung in naher Zeit beenden.

»Wir führen Werttransporte grundsätzlich zu zweit durch«, erläuterte er. »Sie tragen Waffen, und der Geldkoffer, in dem Sie die Einnahmen des jeweiligen Geschäfts befördern, ist mit Handschellen und einer kurzen Stahlkette am Handgelenk des Beifahrers befestigt. Sie öffnen diese nur, wenn Sie sich im Laderaum des Panzerwagens befinden und die Tür durch Ihren Kollegen gesichert ist. Dann, und nur dann, können Sie den Koffer an einer entsprechenden Vorrichtung im Wagen befestigen.«

Kari spähte nach draußen. Der Fahrer des wartenden Firmenwagens war durch die regennasse Scheibe nur schemenhaft zu erkennen. Es konnte sich ebenso um Leif wie um Bjarne oder Thilo Mertens handeln.

»Ja, das habe ich verstanden«, sagte sie in der Hoffnung, dass Sievert sie entlassen würde. Aber der schien Gefallen an seiner Rolle als Lehrer zu finden.

»Was auch immer passiert, Sie legen niemals freiwillig Ihre Waffe nieder. Als ausgebildete Schützin sind Sie jedem Angreifer überlegen. Wenn es zu einem Überfall kommt, versuchen Sie, Ihren Gegner zu entwaffnen. Falls Ihnen das nicht gelingt, machen Sie Gebrauch von Ihrer Pistole. Sprechen Sie eine Warnung aus. Schießen Sie nur, wenn es absolut unumgänglich ist. Sie sollen weder jemanden verletzen, noch sich selbst unnötig einem Risiko aussetzen. Wenn Gefahr für Leib und Leben besteht – Ihres oder das Ihres Kollegen –, opfern Sie den Koffer. Aber nur dann.«

Kari nickte. So ähnlich würde auch ein Ausbilder an der Polizeischule seine Schützlinge anleiten.

»Die praktischen Dinge zeigt Ihnen Leif«, fuhr Clemens Sievert fort. »Er hat eine Lizenz als Schießtrainer. Bei den Waffen, die wir verwenden, handelt es sich um halbautomatische Pistolen der Marke Glock. Das sind sehr zuverlässige und präzise Waffen. Sie können sie auf unserem Schießstand ausprobieren.« Sievert blickte sie nachdenklich an. »Wenn ich mich richtig erinnere, haben Sie Erfahrung? Sie sind in einem Schützenverein?«

»Ja.« Kari kramte in ihrem Gedächtnis. Wie hieß der Verein, den Ole Lund ihr angedichtet hatte? »In der Schönberger Schützengilde.«

»Gut.« Sievert ließ seinen Blick über die Unterlagen auf seinem Schreibtisch schweifen und tippte auf die nächste Mappe. »Dann vielleicht noch ein paar Worte zum Personenschutz.«

Kari stöhnte innerlich auf. Der Firmenwagen wartete noch immer unter dem Vordach, doch sie kam hier einfach nicht weg.

»Im Prinzip gilt dasselbe wie bei den Geldtransporten«, sagte Clemens Sievert. »Aber in diesem Fall geht es nicht nur um Sachwerte, die gegebenenfalls ersetzt werden können, sondern um Menschenleben. Das bedeutet für Sie, dass Sie bereit sein müssen, ein sehr viel höheres Risiko einzugehen.«

»Das ist mir bewusst«, warf Kari ein, in der Hoffnung, seine Ausführungen abzukürzen.

Unten auf dem Hof tauchte Wiebke wieder auf und öffnete die Beifahrertür des Transporters, stieg aber nicht ein. Stattdessen schien sie über irgendetwas mit dem Fahrer zu debattieren.

Kari rutschte auf ihrem Stuhl nach vorn. Noch war es nicht zu spät, um zu Marijke Meenkens Wagen zu eilen und sich an die Kollegen anzuhängen. Doch sie konnte nicht einfach aufspringen und weglaufen. Und Clemens Sievert schien noch lange nicht am Ende seiner Ausführungen angelangt zu sein.

»Sie sollten das nicht auf die leichte Schulter nehmen«, erklärte er. »Wenn Ihr Klient bedroht wird, müssen Sie die Aufmerksamkeit des Angreifers auf sich selbst ziehen. Sie müssen sich schützend vor den Kunden stellen. Das heißt, Sie müssen möglicherweise in Kauf nehmen, selbst verletzt zu werden, damit dem Klienten nichts passiert.«

»Mhm.«

Kari versuchte, gleichzeitig Sievert anzusehen und im Augenwinkel den Transporter auf dem Hof nicht aus dem Blick zu verlieren. Der Meinungsaustausch war offenbar beendet, und Wiebke schickte sich an, wieder einzusteigen.

Kari knirschte mit den Zähnen. Wenn sie die beiden nicht verlieren wollte, blieben ihr nur noch ein paar Sekunden. Fieberhaft suchte sie nach einer Ausrede, um das Gespräch mit Sievert zu beenden, aber ihr fiel nichts ein.

Wiebke verschwand im Wagen, und die Beifahrertür fiel ins Schloss. Kari erwartete, dass sich der Transporter im nächsten Moment in Bewegung setzen würde, doch er blieb stehen.

Möglicherweise wurde die begonnene Diskussion im Inneren fortgesetzt.

Clemens Sievert lächelte sie an.

»Ich bewundere Frauen, die sich eine solche Arbeit zutrauen«, erklärte er. »Es würde mich interessieren, wie Sie dazu gekommen sind.«

»Ja.« Kari räusperte sich. Natürlich hatte ihr Ole Lund eine solide Legende gebaut, doch gerade jetzt, wo ihre Aufmerksamkeit von dem Firmenwagen im Hof absorbiert war, fiel es ihr schwer, die relevanten Eckdaten zu präsentieren.

Ein Klopfen an der Tür erlöste sie.

Burkhard Sievert streckte den Kopf herein. Über das Gesicht seines Bruders huschte ein Schatten, und Kari erkannte plötzlich, dass hinter seiner Frage mehr gesteckt hatte als das professionelle Interesse eines neuen Arbeitgebers. Offensichtlich wollte er sie auch persönlich gerne näher kennenlernen. Was für ihre Ermittlungen nur von Vorteil war, weil sie sich schnell sein Vertrauen erobern – oder vielmehr zurückerobern – und Dinge erfahren konnte, die er unter anderen Umständen nicht preisgeben würde. Sie wollte diese Möglichkeit gerne nutzen. Aber im Augenblick wollte sie vor allem wissen, mit wem und wohin Wiebke Lüdemann unterwegs war.

»Die Herrschaften von der Kriminalpolizei«, sagte Burkhard Sievert. »Sie möchten mit dir reden.«

»Mit mir?« Clemens Sievert wandte seine Aufmerksamkeit von Kari ab und richtete sie auf seinen Bruder. »Weshalb?«

Burkhard Sievert hob die Hände. »Ich nehme an, das sagen sie dir selbst.«

»Ja, natürlich. Bitte.« Clemens Sievert machte eine einladende Geste, und Kriminalhauptkommissar Jonas Voss und seine Kollegin Hannah Behrends betraten den Raum. Kari spürte, wie sich bei Voss' Anblick etwas in ihrem Inneren zusammenzog, und auch er blieb stehen und wirkte, als hätte er plötzlich den Faden verloren.

Unten im Hof setzte sich der Firmenwagen in Bewegung, und Karis Kopf wurde von einer Sekunde auf die andere wieder vollkommen klar. Sie raffte die Mappen von Sieverts Schreibtisch zusammen und klemmte sie sich unter den Arm.

»Ich mache mich dann mal mit den Unterlagen vertraut«, verkündete sie und wollte den Raum verlassen.

»Warten Sie.« Clemens Sievert griff in seine Schreibtischschublade und zog einen Transponder hervor, den er ihr reichte. »Das ist Ihr persönlicher Zugangsschlüssel. Damit kommen Sie durch das Kasernentor und in die Firmengebäude.« Er hielt den Transponder fest und sah Kari tief in die Augen. »Geben Sie gut darauf acht. Wenn Sie ihn verlieren, muss die gesamte Anlage neu programmiert werden.«

»Ja. Selbstverständlich«, versicherte Kari, und endlich ließ Sievert den Plastikchip los.

Sie steckte ihn in die Jackentasche und eilte zur Tür. Während sie sich an Jonas Voss und Hannah Behrends vorbeidrängte, sah sie, wie unten das Rolltor aufglitt und der Transporter vom Kasernengelände fuhr.

17.

Kari rannte über den Hof und stoppte mit ihrem Transponder das Schließen des Rolltors. Sie schlüpfte durch den Spalt auf die Straße und benutzte den Chip erneut, um das Tor hinter sich zu schließen. Dann eilte sie zu Marijke Meenkens VW Beetle und öffnete die Fahrertür. Zum Glück hatte sie die Wagenschlüssel aus einem Impuls heraus in die Tasche ihrer Uniformjacke gesteckt.

Sie startete den Wagen und steuerte ihn zügig auf den Ortsausgang von List zu. In einiger Entfernung entdeckte sie den Firmenwagen von *Sylt Guard*. Er fuhr auf der Straße in Richtung Kampen. Kari atmete erleichtert auf. Jetzt musste sie nur noch dafür sorgen, dass sie den Wagen nicht aus den Augen verlor und dass man sie nicht entdeckte. Zum Glück kannten ihre neuen Kollegen den silbergrauen Beetle noch nicht. Kari gab Gas und überholte einen gemächlich vor sich hin tuckernden Motorroller, um den Abstand zum Transporter zu verkürzen.

Auf der linken Seite eröffnete sich der Blick über das Wattenmeer. Es war Ebbe, und das Watt glänzte feucht. Vögel waren nicht zu entdecken. Bei dem heftigen Regen hatten sie vermutlich irgendwo Unterschlupf gesucht. Rechter Hand erhoben sich auf der Seeseite die Dünen. Der Strandhafer duckte sich unter den Sturmböen, die darüber hinwegfegten.

Kari stellte den Scheibenwischer eine Stufe höher. Er schaffte es kaum, die Wassermassen, die von oben herabstürzten, von der Windschutzscheibe zu schieben. Als Kari endlich wieder etwas sehen konnte, war der Transporter verschwunden.

■ ■ ■

Clemens Sievert erhob sich und reichte Jonas Voss und Hannah Behrends die Hand. Er bot ihnen Stühle an und nahm wieder hinter seinem Schreibtisch Platz. Burkhard Sievert schien einen Moment unschlüssig, verließ dann aber den Raum und zog die Tür hinter sich ins Schloss.

Jonas Voss betrachtete den Buchhalter. Clemens Sievert hatte die Hände vor sich auf dem Tisch gefaltet und blickte ihn freundlich und offen an. Wenn es irgendetwas gab, das Voss in den grauen Augen hinter der rotumrahmten Brille lesen konnte, war es Neugier. Sievert wirkte nicht so, als hätte er etwas zu verbergen. Aber es gab ja genügend Leute, denen man solche Dinge einfach nicht ansah.

Hannah Behrends holte ihr iPad aus der Tasche und schaltete es ein.

»Sie können sich vermutlich denken, weshalb wir hier sind?«, eröffnete Voss das Gespräch.

Clemens Sievert hob die Augenbrauen. »Ehrlich gesagt, nein. Ich meine, mir ist selbstverständlich klar, dass Sie den Mörder von Kevin Köhler suchen. Aber ich verstehe nicht, weshalb Sie ausgerechnet zu mir kommen. Ich hatte mit Kevin kaum etwas zu tun, weder dienstlich noch privat. Wir waren so verschieden, wie es zwei Menschen nur sein können. Es gab einfach keine Berührungspunkte.«

»Bis auf eine gewisse kriminelle Energie«, warf Hannah ein.

Voss runzelte die Stirn. Das war keine sonderlich elegante Befragungstechnik, und eigentlich war es nicht Hannahs Art, so plump vorzugehen. Aber er wusste auch, dass sie sich über schwarze Schafe aus dem Bereich der Juristerei besonders aufregte. Wer die Gesetze studierte, sollte ihrer Meinung nach auch zu ihrer Einhaltung beitragen und nicht dazu, sie zu umgehen. Ein womöglich korrupter Wirtschaftsprüfer brachte sie zweifellos auf die Palme.

Clemens Sievert beugte sich zu ihr vor.

»Verzeihung?«, fragte er kühl. »Was genau möchten Sie damit andeuten?«

Voss versuchte, Hannah mit Blicken zu verstehen zu geben, dass sie sich ein wenig diplomatischer zeigen sollte, doch sie reagierte nicht auf ihn.

»Ihre Kündigung in der Kanzlei, in der Sie bis vor acht Jahren gearbeitet haben«, erläuterte sie. »Die ist doch wohl nicht ganz freiwillig erfolgt?«

»Nein.« Clemens Sievert legte seine Hände auf die Armlehnen des Stuhls. »Ich habe meinen Beruf aufgegeben, weil mein Bruder Hilfe brauchte. Seine Frau war gestorben, und er stand allein mit seiner Firma und zwei pubertierenden Söhnen da. Das hätte er ohne mich nicht geschafft.«

»Und das war der einzige Grund?« Hannah blieb am Ball wie ein Terrier, der sich in etwas verbissen hatte. »Der Vorwurf der Bestechlichkeit hatte nichts damit zu tun?«

»Ach, ja.« Sievert richtete den Blick zur Decke. »Die alte Geschichte. Das hätte ich mir denken können.« Er lächelte Hannah an. »Sie haben selbstverständlich recherchiert. Und dabei sind Sie auf diese Sache gestoßen.« Er nahm die Brille von der Nase und rieb sie mit einem Putztuch sauber, das er aus seiner Hosentasche geholt hatte. Anschließend setzte er sie wieder auf.

»Es freut mich, dass Sie Ihre Arbeit gründlich machen«, verkündete er. »Das lässt mich hoffen, dass Sie auch Kevins Mörder finden. Aber wenn Sie sich umfassend informiert haben, wissen Sie auch, dass man die Vorwürfe gegen mich damals hat fallen lassen. Es ist nie zu einer Anzeige gekommen.«

»Weil Sie die Firma vorher verlassen haben.«

»Nein, weil da nichts war.« Sievert richtete sich auf. »Die Vorwürfe hat ein missgünstiger Kollege erhoben, der meinen Posten wollte. Die Angelegenheit ist nicht weiter verfolgt worden, weil ich gegangen bin. Aber man hätte auch nichts gefunden, wenn man weitergesucht hätte, weil die gesamte Sache frei erfunden war.«

Voss neigte sich zu dem Buchhalter hinüber. Er hatte auf dem Weg hierher bereits mit dem Sachbearbeiter telefoniert.

»Ich nehme an, es überrascht Sie nicht, dass Ihr früherer Kollege das anders darstellt?«, fragte er. »Mehr noch: Er hat sogar vorausgesagt, dass Sie genau das behaupten würden. Und er ist dabei geblieben, dass es Beweise gibt, wenn man nur danach sucht. Wir haben bereits unsere Hamburger Kollegen informiert. Sie werden sich die Sache ansehen.« Voss lächelte. »Aber wenn es stimmt, dass die Vorwürfe frei erfunden waren, haben Sie ja nichts zu befürchten.«

Er beobachtete Clemens Sievert genau, doch der Buchhalter zuckte nicht einmal mit der Wimper. Weil er sich sicher fühlte, oder weil er tatsächlich unschuldig war? Voss vermochte es nicht zu entscheiden.

»Wie gesagt«, erklärte Sievert, »Sie werden nichts finden.«

Voss wechselte einen Blick mit Hannah. Im Moment konnten sie Sievert nichts nachweisen, doch der Verdacht blieb bestehen.

»Lassen wir die alten Geschichten«, schlug er vor. »Uns interessiert, was mit Kevin Köhler passiert ist.«

Sievert runzelte die Stirn.

»Und Sie meinen, ich hätte etwas damit zu tun? Weil ich damals als Wirtschaftsprüfer – angeblich – Bestechungsgelder angenommen habe, breche ich jetzt in die Villen unserer Wachschutzkunden ein? Ist es das, was Sie denken?«

Voss machte eine vage Geste. Der Buchhalter sah ihn ernst an.

»Ich verstehe, dass Sie jeder Spur nachgehen müssen«, erklärte er. »Aber das ist einfach lächerlich. Warum sollte ich das tun? Ich würde doch dem Familienunternehmen schaden.«

»Vielleicht ist das genau Ihre Absicht«, warf Hannah ein.

Sievert wandte ihr den Kopf zu.

»Weshalb«, erkundigte er sich, »sollte ich den Plan haben, meine Familie zu ruinieren?«

Hannah wischte über das Display ihres iPads. »Womöglich laufen die Dinge nicht so, wie Sie sich das vorgestellt haben. Sie haben Ihren Job aufgegeben und sich für Ihre Angehörigen engagiert. Jetzt will Ihr Bruder Karriere machen und in die Politik gehen. Wie geht es denn dann mit der Firma weiter?«

Clemens Sievert rang sich ein Lächeln ab.

»Ich weiß zwar nicht, was Sie das angeht, aber diese Frage ist klar geregelt. Wenn Burkhard sich aus dem Betrieb zurückzieht, wird Leif das Ruder übernehmen. Er ist gerade dabei, sein Examen in den Rechtswissenschaften abzulegen.«

»Und Sie?«

»Ich mache weiter die Buchhaltung.« Sievert lehnte sich auf seinem Stuhl zurück und verschränkte die Arme. »Das ist das, was ich am besten kann. Ich will keinen anderen Job.«

Jonas Voss musterte Clemens Sievert. Was er sagte, klang überzeugend, doch es entsprach nicht dem, was Kari aufgeschnappt hatte. Voss bedauerte, dass er dieses Wissen bei der Befragung nicht nutzen konnte. Aber er durfte nicht riskieren, dass Kari aufflog. Von wem sollte er schon von Clemens Sieverts Disput mit seinem Bruder erfahren haben, wenn nicht von ihr?

»Das ist eine sehr generöse Einstellung«, bemerkte er säuerlich.

Clemens Sievert wehrte bescheiden ab. »Ich habe alles, was ich brauche. Mir liegt das Wohl der Familie am Herzen. Deswegen habe ich meinen Job als Wirtschaftsprüfer aufgegeben. Und deshalb habe ich auch kein Problem damit, wenn Leif die Firma übernimmt. Das ist doch der Sinn unserer Anstrengungen. Das, was wir uns erarbeitet haben, an unsere Kinder weiterzugeben. Oder in meinem Fall an die Neffen.«

Voss versuchte, in Sieverts Augen einen Hinweis darauf zu entdecken, dass der Buchhalter mit der Entwicklung der Dinge nicht so zufrieden war, wie er vorgab, doch er fand nichts. Vielleicht hatte sich Clemens Sievert nach dem spontanen Ärger darüber, dass sein Bruder ihn bei der Neuvergabe des Chefpostens übergehen würde, ja wirklich damit abgefunden. Womöglich war ihm die Familie tatsächlich so wichtig. Und selbst, wenn er log, der Buchhalter hatte offenbar erst am Abend zuvor erfahren, dass Burkhard Sievert nicht vorhatte, ihm die Firmenleitung zu übertragen. Dieses Motiv konnte er also zum Zeitpunkt der Einbrüche, die in den Wochen zuvor stattgefunden hatten, noch nicht gehabt haben. Ganz abgesehen davon, dass Clemens Sievert überhaupt nicht der Typ dafür war. Er war ein richtiger Bürohengst, einer, der sich zwischen Papieren und Taschenrechnern wohl fühlte, kein Mann, der nachts durch Gärten schlich und sich widerrechtlich Zutritt zu fremder Leute Eigentum verschaffte. So vielversprechend Hannahs Recherche auch gewesen war – es sah nicht so aus, als ob dies die Fährte war, die ans Ziel führte.

▪ ▪ ▪

Kari Blom trat auf die Bremse. Im Rückspiegel sah sie gerade noch das Schild, das auf die Vogelkoje hinwies. Der Transporter musste dort auf den Parkplatz gefahren sein. Sie lenkte den Beetle an den rechten Straßenrand und wendete. Langsam fuhr sie zurück und schaltete ihre Scheinwerfer aus, ehe sie auf den Parkplatz bog. Sie erinnerte sich, dass sie vor zwei Jahren schon einmal hier gewesen war. Damals hatte sie sich mit der Ehefrau eines Mordopfers getroffen.

Kari hielt direkt an der Einfahrt. Am anderen Ende des Platzes standen zwei Fahrzeuge, durch den dichten Regen nur schemenhaft zu erkennen, was bedeutete, dass auch Karis Ankunft höchstwahrscheinlich unbemerkt geblieben war. Zumindest hoffte sie das. Sie stellte den Motor ab und beugte sich zum Handschuhfach. Wenn sie Glück hätte, bewahrte Marijke Meenken als passionierte Vogelbeobachterin ein Fernglas darin auf.

Tatsächlich fand sie ein schwarzes Etui, in dem ein leistungsstarkes Zeiss-Gerät steckte. Sie richtete es auf die beiden parkenden Wagen und drehte am Regler, bis sie etwas erkennen konnte. Eines der Fahrzeuge war der Firmenwagen von *Sylt Guard*, das andere ein in die Jahre gekommener grauer Golf. Kari sah, wie die Beifahrertür des Transporters geöffnet wurde und Wiebke ausstieg. Dann öffnete sich auch die Fahrertür, und Kari erkannte, dass es sich bei dem Fahrer des Wagens um Bjarne Sievert handelte.

»Aha?« Kari stellte das Bild noch ein wenig schärfer. Was taten der jüngere Sievert-Sohn und ihre Kollegin hier? Und wer war die Person, mit der sie sich trafen?

Das Rätsel wurde wenige Sekunden später gelöst, als ein Mann aus dem Golf stieg, der ebenfalls die Regenkleidung von *Sylt Guard* trug. Als er sich zu Bjarne und Wiebke drehte und dabei seine Kapuze zurückschob, erblickte Kari ein schmales Gesicht mit einem struppigen Schnurrbart.

»Thilo Mertens?«, murmelte sie. Die Sache wurde immer sonderbarer. Ihre Kollegen konnten sich jederzeit auf dem Kasernengelände treffen. Was bewog sie dazu, es stattdessen heimlich auf dem verlassenen Parkplatz der Kampener Vogelkoje zu tun?

Mertens öffnete die Heckklappe des Golfs, und Kari sog scharf die Luft ein. Im Kofferraum stapelten sich braune Pappkartons verschiedener Größe. Die Beute aus den Juwelendiebstählen? Kari hätte beinahe gelacht. Wenn die Aufklärung des Falls so einfach war, wäre dies der kürzeste Undercover-Einsatz, den sie jemals gehabt hatte. Und das, obwohl alles so wenig verheißungsvoll begonnen hatte.

Mertens öffnete mehrere Kartons und steckte einige Gegenstände daraus in eine schwarze Plastiktüte. Worum es sich handelte, konnte Kari trotz Marijke Meenkens hervorragendem Feldstecher nicht erkennen.

Mertens gab Bjarne die Tüte, und dieser zog einen Umschlag aus der Innentasche seiner Regenjacke und überreichte ihn dem anderen Mann. Anschließend wiederholte sich dasselbe Procedere mit Wiebke.

Kari runzelte die Stirn. Verkaufte Mertens Bjarne und Wiebke Stücke aus seinen Raubzügen? Weil es sich um Objekte handelte, die die beiden bei ihrer Kundschaft entdeckt und unbedingt in ihren Besitz hatten bringen wollen? Das würde bedeuten, dass sie wussten, dass Mertens ein Dieb war. Und dass er vermutlich auch der Mörder von Kevin war. Hätten sie unter diesen Umständen geschwiegen?

Kari schüttelte den Kopf. Das ergab überhaupt keinen Sinn. Sie musste wissen, was sich in den Kartons befand. Und dazu brauchte sie die Kollegen von der Kriminalpolizeistation Sylt.

Sie legte den Feldstecher beiseite und zog ihr Smartphone hervor. Zum Glück hatte sie Ole Lunds Anweisung, Voss' Nummer zu löschen, nicht befolgt. Wenn sie jetzt erst Lund anrufen müsste, wären die Wachschutzkollegen längst über alle Berge.

Es klingelte einige Male, dann meldete sich der Kriminalhauptkommissar.

»Jonas?«, sagte Kari. »Ich stehe gerade auf dem Parkplatz der Vogelkoje. Thilo Mertens verkauft Bjarne Sievert und Wiebke Lüdemann irgendwelche Sachen, aber ich kann nicht erkennen, worum es sich handelt. Womöglich ist es Diebesgut.«

»Was?« Voss brauchte ein paar Sekunden, um die Information zu verarbeiten. »Okay. Wir sind zurzeit bei *Sylt Guard*. Wir kommen, so schnell wir können«, erwiderte er dann und beendete die Verbindung.

Kari steckte das Telefon zurück in die Tasche und hielt das Fernglas wieder vor die Augen.

Thilo Mertens schlug die Heckklappe zu und stieg in seinen Golf. Bjarne und Wiebke kletterten in den Transporter und verließen den Parkplatz. Mertens folgte ihnen eine halbe Minute später.

Kari fluchte. Was sollte sie jetzt tun? Bis Jonas Voss und Hannah Behrends hier waren, würde von den Wachschutzkollegen niemand mehr zu sehen sein. Sie beobachtete, wie Bjarne und Wiebke vom Parkplatz aus nach links in Richtung Kampen fuhren. Thilo Mertens dagegen blinkte rechts und steuerte den Golf nach List.

Sie musste wissen, wo Mertens hinfuhr. Weshalb besaß er überhaupt einen Privatwagen, den er offenbar nicht auf dem Kasernengelände parkte? Wenn er damit krumme Touren unternahm, beantwortete sich die Frage allerdings von selbst.

Kari zögerte nur einen Moment. Dann nahm sie die Verfolgung auf.

▪ ▪ ▪

Als Kriminalhauptkommissar Jonas Voss und Kriminalkommissarin Hannah Behrends zehn Minuten später auf den Parkplatz schlitterten, lag er verlassen. Voss stoppte in der Mitte der Parkfläche, stellte den Motor ab und sprang aus dem Wagen. Er sah sich nach allen Seiten um und strich sich die Haare zurück, die von einem neuen Regenschauer durchnässt wurden.

Hannah zog sich im Wagen ihre Regenjacke über und setzte die Kapuze auf, ehe sie ihm folgte.

»Hier ist niemand«, stellte sie fest.

»Ja.« Voss stapfte zurück zum Wagen, um sich vor dem Niederschlag in Sicherheit zu bringen, ehe seine Lederjacke anfing aufzuweichen. »Das sehe ich auch.«

18.

Der graue Golf war direkt hinter der Lister Ortseinfahrt nach links abgebogen und der Dünenstraße gefolgt, vorbei an einer langen Reihe niedriger Backsteinhäuser, die Wand an Wand gebaut worden waren und tatsächlich ein einziges Reihenhaus bildeten, das sich über mehrere hundert Meter zog. Winzige Vorgärten, kurz gestutzte Hecken, blühende Rosen und schmiedeeiserne Bänke und Rankhilfen ließen die einstmals sicher ärmlichen Arbeiterbehausungen einladend und gemütlich wirken. Kari dachte, dass es sicher hübsch wäre, hier zu wohnen.

Kurz vor dem Ortsende, ehe sich der Blick über die Wiesen zum Königshafen öffnete, schwenkte Thilo Mertens nach rechts in eine Straße mit größeren und weniger romantischen Bauten. Wollte der ehemalige Privatdetektiv hier jemanden besuchen? Doch Mertens kurvte weiter durch die Siedlung, bis sie bei einem Garagenhof landeten, der älter sein musste als die Bebauung ringsherum. Zumindest vermittelten der staubige Platz und die abgeblätterte Farbe auf den Garagentoren diesen Eindruck.

Kari stoppte eilig, als sie sah, dass Mertens auf den Hof

fuhr. Während er vor einer der Garagen hielt, setzte sie zurück, bis sie aus seinem Blickfeld verschwunden war. Sie hüllte sich in ihre Regenjacke und verstaute Marijke Meenkens Fernglas in der Tasche. Dann stieg sie aus dem Beetle und näherte sich vorsichtig der Hofeinfahrt.

Mertens hatte unterdessen ein Garagentor geöffnet und trug die Kartons aus seinem Kofferraum hinein. Kari sah, dass sich im Inneren bereits weitere, gleichartig aussehende Kisten stapelten. Unwillkürlich beschleunigte sich ihr Herzschlag. Hatte sie tatsächlich den Juwelenräuber gefunden? Und das Versteck seiner Beute gleich mit dazu?

Sie spähte durch das Fernglas, konnte aber nicht mehr erkennen als braune Kartons ohne Aufschrift. Und das Bild verschwamm binnen Sekunden, weil sich dicke Regentropfen auf die Gläser legten. Kari steckte den Feldstecher in die Tasche und eilte zurück zum Wagen. Sie musste Jonas Voss und Hannah Behrends hierherlotsen, ehe der einstige Privatdetektiv wieder verschwunden war.

■ ■ ■

Thilo Mertens hob die letzte Kiste aus dem Kofferraum und trug sie in die Garage. Er stellte sie oben auf einen der Stapel in der rechten Ecke und rückte sie zurecht. Dann trat er einen Schritt zurück und betrachtete sein Werk. Ein zufriedenes Grinsen legte sich auf seine Lippen.

Das hier war seine Fahrkarte in die Freiheit. Er musste das ganze Zeug nur noch verkaufen, dann konnte er in absehbarer Zeit seine Schulden begleichen. Und sich anschließend etwas Neues aufbauen. Er würde Burkhard Sievert den Kram vor die Füße werfen und danach irgendwohin in den Süden des Landes gehen. Anderswo brauchte man schließlich auch Privatdetektive. Er war nicht dazu verdammt, sein gesamtes restliches Leben auf einer stürmischen Nordseeinsel zu verbringen. Dort mochte es zwar schön sein, wenn die Sonne schien, doch wenn es so kalt und nass war wie heute, hasste er es. Vor allem, das war ihm durchaus bewusst, verabscheute er die Menschen, die hier Urlaub machten. Weil sie es geschafft hatten, so viel mehr aus ihrem Leben zu machen als er selbst.

Aber er war erst einundvierzig. Jung genug, um irgendwo anders noch einmal von vorn anzufangen. Vielleicht in Frankfurt. Das war eine Stadt, in der viel Geld unterwegs war und das Verbrechen blühte. Sicher gab es dort Leute, die auch einen Privatdetektiv gebrauchen konnten, der nicht die besten Empfehlungen mitbrachte. Er hätte kein Problem damit, sich mit halbseidenen Typen einzulassen, wenn die Bezahlung stimmte. Er könnte endlich wieder in einer richtigen Wohnung leben statt in einem beengten Blechcontainer. Und er hätte vielleicht sogar gelegentlich ein paar Euro für eine anständige Flasche Wein oder einen Besuch im Puff übrig.

Pfeifend schob er den obersten Karton ein Stück weiter nach hinten. Die Idee gefiel ihm. Vielleicht würde das Leben doch noch gut werden. Beschwingt drehte er sich um.

Im nächsten Moment gefror das Lächeln auf seinem Gesicht.

Direkt vor seiner Garage standen die beiden Beamten von der Kriminalpolizeistation Sylt, die den Mord an Kevin Köhler untersuchten.

»Hallo, Herr Mertens«, sagte der Mann.

»Wir würden gern mal sehen, was Sie da in diesen Kisten haben«, ergänzte die Frau.

■ ■ ■

Der ehemalige Privatdetektiv machte den Eindruck, als wollte er am liebsten die Beine in die Hand nehmen und davonrennen, doch er tat es nicht. Offensichtlich war ihm klar, dass es wenig Sinn hatte. Jonas Voss und Hannah Behrends wussten, wo sie ihn finden konnten. Trotzdem stellte sich Hannah neben Mertens, um ihn im Auge zu behalten.

Jonas Voss ging zu den an der Rückwand der Garage gestapelten Kartons und riss einen Deckel auf. Im Inneren befand sich ein buntes Sammelsurium aus Schachteln und Dosen, die mit medizinisch klingenden Produktnamen bedruckt waren. Das Ganze sah aus wie eine Lieferung für eine Apotheke, nicht wie die Beute aus einem Einbruchdiebstahl.

Voss runzelte die Stirn. Er stellte die Kiste beiseite und öffnete die nächste. Auch sie enthielt keinen Schmuck oder Wertgegenstände, sondern ein Sortiment von Ampullen, die mit einer goldorange glänzenden Flüssigkeit gefüllt waren. Er studierte die Aufschrift auf der Umverpackung und schnaubte. Thilo Mertens hatte seinen Kollegen offenbar keine Uhren oder Perlenketten verkauft, sondern Muskelaufbaupräparate.

Er drehte sich zu Hannah und Mertens und hielt seiner Kollegin die geöffnete Kiste hin.

»Ach was.« Hannahs Augen weiteten sich. »Sind das Anabolika?«

Thilo Mertens knurrte. »Ja.«

»Und sie sind vermutlich für den deutschen Markt nicht zugelassen?«

»Nein.« Der ehemalige Privatdetektiv gestikulierte etwas hilflos. »Das heißt, einige schon, aber die sind verschreibungspflichtig. Man bekommt sie nicht einfach so.«

»Mhm.« Hannah musterte ihn streng. »Würden Sie bitte mal Ihre Taschen ausleeren?«

Mertens stöhnte. Dann reichte er ihr zwei weiße Briefumschläge. Hannah öffnete sie und holte aus jedem einen Packen Geldscheine hervor. Jonas Voss pfiff durch die Zähne. Der Verkauf von illegalen Muskelaufbaupräparaten war offensichtlich ein lukratives Geschäft.

»Das wirft kein gutes Licht auf Sie«, stellte er fest. »Vom Handel mit Anabolika ist es kein weiter Weg mehr zu Einbruchdiebstahl und Hehlerei.«

»Nein.« Mertens fuchtelte mit den Händen. »Das sehen Sie vollkommen falsch. Ich breche doch nicht in Häuser ein. Viel zu riskant und völlig überflüssig. Die Geschäfte mit dem Muskelzeugs laufen gut. Das reicht, um meine Schulden zu bezahlen. Und ...«, er hob die Mundwinkel und entblößte seine schiefen Zähne, »... die Strafen, falls man erwischt wird, sind viel milder.«

Voss betrachtete den ehemaligen Privatdetektiv. Was Mertens sagte, stimmte. Der Handel mit Anabolika wurde weitaus weniger hart geahndet als Einbruch und Raub. Natürlich konnten sie nicht ausschließen, dass Mertens das Risiko dennoch einging, weil ihm der Verkauf der Muskelaufbaupräparate nicht genug einbrachte. Doch paradoxerweise schien ihn die Aufdeckung seiner heimlichen Geschäfte eher zu entlasten.

Jonas Voss stellte den Karton zurück auf den Stapel und schob die Ärmel seiner Lederjacke hoch.

»Gut«, sagte er. »Wir nehmen das so zu Protokoll.« Er fixierte den ehemaligen Detektiv. »Die Garage wird versiegelt. Die Kollegen von der Schutzpolizei werden die Ware sicherstellen, und wir übergeben den Fall an die Staatsanwaltschaft. Da kommen eine Strafanzeige und ein Verfahren auf Sie zu.« Er blickte den ehemaligen Privatdetektiv an, der mit wässrigen Augen auf seine gestapelten Waren schaute und offensichtlich seine Felle davonschwimmen sah. »Ich nehme an, man wird Sie zu einer Geldstrafe verurteilen.«

Thilo Mertens schluckte. Für jemanden, der ohnehin schon bis zum Hals in der Schuldenfalle steckte, war eine Geldstrafe vermutlich genauso hart wie ein paar Monate im Gefängnis. Und wenn er nicht zahlen konnte, würde das Gericht sie ohnehin in eine Haftstrafe umwandeln. Doch Voss hatte kein Mitleid. Mertens bereicherte sich auf Kosten junger Leute, die sich nach körperlicher Perfektion sehnten, und kümmerte sich nicht darum, was diese Medikamente langfristig bei seinen Kunden anrichteten. Im Grunde war der Handel mit Anabolika kaum besser als der Verkauf von Drogen. Und die Vorstellung, dass ein Typ wie Mertens seinem Sohn Jasper eines Tages an der Straßenecke Pillen verkaufte, damit er größer und stärker wurde, machte ihm Angst.

»Bitte.« Thilo Mertens sah ihn flehentlich an. »Können wir das nicht irgendwie anders regeln? Ich bin gerade erst wieder halbwegs auf die Füße gekommen. Wenn ich jetzt auch noch eine Geldstrafe zahlen muss ... Ich weiß nicht, wie ich das schaffen soll.«

Jonas Voss machte Hannah ein Zeichen, den ehemaligen Privatdetektiv abzuführen. »Die Gesetzeslage ist eindeutig. Wir haben da keinen Spielraum.« Er grinste flüchtig. »Tut mir leid«, fügte er hinzu.

Was eindeutig gelogen war.

19.

Als er am Abend aus der Polizeistation trat, atmete Kriminalhauptkommissar Jonas Voss tief durch. Es war ein langer Tag gewesen. Die Vernehmung von Thilo Mertens hatte sich hingezogen, weil sich der ehemalige Privatdetektiv zunehmend bockig zeigte. Am Ende hatte er dennoch preisgegeben, von wem ihm die illegalen Anabolika geliefert wurden, die er in seiner Garage versteckte und unter anderem an Bjarne Sievert und Wiebke Lüdemann verkaufte, und wer die Provision kassierte. Voss und Hannah hatten Beamte in Husum und Flensburg in Bewegung gesetzt, um ein paar Verhaftungen vorzunehmen. Und Voss hatte der zuständigen Staatsanwältin am Landgericht Flensburg umfassend Bericht erstattet.

Müde rieb er sich die Augen. Er fühlte sich erschöpft, zugleich aber auch von einer warmen Zufriedenheit erfüllt. Die Arbeit hatte sich gelohnt, auch wenn der erhoffte Durchbruch im Mordfall Köhler ausgeblieben war. Doch so war das eben. Ermittlungen waren oft langwierig und steinig. Und für heute hatten sie zumindest eine Straftat aufgeklärt und zukünftige vereitelt. Alles Weitere würde man morgen sehen. Alles Schritt für Schritt, durchatmen und weitergehen.

Der Regen hatte im Laufe des Nachmittags aufgehört, und die dunklen Wolken hatten sich verzogen. Jetzt war der Himmel wieder blau und leuchtete wie frisch gewaschen. Die Abendsonne tauchte die Fassaden der umliegenden Häuser in ein weiches Licht.

Jonas Voss öffnete das Schloss, mit dem er sein Fahrrad gesichert hatte. Doch wer stahl schon ein rostiges altes Hollandrad vom Hof eines Polizeireviers? Er stieg in den Sattel und stellte fest, dass sich die Unwucht im Tretlager verschlimmert hatte. Er brauchte wirklich bald ein neues Rad, aber er fand nicht die Zeit, sich darum zu kümmern. Es gab einfach so viel anderes zu tun.

Voss verließ das Gelände und stoppte am Kirchenweg. Als die Straße frei war, überquerte er sie und wandte sich in Richtung Keitum.

Er radelte zügig an der Ausfahrt des Sylt Shuttles und den

großen Supermärkten vorbei, die in den letzten Jahren hier aus dem Boden gewachsen waren.

Hinter Tinnum begannen die Wiesen. Nach dem Regen leuchtete das Gras in einem satten Grün, und selbst die Schafe, die in einiger Entfernung weideten, wirkten weißer als gewöhnlich.

Jonas Voss löste abwechselnd eine Hand vom Lenker, um die Ärmel seiner Lederjacke hochzuschieben, und atmete die salzige Luft ein. Ein Glücksgefühl durchströmte ihn plötzlich. Er hatte wirklich Grund, dankbar zu sein. Sein Job machte ihm Spaß und bescherte ihm immer wieder Erfolgserlebnisse. Und darüber hinaus durfte er ihn auf dieser wunderbaren Insel verrichten. Nur die Frau an seiner Seite fehlte noch, dann wäre alles perfekt. Und warum sollte nicht auch das möglich sein? Auf einmal hatte er das Gefühl, als könnte ihm alles gelingen.

Als er den Kreisel vor Keitum erreichte, wollte er wie gewohnt den Weg nach Hause einschlagen, änderte aus einem Impuls heraus jedoch seine Meinung und wählte stattdessen die Straße nach Braderup. Er fuhr an der Kirche St. Severin vorbei und über die Munkmarscher Chaussee weiter bis zum alten Fährhaus. Dort, in dem kleinen Lokal des Yachtclubs, saß er gern auf der Terrasse, trank eine Tasse Kaffee und sah den Schiffen im Hafen zu, die auf dem Wasser dümpelten.

Doch heute war sein Ziel ein anderes, deshalb bog er nicht ab, sondern trat weiter in die Pedale, bis er das Ortsschild von Braderup erreichte. Durch die schmalen Straßen fuhr er zum Heide-Parkplatz und sprang vom Rad.

Als er sich gestern wegen seines heimlichen Plans mit Marijke Meenken unterhalten hatte, hatte er erfahren, dass Kari jeden Abend in der Braderuper Heide joggen ging. Gewöhnlich, so hatte die alte Dame berichtet, lief sie oben auf den Holzbohlenwegen, die weiter nördlich in Sandwege und schließlich auf den Strand mündeten, und joggte dann an der Wasserkante entlang zurück. Und irgendwo auf diesem Weg würde er sie hoffentlich treffen.

Er wollte ihr gern persönlich von Mertens' Anabolika-Geschäften berichten. Auch wenn das natürlich höchst unvernünftig war, weil es ihre Undercover-Mission gefährdete. Aber hier in der Braderuper Heide waren um diese Zeit nur wenige Spaziergänger unterwegs. Die Wahrscheinlichkeit, dass jemand sie zusammen sah, der etwas mit *Sylt Guard* oder der Familie Sievert zu tun hatte, war gering. Und außerdem, versuchte er sich einzureden, war diese Variante immer noch weniger riskant als ein Anruf auf ihrem Handy, der schließlich auch von einem ihrer Kollegen entgegengenommen werden konnte.

Jonas Voss wusste, dass er sich Rechtfertigungen für ein Verhalten zurechtlegte, das eigentlich nicht zu entschuldigen war. Schließlich hätte er auch Ole Lund Bericht erstatten können, der die Informationen an Kari weitergeben würde. Aber er konnte nicht anders.

Er folgte den Holzbohlenwegen bis zu einem kleinen, von Büschen umwachsenen Sandplatz, an dem zwei Bänke mit freiem Blick aufs Meer standen, und setzte sich.

Wie weit und wie lange mochte Kari laufen? War sie schon unterwegs oder würde sie erst später aufbrechen? Er wusste es nicht, er würde einfach warten.

Er blinzelte über das Wasser, und langsam fielen ihm die Augen zu.

■ ■ ■

Als er sie wieder öffnete, hatte bereits die Dämmerung eingesetzt. Das Wasser hatte sich zurückgezogen, und das letzte Licht des Tages spiegelte sich auf dem Watt.

Voss setzte sich auf und schaute sich um. Weit und breit war niemand zu sehen.

Doch. Dort, im Norden, konnte er zwei Gestalten ausmachen, einen Mann und eine Frau, die an der Wasserkante entlang auf seinen Platz zuschlenderten.

Die Frau war groß und schlank mit kurzen blonden Haaren, der Mann neben ihr war schlaksig und hatte blonde Locken, die im Wind wehten. Er bewegte sich lässig und selbstsicher. Es war eines dieser Paare, wie man sie häufig auf Sylt antraf. Gewöhnlich gönnte Jonas Voss ihnen ihr Glück. Er wusste, dass auch die Schönen und Reichen ihre Probleme hatten, nur eben andere. Doch heute empfand er leisen Neid. Weil seit zwei Tagen jene Frau auf der Insel weilte, mit der er selbst gern hier entlangspaziert wäre.

Er sah den beiden entgegen, bis er ihre Gesichter im Dämmerlicht erkennen konnte, und verspürte im selben Moment einen Stich. Der Mann war Leif, der ältere Sohn von Sievert. Die Frau war Kari Blom. Die beiden schienen sich köstlich zu amüsieren. Sie gestikulierten und lachten, und Leif legte Kari vertraulich eine Hand auf die Schulter.

Jonas Voss starrte ihn wütend an. Eine heiße Welle der Eifersucht durchzuckte ihn. Als wäre es nicht genug, dass Kari für ihn aus dienstlichen Gründen unerreichbar war, kam ihm seit dem letzten Sommer auch noch jedes Mal, wenn sie auf Sylt war, ein anderer Mann in die Quere. Im vorigen Jahr der Besitzer des Delikatessenmarkts, in dem sie ermittelt hatten, und dieses Mal der Schönling Leif Sievert.

Voss realisierte, dass Leif und Kari genau auf die Sitzplätze zusteuerten. Eilig sprang er auf und schlug sich zwischen stacheligen Zweigen hindurch in die Büsche, die hinter den Bänken wuchsen. Als Leif und Kari in sein Blickfeld kamen, duckte er sich und machte sich so klein wie möglich. Im nächsten Moment nahmen die beiden genau auf der Bank Platz, hinter der er kauerte.

Voss fluchte innerlich. Warum war er nicht einfach davongegangen? Jetzt hockte er hier und wurde womöglich unfreiwillig Zeuge eines romantischen Rendezvous.

Es war geradezu albern. Er hätte nicht einmal weglaufen müssen. Er hätte ihnen entgegengehen und sie freundlich und beiläufig begrüßen können. Eine zufällige Begegnung auf einer Insel, die nicht so groß war, als dass es irgendjemandem seltsam vorgekommen wäre. Wenngleich ihm Kari vermutlich an der Nasenspitze angesehen hätte, dass es keineswegs ein Zufall war.

Na und?, dachte er trotzig. Sie wusste doch ohnehin, dass er in sie verliebt war. Wozu sollte er ihr etwas vormachen?

Leif legte seinen Arm hinter Karis Rücken auf die Lehne der Bank und berührte sie leicht an der Schulter.

»Das ist wunderschön, findest du nicht?«, sagte er. »So ein Abend am Meer – das lässt sich einfach mit nichts vergleichen.«

Kari wandte ihm den Kopf zu.

»Ich dachte, dich interessieren eher die Wellen«, erwiderte sie. »Hier am Wattenmeer ist es doch vergleichsweise ruhig. Kein gutes Revier für spektakuläres Windsurfen oder Wellenreiten. Da eignet sich die Westküste besser.«

Leif lachte leise, ein kehliges, verführerisches Lachen, das tief aus seiner Brust zu kommen schien.

»Wenn man auf dem Wasser sein will, ja. Aber wenn man aufs Wasser schauen will ...« Er streckte den freien Arm aus und deutete zum Himmel, wo sich die ersten Sterne zeigten.

»Ich finde, da gibt es nichts Romantischeres als das Wattenmeer im Mondlicht.«

Er legte seinen Arm um Karis Schultern. Voss knirschte mit den Zähnen.

»Du bist eine sehr anziehende Frau«, säuselte Leif und beugte seinen Kopf näher zu Kari. Im nächsten Moment hauchte er ihr einen Kuss auf die Wange.

Voss ballte so heftig die Fäuste, dass sich seine Fingernägel schmerzhaft ins Fleisch bohrten.

Kari drehte sich zu Leif herum und löste seinen Arm von ihrer Schulter.

»Ich glaube, wir sollten nichts überstürzen.«

Leif grinste verwegen.

»Warum nicht? Du bist eine tolle Frau. Ich mag dich. Weshalb sollen wir nicht ein bisschen Spaß zusammen haben?«

Jonas Voss spürte, wie sich sein Herzschlag beschleunigte. *Lass die Finger von ihr!*, brüllte eine Stimme in seinem Kopf. Vor seinem geistigen Augen sah er bereits, wie er sich auf den Junior der Sicherheitsfirma stürzte, ihm diese Worte entgegenschleuderte und ihm einen saftigen Kinnhaken verpasste. Er sprang auf, spannte sämtliche Muskeln an und schob die Zweige des Gebüsches auseinander. Er sah, wie Kari Leif spielerisch auf die Nase stupste.

»Das werden wir«, versprach sie. »Wir werden eine Menge Spaß miteinander haben. Aber nicht heute.« Sie federte von der Bank und winkte Leif zu. »Wir sehen uns morgen!« Mit leichten Schritten lief sie in Richtung Braderup davon.

Jonas Voss trat schnell einen Schritt zurück, und die Zweige schlossen sich vor ihm wie ein Vorhang.

Leif erhob sich ebenfalls. »Wow!«, sagte er leise. »Was für eine Frau!«

Er sah ihr nach, bis sie in der sich herabsenkenden Dunkelheit verschwunden war und wandte sich dann in die entgegengesetzte Richtung. Pfeifend ging er davon.

Jonas Voss schloss die Augen und spürte, wie seine Nerven vibrierten. Das war gerade noch gutgegangen. Aber er hätte beinahe etwas unverzeihlich Dummes getan. Er durfte auf keinen Fall riskieren, dass so etwas ein weiteres Mal passierte. Er hatte nur nicht die geringste Ahnung, wie er das anstellen sollte.

20.

Kari Blom erwachte, als der Wecker klingelte. Sie streckte sich und setzte sich im Bett auf. Gedankenverloren strich sie über die frisch gestärkte Bettwäsche mit dem Blumenmuster und betrachtete das gerahmte Schwarz-Weiß-Foto an der Wand, das die Hörnum-Odde zeigte. Es war einer der Orte auf Sylt, an den sie seit dem letzten Sommer nicht nur schöne Erinnerungen hatte.

Sie schwang ihre Füße aus dem Bett und schaute aus dem Fenster, das den Blick auf Marijke Meenkens blühenden Garten und ein kleines Stück Nordsee eröffnete. Was ihre Vermieterin hier besaß, war wirklich ein Paradies.

Sie zwängte sich in das winzige Bad und erledigte ihre Morgentoilette. Danach zog sie ihre Joggingsachen an. Bis zum Dienstbeginn bei *Sylt Guard* war noch Zeit. Vermutlich würde sie auch dort Gelegenheit haben, sich zu bewegen, aber sie musste jetzt einfach laufen, um ihre Gedanken zu klären.

Sie schlüpfte aus der Tür und huschte durch den Garten an den großen Fenstern des reetgedeckten Hauses vorbei. So früh am Morgen war die alte Dame hoffentlich noch nicht auf den Beinen. Kari wollte ihr jetzt lieber nicht begegnen.

Marijke hätte vermutlich von der Kutterfahrt mit der *Andina* angefangen. Und über Kriminalhauptkommissar Jonas Voss wollte Kari nicht auch noch nachdenken. Sie hatte bereits genug von den Männern bei *Sylt Guard*.

Sie wandte sich nach rechts und trabte durch die menschenleeren Straßen an den schmucken Reetdachhäusern vorbei zum Heide-Parkplatz. Sie nahm die Treppe zum Strand und lief an der nassglänzenden Kante des Watts entlang. Im Augenblick war Niedrigwasser; die Morgensonne spiegelte sich in den Prielen, und die Knuttstrandläufer tummelten sich auf dem feuchten Schlick und suchten nach Nahrung. Es war ein Anblick, der Kari mittlerweile schon vertraut war, aber die schlichte Schönheit erfüllte sie jedes Mal wieder mit einem Glücksgefühl. Es war ein Bild voller Frieden und Stille, fernab der Hektik des normalen Alltags. Der wartete tatsächlich nur wenige Kilometer entfernt auf sie.

Kari beschleunigte ihre Schritte und lief ein hohes Tempo, bis sie den Platz mit den beiden Bänken erreichte, an dem sie am Abend zuvor mit Leif Sievert gesessen hatte. Natürlich war es gut, dass sie mittlerweile einen Zugang zu den Mitarbeitern bei *Sylt Guard* gefunden hatte. Aber dass nicht nur Clemens Sievert, sondern auch sein Neffe Leif offenbar Interesse an ihr hatten, das über das kollegiale hinausging, würde sich womöglich als Problem erweisen. Ihre Aufgabe als Undercover-Ermittlerin bestand darin, möglichst unauffällig in ein bestehendes System einzutauchen und dieses zu erkunden. Was sie nicht tun sollte, war, dem Ganzen durch ihre Anwesenheit eine neue Dynamik zu verleihen, die Verhaltensmuster hervorrief, die es ohne sie gar nicht gegeben hätte. Das war natürlich nie ganz zu vermeiden. Jede neue Figur im Spiel veränderte das Beziehungsgefüge. Aber die Entwicklung durfte nicht das bestehende Geflecht verdecken. Sie musste die persönlichen Verstrickungen möglichst klein halten. Oder aber einen Weg finden, wie sie die Interessen von Onkel und Neffe so gegeneinander ausspielen konnte, dass deren Fassaden Risse bekamen und Blicke auf das Innere eröffneten.

Wenn sie eine solche Explosion beschleunigen wollte, könnte sie vor den Augen von Clemens Sievert auf Leifs Avancen eingehen. Es würde den Buchhalter sicher aus dem Gleichgewicht bringen, wenn er begriff, dass ihn sein Neffe ausgestochen hatte. Und Kari könnte sehen, ob sich hinter seinem freundlichen und bescheidenen Habitus noch eine andere Seite verbarg. Allerdings würde sie sich damit auch in direkte Konkurrenz zu Wiebke Lüdemann begeben, die Leif unübersehbar anhimmelte. Und das würde ihr den Zugang zu ihrer Kollegin vermutlich komplett verbauen. Solange sie nicht einschätzen konnte, ob Wiebke Informationen besaß, die für ihre Ermittlungen von Nutzen waren, wäre das fatal.

Es war wohl das Beste, sich sowohl Leif als auch Clemens Sievert gegenüber möglichst neutral zu verhalten und Wiebke ihre Freundschaft anzubieten.

Zufrieden mit ihrem Entschluss blieb Kari vor einer der Bänke stehen und setzte einen Fuß darauf, um ihre Waden zu dehnen.

Im selben Moment knackte und krachte es in den Büschen hinter der Bank. Kari erschrak. Automatisch sprang sie zurück und spannte ihre Muskeln an, bereit, dem unsichtbaren Angreifer entgegenzutreten. Es dauerte ein paar Sekunden, dann kämpfte sich ein Mann aus dem Gebüsch. Er hatte zerzauste hellbraune Haare und trug eine abgewetzte Lederjacke.

Kari ließ die Arme sinken und stieß die Luft aus, die sie angehalten hatte.

»Jonas! Was um alles in der Welt tust du da?«

Kriminalhauptkommissar Jonas Voss lächelte schief. Er deutete hinter sich in die Büsche.

»Ich habe mein Handy verloren«, berichtete er. »Gestern Abend. Ich habe es erst gemerkt, als ich wieder zu Hause war. Aber da war es schon zu dunkel zum Suchen.«

Kari hob die Augenbrauen. »Dir ist dein Handy gestern Abend in diesem Gebüsch abhandengekommen?«, erkundigte sie sich.

»Mhm.« Voss räusperte sich.

Kari musterte sein jungenhaftes Gesicht mit den warmen braunen Augen.

»Und was«, fragte sie und bemerkte dabei, dass sie in denselben inquisitorischen Ton verfiel, dessen Ole Lund sich so gerne bediente, »hattest du dort zu tun?«

Der Sylter Kriminalhauptkommissar scharrte mit den Schuhen im Sand.

»Das ist mir jetzt peinlich«, gestand er, und Kari sah, dass es das wirklich war.

»Ich wollte dich treffen«, erklärte er. »Deshalb habe ich hier gewartet. Frau Meenken hat mir erzählt, dass dies die Strecke ist, die du gewöhnlich läufst.«

»Ach so?« Sie hatte nicht gewusst, dass Marijke Meenken so intensiv mit Jonas Voss in Kontakt stand. Aber nach dem Abend auf der *Andina* hätte sie sich das natürlich denken können.

»Ich habe mich hier auf die Bank gesetzt, und dann bin ich eingeschlafen«, erzählte Voss. »Als ich wieder aufgewacht bin, habe ich dich gesehen. Mit Leif Sievert.«

Er klang ein wenig vorwurfsvoll. Kari starrte ihn an. Langsam formte sich in ihrem Kopf ein Bild.

»Und dann hast du dich da in den Büschen versteckt? Du

hast dort gehockt, während Leif Sievert seine Charmeoffensive gestartet hat?«

»Äh, ja.« Voss grinste verlegen. »Ich hatte nicht vor, euch zu belauschen. Ich wollte nur nicht gesehen werden. Das heißt, ich wollte nicht, dass Leif Sievert mich sieht. Das war natürlich albern, aber als mir das klargeworden ist, war es zu spät. Da saß ich schon fest.«

Kari lachte auf. Dann studierte sie Voss' Miene. In seinen Augen lag etwas, das seinen nüchternen Bericht Lügen strafte. Es musste eine Pein für ihn gewesen sein, so hautnah mitzuerleben, wie Leif Sievert ihr Avancen machte. Aber sie konnte es nicht ändern. Ihr Privatleben musste warten, bis der Undercover-Einsatz bei *Sylt Guard* beendet war.

»Und? Hast du es gefunden?«, fragte sie. »Dein Handy, meine ich.«

»Ja. Zum Glück.«

Voss zog das Gerät aus seiner Jackentasche und hielt es hoch. Es war ein Klotz mit Tasten und einem winzigen Display, wahrscheinlich noch ein Exemplar der ersten Generation. Als wollte es unterstreichen, dass es dennoch wichtig war, begann es im selben Moment zu klingeln. Der Kriminalhauptkommissar nahm das Gespräch an.

»Ja, Voss?« Er hörte eine Weile zu, und Kari sah, wie sich der Ausdruck in seinen Augen veränderte. Die Nachricht, die ihn erreichte, setzte offenbar intensive Denkprozesse in Gang.

»Danke, Hannah«, sagte er schließlich und beendete das Telefonat. Dann blickte er Kari an.

»Neuigkeiten aus der Kriminaltechnik«, berichtete er. »Man hat sich die Kleidung von Kevin Köhler angesehen und in einem Jackenknopf etwas entdeckt, das dort nicht hingehört. Eine winzige Kamera, die ihre Aufnahmen per Funk weitergibt. Was allerdings fehlt, ist ein Empfänger.«

Nun rasten auch in Karis Kopf die Gedanken. Hatte Köhler eine Kamera mitgenommen, um seinen Einbruch in die Villa der Riepenhusens zu filmen? Die jungen Leute heutzutage zeichneten ja alles mit ihren Smartphones auf, um es zu verschicken oder irgendwo hochzuladen. Aber einen Einbruch? Das wäre schon außerordentlich riskant. Selbst dann, wenn man über die technischen Fertigkeiten verfügte, die Herkunft der Datei so zu verschleiern, dass sich nicht unmittelbar ermitteln ließ, wer den Film ins Netz gestellt hatte. Auf der anderen Seite war Kevin Köhler jemand gewesen, der den Nervenkitzel geliebt hatte. Das hatten ihr alle, die ihn gekannt hatten, bestätigt. Womöglich war das sogar der Grund gewesen, aus dem er die Raubzüge unternommen hatte. Nicht die Beute, sondern der Adrenalin-Kick.

»Kannst du dir das vorstellen?«, fragte sie Voss. »Dass jemand seine eigenen Straftaten auf Video dokumentiert, um sich daran zu berauschen?«

Der Kriminalhauptkommissar wog nachdenklich sein Handy in der Hand.

»Ausschließen kann man es nicht«, entgegnete er. »Köhler war ein Draufgänger.«

Kari nickte. Voss' Ermittlungen hatten offensichtlich zu demselben Ergebnis geführt wie ihre eigenen.

Wieder unterbrach ein Klingelton das Gespräch. Dieses Mal war es Karis Smartphone. Sie zog es aus der Tasche und drückte auf die Rufannahme.

»Kari«, meldete sich ein offenbar gut gelaunter Ole Lund. »Ich habe es gerade gehört.«

Kari nahm das Gerät vom Ohr und schaltete es auf Lautsprecher.

»Was hast du gehört?«, fragte sie. Jonas Voss trat einen Schritt näher, um das Gespräch verfolgen zu können.

»Die Kollegin Hannah Behrends hat mich angerufen«, erklärte Lund. »Sie hat mir berichtet, dass die Kollegen in Flensburg eine Kamera in Köhlers Jackenknopf gefunden haben.« Der Kriminalrat lachte leise. »Ich muss schon sagen: Das ist eine durchaus überraschende Wendung.«

Voss und Kari wechselten einen verständnislosen Blick.

»Dass Köhler seinen Einbruch aufgezeichnet hat, damit er ihn sich später noch einmal ansehen und den Kick wiedererleben kann?«, fragte Kari.

»Kari!« Ole Lund schnalzte ungeduldig mit der Zunge. »Hast du es nicht verstanden? Ich meine, so etwas gibt es bestimmt auch, aber meiner Einschätzung nach liegen die Dinge hier anders. Wie würde deine Mutter sagen? Du darfst dich nicht vom Schein blenden lassen. Du musst hinter das Offensichtliche schauen.«

»Lass meine Mutter aus dem Spiel.«

»Entschuldige«, entgegnete Lund versöhnlich. »Aber denk doch mal nach.«

Erneut sahen sich Jonas und Kari an, und dann dämmerte ihnen beiden zugleich die Erkenntnis.

»Verdammt«, sagte Kari. »Das ändert natürlich alles.«

21.

Die Mitarbeiter von *Sylt Guard* hatten ganz offensichtlich keine Ahnung, aus welchem Grund Kriminalhauptkommissar Jonas Voss und seine Kollegin Hannah Behrends sie gebeten hatten, sich im Esszimmer zu versammeln. Sie saßen um den großen Tisch, ohne dass Kari bei einem von ihnen sichtbare Anzeichen von Anspannung entdecken konnte. Burkhard und Clemens Sievert tranken Kaffee und unterhielten sich leise. Bjarne vertilgte einen Müsliriegel, von dem trockene Krümel auf den Boden regneten. Leif lümmelte sich auf seinem Stuhl, und Wiebke warf ihm heimliche Blicke zu. Nur Thilo Mertens wirkte unruhig. Doch der ehemalige Privatdetektiv hatte ja auch allen Grund dazu. Sein Anabolika-Handel schien ihn zwar zu entlasten, soweit es die Einbruchserie betraf, doch er stand nichtsdestoweniger im Fokus der Polizei. Und wahrscheinlich war er auch deshalb nervös, weil er damit rechnen musste, dass die Beamten seinen Arbeitgeber informieren und Burkhard Sievert ihn hinauswerfen könnte. Oder weil er neben dem Umschlag illegaler Muskelpräparate noch weitere dunkle Geschäfte betrieb, von denen er fürchtete, dass sie im Zuge der Mordermittlung auffliegen könnten? Kari beschloss, den Privatdetektiv noch genauer im Auge zu behalten als bisher. Voss baute sich an der Schmalseite des Tisches auf.

»Wir haben gute Nachrichten«, sagte er. »Offenbar war Kevin Köhler entgegen unserer ersten Annahme doch kein Einbrecher.«

Leif sprang wie gestochen von seinem Stuhl hoch.

»Ich hab's doch gewusst«, rief er und schaute sich triumphierend um. »Hab ich es euch nicht gesagt?«

Burkhard Sievert bedeutete ihm, sich wieder zu setzen. Dann wandte er sich an die Kommissare.

»Ich war derselben Ansicht wie mein Sohn«, bekundete er. »Und es freut mich, dass Sie uns endlich zustimmen. Aber mich würde doch interessieren, wie Sie ausgerechnet jetzt zu dieser Erkenntnis gelangt sind.«

Jonas Voss lächelte.

»Wir haben neue Ergebnisse aus der Kriminaltechnik«, berichtete er. »Die Kollegen haben entdeckt, dass Kevin Köhler eine Miniatur-Kamera im Knopf seiner Jacke versteckt hatte. Wir gehen deshalb davon aus, dass er nicht in die Villa Riepenhusen eingebrochen ist, sondern vielmehr den Juwelendieben auf der Spur war und vorhatte, den Einbruch zu filmen, um Beweismaterial in der Hand zu haben.«

»So?« Thilo Mertens schaute zu Bjarne, der sich plötzlich sehr intensiv damit beschäftigte, die Verpackungsfolie seines Müsliriegels glattzustreichen und zu falten. Leifs Blick flog zwischen seinem Bruder und dem ehemaligen Detektiv hin und her. Auch ihm schien ein Licht aufzugehen.

Wiebke lachte verächtlich. »Typisch«, bemerkte sie. »Kevin musste natürlich auf eigene Faust Räuber und Gendarm spielen. Jeder andere hätte sich Verstärkung geholt.«

»Was soll denn das heißen?«, fuhr Leif sie an. »Dass er selbst schuld ist?«

Wiebke verschränkte die Arme vor der Brust. »Na ja, ist doch so. Auch wenn du es nicht hören willst.«

Leif wollte aufbrausen, doch sein Onkel kam ihm zuvor.

»Und was bedeutet das nun?«, fragte er, an Jonas Voss und Hannah Behrends gewandt.

Voss stützte die Hände auf den Tisch und sah die Mitarbeiter von *Sylt Guard* der Reihe nach an.

»Zunächst einmal heißt es, dass Kevin Köhler rehabilitiert ist, wenn unsere Theorie stimmt. Das macht es Ihnen vielleicht leichter, um ihn zu trauern. Darüber hinaus ... ist es ein erheblicher Fortschritt für unsere Ermittlungen. Wir gehen nach Lage der Dinge davon aus, dass der Täter, der Kevin erschossen hat, auf dem Film aus der Knopfkamera zu sehen sein muss. Das bedeutet, dass wir mit allen verfügbaren Mitteln nach dem zugehörigen Datenträger suchen.« Er bemerkte die verständnislosen Blicke von Burkhard und Clemens Sievert und fügte hinzu: »Bei der Kamera handelt es sich um eine Funkkamera. Die Aufnahme wird nicht im Gerät gespeichert, sondern auf einem externen Medium. Und dieses befand sich nicht unter den Sachen des Toten. Wir gehen davon aus, dass sein Mörder es Kevin abgenommen hat.«

Die Mitarbeiter von *Sylt Guard* schwiegen, während sie sich dieses Szenario vor Augen führten. Leif schluckte vernehmlich, Bjarne zupfte am Stoff seiner Hose, Thilo Mertens zog den Kopf zwischen die Schultern, und Wiebke fuhr sich nervös mit der Zunge über die Lippen. Die Gebrüder Sievert tauschten vielsagende Blicke. Dann wandte sich Burkhard an Voss.

»Ich denke, nicht nur Kevin ist damit rehabilitiert«, verkündete er. »Ihre Truppe hat sämtliche Räumlichkeiten hier auf dem Gelände durchsucht. Haben Sie dabei ein Aufzeichnungsgerät gefunden, das zu dieser Kamera passen würde? Wenn nicht, darf man daraus ja wohl schließen, dass der Täter nicht aus der Firma kommt.«

Hannah, die neben Voss stand, schaute von ihrem iPad auf.

»Das können wir leider nicht bestätigen. Zum einen haben wir nicht nach einem Aufzeichnungsgerät oder Datenträger gesucht, sondern nach Diebesgut ...«

Burkhard Sievert unterbrach sie. »Das heißt, Sie wollen noch mal eine Abteilung von Polizeischülern hier durchjagen?«

»Das wird sich nicht vermeiden lassen«, erklärte Voss.

Leif ließ sich auf seinem Stuhl zurückfallen und richtete die Augen zur Decke. Burkhard Sievert strich müde über seinen grauen Bart.

»Aber warum? Wieso glauben Sie immer noch, dass Sie den Einbrecher bei uns suchen müssen, wenn Sie wissen, dass er nicht Kevins Komplize war, sondern Kevin ihn sogar verfolgt hat?«

Hannah räusperte sich. »Das war es, was ich noch sagen

wollte: Wir haben heute Morgen ein weiteres Ergebnis aus der Kriminaltechnik bekommen«, erläuterte sie. »Die Kollegen haben bestätigt, dass Kevin Köhler mit einer Ihrer Waffen erschossen worden ist.«

Nicht nur Burkhard Sievert, auch sein Bruder Clemens wurde blass.

»Dann ist es also wahr?« Der Buchhalter schüttelte traurig den Kopf.

Voss sah sich in der Runde um, doch niemand erwiderte seinen Blick. Hannah wischte auf ihrem Tablet.

»Leider gibt es auf der Waffe keine Fingerabdrücke«, sagte sie. »Kevins Mörder hat offenbar Handschuhe getragen. Aber die verwendete Pistole stammt aus Ihrem Waffenschrank und gehört der Seriennummer zufolge zu Ihrer Firma. Bedauerlicherweise ist jedoch nicht registriert, wer in Ihrem Unternehmen welche Pistole benutzt.«

Burkhard Sievert stand auf.

»Wir haben hier keine persönlichen Waffen«, erklärte er. »Sie gehören alle der Firma und werden nach Bedarf ausgegeben.«

»Verstehe.« Voss sah den Firmenchef ernst an. »Das bedeutet, dass wir zum jetzigen Zeitpunkt keinen Ihrer Mitarbeiter als Täter ausschließen können.«

Burkhard Sievert versteifte sich.

»Ich bedauere, das zu hören. Aber wenn es so ist, werden wir alles in unserer Macht Stehende tun, um den Schuldigen zu entlarven. Allerdings«, seine Mundwinkel sanken herab, »weiß ich nicht, wie wir Ihnen dabei helfen können.«

Voss schaute den Firmenchef freundlich an.

»Zunächst einmal danken wir Ihnen für Ihre Kooperationsbereitschaft. Der erste Schritt wird sein, dass wir ein weiteres Mal mit Ihnen und Ihren Mitarbeitern sprechen«, sagte er.

Burkhard Sievert nickte. »Wir stehen Ihnen selbstverständlich zur Verfügung.«

»Schön.« Voss sah sich im Raum um, bis sein Blick an Kari hängen blieb. »Sie sind neu hier?«

»Ja.«

»Frau Blom arbeitet erst seit Sonntag für uns«, steuerte Clemens Sievert hilfreich bei. »Durch den Tod von Herrn Köhler hatten wir einen personellen Engpass.«

»Das heißt, Sie waren noch nicht auf Sylt, als Kevin Köhler ermordet wurde? In der Nacht von Freitag auf Samstag?«

»Nein. Da war ich in Kiel«, erklärte Kari und schenkte ihm ein schüchternes Lächeln.

»Gut.« Jonas Voss kramte in den Taschen seiner Lederjacke, vermutlich nach einem Notizbuch, doch als er die Hände wieder hervorzog, waren sie leer. »Dann warten Sie doch bitte draußen. Es sei denn, Sie haben etwas zu sagen, das zur Aufklärung unseres Falles beiträgt?«

»Nein.« Kari stand auf und hoffte, dass ihre Wachschutzkollegen Voss seine Vorstellung abkauften. Hannah und er wollten das Team von *Sylt Guard* beschäftigen, damit sie selbst sich noch einmal ungestört bei Bjarne umsehen konnte. »Ich gehe in der Zwischenzeit einen Kaffee trinken.«

Sie verließ das Esszimmer und eilte, so leise es ging, die Treppe ins Obergeschoss hinauf. Natürlich hatten Voss und Hannah auch einen Durchsuchungsbeschluss beantragt, doch die Aktion zu organisieren dauerte eine Weile, und sie alle wollten so schnell wie möglich Ergebnisse. Und was noch schwerer wog: Jede Verzögerung hätte dem Täter Zeit gegeben, das gesuchte Aufzeichnungsgerät und den Datenträger verschwinden zu lassen. Diese Geräte waren heutzutage so klein und das Kasernengelände so riesig, dass die Chance, die gesuchten Objekte aufzuspüren, wenn sie erst einmal gründlich versteckt waren, gegen Null ging.

Karis Weg führte direkt in Bjarnes Zimmer, und sie machte dort weiter, wo sie beim ersten Mal von Clemens Sievert gestört worden war. Sie öffnete die Schreibtischschubladen und fand gleich in der ersten einen schwarzen Kasten, der wie ein Funkempfänger aussah. Kari lächelte. Womöglich passte dieses Ding zu der Kamera in Kevin Köhlers Jackenknopf. Sie besah sich das Gerät genauer und stellte fest, dass es einen Kartenslot und einen USB-Anschluss besaß. Die übertragenen Daten ließen sich also sowohl auf einer SD-Karte als auch auf einem Stick speichern. Und das zugehörige Medium war vermutlich auch hier irgendwo.

Kari öffnete die nächste Schublade und stöhnte leise. Tatsächlich fanden sich dort Speicherkarten und USB-Sticks, allerdings in kaum überschaubarer Zahl. Es mussten an die fünfzig sein. Zum Glück hatte sie vorgesorgt. Kari zog das leistungsstarke Tablet aus ihrer Tasche, das Ole Lund ihr per Kurier hatte zustellen lassen. Es besaß eine Kupplung, mit der man bis zu acht USB-Geräte gleichzeitig anschließen konnte, eine Vorrichtung für ebenso viele Speicherkarten und eine riesige Festplatte.

Kari breitete Bjarnes Bestand an Speichermedien vor sich auf dem Schreibtisch aus. Dann begann sie systematisch, die Sticks und Karten zu kopieren.

Während das Gerät arbeitete, hielt sie ihre Aufmerksamkeit auf den Flur gerichtet. Falls einer der Mitarbeiter von *Sylt Guard* beschlösse, während der Befragung den Raum zu verlassen, um zur Toilette zu gehen, würden ihn Voss und Hannah kaum daran hindern können. Und wenn Clemens Sievert sie ein zweites Mal beim Herumschnüffeln in den Privaträumen der Familie erwischte, würde er ihr die Geschichte mit den Verdauungsproblemen nicht mehr abkaufen, und ihre Undercover-Mission in der Firma wäre definitiv gescheitert.

Dabei hatten sie mit Bjarne Sievert ja nicht einmal notwendigerweise den Täter auf dem Radar. Natürlich war es möglich, dass er der Einbrecher war, dass er Kevin erschossen und dem Toten das Aufzeichnungsgerät abgenommen hatte. Doch ebenso gut konnte er mit Kevin gemeinsam die Entlarvung der Juwelendiebe geplant haben, hatte sich vielleicht mit seinem Equipment vor der Villa postiert und war geflohen, als die Schüsse gefallen waren. Bei Bjarnes Faible für Überwachungsgeräte erschien ihr diese Variante fast plausibler. Aber das würden die Kriminaltechniker herausfinden, die die Daten am Ende sichteten. Angesichts der schieren Masse bedauerte sie die Kollegen bereits jetzt.

■ ■ ■

Kari hatte sich eben erst mit einer Tasse Kaffee am Küchentisch niedergelassen, als sich die Tür zum Esszimmer auch schon öffnete und Jonas Voss und Hannah Behrends heraustraten. Voss schüttelte Burkhard Sievert die Hand.

»Vielen Dank noch einmal für Ihre Kooperation«, sagte er.

Sievert lächelte sein Politikerlächeln. »Wir tun, was wir können«, versicherte er, und nicht einmal ein Zucken seiner Wangenmuskulatur verriet, dass er in Wirklichkeit wahrscheinlich etwas völlig anderes dachte.

Wiebke Lüdemann schob sich an den beiden vorbei in die Küche.

»Hast du die Filter nicht gefunden?«, erkundigte sie sich bissig.

»Doch.« Kari schaute auf die braune Flüssigkeit in der Maschine, dann auf ihre Tasse. »Weshalb?«

Wiebke angelte einen Becher aus dem Schrank und schenkte sich ebenfalls ein. »Weil du noch nichts getrunken hast.«

»Ach so.« Kari biss sich verärgert auf die Lippen. Sie hätte den Kaffee aufsetzen sollen, ehe sie in Bjarnes Zimmer herumschnüffelte. Schon wieder hatte sie etwas nicht bedacht. Wenn Jonas Voss in der Nähe war, funktionierten ihre Instinkte einfach nicht mit derselben Zuverlässigkeit wie gewöhnlich.

»Ich war in Gedanken«, erklärte sie und nahm einen großen Schluck. Fast verbrühte sie sich den Mund, weil der Kaffee noch so heiß war.

Wiebke holte eine Tüte Milch aus dem Kühlschrank und goss sich davon ein. Auch Kari bediente sich. Noch etwas, woran sie hätte denken sollen.

»Worüber denkst du denn nach?«, insistierte Wiebke. »Über Leif?«

»Nein.« Kari schaute ihre Kollegin offen an. In diesem Fall musste sie nicht einmal die Unwahrheit sagen. An Leif hatte sie tatsächlich nicht eine Sekunde gedacht. »Über meinen Vorgänger.«

»Kevin?« Wiebke trank von ihrem Kaffee. »Das kannst du dir sparen.«

Sie stellte den Becher zurück auf den Tisch.

»Ich sag dir was«, erklärte sie. »Ich glaube das nicht, was die Polizei denkt. Dass Kevin den Einbrecher stellen wollte. Wenn du mich fragst, hatte der die Kamera dabei, weil er das cool fand. Der war so.«

Kari betrachtete ihre Kollegin. Mit ihrer kräftigen Statur und den blitzenden Augen hatte sie etwas von einer Raubkatze. Was vermutlich auch an der unterschwelligen Aggressivität lag, die sie ausstrahlte. Den Verdacht, den Wiebke äußerte, hatte Kari ja bereits selbst gehabt. Doch je länger sie darüber nachdachte, desto weniger glaubte sie daran.

»Leif hat mir erzählt, dass Kevin als Wachmann seine Berufung gefunden hatte«, widersprach sie. »Warum sollte er plötzlich die Seiten wechseln?«

Wiebkes ablehnende Miene verdüsterte sich noch mehr.

»So? Hat Leif dir das erzählt?«, fragte sie. »Ihr redet wohl viel miteinander?«

»Nein, eigentlich nicht.« Kari versuchte eilig, die Wogen zu glätten, die sie aufgewirbelt hatte. »Er hat es, glaube ich, erwähnt, als sein Vater mich eingestellt hat. Da hat er mich kurz auf dem Gelände herumgeführt.«

»Ich nehme an, er war mit dir in der Umkleidekabine?«, ätzte Wiebke weiter.

»Ja. Er hat nach einer passenden Uniform für mich gesucht.«

»Und dann hat er dir beim Umziehen geholfen?«

»Nein, verdammt.« Kari schlug mit der flachen Hand auf den Tisch. »Hör doch mal auf damit. Ich will nichts von Leif. Du kannst ihn gerne haben.«

Ein wenig Kaffee war aus Wiebkes Becher auf den Tisch geschwappt, doch sie kümmerte sich nicht darum.

»Er interessiert sich aber nicht für mich«, entgegnete sie. »Nicht, solange Frauen wie du mit ihrem Hintern vor seiner Nase herumwackeln.«

Kari atmete tief durch. Sie hatte nicht laut werden wollen, aber vielleicht war das genau die richtige Reaktion. Damit war sie zumindest authentisch.

»Das ist wohl kaum meine Schuld«, konterte sie. »Ich habe ihn jedenfalls nicht ermutigt.« Abgesehen davon, dass sie ihm gesagt hatte, sie würden noch eine Menge Spaß miteinander haben, wie ihr gleich darauf einfiel. Sie hatte es natürlich anders gemeint, doch das konnte er ja nicht wissen.

Wiebke seufzte schwer.

»Du hast ja recht«, gab sie zu. »Aber es ist so verdammt unfair. Du bist so hübsch.«

Kari musste lächeln.

»Das bist du auch«, sagte sie aufrichtig. »Jedenfalls, wenn du nicht so grimmig guckst. Und«, sie beugte sich vertraulich ein wenig näher, »außerdem bin ich doch viel zu alt für Leif.«

Wiebkes Augen funkelten. »Weißt du, was das Schlimmste ist?«

»Nein.«

»Dass du nett bist.«

Kari lachte. Sie wusste nicht genau, wie sie es angestellt hatte, aber irgendwie war es ihr doch gelungen, das Eis zu brechen. Sie überlegte, wie sie die Situation am besten für ihre Zwecke nutzen könnte.

»Was für ein Theater!« Leif Sievert stürmte in die Küche wie ein Schauspieler, der beinahe seinen Einsatz verpasst hätte. Er schaute zwischen den beiden Frauen hin und her.

»So«, sagte er. »Die Bullen sind weg. Und wir müssen an die Arbeit.« Er richtete seinen ausgestreckten Finger auf Wiebke. »Bjarne und du, ihr fahrt nach Westerland zu den Hochhäusern an der Promenade, die Türanlagen checken. Thilo hat einen Auftrag in Kampen. Und wir zwei«, er blinzelte Kari zu, »sammeln in ein paar Luxusboutiquen die Einnahmen ein.«

Das Gesicht von Wiebke Lüdemann verschloss sich wieder, und Kari hätte am liebsten laut geflucht. Einen schlechteren Moment hätte Leif Sievert für seinen Auftritt kaum wählen können. Aber ihr blieb nichts anderes übrig, als gute Miene zum bösen Spiel zu machen.

■ ■ ■

Kari folgte Leif nach draußen und sah, dass Jonas Voss und Hannah Behrends noch vor dem Haus standen. Zum Glück. Sie musste dringend das Tablet mit den Daten von Bjarne Sieverts Speicherkarten und Sticks loswerden, ehe es einer ihrer Wachschutzkollegen zu Gesicht bekam. Als sie die Treppe erreichte, trat sie auf das lose Ende ihres Schnürsenkels, so dass sich die Schleife löste. Zugleich griff sie in ihre Jackentasche und umfasste das Tablet.

Im nächsten Moment stolperte sie die Treppe hinunter, schneller und steiler, als sie es geplant hatte. Leif drehte sich nach ihr um, war aber nicht geistesgegenwärtig genug, um sie aufzufangen. Sie landete in den Armen von Jonas Voss, der sie länger festhielt als nötig.

»Hoppla«, sagte er rau. Kari schob schnell das Tablet in die Tasche seiner Lederjacke und versuchte sich einzureden, dass ihr Herz nur deshalb raste, weil der selbstinszenierte Sturz eine Woge von Adrenalin durch ihren Körper pumpte.

»Danke«, sagte sie und machte sich von ihm frei.

Voss ließ die Arme sinken, doch seine Augen hafteten weiter an ihr.

»Das hätte verdammt böse ausgehen können«, bemerkte er.

»Aber glücklicherweise war die Polizei ja zur Stelle«, mischte sich Leif ein und schob sich zwischen Voss und Kari. »Dein Freund und Helfer.« Er grinste. »Wie ist denn das überhaupt passiert?«

Kari deutete auf ihren offenen Schnürsenkel.

»Der Knoten hat sich gelöst«, erläuterte sie. »Ich fürchte, ich bin darauf getreten.«

»Sie sollten wirklich besser achtgeben«, sagte Voss.

Kari bückte sich und band ihr Schuhband neu. Als sie sich wieder aufrichtete, legte ihr Leif einen Arm um die Schultern.

»Keine Sorge«, sagte er zu Voss. »Ich passe auf sie auf.«

»Wunderbar«, erwiderte der Kriminalkommissar, doch Kari sah ihm an, dass er das Gegenteil meinte.

■ ■ ■

Jonas Voss schaute den beiden hinterher, bis sie um eine Hausecke bogen und aus seinem Blickfeld verschwanden. Dann wandte er sich abrupt um.

Hannah Behrends wartete immer noch am Fuß der Treppe. Ihre Handtasche baumelte locker von ihrer Schulter, und sie wischte konzentriert auf ihrem iPad herum. Ihre Augen konnte er nicht sehen, weil ihr der blonde Bob in die Stirn hing. Doch sie hatte seine Bewegung offenbar bemerkt, denn zwei Sekunden später blickte sie hoch. Auf ihrem Gesicht lag ein seltsamer Ausdruck.

»Sie will nichts von ihm«, sagte sie leise, und Voss bewunderte einmal mehr ihre Größe. Er wusste nicht, ob er an ihrer Stelle nicht eher Salz in die Wunde gestreut hätte. Doch Hannah war viel zu anständig dafür.

»Komm«, sagte er und strebte zum Tor des Kasernenhofs. Hannah folgte ihm.

Als sie ihren Wagen erreicht hatten, der vor dem Eingang stand, wandte er sich um und gestikulierte in die Richtung, in die Leif und Kari gegangen waren.

»Es tut mir leid«, sagte er. Wenn er Hannah schon keine Chance gab, konnte er wenigstens aufhören, so zu tun, als wäre er blind. »Ich weiß, dass du dir etwas anderes erhoffst. Aber …«

»Es ist nicht das, was du fühlst«, vervollständigte Hannah schlicht.

»Nein.« Jonas Voss schnitt eine Grimasse. »Ich meine, ich mag dich. Du bist eine großartige Kollegin. Eine tolle Frau.

Ich bin gern mit dir zusammen. Und mit dir wäre es so viel leichter. Ich wünschte, ich könnte mehr für dich empfinden. Aber …«

»Das ist die Stimme der Vernunft«, stellte Hannah fest.

»Ja.« Voss schaute zu Boden. Er fühlte sich elend. Er wollte Hannah nicht verletzen, doch gegen seine Gefühle war er machtlos.

»Danke«, sagte Hannah, und Jonas Voss blickte wieder auf. Hannah lächelte ihn an. Ihre blauen Augen schimmerten feucht, aber zugleich wirkte sie erleichtert. »Ich bin froh, dass wir das endlich geklärt haben.«

»Ja.« Voss grinste schief. »Es war blöd von mir, so zu tun, als würde ich es nicht merken.«

»Stimmt.« Hannah erwiderte sein Grinsen. »Aber ich war auch verbohrt. Ich habe ja gesehen, was da mit Kari passiert ist. Ich dachte nur, wenn sie wieder weg ist … Dabei hätte ich wissen müssen, dass sie zurückkommt. Und selbst, wenn nicht – es ändert nichts daran, dass sie in deinem Kopf ist.«

»Mhm.« Jonas Voss dachte an die vielen Flaschen Martini, die er seit dem letzten Sommer geleert hatte, weil er Kari einfach nicht vergessen konnte. Er hatte angefangen, sich selbst zugrunde zu richten, für eine Frau, mit der es keine Zukunft gab. Er hatte keine Hoffnung gehabt, sie jemals wiederzusehen. Und trotzdem hatte er nicht aufhören können, an sie zu denken. Nun war sie wieder da, doch ob es eine Zukunft für sie beide gab, wusste er immer noch nicht. Seine Ex-Frau Friederike kam ihm in den Sinn, die ihn wegen der Karriere verlassen hatte und nun als Konzertpianistin die ganze Welt bereiste. »Ich habe offenbar ein Faible für Frauen, die man nicht halten kann.«

Hannah sah ihn ernst an. »Wenn du jemanden zum Reden brauchst – ich bin für dich da.«

Voss hob die Augenbrauen. »Ist das nicht ein bisschen viel verlangt? Dass du dir auch noch meinen Kummer anhörst?«

Hannah machte eine vage Geste. »Es ist nicht meine erste Wahl, aber ich fände es trotzdem schön, wenn wir Freunde würden.«

Voss atmete tief durch und schob die Hände in die Jackentaschen.

»Ja«, sagte er. »Das würde mich auch freuen.« Er runzelte die Stirn. Da war etwas in seiner linken Tasche, das dort nicht hingehörte. Er zog den Gegenstand hervor und schaute ihn verständnislos an.

»Ach.« Hannah schnippte mit den Fingern. »Deshalb ist sie gestolpert.«

Sie nahm ihm das Objekt aus der Hand und zog den Miniaturcomputer aus der schwarzen Hülle.

»Sie ist wirklich gut«, stellte sie fest, während sie den Rechner einschaltete. »Ich habe nicht gemerkt, dass ihr Sturz nur gespielt war.«

Jonas Voss schaute auf das Gerät und spürte dem Moment nach, den Kari in seinen Armen gelegen hatte. Er hatte diese plötzliche Nähe genossen.

»Nein«, sagte er. »Ich auch nicht.«

22.

Bjarne Sievert schwitzte. Er glaubte förmlich zu spüren, wie sich die Schlinge um seinen Hals enger zog. Während Wiebke den Transporter hinter den Hochhäusern in der Andreas-Dirks-Straße parkte, kramte er in seinem Rucksack nach einem Schokoriegel. Er tastete den Boden ab und öffnete sämtliche Seitenfächer, aber da war nichts. Offenbar hatte er den letzten Rest seines Vorrats am Morgen aufgebraucht. Das hungrige Monster in seinem Inneren wuchs rasant zu beängstigender Größe an. Wenn es nichts bekäme, würde es unleidlich werden. Er konnte sich dann nicht mehr richtig konzentrieren und an nichts anderes mehr denken. Er musste jetzt sofort etwas essen. Wiebke sah ihn von der Seite an.

»Was ist mit dir los?«, erkundigte sie sich. »Du schnaufst, als hättest du einen Hundert-Meter-Lauf hinter dir.«

»Hunger«, stieß Bjarne hervor. »Ich habe Hunger.«

Wiebkes Augen verengten sich.

»Wir haben vor einer Stunde Fisch und Pommes gegessen«, entgegnete sie. »Und du hast dir sogar noch eine zweite Portion Fritten geholt.«

Bjarne wimmerte. Er wusste ja, dass er ständig aß. Und natürlich sah er auch, dass er immer fetter wurde. Doch es nützte ihm nichts. Gegen das gefräßige Monster kam er einfach nicht an.

»Trotzdem«, stöhnte er. »Ich werde nie satt.«

»Dann nimm noch ein paar von Thilos Pillen«, schlug Wiebke vor.

Das flaue Gefühl in Bjarnes Magen verstärkte sich weiter.

»Die hab ich weggeworfen«, berichtete er. »Meinst du, ich will, dass die Bullen sie bei mir finden?«

Wiebke tippte sich an die Stirn. »Bist du bescheuert? Woher sollen sie das denn wissen? Thilo hat ihnen doch nicht gesagt, wer seine Kunden sind. Oder jedenfalls hat er uns nicht verraten.«

»Trotzdem«, beharrte Bjarne. »Sie haben ihm die Umschläge mit unserem Geld abgenommen.«

»Na und?« Wiebke verdrehte die Augen. Er konnte sehen, wie genervt sie war. Aber was sollte er denn tun? Er hatte einfach Schiss. Er durfte gar nicht daran denken, was sein Vater tun würde, wenn er davon erführe.

»Was glaubst du denn?«, bohrte Wiebke weiter. »Dass sie unsere Fingerspuren von den Umschlägen nehmen und auf der ganzen Insel Abdrücke sammeln, mit denen sie sie vergleichen können?«

»Nein. Aber Arbeitskollegen und Freunde sind ja wohl die ersten Verdächtigen, meinst du nicht?«

»Ja, mag sein. Und selbst wenn? Was haben wir denn groß getan? Meinst du vielleicht, sie verhaften uns, weil wir ein paar Anabolika gekauft haben? Den Ärger kriegt Thilo, weil er sie vertickt hat, nicht wir. Und dein Vater wird dich deswegen nicht gleich enterben.«

»Hm. Na ja, vielleicht hast du recht.«

Bjarne zupfte mit den Zähnen ein Stück Haut von seinem linken Daumen und kaute darauf herum. Wiebke sah ihm angewidert zu.

»Ehrlich, Bjarne«, sagte sie. »Das ist krank.«

Sie durchstöberte ihre Jackentaschen und förderte ein Twix zutage, das in der Mitte durchgebrochen war.

»Da«, sagte sie und hielt ihm die Süßigkeit hin. »Ist schon ein bisschen älter, aber ...«

»Das macht nichts«, versicherte Bjarne und griff danach. Hastig riss er das Stanniolpapier ab und biss in den Riegel. Keks, Schokolade und Karamell vermischten sich auf seiner Zunge. Es schmeckte köstlich. Bjarne schloss mit einem Seufzen die Augen.

»Im Ernst, Bjarne«, versuchte Wiebke es erneut. »Essen ist keine Lösung.«

»Nee.« Bjarne hob die Lider wieder und sah sie an. »Aber es ist das Einzige, was ich kriegen kann.«

Alles andere – tolles Aussehen, wie Leif es hatte, Selbstbewusstsein, wie es Kevin gehabt hatte, oder eine Freundin wie Wiebke – würde er ohnehin nie bekommen.

Er schluckte den Rest hinunter und musste plötzlich lächeln. Genaugenommen war essen doch nicht das Einzige, das er hatte. Er besaß noch etwas anderes. Etwas, von dem weder Wiebke noch irgendjemand sonst etwas ahnte. Eine Sache, die sogar noch besser war als essen.

23.

Als Kari am späten Nachmittag ihre Uniform in den Schrank hängte, fühlte sie sich erschlagen. Nicht, weil es so anstrengend war, die Einnahmen aus verschiedenen Boutiquen in Geldkoffer zu schließen und im Transporter zu verstauen. Oder weil irgendetwas an dieser Aufgabe den Adrenalinpegel hochhielt. Eine Insel ohne Straßenanbindung ans Festland war einfach ein schlecht geeigneter Ort für Raubüberfälle, die eine schnelle Flucht erforderten.

Was sie dagegen Nerven gekostet hatte, war Leifs unablässige Flirterei. Er schien zu glauben, dass er nur hartnäckig genug am Ball bleiben musste, um bei ihr zum Zug zu kommen. Es war ja nicht so, dass er nicht charmant war. Und Kari hatte durchaus Interesse daran, dass man sich näherkam. Doch solange Leif aufs Anbaggern fixiert war, hatte sie keine Gelegenheit, ihn über *Sylt Guard* auszufragen. Und das bedeutete, dass sie auf der Suche nach den Juwelendieben und dem Mörder von Kevin Köhler keinen Millimeter vorankam.

»Du bist wirklich eine harte Nuss«, sagte plötzlich eine Stimme direkt hinter ihr, und Kari riss eilig ihre Jeans aus dem Spind und schlüpfte hinein. Dann drehte sie sich um.

»Musst du dich so anschleichen?«, fragte sie.

Leif steckte noch immer in seiner Wachschutzkleidung. Nur die Mütze hatte er abgenommen, und seine blonden Locken fielen ihm in die Stirn. Er sah ohne Frage gut aus, doch für Kari war er locker zehn Jahre zu jung.

Leif schenkte ihr ein Lausbubenlächeln.

»Ich wollte dir nur sagen, dass mir das imponiert«, erklärte er. »Normalerweise laufen mir die Mädels hinterher und warten nur darauf, dass ich ihnen den kleinen Finger reiche. Aber du bist anders.«

»Ich bin keine fünfundzwanzig mehr«, versetzte Kari.

»Nein.« Leif lehnte sich an die Wand der Umkleidekabine. »Das ist es nicht. Du bist eine Frau mit Charakter. Eine, mit der man durchs Leben gehen kann.« Seine blauen Augen saugten sich an ihr fest.

Kari schluckte. Du liebe Güte! Er hatte sich doch wohl nicht ernsthaft in sie verliebt? Was er da von sich gab, klang ja beinahe schon wie der Auftakt zu einem Heiratsantrag. Das Beste wäre, wenn sie behaupten könnte, dass sie bereits vergeben war. Doch welchem Mann sollte sie diese Rolle zuweisen? Der Einzige, der sicher sofort dazu bereit wäre, kam nicht in Frage, weil er in dieser Sache der ermittelnde Kriminalhauptkommissar war. Wenn sie vorgab, ausgerechnet mit ihm liiert zu sein, konnte sie ihre Undercover-Mission ebenso gut sofort abbrechen. Niemand bei *Sylt Guard* würde auch nur noch ein einziges Wort mit ihr reden. Die Rettung kam von gänzlich unerwarteter Seite.

»Frau Blom?«, fragte eine weiche Stimme, und im nächsten Augenblick betrat Clemens Sievert den Umkleideraum. Er blieb in der Tür stehen, und seine Augen wanderten zwischen Leif und Kari hin und her.

»Störe ich?«, fragte er.

Leif stieß sich von der Wand ab.

»Nein. Überhaupt nicht«, polterte er und drängte sich an seinem Onkel vorbei. Sie hörten die schweren Tritte seiner Stiefel im Flur. Kurz darauf krachte die Eingangstür der Halle zu. Der Buchhalter seufzte.

»Ich habe doch gestört«, konstatierte er.

Kari lächelte ihn an. »Mich nicht«, erwiderte sie.

Clemens Sievert rückte seine rotgerahmte Brille zurecht, und seine grauen Augen musterten sie konzentriert.

»Hm«, sagte er dann. »Ich verstehe.«

Ihre Blicke trafen sich, und Kari dachte, dass auch der jüngere Bruder des Firmeninhabers nicht schlecht aussah. Er hatte ein kluges und freundliches Gesicht. Ein bisschen blass vielleicht, was durch den roten Rahmen der Brille noch verstärkt wurde. Und die aschblonden Haare hätten einen etwas pfiffigeren Haarschnitt vertragen können. Doch davon abgesehen war er ein durchaus attraktiver Mann. Und er war eher ihre Altersklasse. Mit seinen neununddreißig war er nur drei Jahre älter als sie.

»Ich habe eine Kleinigkeit gekocht«, erklärte er. »Ich wollte Sie einladen, mit uns zu Abend zu essen. Und anschließend könnte ich Ihnen noch eine Einführung in unsere Sicherheitstechnik geben.« Er schenkte ihr einen bedeutungsvollen Blick. »Damit Sie nicht immer nur Geldtransporte fahren müssen.«

Kari nahm ihre Jacke aus dem Schrank und nickte.

»Ja. Herzlich gerne«, sagte sie. »Das würde mir gefallen.«

■ ■ ■

Kriminalhauptkommissar Jonas Voss sprintete über den Kirchenweg und lief unter der gläsernen Überdachung auf die Rückseite des Bahnhofsgebäudes zu. Er schlängelte sich zwischen den Tischen hindurch und betrat das Café. Eine junge blonde Frau hinter dem Tresen winkte ihm zu.

»Moin, Herr Voss!«, rief sie. »Nervennahrung?«

Voss signalisierte mit einer knappen Geste seine Zustimmung.

»Was ist denn noch da?«, erkundigte er sich, als er sie erreicht hatte.

Die Frau deutete auf die Auslage. »Nicht mehr viel, leider«, sagte sie.

Voss besah sich die mageren Reste und entschied sich für zwei Schokoladenhörnchen und ein halbes Dutzend Quarkbällchen. Das konnte man ohne Teller und Gabel essen.

Die Bedienung steckte die Gebäckstücke in eine Papiertüte, und Voss angelte seine Brieftasche aus der Hose. Wie immer rundete er den geforderten Betrag großzügig auf, und die Verkäuferin bedankte sich lächelnd. Voss nahm seine Tüte und lief zurück zum Polizeirevier.

Als er die Tür zu seinem Büro öffnete, stöhnte Hannah auf und sah ihm entgegen.

»Gott sei Dank!«, bemerkte sie und schob das Tablet vom LKA Kiel beiseite. »Ich brauche dringend eine Energiespritze.«

Voss verteilte das Gebäck und setzte sich wieder an seinen eigenen Arbeitsplatz. Er rieb sich die Augen und tippte auf die Computermaus, um den Monitor auf seinem Schreibtisch zum Leben zu erwecken. Ein Blick auf die Uhr verriet ihm, dass er vor seinem kurzen Besuch beim Bahnhofscafé bereits mehr als eine Stunde am Rechner verbracht hatte. Sie hatten die Daten, die Kari von Bjarne Sieverts USB-Sticks und SD-Karten kopiert hatte, an die Computerspezialisten im Landeskriminalamt in Kiel geschickt. Da die Kollegen, wie sie wussten, aber ständig überfordert waren und es eine Weile dauern würde, bis man sich dort mit der riesigen Datenmenge beschäftigen konnte, hatten sie beschlossen, die Dateien selbst zu checken. Was eine echte Sisyphusarbeit war.

»Wie kann man nur solchen Schwachsinn aufnehmen?«, fragte Hannah, während sie in eines der Schokohörnchen biss. »Tonnenweise Filmchen von irgendwelchen Jugendlichen, die sich am Strand lümmeln, durch die Friedrichstraße flanieren oder sich in irgendeinem Club die Birne zudröhnen. Da ist nichts dabei, das auch nur annähernd interessant wäre.«

»Für dich«, nuschelte Voss, der gerade ein Quarkbällchen kaute.

»Hm.« Hannah zog ein zweifelndes Gesicht. »Na ja. Bjarne macht es anscheinend Spaß, andere heimlich zu beobachten. Er scheint ja auch irgendwie ein Sonderling zu sein.«

Jonas Voss erinnerte sich daran, was Hannah zu Beginn der Ermittlungen recherchiert hatte: Bjarne Sievert hatte die Realschule mit mittelmäßigen Noten verlassen und anschließend eine Wachschutzausbildung im väterlichen Betrieb absolviert. Jetzt war er zweiundzwanzig und arbeitete seit sechs Jahren dort. Er hatte sein gesamtes Leben auf Sylt verbracht, doch Freunde schien er auf der Insel nicht zu haben. Seine Kontakte beschränkten sich auf die Familie und die Kollegen bei *Sylt Guard*.

»Hast du eigentlich noch Kontakt zu deinen Schulfreundinnen?«, fragte er Hannah. Sie blickte auf, offenbar verblüfft über den scheinbaren Themenwechsel.

»Zu einigen, ja«, erwiderte sie. »Wir treffen uns gelegentlich, wenn ich bei meinen Eltern in Flensburg bin. Mädelsabend, du weißt schon.«

Voss wusste nicht, doch er nickte trotzdem.

»Meine beste Freundin wohnt in Husum«, berichtete

Hannah weiter. »Wir sehen uns nicht so häufig, weil sie zwei kleine Kinder hat, aber wir telefonieren, so oft wir können.«

»Mhm.« Voss betrachtete seine Kollegin nachdenklich. Sie arbeiteten mittlerweile seit mehr als drei Jahren zusammen, doch von diesen Dingen hatte er keine Ahnung. Er hatte bisher versucht, so wenig wie möglich mit Hannah über ihr Privatleben zu sprechen, weil es eine Nähe schuf, die er hatte vermeiden wollen. Dabei war es so, wie es jetzt war, viel leichter.

»Und du?«

»Was?«

»Hast du noch Freunde aus der Schulzeit?«

»Nein.« Jonas Voss legte das Hörnchen, das er gerade anbeißen wollte, beiseite. Er hatte plötzlich keinen Appetit mehr.

Hannahs blaue Augen musterten ihn durchdringend.

»Falsches Thema?«, erkundigte sie sich.

Voss rollte mit seinem Stuhl zurück und schaute aus dem Fenster in die hereinbrechende Abenddämmerung.

»Ja und nein«, entgegnete er und schnitt eine Grimasse. »Mit damals verbinde ich ein paar meiner schönsten Erinnerungen, und ein paar der schlimmsten.« Er wandte sich wieder Hannah zu. »Wir waren eine große Clique. Wir haben alles mitgenommen, was man auf Sylt so machen kann.« Er deutete auf Hannahs Monitor. »So ähnlich wie die Leute in Bjarnes Filmen. Wir hatten eine wirklich gute Zeit.« Voss musste lächeln, als er daran dachte.

»Und dann?« Hannah beugte sich neugierig vor.

Voss machte eine vage Geste. »Dann kam die Liebe. Friederike gehörte auch zu unserer Clique. Wir haben geheiratet und Finja und Jasper bekommen. Friederike hat Karriere gemacht. Und irgendwann war ihr das wichtiger als die Familie. Die Kinder hat sie bei mir gelassen, aber unsere Freunde, die hat sie mitgenommen.«

»Alle?« Hannah runzelte die Stirn.

»Nein.« Jonas Voss spürte, wie sich eine dunkle Wolke über ihn legte. »Nicht alle. Einer ist geblieben. Mein bester Freund Kai.«

Hannah dachte offensichtlich nach und kam zu dem Ergebnis, dass sie den Namen nie zuvor gehört hatte.

»Trefft ihr euch noch?«, fragte sie. »Lebt er hier auf Sylt?«

»Nein.« Voss schluckte. »Kai ist nach Berlin gegangen. Zur Schutzpolizei. Ein Mann hat ihn bei einer routinemäßigen Fahrzeugkontrolle erstochen. Er hatte Drogen in seinem Wagen versteckt und ist in Panik geraten. Dabei wollte Kai nur seine Papiere sehen.«

Hannah machte ein betroffenes Gesicht. »Das tut mir leid.«

Jonas Voss spürte, wie Wut und Schmerz und Trauer aus seinem Inneren aufstiegen, und biss die Zähne zusammen. »Ich rede nicht gern darüber.«

»Hm.« Hannah schien zu überlegen, ob sie noch etwas anfügen sollte.

»Vielleicht ein andermal«, nahm Voss ihr die Entscheidung ab.

»Ja.« Hannah rettete sich zurück ins Dienstliche und deutete auf ihren Bildschirm. »Du hast seinetwegen gefragt, nicht wahr?«, erkundigte sie sich. »Du denkst, die Jugendlichen auf den Filmen sind Bjarnes Schulfreunde?«

»Ich nehme an, es sind Leute, mit denen er zur Schule gegangen ist«, präzisierte Voss. »Allerdings glaube ich nicht, dass sie Freunde waren.«

»Ah!« Hannah schien zu verstehen, worauf er hinauswollte. »Und weil er nicht dazugehört, verfolgt er sie heimlich und nimmt alles auf, was sie tun. Aber was macht er mit den Filmen?«

Die Antwort darauf fanden sie knapp zwei Stunden später.

■ ■ ■

Kari Blom versuchte, auf dem Stuhl hinter Clemens Sieverts Schreibtisch eine bequeme Position zu finden. Sieverts Kleinigkeit hatte sich als französische Quiche mit einer bunten Vielfalt an schmackhaften Gemüsesorten, Käse und Schmand erwiesen, und Karis Magen war so voll, dass sie das Gefühl hatte, sich nicht mehr rühren zu können. Sie hatte viel mehr gegessen, als sie wollte, weil Sievert für fünf Personen gekocht hatte, tatsächlich aber weder Burkhard noch Leif oder Bjarne Sievert zum Essen erschienen waren. Der Firmenchef traf sich mit einem Parteigenossen und hatte seine Söhne mitgenommen, denen, wie er sagte, etwas politische Bildung nicht schaden konnte. Also waren Clemens Sievert und sie mit der gewaltigen Menge allein geblieben, und Kari hatte es nicht über sich gebracht, den Koch zu enttäuschen, indem sie sich wie üblich beim Essen etwas zurückhielt. Die Rechnung für ihre Höflichkeit zahlte sie jetzt. Und dazu schwirrte ihr der Kopf von all den technischen Details, die ihr der Buchhalter in der vergangenen halben Stunde erläutert hatte.

Sievert klickte mit seiner Computermaus, und ein neues Fenster öffnete sich auf dem Monitor.

»Darauf«, erklärte er, »sind wir besonders stolz. Wir haben unsere Transporter mit GPS ausgerüstet und können jederzeit den Standort jedes Fahrzeugs bestimmen.« Er bewegte den Mauszeiger auf einen Ordner, und eine Karte der Insel erschien, darauf mehrere grün leuchtende Punkte. Mit einer

Ausnahme befanden sie sich in einer Reihe auf dem Kasernengelände in List. Nur ein einzelner Punkt leuchtete in Kampen.

Kari beugte sich vor. *Brönshooger Weg* stand auf der Straße.

»Das zum Beispiel«, erläuterte Sievert, »ist die Nacht, in der bei der Familie Riepenhusen eingebrochen wurde. Da steht einer unserer Wagen ganz in der Nähe des Grundstücks.«

»Sie meinen, das ist die Nacht, in der mein Vorgänger Kevin Köhler ... äh ... erschossen wurde?«

»Exakt.«

Kari schaute den Buchhalter an. »Haben Sie das der Polizei gesagt?«

»Ja.« Clemens Sievert lächelte schief. »Allerdings, wie ich gestehen muss, erst, nachdem sich herausgestellt hat, dass Kevin keiner der Einbrecher war.« Er klickte auf eine Schaltfläche, und die Uhr am oberen Bildrand begann zu laufen. »Alles andere hätte ein sehr schlechtes Licht auf die Firma geworfen. Schließlich muss es ja Kevin gewesen sein, der mit dem Transporter dort war.«

»Und das hat sich jetzt geändert?«, erkundigte sich Kari, während sie sich gleichzeitig fragte, ob Sievert wirklich glaubte, es mache einen Unterschied, ob Kevin, wenn er denn der Einbrecher gewesen wäre, mit dem Firmentransporter oder einem anderen Wagen zu seiner Diebestour aufgebrochen war. »Die Beamten gehen doch trotzdem davon aus, dass die Einbrecher aus dem Unternehmen kommen.«

Sievert tippte auf die Maus und hielt die Uhr an. »Die Kommissare täuschen sich. Kevin hätte ich das zugetraut, vielleicht auch noch Thilo, doch der scheint ja nach Meinung der Polizei nicht in Frage zu kommen. Aber die anderen? Das ist meine Familie.«

»Und die Tatwaffe? Die stammt doch aus dem Waffenbestand der Firma?«

»Es sieht so aus«, beharrte Clemens Sievert. »Aber die Polizei hat auch gesagt, das sei nur das vorläufige Ergebnis. Ich bin überzeugt, am Ende wird sich herausstellen, dass es nur eine ähnliche Pistole war.«

»Mhm.« Kari dachte nach. Sie war sich sicher, dass sich an der Beurteilung der Kollegen vom LKA nichts mehr ändern würde. Aber was bedeutete das für die Ermittlungen? Sie betrachtete die leuchtenden Punkte auf dem Monitor. Bisher waren sie davon ausgegangen, dass Kevin Köhler gemeinsam mit einem oder mehreren Komplizen agiert hatte. Doch wie sich herausgestellt hatte, war Kevin aus eigenem Antrieb unterwegs gewesen. Folglich musste es auch zwei Fahrzeuge geben. Eines – vermutlich den Firmenwagen –, mit dem Kevin nach Kampen gefahren war. Und eines, mit dem der Einbrecher gekommen war. Wenn es jemand aus der Firma war, hatte er womöglich aus einem der anderen Wagen den GPS-Sender ausgebaut, ehe er das Fahrzeug benutzt hatte.

»Wo ist denn der Transporter jetzt?«, fragte sie. »Der, der in der Tatnacht in Kampen war?«

Sievert machte eine vage Geste in Richtung des Fensters. »Er steht auf dem Hof.«

»Aha?« Kari legte den Kopf schief. »Und wie ist er dorthin gekommen?«

Der Buchhalter wollte zu einer Antwort ansetzen und unterbrach sich dann selbst.

»Oje.« Er tippte wieder auf seine Maus und setzte die Uhr erneut in Bewegung. »Daran habe ich überhaupt nicht gedacht, aber Sie haben vollkommen recht. Kevin kann ihn ja nicht zurückgebracht haben.«

»Weil er tot war«, sagte Kari düster, und Sievert nickte stumm.

Kari sah zu, wie er sich durch die Datei arbeitete.

»Da!«, sagte er schließlich und hielt das Bild an. »Um ein Uhr sechsunddreißig hat sich der Transporter wieder in Bewegung gesetzt.« Er spulte erneut vor, bis die grünen Punkte alle auf dem Hof zu sehen waren. »Und um ein Uhr vierundfünfzig hat ihn jemand hier auf dem Gelände abgestellt.«

Er nahm die Brille ab und fuhr sich mit der Hand über die Augen.

»Dann stimmt es also doch«, sagte er müde. »Irgendjemand aus der Firma – aus meiner Familie womöglich – ist ein Einbrecher und hat Kevin ermordet. Und dann hat er ihm die Schlüssel abgenommen und den Wagen zurückgebracht.«

»Aber warum?« Kari schaute den Buchhalter verständnislos an. »Er hätte ihn doch einfach stehen lassen können.«

Sievert setzte seine Brille wieder auf.

»Ich weiß es nicht«, seufzte er. »Vielleicht wollte er Spuren verwischen. Oder er hatte ein Problem mit seinem eigenen Fahrzeug.«

Er schaute eine Weile gedankenverloren aus dem Fenster.

»Sie könnten mir helfen«, sagte er schließlich.

Kari sah ihn fragend an.

»Sie könnten sich ein wenig umhören«, erläuterte der Buchhalter. »Sprechen Sie mit Ihren Kollegen. Vielleicht entdecken Sie etwas, das ich übersehen habe.« Er holte tief Luft. »Ich finde keine Ruhe, solange ich nicht weiß, was passiert ist.«

Kari lachte auf. »Sie meinen ... ich soll sozusagen undercover agieren?«

Ole Lund würde das gefallen. Nicht nur undercover undercover, sondern undercover hoch drei. Nicht schlecht. Kari musste schmunzeln.

»Trauen Sie sich das zu?«, erkundigte sich Clemens Sievert. »Ich weiß nicht, wen ich sonst bitten soll. Sie sind die Einzige, die über jeden Verdacht erhaben ist.«

Kari nickte langsam. Es konnte ja nicht schaden, einen Verbündeten im Unternehmen zu haben. Womöglich würde es ihre Arbeit vereinfachen.

»Ich versuche es«, erklärte sie. »Aber ich kann nichts versprechen.«

Sievert erhob sich.

»Danke«, sagte er. »Es ist eine schwierige Situation, wenn man der eigenen Familie nicht mehr trauen kann. Am liebsten würde ich die Augen davor verschließen, doch das nützt ja nichts. Ich muss einfach die Wahrheit wissen.«

Kari ergriff seine ausgestreckte Hand und drückte sie.

»Ich tue mein Bestes«, versicherte sie.

Sieverts graue Augen ruhten auf ihrem Gesicht.

»Am Anfang war ich mir nicht sicher, ob es richtig ist, Sie einzustellen«, sagte er. »Aber jetzt bin ich froh, dass Sie da sind.«

24.

Die Dunkelheit hatte sich über die Insel gelegt wie eine samtschwarze Decke. Zum Glück brannten auf dem kleinen Parkplatz am Rantumer Hafen ein paar Laternen, und der Hafenkiosk 24 warf durch die Fenster ein wenig Licht nach draußen.

Kari stellte den Beetle in der hintersten Ecke des Platzes ab und ging mit schnellen Schritten zum Deichweg. Sie bereute schon jetzt, dass sie sich von Jonas Voss hatte überreden lassen, ihn hier zu treffen. Angeblich konnte er ihr das, was er zu berichten hatte, nicht am Telefon sagen. Doch sie argwöhnte, dass das nur ein Vorwand war. Zugleich konnte sie nicht leugnen, dass sie sich darauf freute, ihn zu sehen. Und das ärgerte sie beinahe noch mehr. Wenn man sich von seinen Gefühlen leiten ließ, verlor man die Kontrolle. Und das wollte sie nicht.

Sie zuckte zusammen, als das Smartphone in ihrer Tasche zu klingeln begann. Hastig nahm sie das Gespräch an.

»Nanu?« Ole Lund klang verwundert. »Du bist ja gar nicht außer Atem. Dabei hätte ich gewettet, du wärst auf deiner Joggingrunde in der Braderuper Heide unterwegs.«

»Nein. Ich bin in Rantum.«

»Ach so?« Sie meinte buchstäblich zu sehen, wie ihr Vorgesetzter die Stirn runzelte. »Und was genau tust du dort? Ist es dir in Braderup zu eintönig geworden und du kundschaftest ein neues Laufrevier aus?«

»Nein.« Kari schaute über das kleine Hafenbecken und die Masten der Segelboote, die im schwachen Mondlicht schimmerten. Sie wollte Lund nichts von ihrem Treffen mit Jonas Voss erzählen. Der Kriminalrat hatte ihr diesbezüglich bei ihrem letzten Telefonat klare Anweisungen erteilt. Aber sie konnte ihn auch nicht belügen. Schließlich war er nicht nur ihr Vorgesetzter, sondern auch ihr Freund.

»Ich habe eine Verabredung.«

»So?« Lunds Stimme klang ungewohnt zynisch. »Soll ich raten? Angesichts des etwas abseitigen Treffpunkts vermute ich, dass es sich nicht um einen deiner neuen Arbeitskollegen von *Sylt Guard* handelt. Und wahrscheinlich bist du auch nicht mit deinen Häkeldamen auf Möwenjagd.«

»Nein.«

»Das heißt, du triffst dich mit Voss.«

»Ja.«

»Fein.« Lunds Tonfall wurde noch schärfer. »Und du kannst mir sicher auch erklären, was dich bewogen hat, dich über meine expliziten Anordnungen hinwegzusetzen?«

Kari dachte nach. Weshalb hatte sie das Ansinnen von Jonas Voss nicht einfach abgelehnt? Sie hätte ihm sagen können, dass er sämtliche Ermittlungsergebnisse an Ole Lund weitergeben sollte. Und Lund hätte sie dann über die wichtigsten Fakten in Kenntnis gesetzt. Genau so, wie sie es immer handhabten, wenn sie undercover unterwegs war.

»Kari?« Lunds Stimme klang drängend. »Bist du noch da?«

»Ja. Aber ich weiß es nicht. Voss hat mich um das Treffen gebeten. Und ich habe mich breitschlagen lassen. Ich habe keine Ahnung, warum.«

»Ich schon«, erwiderte Lund kühl. »Und du solltest endlich aufhören, dir etwas vorzumachen.« Sie hörte ein lautes Stakkato, weil Lund, wie er es gern tat, mit einem Stift auf seinem Schreibtisch herumtrommelte. »Ich freue mich für dich. Voss ist ein sympathischer Mann. Ich bin sicher, er wird dir guttun. Wenn eure Ermittlungen abgeschlossen sind. Aber ich hätte gedacht, dass ihr in der Lage seid, Berufliches und Privates zu trennen, solange wir diesen Fall untersuchen.«

»Ja.« Kari schob die freie Hand in die Tasche ihrer Jeans. »Das dachte ich auch.«

Lunds Stift landete mit einem Knall auf dem Tisch.

»Hör zu«, sagte er. »Du hast die Wahl. Entweder, du beschließt, deinen Job ordentlich zu Ende zu bringen. Dann steigst du jetzt sofort in deinen Wagen und fährst zurück nach Braderup. Du bleibst in deiner Rolle, und es gibt keinen Kontakt mehr mit den Sylter Kollegen. Was immer Voss zu sagen hat, kann er mir sagen. Oder du gibst den Fall ab. Dann könnt ihr von mir aus die ganze Nacht turteln und zum Abschluss nackt im Rantumer Becken baden.«

»Ole!«

»Ja?«

Kari atmete tief durch. Sie wusste, dass Lund sie absichtlich provozierte. Er wollte, dass sie eine klare Entscheidung traf und dass sie sich der Konsequenzen in aller Deutlichkeit bewusst war.

»Ich mache weiter«, sagte sie und wandte sich zum Parkplatz. Jonas Voss musste warten, bis die Juwelendiebe gefasst waren.

»Gut«, erwiderte Lund. »Ich lasse dich an dem Fall dran. Und ich hoffe, dieses Mal hältst du dich an unsere Abmachung.«

Damit legte er auf, und Kari schaute wütend auf das Display ihres Smartphones, bis es erlosch. Sie hätte Ole gern noch ein paar Takte gesagt, aber er hatte ja recht. Sie musste so schnell wie möglich von hier verschwinden.

Sie schob das Telefon zurück in die Tasche und eilte über den Parkplatz.

▪ ▪ ▪

»Kari!«

Die Stimme war direkt hinter ihr, und Kari blieb wie festgenagelt stehen. Sie war nur noch drei Schritte von Marijke Meenkens Beetle entfernt. Drei Schritte, die ihr plötzlich weiter vorkamen als die zehn Kilometer, die sie täglich lief. Langsam drehte sie sich um. Vor ihr stand Jonas Voss, die Locken zerzaust, die braunen Augen eindringlich auf sie gerichtet. Unter der Lederjacke, deren Ärmel er wie immer nach oben geschoben hatte, trug er ein weißes Hemd, das im Schein der Parkplatzlaternen leuchtete.

»Wo willst du denn hin?«, erkundigte er sich rau. »Bin ich zu spät?«

Kari schaute auf ihre Uhr. »Nein.«

»Und trotzdem wolltest du gehen?«

Kari streckte sich. Sie hatte Lund etwas versprochen, und sie wollte den Fall nicht abgeben. Es war noch nie vorgekommen, dass sie einen Auftrag nicht zu Ende geführt hatte.

»Wir dürfen uns nicht treffen«, erläuterte sie. »Nicht, solange ich undercover bei *Sylt Guard* bin. Anordnung von oben. Andernfalls bin ich raus aus dem Fall.«

Voss machte ein zerknirschtes Gesicht. »Ja, ich weiß. Es ist viel zu gefährlich.«

Kari betrachtete die Falten um seine Augen herum. Sie verliehen seinem jungenhaften Gesicht eine Reife, die ihm gut stand.

»Genau«, sagte sie.

Voss löste seinen Blick nicht von ihr. Stattdessen hob er die Hand und legte sie an ihre Wange. Sanft zog er sie zu sich heran. Und dann küsste er sie.

Kari schloss die Augen. Einen Moment lang gab sie sich der Berührung hin, dann schob sie Voss energisch von sich weg.

»Nicht hier«, sagte sie und deutete auf die Fenster des Lokals. »Wo uns jeder sehen kann.«

»Ja. Das wäre natürlich dumm.« Voss griff nach ihrer Hand und zog sie mit sich zum Deich. Auf dem Wasser flogen ein paar Vögel auf. Irgendwo bellte ein Hund.

Sie liefen weiter auf dem gepflasterten Weg, im Halbrund um das Rantumbecken herum. Der noch beinahe volle Mond war hell genug, so dass sie die Steine unter ihren Füßen sehen konnten, doch Voss ließ ihre Hand trotzdem nicht los. Und Kari musste zugeben, dass es sich gut anfühlte. Zu gut. Sie war dabei, die Kontrolle zu verlieren. Sie musste dringend etwas dagegen unternehmen, andernfalls war der Mordfall Köhler für sie verloren.

Vorsichtig löste sie ihre Hand aus der von Jonas. Sie schob sie in die Tasche und bemerkte, dass sie sich seltsam kühl und leer anfühlte. Auch er vergrub seine Hände, nicht in der Hose, sondern in den Taschen seiner Lederjacke.

Eine Weile gingen sie schweigend nebeneinanderher. Dann hatte sich Kari genug gesammelt, um wieder halbwegs klar denken zu können.

»Was war es, das du mir am Telefon nicht erzählen konntest?«, erkundigte sie sich.

Jonas blieb stehen. Im fahlen Mondlicht konnte sie erkennen, dass er ein schuldbewusstes Gesicht machte.

»Das ... hm ... war nicht ganz richtig«, gab er zu.

»Das heißt, es gibt nichts Neues?«

»Doch. Aber das war nicht der Grund, weshalb ich mich mit dir treffen wollte. Ich wollte dich sehen.«

Kari schluckte. Ihr Herz schlug ihr bis zum Hals.

Jonas kramte in seinen Taschen und beförderte das Tablet hervor, auf das Kari am Morgen die Daten von Bjarne Sievert kopiert hatte.

»Hier«, sagte er. Er schaltete es ein, tippte auf das Display und hielt ihr das Gerät hin.

Auf dem Bildschirm lief ein Video. Es zeigte einen offenbar betrunkenen jungen Mann, der auf unsicheren Beinen eine Straße entlanglief. Als er in den Lichtkreis einer Straßenlaterne trat, konnte man sein Gesicht sehen, das Kari jedoch vollkommen unbekannt war. Anscheinend blendete ihn das Licht, denn er hob die Hand und kniff die Augen zusammen. Er machte den nächsten torkelnden Schritt – und stürzte unvermittelt in die dichte Hecke neben dem Weg.

Jonas drehte das Gerät zu sich, tippte erneut auf das Display und spielte ihr den nächsten Film vor. Diesmal war es eine junge Frau. Sie schlenderte durch einen Drogeriemarkt. Hier und da nahm sie etwas aus dem Regal und betrachtete es. Und dann ließ sie blitzschnell einen Lippenstift in ihrer Designerhandtasche verschwinden. Sie warf prüfende Blicke nach rechts und links und verließ anschließend den Laden, ohne den Lippenstift zu bezahlen.

»Oder das.«

Wieder öffnete er eine Datei, und Kari befand sich plötzlich auf einer Party in einem Club. Ein Mann Anfang zwanzig unternahm intensive Annäherungsversuche bei einer Frau im selben Alter. Er orderte einen hübschen bunten Cocktail für sie. Die Frau nahm ihn an – und schüttete ihn dem Mann ins Gesicht, ehe sie davonrauschte.

Jonas stoppte das Video und schaltete das Tablet aus.

»Es gibt noch mehr davon«, erklärte er. »Auch einige, die wirklich unappetitlich sind.«

Kari zog unwillkürlich die Schultern hoch.

»Und das war alles auf Bjarnes Speicherkarten?«, fragte sie.

»Ja. Wir haben ein bisschen recherchiert und herumtelefoniert, und am Ende waren wir reichlich schockiert.« Er schnaubte leise. »Die jungen Leute hier sind alle ehemalige Mitschüler von ihm«, erklärte er. »Bjarne hat sie offenbar ausgiebig bespitzelt. Und immer, wenn er einen von ihnen in einer besonders peinlichen Situation erwischt hat, dann ... hat er die Filme bei YouTube online gestellt.«

Kari hatte plötzlich einen bitteren Geschmack auf der Zunge. Das erklärte natürlich, wozu Bjarne seine gesammelte Observationstechnik brauchte, aber es verriet ihr nicht, weshalb er das tat.

»Wir haben mit einigen seiner ehemaligen Lehrer gesprochen«, führte Jonas aus. »Es scheint, als sei er von seinen Mitschülern gemobbt worden. Und das hier ...«, er hielt das Tablet hoch, »... ist seine Rache.«

Kari empfand Abscheu und Mitleid zugleich. Wie verzweifelt musste man sein, um zu solchen Mitteln zu greifen?

»Das ist aufschlussreich, was den Charakter von Bjarne Sievert angeht«, stellte sie fest. »Aber was sagt es uns über den Einbruch bei Riepenhusens und den Mord an Kevin Köhler?«

Voss steckte das Gerät zurück in die Tasche.

»Nichts«, erwiderte er. »Wir haben in alle Filme auf den Karten reingeschaut, aber eine Aufnahme aus der Tatnacht ist nicht dabei.«

Kari stöhnte frustriert. »Das heißt, wir sind keinen Schritt weiter?«

Er legte seine Hände auf ihre Schultern und zog sie zu sich heran.

»Das würde ich so nicht sagen«, murmelte er. Und dann küsste er sie erneut.

Karis Kopf wurde leicht, und sie hatte das Gefühl, auf einer Wolke zu schweben. Gemächlich ließ sie sich treiben.

Im selben Moment klingelte Voss' Handy. Er löste sich von ihr und angelte es aus der Tasche.

»Ja?«

Sie konnte sein Gesicht in der Dunkelheit kaum sehen, doch sie meinte trotzdem zu erkennen, wie es sich verfinsterte. Gleich darauf beendete er das Gespräch.

»Tut mir leid«, sagte er. »Ich muss los. Wir haben einen neuen Einbruch.«

25.

Das Klingeln ihres Smartphones riss Kari aus dem Schlaf. Sie blinzelte und warf einen Blick auf das Display, ehe sie das Gespräch annahm. Die Nummer war ihr unbekannt. Und es war noch nicht einmal sieben.

»Ja?«, meldete sie sich und schaute aus dem Fenster. Der Himmel sah genauso aus, wie sie sich fühlte. Trüb und grau.

»Frau Blom?«, sagte eine weiche Stimme am anderen Ende, die sie erst mit Verspätung als die des Buchhalters von *Sylt Guard* erkannte.

»Herr Sievert?«

»Ja. Verzeihung. Ich hätte mich mit Namen melden sollen.«

»Kein Problem.« Kari setzte sich im Bett auf. Was mochte Clemens Sievert so früh am Morgen von ihr wollen? »Was kann ich für Sie tun?«

»Nichts, leider. Ich wollte Ihnen nur sagen, dass Sie heute Morgen nicht zu kommen brauchen.«

Kari spürte, wie sich etwas in ihrer Magengegend zusammenzog. Hatte sie womöglich irgendjemand beobachtet, als sie sich am Abend mit Jonas am Rantumbecken getroffen hatte? War ihre Tarnung aufgeflogen? Ole Lund würde vor Wut an die Decke gehen.

»Letzte Nacht gab es wieder einen Einbruch«, erklärte Sievert, und Kari atmete erleichtert auf. Natürlich. Das war schließlich der Grund gewesen, weshalb ihr Treffen mit Jonas so abrupt geendet hatte. Am liebsten hätte sie »Ich weiß« gesagt, aber das wäre natürlich dumm gewesen.

»Deshalb ist die Polizei jetzt wieder hier und führt erneut Befragungen durch. Das wird eine Weile dauern«, erläuterte der Buchhalter. »Da Sie offenbar nicht zu den Verdächtigen gehören, ist Ihre Anwesenheit nicht erforderlich. Sie können sich also einen schönen Vormittag machen.«

»Oh. Ja.« Kari wusste nicht, was sie sagen sollte.

»Ich hoffe, Sie bleiben trotzdem bei uns«, meinte Clemens Sievert. »Ich zähle auf Sie.«

»Natürlich.« Kari lachte gekünstelt. »Mir bleibt gar keine andere Wahl. Ich brauche den Job.«

»Gut. Dann sehen wir uns heute Mittag«, entgegnete der Buchhalter und legte auf.

Kari schaute verblüfft auf ihr Smartphone. Von Ole Lund war sie solche abrupt endenden Telefonate mittlerweile gewohnt, doch von dem höflichen Buchhalter hätte sie etwas anderes erwartet. Aber womöglich war er auch gestört worden.

Sie überlegte, ob sie sich noch einmal hinlegen sollte, entschied sich aber dagegen. Stattdessen würde sie die freie Zeit nutzen, um eine Runde zu joggen. Es gab schließlich genug, worüber sie nachdenken musste.

▪ ▪ ▪

Sie war gerade auf halbem Weg durch den Garten, als sie aufgehalten wurde. Grethe Aldag und Witta Claaßen traten durch die Pforte. Grethe trug in beiden Händen schwere Plastiktüten. Witta hielt ihre Marlene-Dietrich-Frisur fest, damit sie nicht Opfer des Windes wurde.

»Frau Blom.« Die eisgraue Grethe betrachtete Karis Laufkleidung. »Müssen Sie nicht zum Dienst?«

»Nein.« Kari lächelte die beiden Häkeldamen an. »Es gab letzte Nacht wieder einen Einbruch. Und jetzt ist die Polizei bei *Sylt Guard*. Ich werde nicht gebraucht.«

»Ach was.« Grethes Augen, genauso grau wie ihre Haare, bohrten sich in Karis. »Das ist schon ein Pech. Jedes Mal, wenn Sie für eins Ihrer Bücher recherchieren, geraten Sie mitten hinein ins Verbrechen.«

Kari hielt ihrer Musterung stand und versuchte, in Grethes Gesicht zu lesen, doch sie hätte ebenso gut versuchen können, einem Stein etwas zu entlocken. Grethes Miene gab nichts preis. Vielleicht war es einfach nur ihre schnodderige Art, aber womöglich ahnte sie auch längst, dass Kari keinesfalls nur eine mehr oder minder erfolgreiche Schriftstellerin war. Die Klempnerwitwe mochte alt sein, aber ihr Blick war so scharf wie der eines Adlers.

»Da siehst du, wie schlecht die Welt geworden ist!«, kommentierte Witta. »Das Böse lauert an jeder Ecke.«

Grethes Augen wanderten von Kari zu ihrer Häkelfreundin. »Ja«, bemerkte sie knapp. »Das wäre auch eine Erklärung.«

Hinter ihnen öffnete sich die Haustür, und Marijke Meenken flatterte heraus, eingehüllt in einen ihrer selbstgestrickten rot-braunen Ponchos.

»Ihr seid ja schon da, Kinder!«, rief sie erfreut. »Und Frau Blom ist auch dabei. Haben Sie heute frei?«

»Gezwungenermaßen«, erläuterte Grethe. »Da war wieder ein Panzerknacker unterwegs letzte Nacht. Und die Polizei sucht ihn bei *Sylt Guard*.«

»Aha?« Marijkes Augen hinter den Brillengläsern leuchteten. »Da können Sie ja mit uns frühstücken und uns alles in Ruhe erzählen.«

Kari rang sich ein Lächeln ab. Sie befand sich in einer Zwickmühle. Sie wollte nichts essen, sie wollte laufen. Sie wollte auch nicht über die Einbrüche und den Mord reden, und schon gar nicht über Jonas Voss. Auf der anderen Seite hatten die Häkeldamen in den beiden letzten Jahren viel für sie getan. Sie brachte es nicht übers Herz, sie zu enttäuschen.

»Eigentlich wollte ich gerade eine Runde joggen gehen«, sagte sie dennoch und bewegte sich in Richtung Gartenpforte. Doch dort erschien bereits das nächste Hindernis.

»Unsinn!«, erklärte die Bäckerwitwe Alma Grieger mit den orangerot gefärbten Haaren. Sie trug einen Teller mit einer gewaltigen Torte. Kari erkannte kunstvolle Verzierungen aus Sahne, Notenschlüssel aus Schokolade und Marzipanrosen unter der Plastikfolie, die Alma über das Backwerk gestülpt hatte.

»Sie sind dünn genug«, verkündete Alma. »Sie sollten lieber etwas essen, damit Sie bei Kräften bleiben.«

Witta Claaßen betastete ihre weiße Dauerwelle und schob ein paar Locken, die sich zu weit hervorgewagt hatten, mit der Handfläche zurück an ihren Platz.

»Sie kann froh sein, dass sie dünn ist, Alma«, bemerkte sie mit einem bedeutungsvollen Blick auf die runde Gestalt der Bäckerwitwe. »Übergewicht ist gefährlich. Es begünstigt alle möglichen Erkrankungen.«

Grethe schaute ihre Häkelfreundin warnend an. »Alma nennt jedenfalls niemand dünne Bohnenstange.«

Die Landarztwitwe hob das Kinn. Die Kritik prallte an ihr ab wie an einer Gummiwand. Alma Grieger zwinkerte Kari fröhlich zu.

»Denken Sie sich nichts dabei. Sie kann nicht anders«, teilte sie ihr mit. »Ich bin daran gewöhnt. Und es stimmt ja, ich bin zu dick. Das ist eben so, wenn man mit Leib und Seele Konditorin ist.«

Witta rümpfte die Nase. »Ja. Damit redet sie sich heraus, seit wir uns kennen. Dabei hat es überhaupt nichts mit dem Beruf zu tun. Es ist einfach nur mangelnde Disziplin.«

»Die du im Gegensatz zu uns anderen natürlich im Übermaß besitzt«, grollte Grethe.

»Kinder!« Marijke Meenken hob die Arme, und ihr Poncho faltete sich auf wie die Schwingen eines Vogels. »Jetzt hört doch auf mit eurer ewigen Kabbelei. Wir wollten Frau Blom nicht vergraulen, sondern sie einladen, mit uns zu frühstücken.«

»Ach ja!« Alma strahlte Kari an. »Bitte, tun Sie uns den Gefallen.«

Kari gab sich geschlagen. Und so groß war das Opfer ja nicht. Sie mochte die alten Damen, und besonders liebte sie, wenn sie ehrlich war, die Sticheleien zwischen ihnen. Sie lenkten sie von ihren eigenen Sorgen ab.

»Also gut«, sagte sie. »Ich komme zum Frühstück. Ich ziehe mir nur schnell etwas anderes an.«

▪ ▪ ▪

So musste es sein, wenn man zu den Schönen und Reichen auf Sylt gehörte. Die Häkeldamen hatten den Tisch auf der Terrasse gedeckt, und nun saß Kari in einem hölzernen Liegestuhl mit Armlehnen und dicken Kissen, eingehüllt in eine flauschige Decke, und schaute durch die Lücke in der Hecke auf das kleine Stück Wattenmeer, das man von hier aus sehen konnte. Das Wasser glitzerte blau, und eine frische Brise wehte ihr den Geruch von Salz und Freiheit in die Nase. Für Anfang Mai war es erstaunlich mild. Das undurchsichtige Grau vom frühen Morgen hatte sich aufgelöst, und jetzt leuchtete die Sonne durch einen zarten Wolkenschleier. Sie brannte noch nicht, und Kari genoss die warmen Strahlen auf ihrem Gesicht. Eigentlich war sie keine Freundin von Müßiggang, doch hier, an diesem Platz, hätte sie verweilen können.

Sie nahm sich ein Vollkornbrötchen und bestrich es mit der selbstgemachten Aprikosen-Kürbis-Marmelade, die Alma Grieger mitgebracht hatte. Eine auf den ersten Blick etwas fragwürdige Kombination, geschmacklich aber ein Volltreffer.

»Danke«, sagte sie aufrichtig. »Ich bin froh, dass Sie mich überredet haben, mit Ihnen zu frühstücken. Es ist einfach wunderschön hier.«

Die vier alten Damen strahlten.

»Sie sollten sich öfter mal Zeit für sich selbst nehmen«, sagte Marijke Meenken. »Sie arbeiten zu viel. Sie brauchen einen Ausgleich.«

»Eine bessere *Work-Life-Balance*«, steuerte Witta Claaßen bei.

»Ja, Witta«, grummelte Grethe Aldag. »Wie gut, dass du immer so *apptudät* bist.«

»Man muss ja nicht stehenbleiben, nur weil man älter wird«, gab die ehemalige Kampener Landarztgattin zurück. »Ich abonniere immer noch ein paar medizinische Fachzeitschriften.«

»Klar.« Grethe, die eisgraue Klempnerwitwe aus Keitum, biss krachend in ein helles Brötchen. »Damit du angeben kannst.«

Witta, Sylts Antwort auf Marlene Dietrich, hob das Kinn. »Du bist ja nur neidisch.«

Grethe beugte sich vor. »Auf was denn? Auf deine Treffen mit den eingebildeten Pinseln im Rothaarigen-Club?«

Witta kniff die Lippen zusammen. »Es heißt Rotary, Grethe. Das weißt du ganz genau. Und das sind sehr feine Menschen. Wilhelm war mit ihnen befreundet.« Sie nestelte an ihrer weißen Dauerwelle herum. »Wir sprechen oft über ihn.«

Auf ihr Gesicht legte sich ein nostalgischer Ausdruck, und Kari erkannte, dass auch Witta Claaßens hochnäsige Attitüde ein Schutz war. Alma Grieger strich Kari über den Arm.

»Schauen Sie nicht so betroffen«, sagte sie. »Natürlich träumt man davon, gemeinsam alt zu werden. Aber wir hatten alle eine gute Zeit mit unseren Männern. Wir haben unsere Erinnerungen. Und wir haben das Glück, dass wir nicht einsam sind.«

»Nun ja.« Witta war offenbar noch nicht besänftigt. »Ob wir alle immer so gute Zeiten hatten …« Sie schaute Grethe herausfordernd an. »Dein Etzard war nicht gerade ein Waisenknabe. Wie der immer den Röcken hinterhergeschaut hat …«

Grethe machte eine wegwerfende Handbewegung. »Geguckt hat er. Na und? Ich hab immer gesagt, Appetit kann er sich holen, wo er will, aber gegessen wird zu Hause. Und so war es auch.«

Witta wiegte skeptisch den Kopf. Grethe schoss unvermittelt auf ihrem Stuhl nach vorn. »Und wie war das mit deinem Wilhelm und seinen Sprechstundenhilfen? Da ist es ja wohl nicht immer beim Gucken geblieben.«

Witta wedelte affektiert mit der Hand. »Das hätten sie gern gehabt. Wilhelm war schließlich ein stattlicher Mann, aber da war nie etwas. Nur dummes Gerede.«

»So?« Grethe funkelte ihre Häkelfreundin an.

»Grethe!« Marijke Meenkens mahnende Stimme unterbrach den Disput. »Das ist doch alles Schnee von gestern.«

»Wie du meinst.« Grethe lehnte sich auf ihrem Stuhl zurück und verschränkte die Arme. Witta Claaßen tat es ihr gleich. Alma Grieger lachte aufgesetzt. Wie immer versuchte sie, die Risse zu kitten, die sich zwischen den anderen auftaten.

»Sie müssen wirklich denken, wir sind ein paar alte Schachteln, die nur ihre ollen Kamellen im Kopf haben. Dabei haben wir doch eigentlich über Sie gesprochen.«

Kari, die es weitaus vergnüglicher fand, den Wortgefechten der Häkeldamen zu lauschen, als selbst im Mittelpunkt des Interesses zu stehen, wehrte ab.

»Das macht nichts.«

»Aber Alma hat recht.« Marijke schaute Kari ernst an. »Wir wollten über Sie reden. Und was Witta gesagt hat, stimmt. Sie sollten auf Ihre innere Balance achten. Sie sind viel zu verbissen.«

Kari lächelte gezwungen. Mussten jetzt auch noch die Häkeldamen in diese Kerbe schlagen? Reichte es nicht, dass ihre Mutter und Ole Lund gebetsmühlenartig darauf herumritten?

»Ich nehme mir Zeit für mich«, erwiderte sie. »Ich laufe.«

Witta Claaßen nickte beifällig. »Das ist gesund.«

»Aber es ist keine Entspannung.« Marijke Meenken deutete auf den reich gedeckten Frühstückstisch, den Garten und das Meer. »Sie müssen auch gelegentlich mal die Seele baumeln lassen.«

Und das war genau das, was sie nicht wollte. Weil sich dann die Ängste anschlichen.

»Ich werde es mir zu Herzen nehmen«, versprach sie dennoch. »Aber Entspannung muss man sich auch leisten können. Wenn ich mit meinen Büchern erst einmal einen Fuß in der Tür habe ...«

»Sicher, Kindchen.« Marijke tätschelte ihr die Schulter. »Sie sind ja auch noch jung. Da verkraftet man viel mehr als in unserem Alter. Wie kommen Sie denn voran mit Ihren Recherchen bei *Sylt Guard*?«

Kari seufzte. »Schwer. Ich finde keinen rechten Zugang. Die Kollegen sind nett, aber ich komme nicht wirklich an sie heran. Es ist, als hätte jeder ein Geheimnis, das er auf keinen Fall preisgeben will.«

»Hm.« Marijke wandte sich nachdenklich an Witta. »Hast du da nicht neulich etwas erzählt?«, fragte sie. »Von deinem letzten Treffen bei den Rotariern?«

Wittas Miene hellte sich auf.

»Ja, natürlich. Wie konnte ich das vergessen?« Sie sah Kari bedeutungsvoll an. »Ich habe mich mit Sigurd unterhalten,

Sigurd Möhring. Er war früher beim Finanzamt. Und er hat mir unter der Hand verraten, dass seine ehemaligen Kollegen die Firma auf dem Schirm haben. *Sylt Guard*, meine ich. Es scheint, als würde da nicht alles mit rechten Dingen zugehen.« Sie reckte sich ein wenig, um ihre Worte zu unterstreichen. »Wenn ich es richtig verstanden habe, plant man dort in der nächsten Zeit eine Steuerprüfung.«

»Ach so?« Kari spürte, wie sich ihre Nackenhaare aufrichteten. Zugleich musste sie schmunzeln. Wozu machte sie sich eigentlich die Mühe, undercover in ein Milieu einzutauchen, wenn sie von der Häkelmafia mehr erfuhr als bei jeder zeitraubenden Recherche vor Ort? Andererseits hätte sie die alten Damen natürlich niemals kennengelernt, wenn Ole Lund nicht auf die Idee gekommen wäre, sie undercover nach Sylt zu schicken.

»Entschuldigen Sie mich eine Sekunde«, bat sie und wickelte sich aus ihrer Decke. Mit raschen Schritten ging sie zu der Lücke in der Hecke, durch die sie aufs Wattenmeer sehen konnte, und zog ihr Smartphone aus der Tasche.

»Ole?«, sagte sie, als sich ihr Gesprächspartner am anderen Ende meldete. »Du musst etwas für mich tun. Ich habe da eine brandheiße Spur.«

26.

Hannah Behrends legte den kleinen Koffer mit den Aufzeichnungen der Videokameras in den Kofferraum und schlug ihn zu.

»Um was wollen wir wetten, dass da an den entscheidenden Stellen wieder nichts drauf ist?«, fragte sie.

Kriminalhauptkommissar Jonas Voss schob die Hände in

die Taschen seiner Lederjacke und blickte auf das Offiziersgebäude, das sie soeben verlassen hatten.

»Ein Feierabendbier?«, schlug er vor. »Aber nur, weil ich dich ohnehin einladen wollte. Die Wette würde ich wohl kaum gewinnen.«

Hannah lachte grimmig. »Zumindest wissen wir dann, dass es nicht Kevin Köhler war, der in der Nacht des Einbruchs in die Villa der Riepenhusens die Videoüberwachung außer Betrieb gesetzt hat.«

Voss nickte nachdenklich. »Sondern derjenige, den Kevin Köhler auf dem Radar hatte. Kevin hat herausgefunden, dass einer seiner Kollegen die Aufzeichnungen manipuliert und sich nachts heimlich davonschleicht. Er hat sich diese Knopfkamera besorgt und den Betreffenden bis in die Villa nach Kampen verfolgt. Und seine Neugier mit dem Leben bezahlt.«

Hannah stützte die Hände aufs Wagendach und schaute über den grauen Exerzierplatz. Das verlassene Kasernengelände strahlte eine solche Trostlosigkeit aus. Dabei musste es früher voller Leben gewesen sein. Sie selbst hatte die Zeit an der Polizeischule genossen, die Zielstrebigkeit und Energie, mit der alle bei der Sache waren, und das Gemeinschaftsgefühl. Natürlich hatte der militärische Drill auch seine Schattenseiten, doch trotzdem war es ein gutes Gefühl, Teil von etwas Größerem zu sein. Und so etwas hier, an diesem herrlich gelegenen Ort ...

»Wenn wir wenigstens wüssten, woher er die Knopfkamera hatte und wo sich das betreffende Aufzeichnungsgerät befindet«, sagte Voss in ihre Gedanken hinein, und Hannah wandte den Blick wieder zum Offiziersgebäude.

Die Dateien von Bjarne Sievert hatten ausschließlich Aufnahmen seiner früheren Widersacher enthalten, aber das bedeutete ja nicht, dass er nicht trotzdem Kevin seine Ausrüstung geliehen haben konnte. Natürlich durfte er nicht wissen, dass sie seine heimlichen Videos kannten, denn dann würde er sich an fünf Fingern ausrechnen können, wer ihnen die Filme beschafft hatte, und Karis Tarnung wäre aufgeflogen. Aber zumindest nach der Knopfkamera konnten sie sich erkundigen.

Es war ohnehin ihre einzige Chance. Die Befragung, die sie gerade durchgeführt hatten, hatte nichts ergeben. Keiner der Mitarbeiter von *Sylt Guard* hatte nach eigenen Angaben am Abend zuvor das Gelände verlassen, außer Wiebke Lüdemann, die bei ihren Eltern wohnte und die Nacht dort verbracht hatte. Erneut hatte keiner der Wachschutzangehörigen ein solides Alibi. Was aber für einen Einbruch, der irgendwann nach Mitternacht stattgefunden hatte, auch nicht einfach war. Sie selbst hätte schließlich ebenfalls keines gehabt. Und einen Hinweis, dass einer der Mitarbeiter von *Sylt Guard* log, hatten sie genauso wenig gefunden.

Jonas Voss beschäftigten offenbar ähnliche Gedanken, denn als sich die Haustür öffnete und Leif und Bjarne Sievert heraustraten, ging er mit schnellen Schritten auf die beiden zu. Hannah folgte ihm.

»Herr Sievert!«, rief Voss. »Auf ein Wort noch.«

Die beiden Sievert-Söhne blieben stehen. Bjarne strich sich die braunen Locken nach hinten. Leif grinste die Beamten an.

»Ich?«, fragte er. »Oder er?« Er deutete mit dem Daumen auf seinen Bruder.

Voss schob die Ärmel seiner Lederjacke hoch, und Hannah dachte, dass Leif Sievert nicht so attraktiv aussah wie ihr Kollege. Vom Typ her waren sich die beiden nicht unähnlich, mit ihren ungebändigten Haaren und der jungenhaften Ausstrahlung. Aber was bei Leif gewollt cool aussah, war bei Jonas echt. Leif war ein Junge, Jonas Voss ein richtiger Mann. Ob er selbst das allerdings auch so einschätzte? Wahrscheinlich nicht. Hannah sah ja, wie angekratzt er reagierte, wenn Leif Sievert offensiv mit Kari flirtete.

»Wir möchten mit Herrn *Bjarne* Sievert sprechen«, sagte sie.

»Hm.« Leif wandte sich zu ihr, und seine blauen Augen funkelten. »Und worüber?«

»Über die Kamera, die wir bei Ihrem toten Kollegen Kevin Köhler gefunden haben«, erklärte Voss, der offenbar keinen Grund sah, mit Bjarne allein zu reden.

»Aha?« Leif hielt seine Augen weiter auf Hannah gerichtet. »Was gibt es denn da noch zu wissen?«, murmelte er, und Hannah musste schlucken. Im Stillen korrigierte sie ihre Einschätzung. Leif hatte etwas, das Jonas definitiv fehlte. Es war diese Art, eine Frau so anzusehen, als sei sie die einzige attraktive und begehrenswerte auf der ganzen Welt.

»Wir fragen uns, wie diese Kamera in Kevins Besitz gelangt ist«, sagte Jonas Voss, und Leif löste endlich seinen Blick von ihr. »Weil man sie nicht an jeder Straßenecke bekommt.«

Bjarne Sievert zog ein Gummiband aus der Hosentasche und fasste die Haare hinter seinem Kopf zu einem Pferdeschwanz zusammen.

»Die hatte er von mir«, erklärte er. »Ich sammle solchen Kram. Ist ein Hobby. Aber Kevin hat mir nicht verraten, was er damit will. Irgendetwas Spektakuläres, hat er gesagt. Ich dachte, er meint irgendwelche verrückten Moves im Wellentunnel.«

Voss runzelte die Stirn. »Und Sie haben es nicht für nötig gehalten, uns davon zu erzählen?«

»Nee.« Bjarne schob die Hände in die Hosentaschen. »Ich hab doch nicht geahnt, dass er die Kamera bei seinem Einbruch benutzt. Das wäre doch reichlich bescheuert.«

»Und nachdem Sie das von uns erfahren hatten?«, fragte

Voss mit zunehmender Schärfe. »Dachten Sie nicht, dass es für uns nützlich sein könnte, die Aufnahmen aus dieser Nacht zu bekommen?«

Bjarne zog die Hände wieder hervor, löste das Gummi aus seinen Haaren und schüttelte sie aus.

»Doch«, entgegnete er, nachdem er seine Mähne mit Schwung zurückgeworfen hatte. »Aber die habe ich ja nicht. Ich habe Kevin die Kamera und ein Aufzeichnungsgerät geliehen. Und er hat mir beides nicht zurückgegeben. Konnte er ja auch nicht.«

Voss sah ihn herausfordernd an. »Es könnte doch sein, dass Sie ihm nur die Kamera gegeben haben, und die Aufnahmen haben Sie gemacht. Zum Beispiel von einem Auto vor dem Haus aus.«

Bjarne lachte. »Nee. So groß ist die Reichweite von diesen Dingern nicht. Man trägt den Empfänger am besten am Körper, sonst kriegt man keine anständigen Bilder.«

Voss nickte frustriert.

»Und von Ihnen beiden hat keiner eine Idee, wo wir dieses Aufzeichnungsgerät finden?«, fragte er in einem letzten verzweifelten Anlauf.

»Doch.« Leifs Blick verdunkelte sich. »Das Ding hat dieses Arschloch, das Kevin erschossen hat.« Sein ausgestreckter Zeigefinger richtete sich auf seinen Bruder. »Und ich kriege raus, wer das ist.«

Bjarne funkelte ihn entnervt an. »Ich war's nicht, verdammt.«

Leifs Augen wanderten zu den Wohncontainern hinter dem Offiziersgebäude. »Wenn nicht du, wer dann? Thilo? Oder vielleicht Wiebke? Sonst bleibt ja kaum noch jemand übrig.«

»Ich weiß es nicht!«, fauchte Bjarne und wandte sich ab. Hannah sah ihm nach, wie er im Haus verschwand.

Leif fuhr sich durch die Locken und ruinierte die mit Haarwachs gestylte Frisur. »Ich werde noch verrückt«, erklärte er. »Ich kann nicht mehr schlafen. Ich zerbreche mir die ganze Zeit den Kopf darüber, was da passiert ist. Aber ich kapiere es einfach nicht.«

Womit er, wie Hannah dachte, nicht allein war.

Sie blickte auf, weil sich das Rolltor mit einem metallischen Quietschen öffnete. Im nächsten Augenblick brausten ein silberfarbener Audi und zwei Mercedes-Vito-Busse auf das Gebäude zu und blieben vor dem Eingang stehen. Hannah und Jonas Voss schauten verblüfft auf die vier Männer in grauen Anzügen und auf das halbe Dutzend uniformierter Polizisten, die aus den Wagen stiegen.

Einer der Anzugträger kam auf sie zu.

»Moin«, sagte er. »Die Kollegen Voss und Behrends, nehme ich an?«

»Ja.« Jonas Voss nickte.

Der Mann im Anzug reichte ihm die Hand.

»Jessen, Steuerprüfung«, stellte er sich vor und neigte den Kopf in Richtung des Offiziersgebäudes. »Wir hatten ohnehin vor, uns in der nächsten Zeit hier umzusehen, aber Kriminalrat Lund hat uns gebeten, die Sache ein wenig zu beschleunigen.« Er grinste. »Wir haben natürlich nicht Nein gesagt. Wir helfen, wo wir können.«

27.

Burkhard Sievert umklammerte die Lehnen des Stuhls, der am Kopfende der Tafel stand, an der er mit seinen Angestellten gewöhnlich das Sonntagsessen einnahm. Im Augenblick waren nur zwei Plätze von Leif und Clemens besetzt. Den Menschen, die ihm seit Dagmars Tod am nächsten standen. Und von denen er plötzlich nicht mehr wusste, ob er ihnen trauen konnte.

»Wie kann das sein?«, fragte er und spürte, wie ihm das Atmen Mühe bereitete. »Wie ist es möglich, dass unsere Bücher nicht stimmen? Dass offenbar Einnahmen aus der Kasse verschwunden sind, ohne dass einer von euch etwas davon gemerkt hat?«

Leif und Clemens sahen sich ratlos an.

»Es kann nicht sein«, sagte Clemens.

In Burkhards Innerem zerriss etwas. Er ballte die Fäuste und legte sie auf die Tischplatte. Selbst wenn er innerlich explodierte, er hatte gelernt, sich zu kontrollieren. Als Marineoffizier war das überlebenswichtig.

»Es ist aber das, was die Beamten von der Steuerfahndung festgestellt haben«, sagte er mühsam beherrscht. »Meinst du, sie irren sich?«

»Nein.« Sein Bruder Clemens senkte den Blick. »Es stimmt schon, es fehlt Geld. Aber ich habe keine Erklärung dafür.«

Burkhard blinzelte. Seine Augen brannten, und in ihm brodelte es. Warum brach ausgerechnet jetzt alles zusammen? Erst diese Einbruchserie, dann der Mord an Kevin. Und nun auch noch die Unterschlagung. Just in dem Moment, in dem er nur noch einen Schritt vom politischen Aufstieg entfernt war. Hatte womöglich einer seiner Konkurrenten die Finger im Spiel? Einer von den anderen aus dem Inselparlament, der seinen Einzug in den Landtag verhindern wollte? Er war immerhin nicht der Einzige, der Ambitionen hatte.

Aber das war Unsinn. Sie waren hier auf Sylt. Natürlich gab es politische Winkelzüge, doch keiner der anderen würde zu Mafia-Methoden greifen, um ihn aus dem Rennen zu werfen. Ganz abgesehen davon, dass keiner seiner politischen Gegner die Möglichkeit gehabt hätte, auf die Firmengelder zuzugreifen. Auch wenn ihm diese Lösung beinahe lieber gewesen wäre. Weil ihm die Alternative noch viel weniger gefiel.

»Wie wäre es denn hiermit?«, fragte er schneidend und sah seinen Buchhalter an. »Du hast dich aus der Firmenkasse bedient.«

Clemens lehnte sich auf seinem Stuhl zurück und verschränkte die Arme. Die grauen Augen hinter der roten Brille blickten traurig, und er schüttelte den Kopf. Nur ganz leicht, aber gerade dadurch wirkte die Geste.

»Das ist nicht dein Ernst«, sagte er. »Glaubst du wirklich, ich schufte acht Jahre lang dafür, die Firma auf solide Beine zu stellen, um sie anschließend mit einer solchen Torheit in den Ruin zu treiben?«

Burkhard starrte seinen Bruder an. Er hatte nie Grund gehabt, ihm zu misstrauen. Clemens hatte sich für die Familie und die Firma aufgeopfert. Weil er so selbstlos war? Oder weil er gehofft hatte, dass ihm Burkhard eines Tages die Firmenleitung übertragen würde? Wie enttäuscht musste er sein, nachdem Burkhard stattdessen entschieden hatte, ihm seinen Sohn Leif vor die Nase zu setzen? War Clemens darüber so wütend, dass er sich die Entschädigung für seine Mühen auf anderem Wege beschafft hatte? Aber das ergab ja keinen Sinn. Die Unterschlagung fand schon seit geraumer Zeit statt, und er hatte Clemens erst vor drei Tagen gesagt, dass er Leif die Firma übergeben wollte. Clemens konnte es nicht vorher gewusst haben. Oder doch?

▪ ▪ ▪

Clemens Sievert nahm seine Brille ab und rieb sie über den Stoff seines Hemdsärmels. Er betrachtete seinen Bruder, der auch jetzt, wo er aufgewühlt war, attraktiv war mit seinen vollen grauen Haaren und dem akkurat gestutzten Bart. Für einen Moment fragte er sich, warum die Vorzüge so ungleich unter den Brüdern verteilt worden waren. Dann rief er sich zur Ordnung und richtete seine Aufmerksamkeit wieder auf das aktuelle Problem.

Er wusste, dass seinem Bruder das, was er zu sagen hatte, nicht gefallen würde. Wer wollte schon glauben, dass der eigene Sohn ein faules Ei war? Aber das Leben war eben kein Wunschkonzert.

»Soweit ich das mitbekommen habe, ist die Sache sehr schlau eingefädelt worden«, begann er vorsichtig. »Derjenige, der das Geld genommen hat, hat unser Buchführungsprogramm manipuliert. Und zwar so, dass der Zugriff immer nur für einen Monat erfolgte, den ich bereits ordnungsgemäß abgeschlossen hatte. Erst danach sind die Zahlen so geschickt verändert worden, dass es mir nicht aufgefallen ist. Und das Geld ist jeweils aus unseren Barbeständen im Safe entnommen worden.« Zu dem, wie sie alle drei wussten, nur die Mitglieder der Familie Sievert Zugang hatten.

Leif funkelte seinen Onkel an. »Fein. Das heißt, es war einer von uns. Und du warst es nicht. Wer war es denn dann?«

Clemens Sievert legte die Finger aneinander und betrachtete sie. Dann schaute er seinen Neffen an. »Diese ganze Prozedur ist nicht ganz unkompliziert. Sie erfordert ein gewisses Fachwissen, das man sich zum Beispiel aneignet, wenn man parallel zum Jura-Studium ein paar BWL-Kurse belegt.«

»Ach so?« Leif sprang von seinem Stuhl auf. »Und weil ich das zufällig tue, um mich auf meine Aufgabe in der Firma vorzubereiten, meinst du, dass ich das war? Nee.« Er setzte sich wieder hin. »Das habe ich nicht nötig. Im Gegensatz zu dir erbe ich nämlich den Laden.«

»Der wirft aber erst mal nichts Bares ab«, entgegnete Clemens ruhig. »Für deine Australienreise.«

Leif beugte sich zu Clemens vor.

»Du willst mir also unterstellen, dass ich das war? Dass ich meinen Vater bestehle?«

Clemens breitete die Arme aus.

»Ich versuche bloß, logisch zu denken. Es gibt nur vier Personen, die den Tresor öffnen können. Ich war es nicht. Und dein Vater hat keinen Grund, sich aus der Firmenkasse zu bedienen. Bleiben also noch Bjarne und du. Und deinem Bruder traue ich das ehrlich gesagt nicht zu.«

Leif legte seine Hände flach auf den Tisch, doch Clemens sah trotzdem, dass sie zitterten.

»Ist das dein Plan, ja?«, fragte er aufgebracht. »Glaubst du, mein Vater ändert seine Meinung und gibt dir die Firma, wenn du mir diesen Scheiß in die Schuhe schiebst?«

Clemens spürte, wie sich sein Herzschlag beschleunigte. Er hatte offene Auseinandersetzungen schon immer gehasst.

»Ich muss dir nichts in die Schuhe schieben«, entgegnete er so gelassen, wie er nur konnte. »Den Mist baust du schon ganz allein.«

Leif lief rot an. »Jetzt pass mal auf«, fauchte er und richtete seinen Zeigefinger drohend auf Clemens. »Wenn du Krieg willst, kannst du ihn haben. Ich lasse mich bestimmt nicht …«

»Hör auf!«, unterbrach ihn Burkhard Sievert. Er hatte seine Stimme nicht einmal erhoben, doch trotzdem verstummte sein Sohn. Burkhard wusste, wie man Befehle gab. Nicht zum ersten Mal beneidete ihn Clemens darum. Er hatte sich immer gewünscht, etwas von dieser selbstbewussten Autorität zu besitzen. Doch auch dieses Gen hatte ihr Vater nur dem älteren seiner beiden Söhne vererbt.

»Wir dürfen das nicht tun«, sagte Burkhard. »Wir dürfen uns nicht gegenseitig zerfleischen. Wir sind eine Familie. Wir müssen zusammenhalten. Das ist der einzige Weg, diese Krise zu überstehen.« Er erhob sich und sah Leif und Clemens ernst an. »Wir werden mit allen Mitteln daran arbeiten herauszufinden, wer für die Unterschlagung verantwortlich ist. Vielleicht ...«, ein hoffnungsvoller Schimmer leuchtete für eine Sekunde in seinen Augen auf, ehe sie sich wieder verdunkelten, »... vielleicht war es ja wirklich keiner von euch beiden. Und falls doch ...« Er brach ab. »Jedenfalls werden wir nach außen hin Zusammenhalt demonstrieren, schon im Interesse der Firma. Haben wir uns verstanden?«

Leif warf Clemens unfreundliche Blicke zu. Er schien etwas einwenden zu wollen, doch ehe er dazu kam, klopfte es an der Tür, und einer der Steuerfahnder steckte den Kopf herein.

»Herr Burkhard Sievert?« Er blickte den Firmeninhaber an. »Haben Sie einen Moment?«

»Ja, selbstverständlich.« Burkhard Sievert setzte sein Politikerlächeln auf und ging mit dynamischen Schritten zu ihm.

Clemens sah zu, wie die Tür hinter den beiden Männern ins Schloss fiel. Leif lehnte sich auf seinem Stuhl zurück. Der Zorn, den er gerade noch auf seinen Onkel gehabt hatte, richtete sich unvermittelt gegen seinen Vater.

»Wie macht er das, verdammt noch mal?«, fluchte er. »Um ihn herum bricht alles zusammen, und er tut so, als wäre nichts.«

Clemens, der insgeheim denselben Groll empfand, rückte seine Brille zurecht.

»Das lernt man beim Militär«, erwiderte er. »Man gibt

nicht auf. Man erfüllt seine Pflicht. Burkhard ist hier der Kapitän, und der verlässt das sinkende Schiff als Letzter.«

»Hm.« Leifs blaue Augen bohrten sich in die seines Onkels. »Und was sind wir? Die Ratten?«

▪ ▪ ▪

Kriminalrat Ole Lund schaute aus dem Fenster der Polizeistation Sylt zum Westerländer Bahnhof und betrachtete die vier grünen Figuren, die *Reisenden Riesen*, die sich mit ihren Koffern gegen den allgegenwärtigen Sylter Wind stemmten. Ein wenig fühlte er sich selbst genauso. Von den Ereignissen überrollt und von einer Kraft aus dem Gleis geworfen, die sich jeder akribischen Planung, auf die er so großen Wert legte, widersetzte.

Er hatte schließlich die von ihm selbst ausgegebene Devise, dass es keinen Kontakt zwischen Kari und den Sylter Kommissaren geben durfte, widerrufen. Die Dinge veränderten sich einfach zu schnell. Sie mussten miteinander reden und gemeinsam nachdenken, wenn sie in diesem Verwirrspiel nicht den Überblick verlieren wollten.

Kari betrachtete ihren Freund und Vorgesetzten und stellte fest, dass sein sonst so sorgsam gebundener Krawattenknoten schief saß. Lund hatte ein Faible für teure Designerschlipse, die er mit großer Sorgfalt behandelte. Wenn er sich nicht darum kümmerte, war die Lage vermutlich kompliziert.

Lund drehte sich um und warf mit einer ungeduldigen Kopfbewegung eine seiner blonden Strähnen zurück, die ihm in die Stirn hing.

»Dein Tipp mit der Steuer war Gold wert«, berichtete er an Kari gewandt, die neben Hannah Behrends und Jonas Voss am Besprechungstisch saß. »Seit einem halben Jahr verschwindet regelmäßig Geld aus der Kasse von *Sylt Guard*. Sehr geschickt eingefädelt. Ohne eine Prüfung vor Ort wäre die Sache nicht so leicht aufgeflogen.«

»Ein halbes Jahr?«, klinkte sich Voss ein. »Ist das Zufall?«

Lund schaute ihn fragend an. Er begriff nicht, worauf der Kollege hinauswollte.

»Thilo Mertens, der ehemalige Privatdetektiv, arbeitet seit einem halben Jahr für den Wachschutz, nachdem seine Detektei Insolvenz anmelden musste«, erläuterte Voss.

»Ah.« Lund ging zum Besprechungstisch und setzte sich. Er faltete die Hände und schaute zur Decke. »Das ist ein interessanter Zufall. Und es ist nicht der einzige.«

Kari beugte sich auf ihrem Stuhl nach vorn. Sie wusste, dass Lund Ratespiele liebte, doch im Augenblick war ihr nicht danach zumute.

»Ole«, rügte sie ihn. »Spann uns nicht auf die Folter.«

Lund schmunzelte.

»Es gibt noch ein interessantes Zusammenspiel«, verriet er. »Es sieht so aus, als hätte seit einiger Zeit jemand versucht, das unterschlagene Geld heimlich zurückzuzahlen.«

»Wie bitte?« Hannah schaute auf. »Erst macht sich jemand die Mühe, Geld aus der Firmenkasse zu nehmen, und dann plagt ihn das schlechte Gewissen, und er bringt es wieder zurück?«

»Das – oder die betreffende Person hat von der anstehenden Steuerprüfung Wind bekommen«, sagte Lund.

Jonas Voss zog seine Lederjacke aus und hängte sie über die Stuhllehne.

»Seit wann genau kommt das Geld zurück?«, fragte er.

Lund konsultierte eine Mappe, die er vor sich auf den Tisch gelegt hatte.

»Seit fünf Wochen.«

Voss und Hannah tauschten einen schnellen Blick.

»Vor ungefähr fünf Wochen«, sagte Hannah, »hat der erste Einbruch stattgefunden.«

»Ach.« Kari spürte, wie ihr ein Schauer über den Rücken lief. »Das heißt, die Einbrüche und die Unterschlagung hängen zusammen?«

»So sieht es zumindest aus«, bestätigte der Kriminalrat. »Jemand hat sich aus der Firmenkasse bedient, bis er erfahren hat, dass ein Besuch der Steuerprüfer bevorsteht. Und dann hat er angefangen, mit der Beute aus den Einbrüchen die Löcher in der Kasse zu stopfen.«

»Das ist ja verrückt«, bemerkte Hannah.

»Aber logisch«, sagte Voss.

Kari nickte nachdenklich. »Ja. Das finde ich auch. Die Frage ist nur: Wer war es?«

»Clemens Sievert«, antwortete Jonas Voss sofort. »Er ist der Buchhalter. Er kann problemlos die Bücher manipulieren und Geld aus der Kasse nehmen oder wieder zurücklegen.«

»Hm.« Kari schenkte sich Wasser in ein Glas. »Ich weiß nicht. Die Unterschlagung würde ich ihm zutrauen. Aber die Einbrüche?«

Voss nahm sich auch Wasser.

»Er hatte einen Komplizen«, mutmaßte er. »Thilo Mertens.«

Hannah wischte auf ihrem iPad. »Aber Mertens verdient sich sein Taschengeld mit dem Verkauf illegaler Anabolika«, erinnerte sie ihren Kollegen. »Und bei Clemens Sievert sehe ich kein Motiv.«

»Sein Bruder hat ihn ins Abseits manövriert«, sagte Kari. »Burkhard übergibt Leif die Firma, nicht ihm. Möglicherweise will Clemens Sievert sich rächen.« Sie zupfte nachdenklich ein paar Fusseln von ihrer Hose. »Andererseits ...

Clemens hat erst vor ein paar Tagen davon erfahren. Und womöglich ist es ihm auch gar nicht wichtig. Er scheint keine großen Wünsche zu haben. Vielleicht interessieren ihn das Geld und der Chefposten gar nicht.«

Ole Lund schaute sie vielsagend an.

»Lass dich nicht täuschen«, bemerkte er. »Gerade Männer, die sich bescheiden geben, haben oft die größten verborgenen Sehnsüchte.«

Kari neigte den Kopf. »So wie du?«, frotzelte sie.

»Zum Beispiel«, entgegnete Lund trocken. »Aber es spricht noch etwas anderes gegen Clemens Sievert als Täter. Er ist intelligent; immerhin hat er früher als Wirtschaftsprüfer gearbeitet. Er weiß, dass der Verdacht sofort auf ihn fällt, wenn mit den Büchern etwas nicht stimmt. Würde er ein solches Risiko eingehen?«

»Er hat auch riskiert, in seinem alten Job Bestechungsgelder anzunehmen«, warf Jonas Voss ein.

»Das war nur ein Verdacht«, korrigierte Hannah. »Man hat ihm nichts nachweisen können. Er selbst sagt, ein missgünstiger Kollege habe ihn fälschlich beschuldigt, weil er seinen Posten wollte. Die Kollegen in Hamburg prüfen das noch, aber so, wie es aussieht, steht Aussage gegen Aussage.«

»Hm.« Lund griff nach einem Bleistift, der auf dem Tisch lag, und trommelte damit auf der Tischkante. »Der Kollege Voss setzt also auf das Duo Clemens Sievert und Thilo Mertens.« Er legte den Stift beiseite und schaute Kari an. »Und du?«

Kari ging im Geiste ihre Wachschutzkollegen bei *Sylt Guard* durch.

»Die Brüder«, sagte sie schließlich. »Nicht Burkhard und Clemens, sondern Leif und Bjarne. Sie brauchen beide

Geld, Leif, weil er in Australien Wellenreiten will, Bjarne für sein kostspieliges Observierungsequipment. Sie haben Zugang zur Buchhaltung und konnten sich hinter dem Rücken ihres Onkels bedienen. Leif studiert immerhin Jura und belegt nebenbei Kurse in Betriebswirtschaftslehre. Er wird wissen, wie man Bücher frisiert. Und als sie erfahren haben, dass eine Steuerprüfung ansteht, sind Bjarne und er auf die Idee mit den Einbrüchen verfallen, um die Kasse wieder aufzufüllen.«

»Ja. So könnte es sein.« Ole Lund tippte den Bleistift an, der daraufhin über den Tisch kreiselte. »Aber hätte einer von ihnen Kevin Köhler erschossen? Die jungen Leute waren doch miteinander befreundet?«

Kari trank noch einen Schluck Wasser. Das war in der Tat ein Schwachpunkt ihrer Theorie. Bjarne hatte Kevin die Knopfkamera geliehen. Das hätte er kaum getan, wenn er gewusst hätte, dass Kevin seinen Straftaten auf der Spur war. Doch vielleicht hatte er angenommen, dass Kevin die Kamera für etwas anderes bräuchte, und als sie dann in der Villa der Riepenhusens aufeinandergetroffen waren, war ihm alles klar geworden. Das würde zumindest erklären, woher der Täter überhaupt von der Kamera und dem Aufzeichnungsgerät gewusst hatte.

Ole Lund warf noch einen Blick in seine Mappe und klappte sie dann zu.

»Wie auch immer«, sagte er zu Kari. »Wir können dieses Problem nicht am grünen Tisch lösen. Wir brauchen Beweise. Und das bedeutet, dass du weiter bei *Sylt Guard* recherchieren musst. Am besten wäre es ...«, er grinste Kari an, »... wenn du das Aufzeichnungsgerät ausfindig machst, auf dem sich das Einbruchsvideo befindet. Wenn es nicht auf den Speicherkarten von Bjarne Sievert war, gibt es ja vielleicht noch ein zweites Gerät. Eines, für das der Täter ein besseres Versteck gewählt hat als eine Schreibtischschublade, an die jeder herankommt.«

Er erhob sich federnd von seinem Stuhl, während Kari sich fragte, weshalb sie nicht selbst auf diesen naheliegenden Gedanken gekommen war.

»Aber für heute machen wir Feierabend«, verkündete Lund. »Ich bringe meine Sachen ins Hotel.« Sein Blick wanderte zu Hannah. »Und vielleicht haben Sie Lust, mit mir essen zu gehen?«

»Ich?« Hannah schaute verblüfft auf.

Der Kriminalrat lächelte ihr zu. »Keine Sorge. Das ist lediglich eine praktische Erwägung ohne jeden Hintergedanken. Kari muss noch arbeiten. Und Herr Voss hat Familie. Sie sind, soweit ich weiß, alleinstehend und haben möglicherweise Zeit, mir Gesellschaft zu leisten. Ich sitze nämlich höchst ungern allein in einem Restaurant.«

Lund nahm seinen Mantel vom Haken und bot Hannah einladend seinen Arm.

Hannah lächelte. Anscheinend gefiel ihr Lunds ironische Art. Sie schob rasch ihr iPad in die Handtasche, zog ihre Jacke über und hängte sich bei ihm ein.

Gemeinsam verließen sie das Büro, und der Kriminalrat schloss die Tür hinter sich, nachdem er Kari noch einen Blick zugeworfen hatte. Bedeutungsvoll und mit einem Augenzwinkern.

Kari schaute zu Jonas Voss und musste lachen. Ole Lund war doch immer für eine Überraschung gut.

28.

»Gute Nacht!« Jasper schlang seine dünnen Arme um Karis Hals. »Das war klasse heute Abend. Du kommst doch wieder?«

Kari lächelte ihn an. Sie hatte den Jungen mit dem lockigen blonden Haar und den leuchtend blauen Augen schon bei ihrer ersten Begegnung vor zwei Jahren ins Herz geschlossen, und Voss' mittlerweile zehnjährigem Sohn war es offenbar genauso ergangen. Ganz im Gegensatz zu seiner Schwester.

Die dreizehnjährige Finja reichte ihr förmlich die Hand und machte sogar einen kleinen Knicks.

»Auf Wiedersehen«, sagte sie. »Aber du musst ja sicher bald zurück nach Hause?«

»Früher oder später, ja«, entgegnete Kari. »Eine Weile bleibe ich allerdings noch. Und ich komme sicher noch einmal wieder.«

»Super!« Jasper strahlte sie an. Finja blickte finster.

Jonas Voss legte seinen beiden Kindern die Arme um die Schultern und schob sie in den Flur.

»Und jetzt Abmarsch ins Bett«, ordnete er an. »Es ist schon spät. Und ihr müsst morgen früh in die Schule.«

»Gute Nacht, Paps.« Finja küsste ihren Vater demonstrativ auf die Wange. Jasper kuschelte sich an ihn. Voss verwuschelte beiden die Haare und sah ihnen nach, wie sie die Treppe nach oben gingen. Dann schloss er die Wohnzimmertür wieder.

»So«, sagte er und sah sich im Raum um, als wäre er zum ersten Mal hier.

Kari griff nach ihrem Wasserglas und trank einen Schluck. Sie saß auf der Vorderkante des Sofas, aufrecht und steif, und es gelang ihr nicht, die Anspannung abzuschütteln.

Jonas ging zum Schrank und nahm eine Flasche Martini heraus. Fragend hielt er sie ihr hin.

»Nein, danke«, sagte Kari. Sie wollte einen klaren Kopf behalten.

Jonas Voss stellte die Flasche zurück und schob die Hände in die Hosentaschen. Offensichtlich fühlte er sich genauso befangen wie sie.

»Tja«, sagte er. »Und was machen wir jetzt?«

»Wie wär's mit einem Spaziergang?«, schlug Kari vor und deutete aus dem Fenster. Über die kleine Straße hatte sich Dunkelheit gelegt, und selbst wenn jemand Jonas und sie in diesem verschlafenen Teil Keitums zusammen sah, würde man sie im fahlen Licht der Straßenlaternen kaum erkennen, jedenfalls nicht, wenn sie eine Mütze über ihren blonden Schopf zog. Sie schaute Jonas fragend an. Wahrscheinlich war es offensichtlich, dass sie der Situation entfliehen wollte. Er würde sich davon womöglich gekränkt fühlen, aber sie konnte es nicht ändern.

Doch Jonas wirkte im Gegenteil erleichtert.

»Das ist eine gute Idee«, sagte er. »Warst du schon mal am Grünen Kliff?«

Sie zogen ihre Jacken an und stülpten sich schwarze Wollmützen über, und zehn Minuten später waren sie auf dem Weg.

Das Grüne Kliff lag nur ein paar Querstraßen von Voss' kleinem Haus im Osterwai entfernt. Sie gingen durch das nächtliche Keitum, das im gelblichen Schein der Straßenbeleuchtung friedlich dalag und mit seinen hübschen reetgedeckten Häusern eine behagliche Atmosphäre verbreitete. Wie Kari es erwartet hatte, war außer ihnen kaum jemand unterwegs, und die wenigen Passanten, die ihnen begegneten, achteten nicht auf sie. Jonas griff nach ihrer Hand.

»Es tut mir leid«, sagte er, »dass Finja sich dir gegenüber so ablehnend verhält.«

Kari wusste nicht, ob sie ihm ihre Hand entziehen sollte,

aber es fühlte sich gut an, und sie verschob die Entscheidung auf später.

»Sie will dich nicht mit einer fremden Frau teilen«, sagte sie. »Oder sie solidarisiert sich mit ihrer Mutter. Oder ... sie hat Angst, dass eine neue Frau sie genauso verlässt, wie ihre Mutter das getan hat.«

Jonas führte sie über den Parkplatz am Kliff zu einer Bank, die im Mondschein lag. Direkt davor blieb er stehen, drehte sich zu ihr und nahm auch ihre andere Hand.

»Nicht nur sie«, sagte er rau. »Nicht nur Finja hat Angst, dass du wieder gehst.«

Er zog sie näher zu sich heran und legte seine Hände an ihre Wangen. Seine braunen Augen glänzten im Licht der Laternen. Er blickte sie fragend an, voller Sehnsucht und voller Angst, zurückgewiesen zu werden. Und seine Lippen näherten sich langsam den ihren.

Kari schluckte. Ein Teil von ihr wollte sich einfach fallen lassen. Halt suchen in Voss' Armen, in seinem Kuss versinken und nur den Augenblick genießen. Aber ein anderer Teil schrie in Panik auf. Sie wollte sich nicht binden und alles aufgeben, was sie erreicht hatte. Ihre Unabhängigkeit. Und ihre Freiheit. Sie wollte sich nicht verlieren.

Sie wandte den Kopf ab, ehe Jonas' Lippen die ihren berührten.

»Nicht«, sagte sie leise. »Ich kann das nicht.«

Jonas ließ die Hände sinken. Wo sie eben noch gelegen hatten, strich der Wind nun eisig über ihre Wangen.

Jonas schaute über das Meer. Er sah aus wie eine Statue, in Stein gemeißelte Enttäuschung. Kari klemmte sich ihre Handtasche unter den Arm.

»Es tut mir leid«, sagte sie.

Und dann begann sie zu laufen.

29.

Als Kari am nächsten Morgen erwachte, waren die Temperaturen deutlich gefallen. Wo sich gestern noch ein strahlend blauer Himmel über die Insel gespannt hatte, hingen jetzt schwarze Wolken, und ein scharfer Wind pfiff durch die Zweige der Büsche und Bäume. Kari erledigte eilig ihre Morgentoilette und hüllte sich in einen dicken Pullover. Sie verspürte plötzlich eine heftige Sehnsucht nach ihrer gemütlichen Kieler Wohnung. Am liebsten hätte sie sich in den nächsten Zug gesetzt. Aber sie konnte Sylt nicht verlassen, solange die Juwelendiebe und der Mörder von Kevin Köhler nicht gefasst waren. Wenn sie nur wüsste, wie sie das bewerkstelligen sollte. Sie schaute durch das Fenster auf Marijke Meenkens gepflegten Garten, und in ihrem Kopf nahm plötzlich eine Idee Gestalt an. Sie musste versuchen, die Diebe aus der Reserve zu locken. Die Frage war nur, ob die Häkeldamen mitspielen würden.

Sie zog ihre Joggingschuhe an und ging über den gekiesten Weg zum Haus. Einen Augenblick zögerte sie. Dann drückte sie entschlossen auf den Klingelknopf. Es dauerte nur wenige Sekunden, bis die Tür geöffnet wurde. Marijke Meenken blickte überrascht.

»Kari! Frau Blom! Wie schön, dass Sie vorbeikommen. Haben Sie Lust, wieder mit uns zu frühstücken?«

»Eigentlich habe ich nur eine Frage«, erklärte Kari. Marijke hielt ihr die Tür auf.

»Kommen Sie herein. Wir haben frischen Kaffee und Hörnchen. Und ein wenig Obst, wenn sie mögen.«

Kari folgte Marijke ins Wohnzimmer, wo die anderen drei Damen bereits in den Sesseln saßen.

»Wir haben Besuch!«, verkündete Marijke Meenken fröhlich, und Kari sah einen Widerschein ihrer Freude auf den Gesichtern von Alma Grieger, Grethe Aldag und Witta Claaßen. Tatsächlich, stellte sie fest, fühlte sie sich bei ihnen zu Hause.

Nachdem man sich begrüßt und Marijke Kaffee ausgeschenkt hatte, richteten sich alle Augen neugierig auf Kari.

»Sie sagten, Sie haben eine Frage?«, hakte Marijke nach und raffte ihren rotbraunen Häkelponcho vor der Brust zusammen.

»Ja.« Kari rührte in ihrem Kaffee. Sie fragte sich, wie sie beginnen sollte. »Es geht um mein Buch. Über Frauen im Wachschutz. Der Verleger meint, es würde sich besser verkaufen, wenn ich auch über die Juwelendiebstähle schreibe.« Sie lachte aufgesetzt. »Er meint, das Beste wäre, wenn ich die Einbrecher selbst überführen könnte.«

Marijke Meenkens Augen begannen zu leuchten. »Das wäre ja ein Ding.«

Witta Claaßen schüttelte den Kopf. »Was für ein Unsinn. Wie sollte Frau Blom das denn schaffen? Wenn nicht einmal die Polizei eine Spur findet?«

»Wart's doch erst mal ab«, tadelte Grethe Aldag. »Vielleicht hat sie ja eine Idee.«

Alma Grieger beugte sich neugierig vor. »Ja? Haben Sie?«

»Nun ja.« Kari drehte die Kaffeetasse in ihren Händen. »Ich hätte tatsächlich … aber wahrscheinlich ist das zu verwegen.«

Nicht nur Almas Augen, auch die der anderen drei Damen hafteten auf ihr.

»So? Erzählen Sie doch.«

»Ich dachte …«, Kari stellte die Tasse auf den Tisch, »… man könnte den Dieben vielleicht eine Falle stellen. Ihnen ein Objekt präsentieren, das so interessant ist, dass sie nicht widerstehen können. Und ich könnte meine Wachschutzkollegen observieren und herausfinden, wer den Köder schluckt.«

Marijke nickte begeistert. »Das ist ein guter Plan.« Sie legte die Stirn in Falten. »Ich sehe nur nicht, wie wir Ihnen dabei helfen können.«

Die eisgraue Grethe bewies wie immer ihren Blick fürs Wesentliche.

»Sie braucht jemanden, der *Sylt Guard* für sein Haus engagiert«, sagte sie. »Ein Haus, bei dem es sich lohnt.«

»Ah!« Marijke nickte. Im nächsten Augenblick richteten sich alle Blicke auf Witta Claaßen. Die Kampener Landarztwitwe versteifte sich.

»Auf keinen Fall!«, verkündete sie. »Ich bin doch nicht verrückt.«

Die anderen erwiderten nichts, sondern sahen sie nur wortlos an. Witta betastete ihre Marlene-Dietrich-Dauerwelle.

»Nein. Kommt mir nicht so. Ich bin nicht selbstsüchtig, nur weil ich mir nicht freiwillig Verbrecher ins Haus holen will.«

Noch immer sagte niemand etwas.

»Im Ernst.« Witta zupfte an ihrem weißen Häkelkleid. »Das könnt ihr nicht von mir verlangen. Wer kommt denn für den Schaden auf, wenn etwas passiert?«

Grethe winkte ungeduldig ab.

»Du bist doch versichert«, meinte sie und nahm sich ein Hörnchen.

Witta kräuselte die Lippen. »Und wenn sie mir etwas antun?«

»Du bist natürlich nicht zu Hause, wenn die Einbrecher kommen«, sagte Marijke. »Du kannst in meinem Gästezimmer schlafen.«

Witta sah aus, als würde sie weiter nach Gegenargumenten suchen, doch den drängenden Blicken ihrer Häkelschwestern war sie nicht gewachsen.

»Also gut«, erklärte sie hochmütig. »Ich mache es.«

Kari spürte, wie ihr eine schwere Last von den Schultern genommen wurde.

»Danke«, sagte sie aufrichtig. »Ich weiß das zu schätzen. Und ich werde Sie natürlich in meinem Buch erwähnen.«

»Ach.« Das blasse Gesicht der ehemaligen Landarztgattin bekam ein wenig Farbe. »Das ist doch nicht nötig«, wehrte sie ab, doch Kari konnte ihr an der Nasenspitze ansehen, wie gut ihr der Gedanke gefiel.

■ ■ ■

Jonas Voss schlug den Kragen seiner Lederjacke hoch und schob die Hände tief in die Jackentaschen. Der Wind zerrte an seinen Haaren und kroch ihm unter die Kleider. Es war einer dieser Tage, an denen sich die Insel von ihrer rauen Seite zeigte. Und er war froh darüber. Das trübe Wetter und die dunklen Wolken passten zu seiner Stimmung. Hätte die Sonne vom Himmel gelacht, er hätte sich verhöhnt gefühlt.

Er ging über den Platz vor der Tonnenhalle zum Schiffsanleger und war froh, als er die *Andina* an ihrem Liegeplatz entdeckte. Schnell stieg er auf einen der Poller auf der Mole und spähte zu dem alten Kutter hinüber in der Hoffnung, seinen Vater an Bord zu entdecken. Doch er konnte ihn nicht sehen.

»Was tust du da?«, fragte eine Stimme dicht an seinem Ohr, und Voss erschrak so, dass er das Gleichgewicht verlor. Er kippte nach vorn und sah das Wasser des Hafenbeckens auf sich zukommen. In letzter Sekunde spürte er, wie jemand nach seiner Jacke griff und ihn zurückzog. Er fand sein Gleichgewicht wieder und keuchte.

»Danke«, sagte er und blickte seinen Vater an. »Das war knapp.«

Der alte Fischer runzelte die Stirn. »Wolltest du zu mir?«

»Ja.« Jonas Voss fuhr sich durch die Haare und über das Gesicht.

Redlef Voss musterte ihn. »So schlimm?«

Jonas nickte. Er hatte plötzlich das Gefühl, seine Beine würden ihn nicht mehr tragen.

»Komm.« Sein Vater steckte zwei Finger zwischen die Lippen und pfiff. Einen Augenblick später erschien ein junger Bursche an Deck der *Andina* und schaute zu ihnen herüber.

»Hein«, rief Redlef Voss. »Leg mal die Gangway rüber.«

Der Junge kam der Aufforderung nach, und Vater und Sohn betraten das Schiff.

»Lass uns mal eine Weile allein«, bat Redlef den Jungen und beförderte einen zerfledderten Zehn-Euro-Schein aus seiner Cordhose hervor. »Hol dir solange ein Fischbrötchen oder einen Hamburger. Oder ein Buch.«

Der Junge schnappte sich das Geld und verschwand über die Planke.

»Wahrscheinlich kauft er sich Zigaretten«, bemerkte Redlef Voss. »Ich sollte das nicht unterstützen. Aber es ist ja jeder seines Glückes Schmied.«

»Hm.« Jonas Voss stützte sich auf die Reling. »Aber nicht alles, was man anpackt, gelingt.«

Der alte Fischer lehnte sich neben ihn und schob sich die Mütze aus der Stirn.

»Und was ist dir misslungen?«

»Kari«, stieß Jonas hervor. »Ich habe sie vergrault.«

»Womit?«

»Ich war nicht geduldig genug. Ich wollte zu viel.«

Redlef Voss schmunzelte unter seinem dichten Bart. »Was war es denn, was du wolltest?«

Jonas seufzte. »Sicherheit. Ich wollte, dass sie mir sagt, dass sie nicht wieder weggeht. Dass sie mich nicht so im Stich lässt wie Friederike. Aber für sie muss es klingen, als wolle ich sie in einen Käfig sperren. Und das will sie nicht. Sie will ihre Freiheit.«

»Und deshalb ist sie weggelaufen?«

Jonas Voss nickte schwer.

Sein Vater klopfte ihm auf die Schulter. »Sie kommt wieder«, prophezeite er.

»Das glaube ich nicht.« Jonas Voss drehte sich um und blickte über den belebten Platz am Lister Hafen. Trotz des schlechten Wetters drängten sich die Touristen bei Gosch und den anderen Lokalen.

Sein Vater holte eine kurze Stummelpfeife hervor und zündete sie an.

»Weshalb ist sie überhaupt wieder auf Sylt?«

»Sie recherchiert bei *Sylt Guard*«, erklärte Jonas. »Sie schreibt ein Buch über Frauen in Männerberufen.«

»Mhm.« Redlef Voss sog an seiner Pfeife. »*Sylt Guard*, ja?« Er schmunzelte, und Voss dachte, dass er vermutlich längst etwas ahnte. Sein Vater war schließlich nicht auf den Kopf gefallen.

»Du hattest übrigens recht«, sagte er. »Mit Kevin Köhler. Er war kein Einbrecher.«

Redlef richtete den Stiel seiner Pfeife auf ihn. »Da siehst du's«, erklärte er mit gutmütigem Spott. »Du solltest auf deinen alten Vater hören.«

»Ja, Papa. Aber du bist nicht alt.«

Redlef Voss wiegte den Kopf. »Kommt schneller, als man denkt. Glaub mir.« Er schaute seinen Sohn aufmerksam an. »Wenn Kevin nicht in die Villa eingestiegen ist, was hat er dann dort getan?«

»Er hat vermutlich den Einbrecher gejagt. Er hatte eine Kamera in seinem Jackenknopf. Wir suchen nach dem zugehörigen Aufzeichnungsgerät, weil sein Mörder vermutlich auf dem Film ist.«

»Und was glaubt ihr, wer es war?«

»Keine Ahnung«, gestand Jonas Voss. »Da geht gerade alles drunter und drüber. Jemand hat die Bücher gefälscht und Geld aus der Firmenkasse genommen, und dann hat er anschließend versucht, die Löcher mit der Beute aus den Einbrüchen zu stopfen, weil er offenbar erfahren hat, dass eine Steuerprüfung droht.«

»Junge, Junge.« Redlef Voss zog an seiner Pfeife. »Das ist starker Tobak.«

Jonas Voss brauchte eine Sekunde, um zu begreifen, dass er nicht den Pfeifentabak meinte.

Redlef Voss stieß eine Rauchwolke aus und blickte ihr sinnierend hinterher.

»Hast du nicht gesagt, dass neuerdings auch dieser Thilo Mertens bei *Sylt Guard* arbeitet?«, fragte er. »Der Privatdetektiv?«

Jonas Voss kniff die Augen zusammen. »Ja. Kennst du ihn näher?«

»Nee.« Redlef Voss hob einen Mundwinkel. »Aber ich kenne Hauke Jensen. Der macht das Management in der Spielbank in Westerland. Ich liefere da den Fisch, wenn sie eine Gesellschaft haben.«

Jonas hatte keine Ahnung, worauf sein Vater hinauswollte. Er wusste, dass dessen Räucherwaren auf der ganzen Insel begehrt waren, aber das war sicher nicht der Grund, warum Redlef Voss das Casino erwähnt hatte. Er war ein Mann, der selten mehr Worte machte als nötig. Wenn er so weit ausholte, musste etwas dahinterstecken.

»Hauke sagt, Thilo Mertens ist ein regelmäßiger Gast bei

ihnen«, erläuterte Redlef Voss. »Er macht hohe Einsätze, aber er gewinnt nur selten.«

Jonas Voss schnaubte. Er hatte angenommen, dass Mertens das Geld aus dem illegalen Verkauf von Muskelaufbaupräparaten verwendete, um seine Schulden abzutragen, doch stattdessen frönte er offenbar dem Glücksspiel.

»Vor ein paar Wochen«, berichtete Redlef Voss weiter, »hat Hauke zufällig aus dem Fenster des Personalraums geschaut, als Mertens gerade die Spielbank verlassen hat. Da haben zwei zwielichtige Typen auf der Maybachstraße gewartet. Hauke meint, sie sahen aus wie Geldeintreiber.«

Jonas Voss richtete sich auf. Er spürte, wie ihn plötzlich neue Energie durchströmte. Was, wenn Mertens' Einkünfte aus dem Anabolika-Verkauf nicht ausreichten, um den finanziellen Bedarf des ehemaligen Privatdetektivs zu decken? Falls Thilo Mertens tatsächlich ein Spieler war und noch viel größere Schulden hatte, als sie dachten, hatten sie ihn viel zu früh von der Liste der Verdächtigen gestrichen. Und er selbst hatte mit seiner Vermutung, die er gestern so spontan geäußert hatte, womöglich gar nicht so weit danebengelegen.

»Danke«, sagte er zu seinem Vater und klopfte ihm auf die Schulter. »Du hast mir geholfen.«

Im nächsten Moment rannte er über die Gangway zum Parkplatz vor dem Erlebniszentrum Naturgewalten, wo er seinen rostigen Passat abgestellt hatte. Vielleicht kam jetzt endlich etwas in Bewegung.

■ ■ ■

Witta Claaßen schritt die Straße entlang auf das Gelände der ehemaligen Marineversorgungsschule zu. Kari Blom hatte sie an der Ecke abgesetzt, damit man sie nicht zusammen sah.

Witta blieb vor dem großen Tor stehen und blickte zu der Überwachungskamera hinauf. Sie hielt nach einem Klingelknopf Ausschau, entdeckte aber keinen. Also winkte sie stattdessen in die Kamera.

Wann hatte sie zuletzt etwas derart Absurdes getan? Als sie jung war, hatte sie von großen Abenteuern geträumt. Tierärztin in der Savanne wollte sie werden, oder Missionarin in Afrika. Stattdessen hatte sie ihr ganzes Leben auf Sylt verbracht, und das Aufregendste, das sie erlebt hatte, war die Sturmflut von 1976 gewesen, als der Capella-Orkan Anfang Januar die Pegelstände an der gesamten deutschen Nordseeküste um zum Teil mehr als sechs Meter gehoben hatte. Wilhelm hatte nichts vom Reisen gehalten. Er war der Ansicht gewesen, dass seine Patienten ihn Tag und Nacht brauchten und er für sie da sein musste. Wenn sie überhaupt einmal Urlaub gemacht hatten, waren sie nach Tirol gefahren, um zur Abwechslung einmal ein paar hohe Berge zu sehen. Sie waren gewandert, immer mit vernünftigem Schuhwerk und auf sicheren Wegen. Sie waren allen Gefahren aus dem Weg gegangen. Und die Ängstlichkeit, die ihr schon immer zu eigen gewesen war, hatte sich verfestigt.

Nun lag der größte Teil ihres Lebens hinter ihr. Sie wohnte in der Villa, die für sie allein viel zu groß war. Und sie verbrachte ihre Zeit mit Spaziergängen, ornithologischen Exkursionen und Häkelarbeiten. Eine Unterbrechung hatte es nur gegeben, als sie in den beiden letzten Jahren mit Kari Blom auf Verbrecherjagd gegangen waren. Man musste dieser jungen Schriftstellerin geradezu dankbar sein. Doch bei den beiden bisherigen Fällen war sie selbst passiv geblieben. Dies war das erste Mal, dass sie ganz allein etwas Gewagtes unternahm. Ein Lächeln breitete sich plötzlich auf ihrem Gesicht aus. Sie war vielleicht alt, aber sie konnte immer noch Abenteuer erleben. Und in ein solches würde sie sich jetzt stürzen.

Aus dem Haus auf der anderen Seite des großen Rolltors trat ein Mann und kam auf sie zu. Witta schätzte ihn auf Mitte dreißig. Er war schlank und hatte aschblonde Haare. Auf seiner Nase saß eine rote Brille. Das musste Clemens Sievert sein, der Buchhalter.

»Hallo«, sagte er freundlich, als er sie erreicht hatte. »Kann ich Ihnen helfen?«

»Das hoffe ich.« Witta straffte sich und blickte über ihre Nasenspitze hinweg auf den Mann. »Ich suche nach einer Sicherheitslösung für meine Villa in Kampen. Ich bin ein wenig in Sorge, müssen Sie wissen. Nach diesen ganzen Einbrüchen …«

Clemens Sievert öffnete die Tür neben dem großen Tor.

»Sie hätten sich deshalb nicht herbemühen müssen«, erklärte er. »Sie hätten anrufen können. Wir wären vorbeigekommen. Wir müssen uns ihr Haus ohnehin ansehen, damit wir ein Konzept erstellen können.«

»Schön. Aber ich wollte mir einen Eindruck von Ihrer Firma verschaffen, ehe ich Sie engagiere.« Witta wedelte mit der Hand, die in einem dünnen weißen Seidenhandschuh steckte. Bei dem scharfen Wind trocknete ihre Haut schnell aus und wurde rissig. Grethe hätte natürlich behauptet, dass es ihr nur um den Chic ginge, aber das stimmte nicht. Nicht ausschließlich jedenfalls.

»So?« Clemens Sievert deutete eine Verbeugung an. »Nun, dann kommen Sie doch herein. Sie müssen allerdings mit mir vorliebnehmen. Mein Bruder Burkhard ist bei einer Parteisitzung in Kiel. Aber die Verträge kann ich auch machen.«

Witta nickte huldvoll. Clemens Sievert gehörte offenbar zu jenen Männern, die dem Alter Respekt statt Verachtung entgegenbrachten. Was ihrer Meinung nach heutzutage viel zu selten vorkam. Sie stöckelte auf ihren eleganten Pumps hinter ihm her und beschloss, das auszukosten.

■ ■ ■

Kriminalhauptkommissar Jonas Voss und seine Kollegin Hannah Behrends standen währenddessen vor der Spielbank und betrachteten die Gemälde von Udo Lindenberg, die von der Galerie ausgestellt wurden, die sich neben dem Rathaus und dem Kursaal in dem Gebäude befand. Für Voss' Geschmack waren die Bilder zu bunt, doch Hannah mochte sie offenbar.

»Schade«, sagte sie. »Von einem Polizistengehalt kann man sich so etwas nicht leisten.«

»Es gibt sicher Poster«, erwiderte Voss abwesend. »Kunstdrucke, meine ich. Davon kannst du dir welche an die Wand hängen.«

Hannah bemerkte sofort, dass er nicht bei der Sache war.

»Was ist los?«, erkundigte sie sich. Er deutete verstohlen auf zwei Männer, die sich auf dem Platz vor dem Casino neben einer Statue herumdrückten. Sie waren komplett in Schwarz gekleidet, hatten identische Haarfrisuren – alles einheitlich auf drei Millimeter Länge gestutzt – und trugen trotz des trüben Wetters dunkle Sonnenbrillen.

»Die beiden da sehen so aus wie die Typen, die mein Vater erwähnt hat.«

»Hm.« Hannah blickte sich um. Dann deutete sie auf eine der Bänke vor der Spielbank. »Komm, wir setzen uns dahin. Und tun so, als wären wir Touristen, die sich ein wenig ausruhen.« Sie zog ein mehrfach gefaltetes Exemplar der *Sylter Nachrichten* aus ihrer Handtasche. »Wir können uns die Zeitung teilen. Ich gebe dir auch den Sportteil.«

Voss hob einen Mundwinkel. »Vielleicht ist es dir entgangen«, bemerkte er, »aber ich interessiere mich nicht besonders für Sport.«

Hannah lächelte ihn an. »Ich weiß«, sagte sie. »Aber Männer lesen nun mal den Sportteil. Das ist Teil der Tarnung.«

Sie ließen sich auf der Bank nieder, die wie alle Bänke im Zentrum Westerlands weiß war, mit einer einzelnen roten Strebe in der Rückenlehne, auf der *Gemeinde Sylt* stand.

»Wie war eigentlich dein Abend mit Kriminalrat Lund?«, erkundigte er sich.

»Nett«, erwiderte Hannah. »Wir waren bei Franz Ganser. Phantastisches Essen. Und Lund ist ein sehr unterhaltsamer Mann.«

»Mehr nicht?« Voss merkte, dass er sich wünschte, Hannah fände auch jemanden, dem sie ihr Herz schenken konnte und der ihre Zuneigung erwiderte. Sie hätte es verdient.

Hannah schüttelte den Kopf. »Nein. Ich finde ihn ausgesprochen sympathisch, aber er ist überhaupt nicht mein Typ. Wir haben nur zusammen gegessen, und danach ist er in sein Hotel gegangen. Er wollte heute Morgen gleich den ersten Zug zurück aufs Festland nehmen.«

»Hm.« Voss wusste nicht, was er noch sagen sollte. Er blätterte gelangweilt durch die Berichte vom Fußball, Handball und anderen Sportarten, die er sich weder im Fernsehen ansah noch jemals selbst ausgeübt hatte. Dann allerdings hielt er inne. Auf der letzten Seite gab es einen Artikel, in dem Leif Sievert erwähnt wurde. Offenbar war er ein außergewöhnlich guter Surfer. Der Journalist, der den Artikel verfasst hatte, erwähnte, dass er Chancen auf einen Sieg bei einem Wettbewerb im australischen Burleigh Heads hatte.

Jonas Voss wollte Hannah den Bericht gerade zeigen, als sie ihm den Ellenbogen in die Seite stieß.

»Da!«, sagte sie aufgeregt. »Das ist doch Thilo Mertens?«

Voss folgte ihrem Blick und entdeckte einen schmächtigen Mann, der von zwei weitaus kompakter gebauten Mitarbeitern des Casinos vor die Tür gesetzt wurde. Er trug einen ausgebeulten Anzug von der Stange, der schon bessere Tage gesehen hatte, und eine Krawatte, die schreiend bunt war und aus einer Epoche stammte, als man möglichst breite Schlipse bevorzugt hatte.

Der unsanft Hinauskomplimentierte drehte sich zu den beiden Angestellten um, und nun konnte Voss auch sein Gesicht sehen. Wieselhaft und von einem unvorteilhaften Schnurrbart dominiert. Es war eindeutig Thilo Mertens.

Der ehemalige Privatdetektiv bedachte die Casinomitarbeiter offenbar mit ein paar unfreundlichen Worten, doch die waren Profis und blieben gelassen. Mertens stolperte ärgerlich die Stufen hinunter – und wurde dort von den beiden schwarzgekleideten Männern in Empfang genommen, die Voss und Hannah bereits zuvor bemerkt hatten.

Der eine packte Mertens an seiner bunten Krawatte und zog daran, bis der ehemalige Detektiv röchelte und rot anlief. Der andere sagte ihm mit erhobenem Finger ein paar offenbar deutliche Worte. Dann ließ der erste den Schlips wieder los, und Mertens hastete keuchend davon.

Jonas Voss und Hannah Behrends eilten die Stufen hinunter und gingen auf die beiden Männer zu.

»Entschuldigung.« Voss zog seine Dienstmarke hervor. »Kriminalhauptkommissar Jonas Voss.« Er deutete auf Hannah. »Meine Kollegin Hannah Behrends. Wir hätten ein paar Fragen.«

Die beiden Männer sahen ihn mit ausdruckslosen Mienen an. Die Augen waren hinter den dunklen Sonnenbrillen nicht zu erkennen. Voss ärgerte sich darüber, versuchte aber, es sich nicht anmerken zu lassen.

»Uns schien, dass Sie den Mann dort eben angegriffen haben.«

Die beiden grinsten.

»Ein völlig falscher Eindruck«, erklärte der rechte. »Wir haben unseren Freund nur an eine Abmachung erinnert.«

»Bei der es rein zufällig um ein Darlehen geht, das umgehend zurückgefordert wird?«

Der Mann drehte die Handflächen nach oben. Voss interpretierte es als Zustimmung.

»Verraten Sie mir, für wen Sie arbeiten?«

»Sicher.« Der Mann ließ sich nicht aus der Ruhe bringen. »Igor Majewski. Pfandleiher.« Er rückte seine Sonnenbrille nach vorn und sah Voss über den Rand hinweg an. »Alles legal. Wir tun nichts Verbotenes.«

Voss deutete in die Richtung, in die Mertens verschwunden war.

»Sie drohen säumigen Zahlern.«

Der Mann wedelte mit dem Zeigefinger.

»Aber nein. Wir sprechen nur freundliche Erinnerungen aus, damit die Leute nicht ihre Pfandsachen verlieren. Wenn sie nicht rechtzeitig zahlen, gehen die Gegenstände in den Besitz des Verleihers über.«

Der damit, wie Voss und Hannah wussten, ein gutes Geschäft machte. Majewski gehörte zu jenen, die auf der Insel für ihre Wucherzinsen berüchtigt waren. Allerdings hatte man ihm noch nie etwas Gesetzwidriges nachweisen können. Niemand war bereit, gegen ihn auszusagen und seine zweifelhaften Geschäftspraktiken offenzulegen.

Hannah zog ihr iPad hervor.

»Wie hoch sind die Schulden, die Herr Mertens bei Herrn Majewski hat?«, erkundigte sie sich.

Der Geldeintreiber machte eine vage Geste.

»Sagen wir so: Wir bewegen uns im mittleren fünfstelligen Bereich.« Er nahm die Brille ganz ab und schenkte Hannah ein Lächeln, das er vermutlich für charmant hielt. »Aber der kapiert es nicht. Sobald er Geld hat, trägt er es ins Casino statt zu uns.«

»Das heißt, Herr Mertens ist spielsüchtig? Er leiht sich immer mehr Geld und gerät immer tiefer in die Schuldenfalle?«

Der Mann setzte seine Sonnenbrille wieder auf, ein Zeichen, dass das Gespräch von seiner Seite aus beendet war.

»Sag ich's dir nicht immer, Viktor?«, fragte er seinen Partner. »Die deutsche Polizei ist auf Zack. Der machst du nichts vor.«

Viktor erwiderte etwas auf Russisch, das Voss und Hannah nicht verstanden. Aber besonders nett klang es nicht.

30.

Burkhard Sievert stand an der Seitenwand der Halle. Der Trainingsanzug, den er trug, musste noch aus seiner Zeit bei der Marine stammen. Er saß eng und zeigte, dass der Firmenchef von *Sylt Guard* noch immer gut in Form war. Offenbar waren seine Familienmitglieder und Angestellten nicht die Einzigen, die den betriebseigenen Fitnessraum nutzten. Sievert ließ den Blick über die versammelte Belegschaft gleiten und runzelte die Stirn.

»Wo ist Herr Mertens?«, erkundigte er sich.

Leif, Bjarne und Wiebke schauten sich ratlos an.

»Keine Ahnung«, erklärte Leif. »Er wollte schnell was erledigen. Bankgeschäfte oder so. Das ist aber schon drei Stunden her. Er müsste längst wieder hier sein.«

»Gut«, sagte Burkhard Sievert und meinte offensichtlich

das Gegenteil. Er deutete auf den großen Koffer, der auf einem langen Metalltisch an der Rückwand des Raums stand. »Die Polizei war so freundlich, unsere Waffen zurückzugeben. Wir werden jetzt also das versäumte Schießtraining nachholen. Und uns ansehen, was unsere neue Kollegin zu bieten hat.«

Alle Augen richteten sich auf Kari, und sie lächelte verlegen. Wie sollte sie sich nun verhalten? War es besser, sich bescheiden zu geben und auf Solidarität zu hoffen? Oder die anderen durch gute Leistungen anzustacheln? Sie entschied, ihr Licht besser nicht unter den Scheffel zu stellen. Andernfalls verdonnerte man sie womöglich noch zu zusätzlichen Trainingseinheiten, und sie hätte dann keine Gelegenheit, ihre Kollegen im Auge zu behalten.

Burkhard Sievert verteilte Schutzbrillen und Gehörschutz an seine Mitarbeiter und nahm sich auch selbst einen der dick gepolsterten Kopfhörer und eine Brille.

»Drücken Sie auf den Knopf an der Seite, bis ein Piepen ertönt«, forderte er Kari auf, ehe sie den Gehörschutz über die Ohren stülpte. »Sie können dann weiterhin hören, was ich sage, während alle Knallgeräusche herausgefiltert werden.«

Kari befolgte seine Anweisung und staunte. Natürlich kannte sie diese Gehörschutzkopfhörer vom Schießstand des Landeskriminalamts in Kiel. Aber das war hochprofessionelles Equipment. Sie hätte nicht erwartet, etwas Derartiges bei einem privaten Wachschutzunternehmen vorzufinden.

»Kommen Sie.« Burkhard Sievert bedeutete ihr, ihm in die Mitte der Halle zu folgen, wo mehrere farbige Linien auf dem Boden aufgezeichnet waren. »Stellen Sie sich hier hin.« Er reichte ihr eine der Pistolen und das zugehörige Magazin. »Sie haben fünf Patronen«, erläuterte er. »Sie wissen, wie Sie eine solche Waffe handhaben müssen?«

»Ja.« Kari hatte bereits das Magazin in den Griff der Waffe

geschoben, bis es einrastete, und die Schussposition eingenommen. Die Hand um den Griff zu legen, den Zeigefinger an den Lauf, die linke Hand um die rechte zu schließen, Daumen über Daumen, und den Sicherungshebel herunterzudrücken, der die Waffe mit einem harten metallischen Knall in Schussbereitschaft versetzte, war eine einzige fließende Bewegung. Viel zu routiniert, wie sie im nächsten Moment an Burkhard Sieverts hochgezogenen Augenbrauen erkannte. Sie hatte sich schließlich nur als Sportschützin ausgegeben. Und im Verein nahm man seine Waffen vermutlich etwas gemächlicher in Gebrauch. Doch sie hatte zum Glück nicht sein Misstrauen geweckt.

»Sie haben offensichtlich viel trainiert«, sagte er anerkennend. »Wenn Sie auch so gut schießen …« Er winkte zur Rückseite der Halle, wo Leif die Anlage bediente, die im nächsten Moment einen menschlichen Umriss auf die gegenüberliegende Wand projizierte. Kari bemerkte, wie jemand auf der zweiten Bahn Aufstellung bezog und ebenfalls die Waffe hob. Es war Wiebke Lüdemann, und auch auf ihrer Seite erschien die virtuelle Zielscheibe.

»Ah! Ein Damenduell«, kommentierte Burkhard Sievert. »Gut.« Er schaute wieder zu Kari. »Ich weiß nicht, worauf Sie im Verein schießen. Wir trainieren hier den Ernstfall. Wir wollen niemanden töten. Aber wir müssen darauf vorbereitet sein, dass uns jemand mit einer Pistole in der Hand gegenübertritt. Und wenn diese Person die Waffe auf uns richtet, müssen wir bereit sein, ohne Zögern zu handeln.« Er gestattete sich ein knappes Lächeln. »Das ist beim Wachschutz nicht anders als beim Militär.«

Kari nickte. Wenn ein Soldat oder Polizist beschossen wurde, war der Gegner bereit zu töten. In einer solchen Situation waren Skrupel fehl am Platz. Es ging darum, das eigene Leben zu schützen. Deshalb feuerte man so lange auf das Körperzentrum, bis die sogenannte Mann-Stopp-Wirkung erreicht war und der Angreifer keine Bedrohung mehr darstellte.

»Also bitte.« Burkhard Sievert trat hinter die beiden Schützinnen.

Kari atmete kurz durch. Sie brachte Kimme und Korn mit dem Brustkorb der Zielscheibensilhouette in Übereinstimmung, legte ihren Zeigefinger um den Hahn und zog gegen den Widerstand langsam und gleichmäßig den Abzug durch. Der Knall war trotz der Schallschutzkopfhörer noch laut, aber, wie Kari aus Erfahrung wusste, für das Ohr unbedenklich. Ohne den Gehörschutz allerdings konnte der Druck dem Schützen und jedem in seiner Nähe leicht das Trommelfell zerreißen.

Die leere Hülse flog klackernd aus dem Schacht auf den Betonboden. Ein zweiter Knall und das folgende Klappern zeigten an, dass Wiebke es Kari gleichtat. Kari fixierte wieder das Ziel und feuerte in schneller Folge vier weitere Schüsse ab, bis das Magazin leer war, und auch neben ihr knallte es viermal rasch hintereinander. Kari drückte auf den Hebel unter dem Hahn, und das Magazin fiel aus dem Griff. Dann betätigte sie den Verschlussfanghebel, und der Schlitten fuhr zurück. Mit einem Blick in den Lauf versicherte sie sich, dass sich keine Patrone mehr darin befand. Nur in dieser Stellung durfte die Waffe übergeben werden, jedenfalls bei der Polizei. Aber in Punkto Sicherheit galten hier vermutlich dieselben Regeln.

Auf der rechten Seite wurde die Anzeige aktiviert, etwas, das auf dem Schießstand der Polizei nicht üblich war. Dort sah man sofort, wie gut man getroffen hatte. Doch die Sieverts wollten es offenbar spannend machen und hatten die Einschussanzeige unterdrückt. Kari schaute auf Wiebkes Silhouette und sah, dass nur einer ihrer fünf Schüsse das Zentrum des Zielobjekts getroffen hatte. Die anderen waren in Schulter und Armen gelandet, einer sogar komplett danebengegangen. Was ein echtes Problem war, denn ein einzelner ernsthafter Treffer würde einen echten Gegner unter Umständen nicht aufhalten, und er konnte immer noch zurückfeuern. Im Gegensatz zu den geläufigen Darstellungen im Fernsehen war es ja nicht so, dass jede Kugel den Getroffenen nachhaltig außer Gefecht setzte oder gar tötete. Es hatte schon Fälle gegeben, in denen sich ein Angeschossener noch über eine halbe Stunde lang eine Verfolgungsjagd mit der Polizei geliefert hatte.

Burkhard Sievert machte Leif ein Zeichen, und der schaltete auch die Anzeige auf Karis Seite frei. Trotz der dicken Ohrenschützer konnte sie hören, wie ein Raunen durch die Reihe der Männer hinter ihr ging. Alle fünf Projektile hatten in einem Kreis von vielleicht zehn Zentimetern Durchmesser exakt das Körperzentrum des virtuellen Angreifers getroffen. Ein Mensch, dessen Brustkorb so perforiert war, würde mit einiger Sicherheit zu Boden gehen und nicht weiter auf sie schießen.

Wiebke riss sich den Gehörschutz und die Brille vom Kopf und drückte beides zusammen mit der Pistole Burkhard Sievert in die Hände. Dann eilte sie aus der Halle. Kari hatte nur einen kurzen Blick auf ihr Gesicht erhascht, doch sie hatte gesehen, dass Wiebkes Augen feucht geglänzt hatten.

Sie biss sich ärgerlich auf die Lippen. Wiebke war diejenige, zu der sie bisher überhaupt keinen Zugang gefunden hatte, und nun schien der Weg noch weiter verbaut.

»Alle Achtung.« Burkhard Sievert nahm auch Karis Waffe und Ausrüstung entgegen. »Sie brauchen offenbar keine Zeit, um weiter zu üben. Das ist gut.« Er winkte seinen beiden Söhnen, ihrerseits an die Schießlinien zu treten. »Dann können Sie bei nächster Gelegenheit voll einsteigen.«

Kari sah zu, wie Leif und Bjarne ihre Schusspositionen einnahmen. Burkhard Sievert übernahm den Platz am Pult und ließ die menschlichen Silhouetten wieder aufleuchten. Die Brüder feuerten, und der doppelte Knall hallte laut in der Halle wider, gefolgt vom Scheppern der ausgeworfenen Hülsen. Auch Leif und Bjarne schossen in schneller Folge ihre fünf Kugeln auf das Ziel und ließen anschließend die leeren Magazine auf den Boden krachen. Dann aktivierte der Firmenchef die Anzeige, und Kari sah, dass die Brüder ein beinahe identisches Resultat erzielt hatten wie Wiebke und sie: Der eine hatte seine Kugeln in breiter Streuung in sämtliche Gliedmaßen der Silhouette verteilt, der andere hatte sie exakt in der Brust des virtuellen Gegners platziert. Hätte sie vorher wetten müssen, hätte sie allerdings trotzdem verloren. Der sichere Schütze war nicht Leif. Es war Bjarne.

Kari lachte leise in sich hinein und machte sich auf den Weg in die Umkleidekabine. Natürlich hätte sie gern gesehen, wie Burkhard Sievert die Leistung seiner Söhne kommentierte. Doch im Augenblick war ihr Wiebke wichtiger. Die Gelegenheit, sie allein zu erwischen, wollte sie sich nicht entgehen lassen.

■ ■ ■

Hannah Behrends ließ den dunkelblauen Audi, das zivile Dienstfahrzeug der Kriminalpolizeistation Sylt, über die Straße von Westerland nach Wenningstedt rollen und fuhr am Kreisel weiter nach Kampen. Jonas Voss schaute aus dem Fenster auf die vorbeiziehende Landschaft. Die schwarzen Wolken hingen immer noch tief über der sturmgepeitschten Heide.

Sein Verdacht gegen Mertens, den er im Gespräch mit Kari und Ole Lund aus einem Impuls heraus geäußert hatte, schien sich zu erhärten. Die Schulden, die der ehemalige Privatdetektiv beim Pfandleiher Majewski angehäuft hatte, konnte er mit seinem Gehalt und dem Anabolika-Handel allein sicher nicht tilgen. Bedeutete das, dass auch der andere Teil seiner Vermutung stimmte? Machten Clemens Sievert und Thilo Mertens tatsächlich bei den Einbrüchen gemeinsame Sache, und Sievert stopfte mit der Beute das Loch in der Firmenkasse? Oder war Mertens womöglich auch für die Unterschlagung verantwortlich? Eigentlich traute Voss dem ehemaligen Detektiv das dazu nötige Fachwissen nicht zu. Doch Mertens steckte bis zum Hals in Schwierigkeiten. Und es gab kaum eine Anleitung, die man sich heutzutage nicht aus dem Internet holen konnte. Womöglich auch dafür, wie man die Buchhaltung einer Firma manipulierte. Not machte bekanntlich erfinderisch.

Hannahs iPad, das sie in der Halterung am Armaturenbrett befestigt hatte, piepte. Hannah nahm die Hand vom Schaltknüppel und tippte auf das Display. Eine Textnachricht erschien. Jonas Voss beugte sich vor, um sie zu lesen, konnte aber die Buchstaben nicht richtig erkennen. Womöglich brauchte er in naher Zukunft auch noch eine Brille. Frustriert sank er in seinen Sitz zurück.

Hannah überflog die Botschaft.

»Die Kollegen vom LKA haben die Waffen an *Sylt Guard* zurückgegeben. Mit Ausnahme der Pistole, die sie als mutmaßliche Tatwaffe identifiziert haben.« Sie schaute kurz zu Voss, ehe sie den Blick wieder auf die Straße richtete. »Die Untersuchung ist abgeschlossen. Es handelt sich eindeutig um die Pistole, mit der Kevin Köhler getötet wurde. Aber einen Hinweis darauf, wer sie benutzt hat, haben wir nicht. Es gibt keine Fingerabdrücke oder sonstige Spuren, auch nicht auf den Patronen oder auf dem Magazin.«

Voss betrachtete die teuren Geschäfte, Boutiquen und Juweliere, an denen sie auf dem Weg durch Kampen vorbeifuhren. Hinter dem Ortsausgang kamen die Dünen und der dichte Wald, in dem sich die Vogelkoje befand. Wie lange war er nicht mehr dort gewesen? Er musste unbedingt bald einmal mit Jasper und Finja einen Ausflug an diesen Ort machen. Sonst war Jasper zu groß, um sich noch auf dem Spielplatz vor dem Restaurant zu vergnügen.

»Ich meine, wir wissen, wer der Täter ist«, erwiderte er. »Ich glaube nicht, dass Mertens noch lange leugnet, wenn wir ihn mit seiner Spielsucht und seinen Außenständen bei Majewski konfrontieren. Er hat sich in eine ziemlich aussichtlose Lage manövriert. Er wird froh sein, sein Gewissen zu erleichtern.«

Hannah wischte über das Display und schloss die Nachricht, die die Kollegen ihr geschickt hatten.

»Bist du dir sicher, dass er es war?«

»Du nicht?« Jonas Voss blickte zu seiner Kollegin. Die sog nachdenklich ihre Wangen ein.

»Na ja. Ich finde, an dem, was Kari gesagt hat, ist auch etwas dran. Mertens ist nicht der Einzige, der ein Motiv hat. Bjarne mit seinem Faible für Überwachungs- und Abhörgeräte braucht ebenfalls Geld, genau wie Leif mit seinem Traum von Australien. Vielleicht war es einer von ihnen, der sich aus der Firmenkasse bedient hat. Jedenfalls könnten die beiden Brüder sehr viel leichter darauf zugreifen als Mertens.«

Voss wollte lieber nicht an Kari denken. Die Zurückweisung am gestrigen Abend hatte ihn getroffen. Und er war nicht so optimistisch wie sein Vater, dass er noch eine Chance bekommen würde.

»Wir werden es ja sehen«, erwiderte er knapp.

Hannah schien noch etwas erwidern zu wollen, verzichtete

aber darauf, weil sie im selben Moment das Kasernengelände erreichten. Sie steuerte den Wagen auf das Rolltor zu und hupte einige Male. Keine halbe Minute später trat Clemens Sievert aus der Haustür. Als er das Dienstfahrzeug erkannte, hob er die Hand mit dem Schlüssel und kam auf sie zu, um das Tor zu öffnen.

▪ ▪ ▪

Die Tür zum Umkleideraum quietschte in den Angeln, als Kari sie langsam aufschob. Wiebke Lüdemann, die auf einer der Bänke hockte, blickte auf.

»Du«, sagte sie. Ein einziges Wort nur und doch voll von Wut und Trauer und unausgesprochenen Vorwürfen.

»Tut mir leid«, sagte Kari. »Das da drin«, sie deutete den Flur hinunter in Richtung Schießstand, »waren reine Zufallstreffer.«

»Ach, hör doch auf.« Wiebke kratzte mit ihren Fingernägeln über das Holz der Bank. »Fünfmal aus Versehen mitten ins Schwarze? Das kaufe ich dir nicht ab. Sag doch, wie's ist. Du bist einfach besser. Ich kann mich abstrampeln, wie ich will, ich bin trotzdem immer das Schlusslicht.«

»Und deswegen trainierst du wie verrückt und schluckst Anabolika?«

Wiebke runzelte die Stirn. »Woher weißt du das denn?«

Kari grinste verlegen. Sie hätte sich besser überlegen sollen, was sie zu Wiebke sagte. Von Mertens' illegalem Handel mit Muskelaufbaupräparaten konnte sie als Kari Blom gar nichts wissen.

»Ich habe gehört, wie sie sich darüber unterhalten haben«, behauptete sie. »Bjarne und Thilo. Die Polizei hat ihn hochgenommen, nicht wahr? Thilo, meine ich.«

Wiebke nickte unglücklich. »Sie haben sein Lager ausgeräumt. Jetzt habe ich nicht einmal mehr das.«

»Du brauchst es nicht«, sagte Kari. »Dieses Zeug macht einen nur krank.«

»Ach ja?«

»Ich weiß das«, log Kari. »Ich habe es selbst eine Zeitlang genommen. Ich hätte mir fast die Nieren damit kaputtgemacht.«

»Wirklich?« Wiebke schnaubte leise. »Du hast das doch gar nicht nötig.«

»Ich dachte, ich hätte es.« Kari machte eine Geste, von der sie hoffte, dass sie hilflos wirkte. »Ich hatte Probleme mit meinen Kommilitonen. Ich fand mich hässlich. Und der Typ, in den ich verknallt war, hat sich kein Stück für mich interessiert.«

»So?« Auf Wiebkes Gesicht spiegelten sich widersprüchliche Gefühle. Es fiel ihr sichtlich schwer, Karis Bericht für bare Münze zu nehmen, doch zugleich hoffte sie offenbar, dass es stimmte. Weil sie dann mit ihren Problemen nicht allein wäre.

»Ist auch ganz schön teuer, das Zeug«, schwindelte Kari weiter. »Hat mich fast ruiniert. Wie hast du das gemacht? So toll verdient man beim Wachschutz ja nicht.«

Es war ein reichlich billiger Versuch. Wiebke würde ihr wohl kaum gestehen, dass sie in die Villen reicher Sylter einbrach und vom Erlös der Beute Anabolika kaufte. Doch manchmal erreichte man auch mit den einfachsten Waffen Verblüffendes.

»Meine Oma«, sagte Wiebke. »Sie wohnt in Hamburg. Sie glaubt, dass ich für eine eigene Wohnung spare. Sie gibt mir dazu, was sie kann.«

»Ach.« Kari hätte fast gelacht, weil die Erklärung so simpel war und überhaupt nicht kriminell.

»Aber es ist ja ohnehin alles für die Katz.« Das wütende Funkeln kehrte in Wiebkes Augen zurück.

Kari setzte sich neben sie auf die Bank.

»Du bist immer noch sauer«, stellte sie fest. »Weil Leif mit mir flirtet.«

Sie sah, wie Wiebkes Kiefer mahlten.

»Das geht ja wohl nicht nur von ihm aus. Du machst ihm doch auch schöne Augen. Und du hast mich verarscht. Dass du dich nicht für ihn interessierst, war gelogen.«

Kari überlegte nur kurz. Sie würde Wiebke nicht davon überzeugen können, dass zwischen Leif und ihr nichts war, weil Wiebke es einfach nicht glauben wollte. Aber vielleicht kam Bewegung in die Sache, wenn sie Wiebke, die ohnehin schon aufgewühlt war, emotional an ihre Grenze brachte.

»Also gut«, sagte sie und setzte eine zerknirschte Miene auf. »Wenn du ohnehin schon alles weißt …«

Wiebke drehte sich zu ihr. »Ja?«

Kari leckte sich die Lippen. »Ich konnte nicht widerstehen«, seufzte sie. »Leif ist so zärtlich. Und seine Küsse …«

Wiebkes Miene verfinsterte sich.

»Du glaubst, du machst einen guten Fang, stimmt's?«, fauchte sie. »Der hübsche Leif. Und bald der neue Chef von *Sylt Guard*.« Sie lachte hässlich. »Aber du täuschst dich. Daraus wird nichts.«

Kari legte den Kopf schief. »Du meinst, ich bin ihm zu alt?«

Wiebke schnaubte. »Nee. Keine Ahnung. Aber … sein Vater gibt ihm die Firma nicht.«

»So?« Kari gab sich betont desinteressiert, doch ihre Nackenhaare sträubten sich. »Warum denn nicht?«

Wiebke sah sie schadenfroh an.

»Weil er sein Studium vergeigt hat. Er ist gerade zum dritten Mal durch eine Prüfung gefallen, ohne die er nicht weitermachen kann. Das war's. Er ist raus. Er wartet nur noch auf seinen Exmar... Exmat...«

»Exmatrikulationsbescheid«, ergänzte Kari automatisch, während ihre Gedanken bereits weitergaloppierten. Wenn Leif sein juristisches Staatsexamen nicht schaffte, würde sich sein Vater womöglich tatsächlich weigern, ihm die Firmenleitung zu übertragen. Und das ließ die Frage, ob Leif etwas mit der Unterschlagung und den Einbrüchen zu tun hatte, in einem gänzlich neuen Licht erscheinen.

■ ■ ■

Jonas Voss schlug mit der Faust gegen die Tür von Thilo Mertens' Wohncontainer. Er wartete eine Weile und klopfte dann noch einmal. Doch auf der anderen Seite der Tür rührte sich nichts.

»Sieht aus, als wäre er nicht zu Hause«, bemerkte Clemens Sievert, der sie begleitet hatte. Hannah Behrends drehte sich zu ihm um und lächelte.

»Haben Sie vielleicht einen Schlüssel? Wir müssten uns dringend noch einmal bei Herrn Mertens umsehen.«

Der Buchhalter machte ein zweifelndes Gesicht.

»Ich weiß nicht ... Besitzen Sie denn eine Erlaubnis? Ich kann ja nicht einfach in die Wohnung eines Mitarbeiters eindringen.«

»Gefahr im Verzug«, erwiderte Hannah. »Wir übernehmen die Verantwortung.«

Sievert zögerte noch immer. Er nahm seine rotgerahmte Brille ab und rieb sie mit dem Hemdsärmel sauber. Eine Übersprungshandlung, vermutete Voss. Sievert befand sich im Zwiespalt zwischen seiner Bürgerpflicht und seiner Rolle als Firmenvize.

»In Ordnung«, sagte er schließlich. »Warten Sie einen Moment, ich hole den Schlüssel.« Er wandte sich ab und ging über den Kasernenhof zum Offiziersgebäude. Jonas Voss sah Hannah tadelnd an.

»Nicht gerade korrekt, Frau Kollegin.«

Hannah lächelte verschmitzt. »Aber erfolgreich. Du willst doch auch wissen, ob wir bei Mertens etwas finden?«

Voss nickte grimmig. Das wollte er allerdings. Wenn er es schaffte, die Einbrüche und den Mord an Kevin Köhler aufzuklären, gab es für Kari zumindest keinen dienstlichen Grund mehr, sich von ihm fernzuhalten. Dann würde man ja sehen, ob sein Vater richtiglag und sie ihm noch eine Chance gab.

Clemens Sievert kehrte kurz darauf mit eiligen Schritten zurück. Vor der Tür des Containers blieb er stehen. Er sah zwischen Voss und Hannah hin und her und zauderte.

»Ich weiß wirklich nicht …«

»Bitte«, sagte Hannah.

»Also gut.« Der Buchhalter gab sich geschlagen. Er steckte den Schlüssel ins Schloss, drehte ihn und schob die Tür auf.

»Thilo?«, rief er. »Ich bin's, Clemens. Die Polizei will noch einmal mit dir sprechen.« Er machte einen Schritt in den Wohncontainer und blickte sich um.

Im nächsten Moment taumelte er mit einem erstickten Schrei zurück.

»Um Gottes willen!«, hauchte er und verdrehte die Augen. Voss und Hannah sprangen schnell herbei und stützten ihn. Sieverts Lider flatterten.

»Da … da drin …«, stammelte er. »Das ist schrecklich.«

Jonas Voss bedeutete Hannah, den Buchhalter festzuhalten. Er atmete einmal tief durch. Dann betrat er den Wohncontainer.

Thilo Mertens lag in seinem abgewetzten braunen Ledersessel. Seine Arme hingen schlaff zu den Seiten herunter, sein Kopf war auf die Brust gesunken. Mund und Augen standen offen, und sein Blick war starr. Mertens' Gesicht war blutüberströmt. Auch auf seinem Hemd entdeckte Jonas Blutflecken, genau wie auf dem Boden, der mit grauem Linoleum ausgelegt war.

Voss bewegte sich vorsichtig rückwärts.

»Wir brauchen die Spurensicherung«, sagte er zu Hannah. »Und die Rechtsmedizin. Mertens ist tot.«

Hannah verstärkte den Griff um Clemens Sieverts Oberkörper. Der Buchhalter drohte erneut das Gleichgewicht zu verlieren.

»Was ist denn passiert?«, fragte sie, während sie mit der freien Hand ihr iPad aus der Handtasche angelte.

»So, wie es aussieht, hat ihn jemand erschlagen«, sagte Voss, und Clemens Sievert gab einen klagenden Laut von sich.

Voss zog seine Lederjacke aus, und Hannah und er halfen dem Buchhalter, sich vorsichtig auf den Betonboden zu setzen. Der Anblick des Toten war ganz offensichtlich zu viel für ihn gewesen.

31.

Kari entledigte sich ihrer Dienstkleidung und hängte sie in den Spind. Während Wiebke unter der Dusche stand, schlüpfte sie in ihre Jeans und zog den bequemen Pullover über, den sie am Morgen gewählt hatte. Wenn sie noch einmal im Wohnhaus der Sieverts herumschleichen wollte, wäre es besser, eine Bekleidung zu wählen, in der sie sich frei bewegen konnte. Mit den klobigen Wachschutzschuhen würde sie nicht einmal die Treppe nach oben gehen können, ohne dass es jemand bemerkte.

Sie lief durch den Flur und warf einen Blick in die Halle. Burkhard Sievert und seine beiden Söhne standen immer noch dort und diskutierten. Ob über das absolvierte Schießtraining oder etwas anderes, konnte sie nicht erkennen. Auf jeden Fall waren sie beschäftigt. Wenn sie sich beeilte, hatte sie zumindest einen Vorsprung.

Sie stieß die Tür der Sporthalle auf und trat auf den Kasernenhof. Sie wollte zum Wohnhaus der Sieverts laufen, stoppte aber gleich darauf abrupt.

Vor den Wohncontainern standen zwei Personen, eine dritte saß auf dem Boden. Ein Notarztwagen hielt auf die Gruppe zu und bremste. Zwei Sanitäter und ein Notarzt stiegen aus. Der Arzt betrat den Container, während sich die Sanitäter mit dem Hilfsbedürftigen beschäftigten.

Kari änderte ihren Kurs und joggte zu den Containern.

Als sie näher kam, entdeckte sie, dass es Clemens Sievert war, der auf dem Boden auf Jonas Voss' Lederjacke saß. Hannah Behrends stand neben dem Buchhalter, Voss an der Eingangstür des Wohncontainers. Im selben Moment, als Kari dort ankam, trat der Arzt aus dem Container. Kari bemerkte, dass er angespannt aussah. Seine Lippen waren zusammengepresst, und seine Kiefer mahlten. Einen Moment lang schien er innezuhalten, um sich zu sammeln. Dann beugte er sich über Sievert und untersuchte ihn. Er sagte etwas zu den Sanitätern, die beiseitegetreten waren, öffnete seinen Koffer und zog eine Spritze auf.

Kari wandte sich an Hannah Behrends. »Was ist denn passiert?«

Hannah machte eine abwehrende Geste.

»Bleiben Sie bitte zurück«, forderte sie Kari auf, und Kari

registrierte, dass die Kollegin auch in der hektischen Situation daran dachte, Karis Undercover-Identität zu wahren. Hannah wäre sicher eine Bereicherung für Ole Lunds Dezernat. Doch Kari bezweifelte, dass sie von Sylt wegwollte.

»Herr Sievert hatte einen Schwächeanfall«, erläuterte die Kriminalkommissarin. »Der Notarzt gibt ihm eine Beruhigungsspritze. Vielleicht können Sie Herrn Sievert anschließend ins Haus begleiten?«

»Sicher.« Kari kniete sich neben den Buchhalter. »Alles in Ordnung bei Ihnen?«

Clemens Sieverts graue Augen irrten umher, als hätte er Mühe, einen Punkt zu finden, an dem er sich festhalten konnte.

»Ja«, sagte er. »Mir ist nur ein bisschen schlecht. Das ganze Blut …«

»Blut?« Kari sah mit gerunzelter Stirn zu Hannah auf. »Was für Blut?« Ihr Blick wanderte weiter zur offen stehenden Tür von Thilo Mertens' Wohncontainer und zu Jonas Voss. Auch sein Gesicht war, wie sie jetzt bemerkte, ungewöhnlich blass. Die Schlussfolgerung war nicht schwer. Sie musste nur eins und eins zusammenzählen.

»Thilo Mertens ist tot?«

»Bitte!« Hannah Behrends machte einen Schritt zur Seite und versperrte Kari damit den Blick auf die Containertür. »Kümmern Sie sich um Herrn Sievert. Alles andere ist Sache der Polizei.«

»Schon gut.« Kari richtete sich wieder auf und reichte Clemens Sievert die Hand. »Können Sie aufstehen?«

»Ja. Ich glaube schon …« Sievert rappelte sich mühsam hoch und stützte sich schwer auf Karis Schulter. Gemeinsam gingen sie zum Wohnhaus.

»Das …«, murmelte Sievert. »Ich … Ich habe noch nie

einen Toten gesehen. Und dann diese Brutalität. Da war ... ein richtiges Loch in seinem Schädel.«

Kari musste schlucken. Gewöhnlich gelang es ihr, ihre persönlichen Empfindungen auf Distanz zu halten. Aber Thilo Mertens hatte sie gekannt.

Sieverts graue Augen flackerten.

»Wer macht so etwas?«, stöhnte er. »Erst Kevin und jetzt Thilo.« Er lachte hysterisch. »Sie sollten besser kündigen«, schlug er vor und rettete sich in Galgenhumor. »Bei *Sylt Guard* zu arbeiten ist lebensgefährlich.«

»Keine Sorge.« Kari bugsierte Clemens Sievert die Treppe hinauf zu seinem Schlafzimmer und half ihm, sich auf dem Bett auszustrecken. »Ich passe schon auf mich auf.«

Sie zog die Vorhänge zu und füllte das Glas auf Sieverts Nachttisch aus der Wasserflasche, die danebenstand. Die Bücher und Rätselhefte auf dem Tisch lagen noch genauso da wie beim letzten Mal. Offenbar hatte Sievert in den letzten Tagen keine Zeit gefunden, sich weiter damit zu beschäftigen.

»Ruhen Sie sich ein wenig aus«, sagte sie. »Dann wird es besser.«

■ ■ ■

Hannah Behrends betätigte den Funkschlüssel, den sie aus Clemens Sieverts Jackentasche genommen hatte, und das große Rolltor glitt mit einem metallischen Surren beiseite. Der Notarztwagen bog vom Kasernengelände auf die Straße, und Hannah ließ das Tor wieder zufahren. Der Arzt hatte bestätigt, dass Thilo Mertens tot war, und die Todesursache auf dem Formular erwartungsgemäß mit nicht natürlicher Tod angekreuzt.

»Was glaubst du?«, fragte Hannah. »Wer war das? Diese Geldeintreiber?«

Jonas Voss, dem der Anblick des blutüberströmten Wachmannes im Magen lag, schüttelte den Kopf.

»Die würden ihm vielleicht den Arm oder ein paar Finger brechen«, erwiderte er. »Aber sie würden ihn nicht umbringen. Wenn er tot ist, kann er nicht mehr zahlen.«

»Hm.« Hannah sah sich auf dem verlassenen Kasernenhof um.

»Außerdem kommt man nicht so einfach auf das Gelände«, setzte Voss seine Überlegungen fort. »Wenn man keinen Schlüssel hat, ist es schwer, die spitzen Zäune zu überwinden.«

»Also war es jemand aus der Firma«, fasste Hannah zusammen und zog ihr Tablet aus der Tasche. »Mertens' Kompagnon. Er hat befürchtet, dass Mertens redet, wenn wir ihn mit seiner Spielsucht unter Druck setzen.«

»Möglich.« Voss sah ungeduldig zum Container. »Wir wüssten vielleicht mehr, wenn wir uns bei ihm umsehen könnten. Aber bis die Spurensicherung und die Rechtsmedizin hier sind, dauert es noch Stunden.«

Das war der Nachteil, wenn man auf einer Insel wie Sylt arbeitete. Die Kriminaltechniker kamen aus Flensburg, die Rechtsmedizinerin aus Kiel. Sie alle mussten zunächst mit dem Wagen nach Niebüll reisen und von dort mit dem Autozug den Hindenburgdamm überqueren. Und anschließend noch über die halbe Insel bis nach List fahren.

»Mhm.« Hannah strich sich eine blonde Strähne aus der Stirn. »Wenn wir uns an die Vorschriften halten ...«

Jonas Voss hob die Hände. So gern er vorankommen wollte, er würde nicht gegen jede Vernunft handeln.

»Wir dürfen da nicht rein. Die Sicherung der Spuren hat absolute Priorität.«

»Natürlich. Ich dachte nur ... Ich war gestern in der Mittagspause im Baumarkt und habe diese Papieranzüge gekauft.

Ich muss meine Küche streichen, weißt du? Wenn wir die anziehen und einen Bogen um den Toten machen, könnten wir uns die anderen Ecken des Containers ansehen, ohne dass wir die Spurenlage verändern.«

Voss rang mit sich. Die Kollegen vom Kommissariat 6 für Kriminaltechnik, Erkennungsdienst und IT-Beweissicherung der Bezirkskriminalinspektion Flensburg würden alles andere als begeistert sein, wenn sie davon erfuhren. Aber das mussten sie ja auch nicht. Hannah und er wollten nur einen kurzen Blick in den Container werfen. Bis die Kollegen endlich hier waren, wären sie längst damit fertig.

»Okay«, sagte er. »Wir machen es. Aber wir werden es niemandem verraten.«

Hannah blinzelte ihm verschwörerisch zu. »Selbstverständlich nicht.«

■ ■ ■

Kari schloss behutsam die Tür von Clemens Sieverts Schlafzimmer hinter sich und huschte über den Flur. Sie griff nach der Klinke von Leifs Zimmertür und hielt überrascht inne. Durch das Fenster am Ende des Ganges sah sie, wie Hannah Behrends etwas aus dem Kofferraum des blauen Dienst-Audis holte. Sie riss die Plastikverpackungen auf und hielt Jonas Voss einen der Gegenstände hin. Voss schüttelte ihn auf, und Kari erkannte, dass es sich um einen Anzug der Spurensicherung handelte. Irgendetwas sah allerdings komisch aus. Das Kleidungsstück besaß keine Kapuze. Als die beiden dann weiße Malerhüte aufsetzten, begriff Kari, womit sie es zu tun hatte. Die Kollegen hatten doch wohl nicht vor, mit Maleranzügen einen Tatort zu betreten?

Kari wäre am liebsten hinuntergelaufen, um sie davon abzuhalten. Aber sie hatte keine Zeit. Sie musste sich dringend bei Leif Sievert umsehen, und jede Sekunde war wertvoll. Die Kollegen waren hoffentlich vorsichtig. Sie wussten ja, wie man sich an einem Tatort zu verhalten hatte.

Voss und Hannah verschwanden aus ihrem Blickfeld, und Kari wandte sich vom Fenster ab. Dann drückte sie die Klinke herunter und betrat Leifs Zimmer.

32.

Mertens' Wohncontainer sah ebenso heruntergekommen aus wie beim letzten Mal, als sie hier gewesen waren. Spuren eines Kampfes waren auf den ersten Blick nicht zu entdecken. Allerdings erweckte der Raum den Eindruck, als hätte sich erst kürzlich jemand gründlich darin umgesehen. Einige Schubladen waren nicht richtig geschlossen, die Zeitschriften auf dem Couchtisch waren zu einem unordentlichen Haufen gestapelt, und die Sofakissen klemmten schräg und verkantet in einer Position, als würden sie über dem Gestell schweben. Jonas Voss musste sich zwingen, nicht ständig zum blutüberströmten Mertens zu schauen. Als Kriminalhauptkommissar war er den Anblick von Toten gewohnt, doch es war etwas anderes, wenn das Opfer ein Zeuge, gar ein Verdächtiger in einer laufenden Ermittlung war, und Voss brauchte einen Moment, um seine persönlichen Empfindungen beiseitezuschieben.

Dann zog er sich Latexhandschuhe über die Finger und begann systematisch, den Wohnbereich abzusuchen. Er fühlte sich ein wenig albern mit dem Papieranzug und dem Malerhut auf dem Kopf. Aber es war immer noch besser, als stundenlang auf dem Kasernenhof zu stehen und nichts zu tun.

Hannah ging schnurstracks auf den Computer zu, der auf dem ausklappbaren Tisch von Mertens' Sekretär stand. Der Schreibschrank war offensichtlich alt und wirkte in der sterilen Atmosphäre des Containers fehl am Platz. Abgeschliffen und aufpoliert hätte er auf dem Antiquitätenmarkt wahrscheinlich einen guten Preis erzielt. Doch Mertens hatte offensichtlich kein Interesse an Möbelpflege gehabt.

Jonas Voss, der nichts fand außer Staub und Krümeln, schaute zu seiner Kollegin, die den Rechner einschaltete.

»Vielleicht sollten wir das lieber den Spezialisten von der IT-Beweissicherung überlassen«, gab er zu bedenken.

Hannah wedelte mit den Fingern. »Ich mach ja nichts kaputt. Ich guck nur mal, ob ich reinkomme.«

Im nächsten Moment lachte sie auf.

»Und so jemand will ein Detektiv sein«, tadelte sie. »Hat nicht mal den Rechner mit einem Passwort geschützt.«

»Wozu auch? Hier kommt doch so leicht keiner rein.« Jonas Voss stöberte in Mertens' Schubladen, die ein Sammelsurium an Alltagsgegenständen enthielten, wahllos hineingeworfen. Voss entdeckte Stifte, Schlüssel, Streichhölzer und Ohrstöpsel, eine Kamera und ein Batterieladegerät, Ausweispapiere und Schachteln mit Erkältungs- und Schmerztabletten. Voss schaltete die Kamera ein, doch das Display verriet ihm, dass die eingelegte Speicherkarte leer war. Der schmale Kleiderschrank enthielt ein paar abgetragene Anzüge und Hemden, aber nichts, das auf nächtliche Einbruchsaktivitäten hindeutete. Kein dunkler Overall, keine schwarzen Lederhandschuhe und keine Strumpfmaske.

Er richtete sich wieder auf und tupfte sich mit dem Papierärmel ein paar Schweißtropfen von der Stirn. Der Anzug war zwar nicht aus Plastik, aber trotzdem nicht gerade atmungsaktiv. Sein Blick streifte erneut die Leiche.

»Komm«, sagte er. »Wir gehen wieder. Hier finden wir nichts.«

»Eine Sekunde noch.« Hannah fixierte konzentriert Mertens' Computermonitor und klickte mit der Maus. Dann ließ sie die Hände sinken.

»Das glaubst du jetzt nicht«, keuchte sie.

Jonas Voss trat hinter sie und schaute auf den Bildschirm. Was er dort sah, war eine simple Textdatei. Der Inhalt allerdings war alles andere als gewöhnlich.

■ ■ ■

Kari schloss die Tür hinter sich und betrachtete die Poster, auf denen die Surfer mit ihren Brettern durch die Tunnel riesiger, sich überschlagender Wellen fuhren, und die Landkarte von Australien, auf der Leif mit roten Pins einige Orte markiert hatte. Angesichts der Tatsache, dass er als gescheiterter Jurist höchstwahrscheinlich nicht zum Chef von *Sylt Guard* avancieren würde, bekamen diese Bilder eine neue Bedeutung. Es waren nicht nur bunte Träume, sondern vielleicht der Rettungsanker. Doch um sich eine Karriere als Surfprofi in Australien aufzubauen, brauchte Leif Geld. Geld, das ihm sein Vater, wenn er von der vergeigten Prüfung erfuhr, sicher nicht zur Verfügung stellen würde.

Dieses Mal beschränkte sie sich nicht auf einen oberflächlichen Blick. Sie nahm die Pokale aus den Regalen, hob die Zeitschriften hoch und klappte den Laptop auf. Während er startete, durchblätterte sie die juristischen Fachbücher und sah nach, ob Leif etwas dahinter versteckt hatte. Doch da war nichts.

Sie öffnete die Schubladen und ärgerte sich, dass sie das leistungsstarke Tablet nicht dabeihatte. Mitnehmen konnte sie die USB-Sticks und die mobile Festplatte natürlich nicht. Aber sie hätte die Daten gerne kopiert.

Sie schaute auf den Rechner, der noch immer nicht hochgefahren war – vermutlich, weil er gerade irgendein Update verarbeitete –, und wandte sich dann dem Schrank zu. Er war gut gefüllt und enthielt ordentlich aufgeschichtete Kleidungsstücke angesagter Modelabels. Kari zog die einzelnen Stapel nach vorn und tastete die Regalbretter dahinter ab.

Und dann passierten drei Dinge gleichzeitig.

Ihre Finger berührten einen metallischen Kasten, der sich, als sie ihn hervorzog, als Aufzeichnungsgerät für eine Kamera entpuppte.

Der Computer auf dem Schreibtisch verkündete mit einer Fanfare, dass das Betriebssystem startete.

Und Kari meinte, direkt hinter sich eine Bewegung wahrzunehmen.

Sie wirbelte herum, doch sie war zu langsam. Ein harter Gegenstand krachte auf ihren Kopf. Ein dumpfer Schmerz explodierte hinter ihrer Stirn. Auf ihrer Netzhaut tanzten weiße Lichtpunkte.

Kari taumelte und ließ das Aufnahmegerät fallen. Und dann wurde ihr schwarz vor Augen.

▪ ▪ ▪

»Ich weiß, was du getan hast«, las Hannah Behrends den Text von Mertens' Computermonitor vor. »Ich will einen Anteil. 150 000 Euro, bar und in kleinen Scheinen. Heute Nachmittag um drei im Papierkorb neben der Bank an der K121, wo du so gern sitzt und auf den Königshafen schaust. Leg das Geld hinein und verschwinde. Sonst gehe ich zur Polizei. Ich habe Beweise für die Unterschlagung und die Einbrüche.«

Jonas Voss lachte auf. »Wir lagen also schon wieder falsch«, konstatierte er. »Mertens war nicht der Einbrecher.«

»Nein.« Hannah stöberte weiter in Mertens' Computer herum. »Er ist seiner Rolle treu geblieben. Privatdetektiv.«

»Hm. Aber er hätte mit seinem Wissen zu uns kommen sollen.«

Hannah blickte auf. »Er dachte, er hätte die Lösung für all seine Probleme gefunden. Die Rückzahlungen wegen der Insolvenz und die Schulden bei diesem Geldhai wegen seiner Spielsucht.«

»Ja.« Voss zupfte an seinen Latexhandschuhen. »Die Polizei zahlt einfach zu schlecht für Informationen.«

Hannah klickte sich durch ein paar Ordner. Sie beugte sich vor und studierte die Dateinamen. Schnell öffnete sie einige der Dokumente und schloss sie gleich darauf wieder.

»Auf seinem Rechner hat er die Beweise, von denen er spricht, jedenfalls nicht«, stellte sie fest. »Da sind nur seine Kontoauszüge, immer um Haaresbreite über dem Kreditlimit, und seine gesammelte Korrespondenz wegen der Insolvenz, aber sonst nichts.«

Sie wandte sich zu Voss.

»Schau doch mal, ob du irgendwelche Speichermedien findest«, bat sie ihn. »Eine externe Festplatte oder SD-Karten oder USB-Sticks. Oder von mir aus auch ein Notizbuch oder irgendwelche Papiere.«

Jonas Voss blickte sich um. Bisher hatte er nichts dergleichen entdeckt. Er öffnete erneut die Schubladen des Sekretärs und des kleinen Nachtschranks, der neben Mertens' Bett stand. Anschließend prüfte er auch die Schränke der Küchenzeile und des engen Badezimmers.

Zugleich dachte er darüber nach, was diese neue Wendung zu bedeuten hatte. Hatten Thilo Mertens und Kevin Köhler gemeinsam Jagd auf die Einbrecher gemacht, oder waren sie den Straftaten unabhängig voneinander auf die Spur gekommen? War Mertens das Aufzeichnungsgerät von Kevins Knopfkamera in die Hände gefallen, oder hatte er eigene Recherchen angestellt? Und wer war es, den Mertens und Köhler als Schuldigen ausgemacht hatten? Die Zahl der Verdächtigen jedenfalls hatte sich erneut drastisch reduziert. Und von dem Beweis, den Thilo Mertens seinem Erpresserschreiben zufolge besessen hatte, war leider nicht das Geringste zu entdecken.

»Nichts«, rief Voss, während er die letzte Tür wieder zuklappte. Er steckte den Kopf aus dem Bad. »Aber vermutlich hätte er die Sachen auch nicht hier versteckt.«

Hannah runzelte die Stirn. »Wo denn sonst? Sein Auto und die Garage, in der er die Anabolika gelagert hat, haben die Kollegen von der Drogenfahndung durchsucht. Sie hätten uns informiert, wenn sie etwas gefunden hätten.« Sie zog ihr iPad hervor. »Aber ich frage noch mal nach.« Sie tippte eine Nachricht und wandte sich dann wieder dem Computer zu. Voss blickte zu dem Toten.

»Vielleicht trägt er es bei sich. In der Hosentasche. Am Schlüsselbund. Oder an einer Kette um den Hals.«

»Möglich.« Hannah beendete die Suche im Rechner und fuhr das Gerät herunter. »Hier ist jedenfalls nichts.« Ihr iPad piepte, und sie warf einen Blick auf das Display. »Und die Drogenfahndung hat auch nichts dergleichen gefunden.«

Sie erhob sich von ihrem Stuhl, und beide schauten auf den blutüberströmten Leichnam.

»Kein schöner Anblick«, bemerkte Hannah. »Wen immer Mertens erpresst hat, er hat ihn verdammt wütend gemacht.«

Voss stimmte ihr zu, und für einen Moment schob sich das Bild des lebendigen Thilo Mertens vor seine Augen. Dessen plötzlicher, gewaltsamer Tod hatte ihn erschüttert.

»Mehr können wir im Augenblick nicht tun«, sagte er. »Die Untersuchung des Leichnams müssen wir der Rechtsmedizin überlassen. Vielleicht hat sich Mertens gewehrt, und ein Teil des Bluts stammt nicht von ihm, sondern vom Täter. Oder er hat sonstige Spuren hinterlassen.«

Hannah nickte und wies zur Tür des Wohncontainers.

»Wir sollten uns besser verziehen«, meinte sie. »Bevor uns die Kollegen von der Spurensicherung sehen. Sonst kursieren am Ende noch Bilder von uns beiden im Malerkostüm im Intranet.«

Jonas Voss grinste flüchtig. »Würde dich das stören?« Er betrachtete das gerötete Gesicht seiner Kollegin unter dem weißen Hut. »Ich finde, das Outfit steht dir.«

Hannahs blaue Augen funkelten. »Bestimmt. Aber ich brauche trotzdem keine bleibende Erinnerung daran. Ganz abgesehen davon, dass die Kollegen die Aktion wahrscheinlich kein bisschen lustig fänden.«

»Stimmt.« Voss' schlechtes Gewissen meldete sich wieder, und er schob sich eilig an dem Toten vorbei zur Tür. Zugleich verspürte er aber auch eine kribbelnde Erregung. Ihr Vorgehen war zwar nicht vorschriftsmäßig gewesen, doch sie waren einen großen Sprung nach vorne gekommen. Der Erpresserbrief bestätigte ihre Hypothese, dass die Einbrüche und die Unterschlagung von ein und derselben Person begangen worden waren, von einem Täter, der tatsächlich aus der Firma kam und der – mit größter Wahrscheinlichkeit – auch Kevin Köhler und Thilo Mertens ermordet hatte. Jemand, der hochgefährlich war und kaltblütig zuschlug.

Sie hatten also richtig gelegen. Jetzt mussten sie nur noch herausfinden, *wen* Mertens erpresst hatte.

33. Sie kam nur langsam wieder zu sich. Ihr Kopf dröhnte, und ihre Augenlider waren so verklebt, dass es sie Mühe kostete, sie zu öffnen. Sie betastete ihren Hinterkopf und betrachtete anschließend ihre Hand. Kein Blut, immerhin. Der Schlag hatte sie nur außer Gefecht gesetzt, ansonsten aber anscheinend keinen Schaden angerichtet.

Kari richtete sich vorsichtig auf und sah sich um. Sie lag auf einer harten Pritsche in einem winzigen Raum. Er war vielleicht sechs Quadratmeter groß, allerdings nicht quadratisch, sondern schmal wie ein Schlauch. Und die Einrichtung war übersichtlich. Es gab eine durch einen Sichtschutz abgeteilte Toilette und ein Waschbecken. Gegenüber der Pritsche befand sich ein kleines Fenster direkt unter der Decke. Dort, wo Karis Füße lagen, war eine Tür aus massivem Stahl, mit einer Öffnung im oberen Drittel. Genau wie das Fenster war sie vergittert.

Der Angreifer hatte sie offenbar in eine der Arrestzellen der ehemaligen Marineversorgungsschule gesperrt.

Kari erhob sich von der Pritsche und klopfte systematisch die Wände ab. Das ehemalige Kasernengelände war riesig, und die Wahrscheinlichkeit, dass jemand zufällig hierherkam und sie fand, war gering. Und derjenige, der sie eingesperrt hatte, kehrte womöglich nicht zurück. Oder wenn doch, dann vielleicht nicht mit dem Ziel, sie freizulassen.

Kari wollte lieber nicht warten, bis sie herausfand, welche der beiden Möglichkeiten zutraf. Sie wollte hier raus.

■ ■ ■

Die Rechtsmedizinerin Prof. Dr. Susanne Lorenz zog ihre Latexhandschuhe schnalzend von den Fingern und schob die weiße Kapuze vom Kopf. Anschließend schüttelte sie ihre blonden Locken aus und schaute kurz zum Himmel, wo sich pechschwarze Wolken zu einer undurchdringlichen Decke verdichteten.

»Der Täter muss vollständig die Kontrolle verloren haben«, sagte sie zu Jonas Voss und Hannah Behrends und deutete auf den Wohncontainer von Thilo Mertens, den sie soeben verlassen hatte. »Er hat brutal zugeschlagen. Das Opfer muss schon nach den ersten Schlägen handlungsunfähig gewesen sein, aber er hat so lange auf den Mann eingeprügelt, bis dieser kaum noch einen heilen Knochen im Leib hatte.«

»Mertens hat vermutlich herausgefunden, wer von seinen Kollegen für die Einbrüche und den Mord an Kevin Köhler verantwortlich war«, erklärte Hannah. »Und er hat versucht, die betreffende Person zu erpressen.«

Die Rechtsmedizinerin warf die benutzten Handschuhe in einen Metallkorb, den die Kollegen von der Spurensicherung eigens zu diesem Zweck aufgestellt hatten. »Keine gute Idee, wie mir scheint.«

»Nein.« Jonas Voss, dem immer noch flau war, wenn er an den übel zugerichteten Leichnam des ehemaligen Detektivs dachte, schob die Hände tiefer in die Taschen seiner Lederjacke. »Haben Sie eine Vorstellung, was die Tatwaffe war?«

Susanne Lorenz lächelte. »Sie wissen ja: Vor der Obduktion lege ich mich nicht fest. Aber wenn ich raten sollte, würde ich auf einen Gummiknüppel tippen. Stumpfe Verletzungen, aber soweit ich sehen kann keine Materialrückstände in den Wunden. Also vermutlich kein Holz. Und bei einer Waffe aus Metall hätte ich im Verhältnis zu den Platzwunden mehr Knochensplitter erwartet. Ein Gummiknüppel richtet weniger Schaden an als eine Eisenstange, aber mit der hinreichenden Wucht ausgeführt, können die Schläge durchaus Knochen brechen.«

Voss verzog das Gesicht. Wie jeder Kollege wusste er, welche Wirkung man mit einer solchen Waffe, die auch zur Standardausrüstung der Polizei gehörte, erzielen konnte. Hannah machte sich Notizen.

»Haben Sie sonst noch etwas gefunden?«, erkundigte sie sich.

»Nein.« Die Rechtsmedizinerin legte den Kopf schief. »Denken Sie an etwas Bestimmtes?«

Hannah steckte das Tablet zurück in ihre Handtasche.

»Mertens hat versucht, jemanden zu erpressen. Er hat behauptet, er hätte Beweise, aber wir finden keine. Wir dachten, er hätte vielleicht irgendetwas am Körper getragen. Eine Speicherkarte oder einen Stick. Oder ein Notizbuch.«

»Tut mir leid.« Susanne Lorenz blickte erneut zum Container. »Wir haben ihn natürlich nicht ausgezogen, das machen wir erst im Institut. Aber ich denke, wenn er etwas Derartiges bei sich gehabt hätte, wäre mir das aufgefallen.«

Sie machte einige Schritte zur offenen Tür des Containers und wechselte ein paar Worte mit einem der Beamten vom Kommissariat 6 für Kriminaltechnik, Erkennungsdienst und IT-Beweissicherung. Anschließend kehrte sie zu Voss und Hannah zurück.

»Nein«, wiederholte sie. »Die Kollegen haben seine Kleidung durchsucht. Da war nichts.«

Hannah seufzte frustriert.

»Also hat sein Mörder die Beweise mitgenommen«, fluchte sie. »Aber warum, um alles in der Welt, hatte Mertens sie nicht besser versteckt?«

Jonas Voss rief sich den lebenden Thilo Mertens vor Augen. Ein Mann, der seine besten Tage hinter sich hatte, mit einem schiefen Grinsen, wässrig blauen Augen und struppigem Schnurrbart. Wie ein Wiesel hatte er auf ihn gewirkt, undurchsichtig und irgendwie verschlagen. Ein Mann, der beständig versuchte, dem Schicksal ein Schnippchen zu schlagen, und immer wieder scheiterte.

Wie einer dieser abgehalfterten Typen in den alten französischen Filmen, dachte Voss mit einer Mischung aus Mitleid und Abscheu. Und dann begriff er plötzlich.

»Ich glaube, er hatte überhaupt keine Beweise«, sagte er laut. »Mertens war ein Spieler. Er hatte nur einen Verdacht. Er hat gepokert. Und verloren.«

■ ■ ■

Es war aussichtslos. Ein massiv gebauter Raum. Eine stabile Tür. Und nichts, das man als Werkzeug benutzen konnte.

Sie saß hier fest. Und währenddessen war Leif womöglich auf dem Weg zu den Häkeldamen, die sich dem Wachschutzunternehmen auf ihre Bitte hin als Köder angeboten hatten. Wenn es denn Leif gewesen war, der sie niedergeschlagen und hier eingesperrt hatte. Aber wer sollte es sonst gewesen sein? Sie hatte das Aufnahmegerät, das vermutlich zu der Knopfkamera in Kevins Jacke gehörte, in seinem Zimmer gefunden. Offenbar war er der Einbrecher. Er musste es also auch gewesen sein, der Kevin Köhler und Thilo Mertens getötet hatte. Und er wusste, dass sie ihm auf die Spur gekommen war. Er saß in der Falle. Er musste fliehen. Und für einen Neustart an irgendeinem weit entfernten Ort brauchte er Geld. So viel, wie er bekommen konnte. Was lag da näher als ein finaler Coup? Und sie selbst hatte ihm die alten Frauen als lohnendes Opfer auf dem Silbertablett präsentiert. Sie hatte die Häkeldamen in Gefahr gebracht, und nun war sie nicht in der Lage, ihnen zu helfen.

Kari ging in das Toilettenabteil und betrachtete das Waschbecken. Es schien ein wenig locker in der Verankerung zu sitzen. Kari rüttelte versuchsweise daran, und das Becken bewegte sich knirschend. Sie verstärkte ihre Bemühungen, lehnte sich mit ihrem ganzen Gewicht auf das Waschbecken und zog mit aller Macht daran. Farbe und Putz bröckelten von der Wand.

»Na, komm!«

Kari holte das Letzte aus sich heraus und zerrte an der Porzellanschüssel, doch die saß fest. Sie wackelte zwar, wollte sich aber nicht aus ihrer Befestigung lösen lassen. Kari schnaufte und stöhnte. Sie spürte, wie ihre Kräfte schwanden. Aber sie durfte jetzt nicht aufgeben.

Sie quetschte ihre Finger in den schmalen Spalt zwischen Waschbecken und Wand und warf sich nach hinten.

»Ahhh!« Ein scharfer Schmerz fuhr ihr durch die Wirbelsäule, ohne dass sich das Becken rührte. Frustriert sank sie auf die Knie und schlug verzweifelt mit beiden Händen auf das Porzellan.

»Verdammt, verdammt, verdammt!«

Irgendwo über ihr begann etwas zu knarren, erst leise, dann immer lauter. Kari schaute nach oben.

Wie in Zeitlupe löste sich das Abflussrohr mit einem metallischen Kreischen von der Wand, und im nächsten Augenblick hielt Kari das Waschbecken in den Händen.

»Oh!« Das Ding war so schwer, dass sie es kaum tragen konnte, doch sie nahm all ihre Energie zusammen. Mühsam kam sie wieder auf die Füße und schleppte das wuchtige Becken zur Tür. Entschlossen schlug sie es gegen das Türblatt.

Es krachte, und das Porzellan splitterte. Ein paar Stücke des Beckens platzten ab und fielen zu Boden. Kari stieß es erneut gegen die Tür, wieder und wieder. Das Waschbecken brach in der Mitte durch, und die eine Hälfte zerbarst auf dem nackten Betonboden.

»Bitte!« Kari keuchte. Sie hatte das Gefühl, das bleischwere Ding keine Sekunde länger festhalten zu können. Am liebsten hätte sie es einfach auf den Boden fallen lassen. Aber sie musste hier raus. Noch einmal spannte sie ihre Muskeln an und rammte die Porzellanschüssel gegen die Zellentür.

Der Knauf sprang ab, und die Tür öffnete sich knarrend einen Spaltbreit.

Kari warf den verbliebenen Teil des Waschbeckens beiseite. Sie zog die Tür vollständig auf und schlüpfte in den kahlen Flur. Schwer atmend schaute sie sich um, aber niemand war zu sehen.

»Na also. Geht doch«, murmelte sie und rannte los.

34.

»Ich habe ganz schön aufgetrumpft!« Witta Claaßen reckte sich in ihrem Lieblingssessel mit der hohen Lehne, der einen prominenten Platz in ihrem feudal eingerichteten Wohnzimmer hatte. Auch sie selbst hatte sich in Schale geworfen wie eine Königin: ein nachtblaues Satinkleid, aufwändig bestickt mit Perlen, wie es auch die Queen gelegentlich trug, dazu dunkelblaue Pumps, eine zweireihige Perlenkette und in der weißen Dauerwelle ein silbernes Krönchen. Sie sah aus, als wolle sie auf einen Ball, doch tatsächlich hatte sie sich nur für ihre Häkelfreundinnen so herausgeputzt. Wenn sie ihr schon die Rolle der reichen Witwe zuwiesen, wollte sie auch entsprechend auftreten.

»Ich habe von den teuren Biedermeiermöbeln erzählt«, berichtete sie und deutete auf die Schränke, die auf der linken Seite des Raums standen. »Von den afrikanischen Masken, die Wilhelm in seinem Arbeitszimmer hat. Von unserem Familienschmuck aus Gold und Diamanten. Und von den seltenen Münzen, die er gesammelt hat.«

»Afrikanische Masken? Ist so was teuer?«, fragte Alma. »Also, ich finde die ja furchtbar hässlich. Mir könnten die gestohlen bleiben.«

Witta blickte sie tadelnd an.

»Nicht alle afrikanischen Masken sind wertvoll«, erläuterte sie. »Aber wenn sie von einem Häuptling stammen und mit Gold und Edelsteinen verziert sind, schon.«

»Wenn du so im Geld schwimmst, warum bist du dann immer so knauserig?«, erkundigte sich Grethe Aldag und befühlte misstrauisch den Bezug des Stuhls, auf dem sie saß, einen schweren, festen Stoff mit eingewebten goldenen Fäden. »Ist das hier echter Brokat?«, fragte sie.

»Nein.« Witta zupfte die dünnen blassblauen Seidenhandschuhe von den Fingern. Sie sahen zwar schick aus, aber wenn sie ein Sektglas halten wollte, waren sie unpraktisch. Die Oberfläche war zu glatt, und der feine Stiel des Glases drohte ihr ständig zu entgleiten. »Das ist nur Kunststoff. Und ich schwimme auch nicht im Geld. Es gibt weder Masken noch Münzen noch goldenen Diamantschmuck.« Sie zwinkerte Grethe zu. »Ich habe geflunkert.«

»Witta!« Alma Grieger sah ihre Freundin ungläubig an. »Das kannst du doch gar nicht!«

»Offenbar doch«, bemerkte Grethe, wirkte dabei aber weniger biestig als sonst. Ausnahmsweise war sie mit ihrer Häkelfreundin zufrieden.

Marijke Meenken klatschte in die Hände.

»Wunderbar!«, rief sie. »Das heißt, es läuft nach Plan?«

Witta hob ihren Sektkelch und warf einen kurzen Blick

aus dem Fenster, wo sich schwarze Wolken aufgetürmt und so dicht geballt hatten, dass es beinahe so dunkel geworden war wie nach Einbruch der Dämmerung, obwohl es gerade erst später Nachmittag war. Sie streckte den Arm aus, zog an der Kordel, und das Licht in einer stoffbezogenen Stehlampe mit dicken Troddeln ging an.

»Allerdings. Gleich morgen kommt jemand von *Sylt Guard* und sieht sich alles an. Und dann erarbeiten sie ein Sicherheitskonzept und bauen die Anlage ein.« Sie verzog das Gesicht. »Wer bezahlt das eigentlich? Ich meine, so eine Alarmanlage ist ja nicht billig.«

»Sieh es als sinnvolle Investition«, riet Marijke. »Du hättest dir schon längst eine besorgen sollen. Die Kriminalität auf Sylt wird schließlich nicht weniger.«

»Schon …« Witta brummelte in sich hinein. Dann hellte sich ihre Miene wieder auf. »Vielleicht kann der Verlag etwas beitragen? Immerhin ist es ja für das Buch von Frau Blom …«

»Witta!« Marijke Meenken seufzte. »Du bist vielleicht nicht so reich, wie du *bei Sylt Guard* behauptet hast, aber du bist auch nicht arm.«

»Na ja.« Witta vollführte eine affektierte Handbewegung. »Ärzte verdienen auch nicht so viel, wie man denkt.«

Grethe Aldag lachte trocken. »Sicher. Vermutlich bist du schlechter gestellt als Alma oder ich. Bäcker und Klempner machen ja heutzutage ein Vermögen.«

»Mädels!« Alma Grieger hielt ihr Sektglas hoch. »Jetzt hört doch auf. Wir wollen feiern, nicht streiten.«

»Schon gut.« Die eisgraue Grethe hob die Hände. »Allerdings …« Sie fixierte Witta. »Du hast gesagt, sie kommen morgen und sehen sich alles an? Die Leute von *Sylt Guard*?«

Witta bedachte ihre Freundin mit einem Blick, als vermute sie beginnende Demenz. »Ja. Genau das sagte ich.«

»Mhm.« Grethe tippte sich an die Nase. »Und wie soll das gehen? Wie sollen sie sich *erfundene* Masken und Münzen und Schmuckstücke anschauen?«

»Ach Gott.« Witta legte ihre linke Hand an die Wange. »Daran habe ich überhaupt nicht gedacht.«

»Nee.« Grethes graue Augen sandten eisige Blitze aus. »Natürlich nicht.«

»Verflixt.« Marijke sah ihre Häkelschwestern der Reihe nach an. »Was machen wir denn jetzt?«

Die vier alten Damen wechselten ratlose Blicke. In der entstandenen Stille klang das Scheppern, das aus dem Hausflur kam, umso lauter.

Alma fuhr von ihrem Stuhl hoch. »Was war das?«

Grethe blieb gelassen. »Da ist irgendwas umgefallen. Vielleicht einer von den Regenschirmen, die wir da vorhin an die Wand gelehnt haben, oder ...«

Sie konnte den Satz nicht zu Ende führen, weil im selben Moment die Tür zum Flur aufschwang. Ein Mann stand dort, von Kopf bis Fuß in Schwarz gekleidet, mit einer Skimaske über dem Gesicht und einer Taschenlampe in der Hand. Als er die alten Damen entdeckte, erstarrte er.

»Oh, Fuck«, entfuhr es ihm. »Was sitzen Sie denn da im Dunkeln?«

»Wir sitzen nicht im Dunkeln«, entgegnete Witta und deutete auf die Stehlampe, die ein schwaches gelbliches Licht in den Raum warf. »Wir haben es uns nur gemütlich gemacht.«

Vermutlich, dachte Marijke, war das der Schock. Anders konnte sie sich nicht erklären, dass ausgerechnet Witta, die sich sonst vor allem nur Erdenklichen fürchtete, beim Anblick eines Einbrechers so gelassen blieb.

Der Räuber dagegen schien alles andere als abgebrüht zu

sein. Er wechselte die Taschenlampe in die linke Hand und zerrte mit der rechten eine Pistole aus seinem Gürtel.

»Los. Stehen Sie auf«, forderte er. Er schwenkte seine Waffe und richtete sie in schneller Folge von einer der alten Frauen auf die nächste. »Gehen Sie da in die Ecke, und machen Sie bloß keine Dummheiten. Sonst muss ich schießen.«

Grethe erhob sich gemessen von ihrem Stuhl.

»Sagen Se bloß, Sie ham Angst vor vier alten Schachteln«, knurrte sie. »Ein junger und gesunder Mann wie Sie.«

Der Einbrecher konzentrierte sich auf Grethe. »Woher wissen Sie, wer ich bin?«

Grethe kniff die Augen zusammen. »Ich weiß nicht, wer Sie sind. Wie kommen Sie denn darauf?«

»Sie haben doch gesagt: jung und gesund.«

»Das sieht man, junger Mann«, mischte sich Marijke ein. Der Lauf der Pistole schwenkte von Grethe zu ihr. »An Ihrer Körperhaltung und Ihren Bewegungen.«

»Ruhe jetzt!« Der Räuber fuchtelte ungehalten mit seiner Waffe. »Sie machen mich nervös.«

Alma lächelte verbindlich, als wäre er ein schwieriger Kunde in ihrer Bäckerei, den man gleichwohl höflich behandeln musste. »Sagen Sie uns doch einfach, was wir für Sie tun können. Dann können Sie wieder gehen, und wir haben die ganze Aufregung hinter uns.«

Der Mann mit der Maske lachte rau. »Was ist das hier? Versteckte Kamera? Ich hab gesagt, ihr sollt die Klappe halten.«

»Kein Grund, unhöflich zu werden, junger Mann«, tadelte Witta. »Es gehört sich nicht, jemanden zu duzen, der älter ist als man selbst. Schon gar nicht, wenn man dabei nicht einmal seine Maske abnimmt.«

»Schnauze!«, brüllte der Einbrecher. »Ich lass mich doch nicht verarschen.« Er zog Alma am Arm zu sich heran und setzte ihr die Pistole an den Kopf. »Wenn noch jemand eine blöde Bemerkung macht, knalle ich eure Freundin hier ab. Und danach seid ihr anderen dran.«

Marijke hob beschwichtigend die Hände. »Schon gut. Wir tun, was Sie wollen.« Sie signalisierte Witta und Grethe, sich mit ihr gemeinsam in die Zimmerecke zu bewegen, und ausnahmsweise gehorchten die beiden ohne Widerworte. Draußen vor dem Fenster grummelte es, und ein Blitz zuckte über den dunklen Himmel. Nur zwei Sekunden später folgte krachend der Donner.

»Na bitte. Wer sagt's denn?« Der Einbrecher stieß Alma von sich weg, und sie stolperte zu ihren Häkelfreundinnen. »Und jetzt will ich wissen, wo der wertvolle Kram ist. Die antiken Münzen. Der Schmuck. Und die afrikanischen Masken.«

»Ha!« Witta Claaßen hob triumphierend den Zeigefinger. »Jetzt weiß ich, wer Sie sind!« Sie streckte den Arm aus und deutete auf den Einbrecher. »Das mit den Wertsachen war nämlich gelogen. Die gibt es gar nicht. Wenn Sie das glauben, gehören Sie zu *Sylt Guard*. Sie sind jung, das heißt, Sie sind einer der Söhne von Burkhard Sievert. Und Sie sind nicht dick, also können Sie nur Leif sein.«

Grethe sog hörbar die Luft ein. »Witta. Bist du wahnsinnig? Du redest dich um Kopf und Kragen.«

Witta ließ die Hand sinken. Ganz offensichtlich begriff sie erst jetzt, wie dumm sie sich verhalten hatte. Doch nun war es zu spät. Der Einbrecher riss sich die Skimaske vom Kopf und enthüllte seine blonden Locken.

»Ja, bravo!«, sagte er. »Sie wissen, wer ich bin. Aber Sie werden keine Gelegenheit mehr haben, es irgendjemandem zu erzählen. Tut mir echt leid.« Er sah zu Grethe, Alma und Marijke. »Aber die da hätte einfach die Klappe halten sollen.«

»Die da«, sagte Grethe, »heißt Witta Claaßen. Sie ist seit mehr als fünfzig Jahren meine Freundin. Und Sie werden weder Witta noch irgendjemanden sonst erschießen.« Sie marschierte entschlossen auf Leif Sievert zu. Der richtete die Waffe auf sie, wich aber trotzdem zurück.

»Das ist sinnlos«, sagte Grethe. »Vierfacher Mord! Dafür gehen Sie für den Rest Ihres Lebens ins Gefängnis. Das ist die Sache nicht wert. Geben Sie auf und gestehen Sie die Einbrüche, da kommen Sie mit ein paar Jahren Haft davon. Das meiste wahrscheinlich sogar auf Bewährung.«

Leif nahm die Waffe in beide Hände, während draußen der Himmel seine Schleusen öffnete und dichter Regen wie Trommelfeuer gegen die Scheibe prasselte.

»Dafür ist es doch längst zu spät!«, brüllte er. »Ich bin schon ein Mörder!«

■ ■ ■

Kari stieß die Tür des Gebäudes auf, in dem sich die Arrestzellen befanden, und blieb abrupt stehen. Der Regen, der herunterrauschte, war so dicht wie eine Wand. Kari blickte sich hastig um. Es machte ihr nichts aus, nass zu werden, aber wenn ihre Kleidung feucht und schwer an ihr hing, wäre sie einem potentiellen Angreifer gegenüber im Nachteil. An der Wand neben der Tür entdeckte sie einen Stapel Metallkisten, über den jemand nachlässig eine olivgrüne Plane gebreitet hatte. Kari zog sie herunter und öffnete nebenbei die oberste Kiste. Im Inneren blinkten Schmuckstücke aus Gold und Edelsteinen, Perlenketten und glänzende Münzen, die auf einer dicken Schicht aus Geldscheinen lagen. Kari lachte leise auf. Offenbar hatte sie die Beute aus den Juwelendiebstählen gefunden, doch jetzt war nicht der rechte Moment, um sich darum zu kümmern.

Sie nahm die Plane und hüllte sich so gut es ging darin ein. Dann schlüpfte sie aus der Tür und schaute sich um. Sie befand sich auf dem rückwärtigen Teil des Kasernengeländes. Ein schmaler Weg führte von dort zum Zaun und zu einem Tor, von dem sie bisher nichts gewusst hatte. Sie lief eilig dorthin und angelte ihren Transponder aus der Tasche, den Leif ihr zum Glück nicht abgenommen hatte. Er schien ihre Kleidung nicht durchsucht zu haben, denn in ihrer Tasche ertastete sie außerdem den Autoschlüssel. Mit etwas Glück öffnete ihr der Funkschlüssel jetzt diesen Ausgang, und sie brauchte nicht über den Exerzierplatz zu laufen. Sie hielt den Plastikchip an das Schloss, und es klickte leise. Dann schwang das Tor auf.

Kari schnaufte erleichtert. Sie verstaute den Transponder wieder in ihrer Hosentasche und rannte am Sportplatz vorbei um das Kasernengelände herum bis zur Listlandstraße, wo sie Marijke Meenkens VW Beetle geparkt hatte.

Mit fliegenden Fingern öffnete sie die Fahrertür und setzte sich hinters Steuer, stopfte die nasse Plane in den Fußraum vor dem Beifahrersitz und ließ den Motor an. Dann sauste sie, so schnell es auf der vielbefahrenen Straße möglich war, in Richtung Kampen. Rechts und links zogen die Dünen vorbei, auf denen sich der Strandhafer im Wind neigte. Der Scheibenwischer schob mühsam die Wassermassen vom Fenster.

Während sie weiter Gas gab, klappte sie die Sonnenblende herunter und angelte das Notfallhandy hervor, das sie dort versteckt hatte. Sie wischte über das Display, tippte die Nummer von Jonas Voss ein und hielt sich das Gerät ans Ohr. Sie konnte nur hoffen, dass sie nicht zu spät kamen.

■ ■ ■

Leif Sievert war so auf Grethe fokussiert, dass er nicht bemerkte, wie sich Marijke aus der Gruppe löste und an der Wand entlang an ihm vorbei schlich. Vorsichtig öffnete sie den Reißverschluss ihrer großen Handtasche, die sie auf Wittas Wohnzimmertisch abgestellt hatte, und zog die Taschenlampe heraus, die sie seit einiger Zeit immer bei sich trug, weil sie im Dunkeln einfach nicht mehr gut sah und nicht riskieren wollte zu stürzen. So ein Oberschenkelhalsbruch hatte schließlich schon für manche Dame ihres Alters das Aus bedeutet.

Leise trat sie von hinten an Leif heran und hob die schwere Lampe. Dann schlug sie sie mit aller Kraft auf seinen Unterarm.

Leif Sievert heulte auf. Er ließ die Pistole fallen, taumelte von Marijke weg auf die anderen Frauen zu und hielt sich seinen schmerzenden Arm.

Grethe Aldag reagierte blitzschnell: Sie sprang auf ihn zu, griff ihm von hinten in die Haare, drückte ihn zu Boden wie einst die Jungen auf dem Pausenhof und setzte sich auf seinen Rücken.

»So«, sagte sie zufrieden. »Ham wir dich.«

35.

»Alle Achtung«, sagte eine sanfte Stimme hinter ihnen, und die Häkeldamen fuhren erschrocken herum.

Sie hatten Leif Sievert auf einen von Wittas schweren Esszimmerstühlen gesetzt und ihn mit den Handschellen, die sie an seinem Gürtel gefunden hatten, an ein Heizungsrohr gefesselt. So beschäftigt waren sie damit gewesen, dass sie nicht darauf geachtet hatten, was hinter ihnen passierte. Jetzt starrten sie den Mann an, der in der Tür stand. Er trug ein hellblaues Hemd, dessen Ärmel feuchte Flecken aufwiesen, und einen dunkelblauen Pullunder. Die aschblonden Haare hingen unordentlich um seinen Kopf. Die grauen Augen hinter der rotumrandeten Brille blitzten.

»Herr Sievert!«, sagte Marijke Meenken erfreut und registrierte erst jetzt, dass Clemens Sievert eine Pistole in der Hand hielt. Ein Blick zum Wohnzimmertisch zeigte ihr, dass es dieselbe war, mit der Leif Sievert sie ein paar Minuten zuvor noch bedroht hatte. Es war leichtsinnig gewesen, sie achtlos auf dem Tisch liegen zu lassen. »Sind Sie gekommen, um uns zu helfen?«

»Ja.« Der Buchhalter lächelte flüchtig. »Ich hatte so eine Ahnung, dass unsere neue Klientin für die Diebe in unserem Unternehmen ein gefundenes Fressen sein könnte.« Er blickte hastig zwischen Leif und der Haustür hin und her. »Leider fürchte ich, die Sache ist noch nicht ausgestanden. Ich vermute, Leif hat einen Komplizen. Und der wird sicher bald hier auftauchen, um seinen Kompagnon zu befreien.«

Leif starrte seinen Onkel an, scheinbar noch zu überrascht von den sich überschlagenden Ereignissen, um etwas zu sagen.

»Wir müssen die Polizei rufen!«, mischte sich Witta Claaßen ein.

»Natürlich.« Clemens Sievert schaute sich weiter nervös um. »Aber bis die hier ist, ist es vielleicht zu spät. Sie sollten sich lieber in Sicherheit bringen. Ich kümmere mich um den zweiten Mann.« Er deutete zur Küchentür. »Wenn Sie sich vielleicht dort versammeln wollen?«

Marijke, Witta, Grethe und Alma beeilten sich, seiner Aufforderung nachzukommen. Sievert folgte ihnen und betrachtete die Tür auf der Rückseite der Küche. Sie führte in den

Garten, und der Schlüssel steckte. Auch der Schlüssel des abschließbaren Fensters steckte im Schloss.

»Das ist sehr leichtsinnig«, tadelte Clemens Sievert. »Sie dürfen die Schlüssel nicht im Schloss belassen. Ein Einbrecher hätte leichtes Spiel.«

Witta rückte ihre Marlene-Dietrich-Frisur zurecht. Ein Automatismus vermutlich, wenn sie selbst in dieser Situation nicht anders konnte.

»Der Einbrecher, der sich momentan im Haus befindet, ist nicht durch die Küche gekommen«, wandte sie ein. »Sondern durch die Haustür.«

Sievert lächelte. »In diesem Fall sollten Sie auch den Eingang besser sichern. Vielleicht lassen Sie sich von meinem Bruder beraten. Seine Firma ist auf diese Dinge spezialisiert.«

»Ach ja?« Grethe, eiskalt wie immer, schnaubte. »Nach dem, was ich sehe, macht sie eher das Gegenteil.«

Der Buchhalter deutete eine entschuldigende Geste an. »Das ist mir wirklich unangenehm«, erklärte er, während er sicherstellte, dass Hintertür und Küchenfenster abgeschlossen waren. Er zog die beiden Schlüssel ab und steckte sie in seine Hosentasche. »Aber sobald wir die kriminellen Subjekte aus der Firma entfernt haben, können Sie sich wieder voll und ganz auf *Sylt Guard* verlassen.«

Er ging zur Tür, die Pistole erhoben, der Blick konzentriert. Im selben Moment hörte draußen der Regen auf, als hätte jemand einen Schalter umgelegt. Die Wolkendecke riss auf, und goldene Sonnenstrahlen fielen durch das Küchenfenster in den Raum und tauchten die Szenerie in ein weiches Licht.

»Keine Sorge«, verkündete Clemens Sievert. »Ihnen wird nichts geschehen. In spätestens einer halben Stunde ist der ganze Spuk vorbei. Und denken Sie daran: Alles, was ich tue, geschieht zu Ihrer eigenen Sicherheit.«

Damit verließ er die Küche und schlug die Tür zu. Die vier Frauen hörten, wie auch diese von außen abgeschlossen wurde.

Marijke eilte zur Tür und legte ein Ohr an das Türblatt.

»Das ist doch eine Unverschämtheit!«, empörte sich Witta. »Wie kommt dieser Mann dazu, uns in meinem eigenen Haus einzusperren?«

»Vielleicht hat er deinen Auftrag falsch verstanden«, vermutete Grethe. »Er meint, er soll deinen Einbrecher persönlich fangen.«

Marijke wedelte ärgerlich mit der Hand.

»Seid doch mal still. Ich will hören, was da drinnen passiert.«

Witta und Grethe verstummten. Im nächsten Augenblick hingen sie genau wie Alma neben Marijke an der Tür und lauschten. Sie vernahmen Leif Sieverts Stimme aus dem Wohnzimmer, so gedämpft allerdings, dass sie nur Bruchstücke aufschnappten.

»Handschellen«, »Schlüssel« und »schnell« waren die Wörter, die Marijke zweifelsfrei identifizierte. Die Erwiderung von Clemens Sievert war so leise, dass sie überhaupt nichts verstand, doch dafür hörte sie, wie der Buchhalter mit eiligen Schritten durch den Raum lief. Danach sprach wieder Leif. Diesmal erhaschte sie die Wörter »Zange« und »Säge«. Doch das reichte schon.

Marijke sah ihre Häkelschwestern alarmiert an. »Der will überhaupt nicht auf den zweiten Räuber warten«, verkündete sie. »Der will Leif befreien.«

Die alten Damen tauschten überraschte Blicke.

»Aber weshalb denn?«, fragte Alma erschrocken.

Grethe lachte bitter. »Warum wohl? Weil *er* der Komplize ist.«

Witta zupfte an ihrer weißen Dauerwelle. »Das kann nicht

sein. Clemens Sievert ist ein kultivierter und hochanständiger Mann. Der würde niemals dazu herabsinken, sich fremder Leute Eigentum anzueignen.«

»Wenn du dich da man nicht täuschst«, bemerkte Grethe. »Hör doch.«

Tatsächlich waren die Stimmen von Leif und Clemens Sievert lauter geworden. Der Buchhalter hielt sich offenbar am entgegengesetzten Ende des Raums auf, und sein Neffe verlor langsam die Nerven.

»... beeil dich ...«, drängte er. »... muss doch irgendwas ..., womit man diese verdammten Handschellen aufkriegt. Oder .... das Heizungsrohr ... aus der Wand reißen.«

Die Schritte bewegten sich wieder auf die andere Seite.

»Nicht so laut! ... und selbst wenn ... nicht besonders klug, Leif ...«, erwiderte Clemens Sievert. »Es ... kaum jemand glauben, dass ... du dich selbst befreit ... und mich überrumpelt ... Wir müssen ... eine andere Lösung finden.«

Alma Grieger riss entsetzt die Augen auf. »Meine Güte, Grethe, du hast recht. Clemens Sievert ist Leifs Kompagnon, und er will Leif laufen lassen.«

Grethe nickte grimmig und hielt den kleinen Schlüssel hoch, mit dem sie Leifs Handschellen verschlossen hatte. »Ganz so einfach ist das nicht«, verkündete sie. »Aber wenn er es schafft ... dann ist Leif über alle Berge, und Clemens Sievert mimt die ahnungslose Unschuld. Und vorher räumen die beiden wahrscheinlich noch Wittas Tresor aus.«

Witta Claaßen wurde leichenblass. »Um Gottes willen. Da sind meine ganzen Ersparnisse drin«, hauchte sie. »Was sollen wir denn jetzt tun?«

»Wir rufen die Polizei«, sagte Marijke. »Und Sieverts Theater wird ihm nichts nützen. Wir haben schließlich alles mitgekriegt.«

Grethe winkte ab. »Das dauert viel zu lange. Und wer sagt denn, dass man uns glaubt und nicht ihm? Wahrscheinlich wird irgend so ein hinterfotziger Anwalt behaupten, wir würden nicht mehr gut hören und hätten uns getäuscht, und dann steht Aussage gegen Aussage. Nein.« Sie ruckte ihr Kinn energisch zur Küchentür. »Wir müssen hier raus. Und Sievert irgendwie überwältigen.«

Marijke schüttelte den Kopf. »Ehrlich, Grethe. Wir sind nicht die Glorreichen Vier. Wir sind auch nicht mehr die Jüngsten. Und Sievert ist bewaffnet.«

»Das ist mir bewusst, Marijke«, knurrte Grethe. Sie schaute erst Witta, dann Marijke und Alma an. »Hat denn eine von euch ihr Handy parat?«

»Nein.« Marijke gestikulierte in Richtung Tür. »Meins ist in der Handtasche. Und die steht auf dem Wohnzimmertisch.«

»Meins auch.« Alma Grieger rang die Hände.

»Meins ist im Flur in der Ladestation«, erklärte Witta.

»Na toll.« Grethe Aldag sah sich in der Küche um.

»Und deins?«, fragte Witta nörgelig. »Wo ist dein Handy?«

»Ich hab keins, das weißt du doch. Dieser neumodische Schnickschnack ... Nu ja«, Grethes Gesicht wurde noch grauer als gewöhnlich, »im Augenblick wäre es wohl ganz nützlich.«

Wittas Hände begannen zu zittern. »Das heißt, wir können überhaupt nichts tun?«

Grethes Augen blieben an der schmalen Tür neben der Spüle hängen, von der Marijke annahm, dass dahinter Wittas Speisekammer lag.

»Hast du da irgendwas drin, das wir gebrauchen können?«

»Da?« Witta, offensichtlich froh, von der Sorge um ihre

Ersparnisse abgelenkt zu werden, folgte Grethes Blick. »Da geht es bloß in den Keller. Da habe ich meine Marmeladengläser und die Kartoffeln.«

»Du hast einen Keller?« Grethe sah Witta verblüfft an. »Hattet ihr keine Angst, dass der ständig vollläuft?«

Witta hob das Kinn. »Tut er nicht. Außerdem wollte Wilhelm unbedingt einen haben. Er meinte, das wäre sicherer.«

»Sicherer? Wofür?«

»Für den Waffenschrank. Er hat dort sein Jagdgewehr aufbewahrt.«

»Das du nach seinem Tod verkauft hast«, mutmaßte Marijke.

»Nein.« Witta schaute pikiert. »Ich habe es selbstverständlich aufbewahrt. Zur Erinnerung.«

Grethes Kopf schoss nach vorn.

»Du hast ein Gewehr im Keller? Und das sagst du erst jetzt?«

»Nun ja.« Witta machte ein verlegenes Gesicht. »Ich hatte es ehrlich gesagt vergessen.«

»Schön.« Grethe straffte sich. »Aber jetzt ist es dir wieder eingefallen. Also worauf warten wir noch?«

»Bitte.« Witta deutete zu der schmalen Tür. »Ich fasse das Ding nicht an.«

Grethe stöhnte auf. Dann eilte sie zur Kellertür. Marijke hörte, wie sie die Stufen hinunterrannte. Grethe war noch immer bemerkenswert gut auf den Beinen. Marijke selbst hätte nicht den Mut gehabt, eine steile Treppe in diesem Tempo anzugehen.

Kurz darauf war Grethe wieder da. In der Hand hielt sie eine mächtige Flinte.

»Sehr sicher, so'n Waffenschrank«, bemerkte sie. »Wenn der Schlüssel steckt.«

»Ach.« Witta schaute verlegen. »Ich hatte mich schon gefragt, wo der abgeblieben ist.«

Grethe betrachtete unterdessen das Jagdgewehr.

»Weiß eine von euch, wie das funktioniert?«

Die anderen drei vollführten bedauernde Gesten.

»Nu ja.« Grethe fummelte an dem Hebel, der sich oben am Gewehrlauf befand. »Kann ja nich so schwer sein.«

Sie richtete die Flinte auf die Tür und zog den Abzugshebel durch. Ein gewaltiger Knall erschütterte die Küche. Die Tür flog auf und schwang in den Angeln. Grethe hielt das Gewehr hoch erhoben und marschierte ins Wohnzimmer. Marijke schüttelte den Kopf, weil ihre Ohren heftig klingelten. Dann folgte sie Grethe, und Alma und Witta liefen hinter ihr her.

Clemens Sievert stand neben Leif, in der Hand eine Blumendrahtschere, mit der er anscheinend die Handschellen bearbeitet hatte. Leif zerrte gleichermaßen wütend und erfolglos an seinen Fesseln, und Marijke fragte sich, ob er wirklich glaubte, dass ein derart ungeeignetes Werkzeug massiven Stahl durchtrennen könnte. Sein Onkel ließ die Schere fallen, zog die Pistole aus dem Hosenbund und richtete sie auf die alten Damen.

»Wirklich, eine sehr eindrucksvolle Vorstellung«, bekundete der Buchhalter gespielt gleichgültig, doch Marijke sah ihm an, welche Anstrengung es ihn kostete. Tatsächlich musste für ihn in diesem Moment eine Welt zusammenbrechen, denn das Unschuldslamm konnte er nun nicht länger spielen. Die Maske war gefallen, und ihm blieb nichts anderes übrig, als aufzugeben und sich zu stellen oder zu kämpfen und zu fliehen. Marijke fragte sich bang, für welchen Weg er sich entscheiden würde. Zugleich stellte sie beruhigt fest, dass ihr Gehör noch funktionierte, auch wenn Sieverts Stimme wie durch Watte zu kommen schien.

»Ich schlage vor, Sie legen das Gewehr jetzt lieber beiseite«, sagte Clemens Sievert. »Wir wollen doch nicht, dass Sie sich verletzen.«

»Nee.« Grethe zielte mit der Flinte auf den Buchhalter. »Wir machen das anders. Sie stecken Ihre Pistole weg und heben die Hände hoch.«

Clemens Sievert neigte den Kopf. »Und wenn nicht?«

»Dann schieße ich.« Grethe schien wild entschlossen.

Der Buchhalter lächelte. »Sie kennen sich nicht besonders gut mit Waffen aus, nicht wahr?«

»Was spielt das für eine Rolle?«

»Ihre Flinte hat nur einen Lauf.«

»Na und?«

»Das bedeutet, dass Sie eine neue Patrone einlegen müssen, wenn Sie noch einmal schießen wollen«, erläuterte Clemens Sievert und richtete seine Pistole auf Grethe. Sie schaute zweifelnd auf das Gewehr in ihrer Hand.

»Leg es weg«, bat Alma. »Sonst erschießt er dich noch.«

Marijke, die Almas Sorge teilte, stimmte ihr zu. »Bitte, Grethe«, drängte sie. »Mach dich nicht unglücklich.«

»Ach.« Grethe wirkte unentschlossen. »Ich bin alt. Da kommt es nich mehr so drauf an.«

»Aber er erschießt nicht nur dich. Er erschießt uns alle«, jammerte Alma.

Der Buchhalter nickte. »Hören Sie auf Ihre Freundin.«

»Also gut.« Grethe legte die Flinte auf den Boden. »Und was jetzt?«

»Geben Sie mir den Schlüssel für die Handschellen. Und schieben Sie das Gewehr mit dem Fuß zu mir herüber.«

Grethe zog den kleinen Schlüssel aus der Hosentasche und warf ihn Sievert zu, der ihn geschickt auffing. Gleich darauf versetzte sie der Flinte einen heftigen Tritt, und die Waffe schlitterte über das blanke Parkett auf Clemens Sievert zu. Allerdings stimmte der Winkel nicht. Sievert ließ den Schlüssel fallen, machte einen Schritt zur Seite und versuchte, das Gewehr zu stoppen, doch es glitt an ihm vorbei und blieb unter dem Fenster liegen.

Und dort erhob sich im selben Augenblick ein großer schwarzer Vogel. Das jedenfalls war Marijke Meenkens erster Gedanke. Erst eine Sekunde später erkannte sie, dass die Gestalt für einen Vogel viel zu groß war. Es war ein Mensch.

Die Scheibe zerbarst, und die Person, die dahintergestanden hatte, sprang ins Wohnzimmer. Den Stein, mit dem sie die Fensterscheibe eingeschlagen hatte, hielt sie noch in der Hand. Im nächsten Moment ließ sie ihn fallen und hob stattdessen das Gewehr auf.

»Frau Blom!«, rief Marijke und hörte ihre Worte wie ein Echo aus den Mündern der anderen.

Kari richtete die Flinte auf Clemens Sievert.

»Herr Sievert«, sagte sie freundlich. »Ich habe Ihren Auftrag ausgeführt. Ich habe den Einbrecher dingfest gemacht.«

Der Buchhalter blitzte sie an und schnaubte. Dann duckte er sich, lief im Slalom an den Häkeldamen vorbei und hastete zur Wohnzimmertür.

»Bleiben Sie stehen, oder ich schieße!«, rief Kari, doch Clemens Sievert kümmerte sich nicht darum.

Kari zielte auf seine Beine und drückte ab.

Der Knall war mächtig, doch Sievert hatte bereits die Wohnzimmertür hinter sich zugeworfen. Die Kugel blieb im Holz stecken und verursachte ein unschönes Loch. Der Buchhalter war verschwunden.

Grethe schaute verblüfft auf die Korditwolke, die vom Lauf der Waffe emporstieg.

»Er hat doch gesagt, da ist nur ein Schuss drin.«

Witta richtete ihre Marlene-Dietrich-Frisur.

»Tja, Grethe«, versetzte sie. »Ich fürchte, er hat gelogen.«

■ ■ ■

Kari stürmte zur Haustür und riss sie auf. Sie sah gerade noch, wie Clemens Sievert in einen der Transporter von *Sylt Guard* kletterte und davonraste. Eilig lief sie zu Marijke Meenkens Beetle und sprang hinein. Erst jetzt bemerkte sie, dass ihr die Häkeldamen auf den Fersen gefolgt waren.

Witta Claaßen zerrte mit spitzen Fingern die nasse Plane aus dem Fußraum und warf sie achtlos auf den Bürgersteig. Dann klappte sie den Beifahrersitz nach vorn, und Marijke, Grethe und Alma zwängten sich in den Fond. Witta rutschte auf den Platz neben Kari.

Kari schaute die Häkeldamen an. »Es wäre vielleicht besser, wenn Sie hierbleiben.«

»Auf keinen Fall!« Witta gestikulierte die Straße entlang, die nassglänzend unter einem blauen Himmel lag, der so klar war, als hätte es das stürmische Gewitter und den heftigen Regenguss nie gegeben. »Wir wollen dabei sein, wenn Sie diesen Mistkerl fangen.«

»Nu fahr'n Se schon«, tönte Grethe von hinten. »Sonst isser weg.«

Kari zögerte noch eine Sekunde, dann gab sie sich geschlagen. Wenn sie sich auf eine Diskussion mit den Häkeldamen einließe, wäre Clemens Sievert über alle Berge.

Ergeben drehte sie den Schlüssel im Zündschloss und legte den ersten Gang ein.

■ ■ ■

Jonas Voss steuerte den dunkelblauen Audi in jenen Teil von Kampen, in dem sich die alten Häuser befanden, die noch von echten Syltern gebaut worden waren. Im nächsten Moment trat er auf die Bremse. Ein Transporter kam ihm mit überhöhter Geschwindigkeit entgegen und wich erst im letzten Augenblick aus. Voss atmete einmal tief durch und merkte, dass Hannah neben ihm dasselbe tat. Dann gab er wieder Gas.

Er hatte Kari kaum verstanden, als sie ihn auf dem Handy angerufen hatte, so schnell und aufgeregt hatte sie gesprochen. Und ehe er noch einmal nachfragen konnte, hatte sie das Gespräch beendet. Voss hatte versucht, sie zurückzurufen, doch sie hatte den Anruf nicht entgegengenommen. Das Einzige, das er begriffen hatte, war, dass sich möglicherweise ein Einbrecher Zutritt zur Villa von Witta Claaßen verschafft hatte und dass die Häkeldamen in Gefahr waren. Also hatten Hannah und er sich eilig auf den Weg gemacht.

Jonas Voss wollte in die schmale Straße einbiegen, in der sich das Haus von Witta Claaßen befand, und musste erneut bremsen. Ein silbergrauer VW Beetle schoss an ihm vorbei. Nur aus dem Augenwinkel sah er, dass ihm aus dem Fond drei alte Damen zuwinkten.

Voss schaute in den Rückspiegel und blickte dem Wagen, der durch die enge Straße davonraste, verblüfft hinterher.

»Was war das denn?«, erkundigte er sich.

»Keine Ahnung«, entgegnete Hannah Behrends, die sich mit beiden Händen auf dem Armaturenbrett abstützte. »Vielleicht haben sie eine wichtige Verabredung.«

Voss ließ den Wagen weiterrollen und streifte mit den Augen eine dunkelgrüne Plane, die auf dem Bürgersteig lag und im Wind flatterte. Vor dem Grundstück von Witta Claaßen hielt er an und betrachtete die offen stehende Haustür. »Und der Einbrecher?«, fragte er. »Was ist mit dem?«

Hannah machte eine auffordernde Geste. »Warum sehen wir nicht einfach nach?«

Sie sprang aus dem Wagen, öffnete ihren Anorak und den Knopf ihres Pistolenholsters und legte ihre Hand auf den Griff der Waffe. Dann ging sie mit zügigen Schritten zur Haustür.

Voss folgte ihr und schlug ebenfalls die Jacke zurück, um im Ernstfall auf seine Dienstwaffe zugreifen zu können.

Sie kamen in einen düsteren Flur, von dem eine Tür in ein weiteres Zimmer abzweigte. Das Holz war zersplittert, und in der unteren Hälfte der Verschalung klaffte ein großes, ausgefranstes Loch. Hannah sah Voss mit hochgezogenen Augenbrauen an.

Sie presste sich mit dem Rücken gegen die Wand, schob sich in Richtung Tür und spähte vorsichtig in den dahinterliegenden Raum. Im nächsten Moment lachte sie auf.

▪ ▪ ▪

Kari raste den Weg zurück, den sie eben erst gekommen war. Vorbei an den teuren reetgedeckten Häusern in Kampen, an den Dünen mit dem sturmgepeitschten Strandhafer, an dem dunklen Wald, in dem die Vogelkoje lag, bis zum Ortseingang nach List. Ein Stück die Straße voraus entdeckte sie den Transporter von *Sylt Guard*, nur durch vielleicht ein halbes Dutzend anderer Wagen von ihnen getrennt.

Aus irgendeinem Grund hatte sie angenommen, dass Sievert zur Kaserne fahren würde, doch das tat er natürlich nicht. Warum sollte er auch? Er würde dort in der Falle sitzen. Stattdessen lenkte er den Wagen in Richtung Tonnenhalle und schwenkte am Kreisel auf den Parkplatz der Rømø-Fähre. Dort sprang er aus dem Auto und lief zum seeseitigen Eingang des Gebäudes, in dem man die Fähr-Tickets kaufte.

»Ha!«, rief Grethe Aldag triumphierend. »Jetzt ham wir ihn.«

Kari stoppte den Beetle direkt neben dem Wachschutzwagen, und die Häkeldamen stiegen eilig aus.

»Los!«, kommandierte Grethe. »Wir müssen die beiden Eingänge absichern.« Sie deutete auf Witta und Marijke. »Ihr beide hinten an der Landseite, Alma und ich vorn an der Seeseite. Und Frau Blom kann sich drinnen umsehen.«

Die Häkelmafia setzte sich in Marsch, und Kari hätte fast gelacht. Wenn sie es nicht besser gewusst hätte, sie hätte angenommen, Grethe wäre früher beim Militär gewesen oder zumindest bei den Pfadfindern. Sie hätte bestimmt eine Leitungsfunktion eingenommen und ihren Trupp entschlossen durch jedes Dickicht geführt.

»Seien Sie vorsichtig!«, rief sie den alten Frauen zu und rannte an ihnen vorbei auf das Fährgebäude zu. »Denken Sie daran, dass Sievert bewaffnet ist.«

Sie erreichte die Eingangstür und wollte hineingehen, doch plötzlich griff jemand nach ihrem Arm und zerrte sie um die Ecke auf die vom Parkplatz abgewandte Seite des Gebäudes. Im nächsten Moment drückte ihr der Angreifer einen harten Gegenstand gegen die Wirbelsäule. Offenbar waren es nicht die Häkeldamen, die sich in Acht nehmen mussten, sondern sie selbst.

»Gehen Sie«, drängte Clemens Sievert, und Kari leistete seiner Anweisung beschwichtigend Folge. Sievert führte sie durch den rückwärtigen Eingang in die einstige Tonnenhalle, die heute keine Seezeichen mehr beherbergte, sondern eine ganze Reihe von Buch-, Lebensmittel-, Bekleidungs- und Souvenirgeschäften. Durch das Gewühl in den schmalen Gängen dirigierte er Kari zum vorderen Eingang. Sie traten durch die Tür auf den großen Platz, und Sievert schob sich neben sie.

Mit der linken Hand umklammerte er ihren Arm. Über die rechte, in der er die Pistole hielt, hatte er eine der schwarzen Wachschutzjacken von *Sylt Guard* gelegt, so dass man die Waffe nicht sah.

»Verhalten Sie sich unauffällig«, sagte er. »Glauben Sie bloß nicht, ich würde nicht schießen.«

Er führte sie über den belebten Platz mit den einladenden Restaurants zur Mole, wo sich die Schiffsanleger befanden, und von dort an der Seite der Tonnenhalle vorbei zurück auf den Parkplatz der Fähre. Ein paar der Touristen, die im Außenbereich der Lokale an der Kaimauer saßen, warfen ihnen verwunderte Blicke zu, wandten jedoch schnell die Augen wieder ab, als Sievert den Kopf in ihre Richtung drehte. Wahrscheinlich hielt man sie für ein Ehepaar, das sich soeben heftig gestritten hatte.

Clemens Sievert blieb stehen und schaute sich um, und Kari tat dasselbe. Von den Häkeldamen war nur Alma Grieger zu erblicken, die vor dem Fahrkartengebäude stand und eisern den seeseitigen Eingang im Auge behielt. Sievert war sichtbar erleichtert darüber. Kari dagegen hatte gehofft, dass die Damen sie entdecken und Hilfe herbeirufen würden. Doch Alma drehte sich nicht um.

Der Buchhalter führte Kari im großen Bogen über den Parkplatz zu Marijke Meenkens silbergrauem Beetle und zerrte sie zur Beifahrertür.

»Steigen Sie ein«, wies er sie an und drückte ihr wieder die Waffe ins Kreuz. »Und von dort rutschen Sie hinters Steuer.«

Kari setzte sich gehorsam in den Wagen und kletterte über den Schaltknüppel auf den Fahrersitz. Clemens Sievert blieb dicht hinter ihr. Er glitt auf den Beifahrerplatz und schloss die Tür.

»Tut mir leid«, sagte er mit einiger Verspätung und richtete die Pistole verstohlen auf ihre Körpermitte. »Aber Sie werden einsehen, dass ich eine Geisel brauche. Andernfalls würde mich die dänische Polizei sofort nach der Ankunft auf Rømø verhaften.«

36.

Leif Sievert weinte. Er saß auf einem unbequemen Stuhl an einer Seitenwand des Zimmers. Seine Hände waren hinter seinem Rücken an ein Heizungsrohr gefesselt, seine Füße mit einer Kordel an die Stuhlbeine gebunden worden. Als Jonas Voss und Hannah Behrends den Raum betraten, hob er den Kopf.

»Herr Sievert«, sagte Voss müde. »Sie waren das also. Sie sind in die Objekte eingestiegen, die von der Firma Ihres Vaters bewacht werden. Aber warum?«

Leif schniefte.

»Ich wollte weg«, stieß er hervor. »Ich hab mein Studium vergeigt. Ich wusste, dass mein Vater mich rauswerfen würde. Ich brauchte Geld. Ich wollte mir in Australien was aufbauen, als Surfer.«

Jonas Voss seufzte. Am Ende war es doch immer dasselbe. Die Wahrheit war ebenso schlicht wie ernüchternd. Kein gut organisierter Einbrecherring, der aus der Zentrale der Sicherheitsfirma heraus operierte, sondern nur ein einzelner Mann, der aus persönlicher Verzweiflung handelte. Ein kleines, familiäres Drama mit weitreichenden Folgen.

Hannah zog ihr iPad aus der Handtasche, um Leifs Aussage aufzunehmen.

»Sie waren zu gierig«, bemerkte sie. »Sie hätten nach den ersten Einbrüchen aufhören sollen.«

»Das wollte ich.« Leif Sievert hob das Kinn. »Aber für Onkel Clemens hat es nicht gereicht. Er brauchte mehr, um den Fehlstand in der Kasse auszugleichen.«

Voss schob sich eine widerspenstige Haarsträhne aus der Stirn.

»Ihr Onkel Clemens hat das Geld genommen?«, erkundigte er sich und dachte, dass sie offenbar beide nicht ganz falsch gelegen hatten. Er mit seinem Verdacht, dass Clemens Sievert für die Unterschlagung verantwortlich war, und Kari mit ihrer Vermutung, dass einer der Sievert-Söhne die Finger im Spiel hatte. »Und dann hat er Ihnen vorgeschlagen, Ihrer beider Geldsorgen mit ein paar Einbrüchen aus der Welt zu schaffen?«

Leif nickte. »Am Anfang dachte ich, er wolle mir helfen. Wir haben uns immer gut verstanden, und wir waren beide sauer auf meinen Vater, weil er uns alle so kurzhielt. Wir haben zusammengesessen und Schnaps getrunken, und dann hatte Onkel Clemens diese Idee. Zuerst war es nur Spinnerei. Aber dann haben wir gedacht: Warum eigentlich nicht? Meinen Vater würde es schrecklich wurmen, wenn eine Diebesbande plötzlich die Alarmanlagen umgeht, auf die er so stolz ist. Und wir würden endlich das Geld bekommen, das uns zusteht. Da wusste ich noch nicht, dass sich mein Onkel aus der Kasse bedient. Das hab ich erst später kapiert. Er hat mir die Pläne besorgt, und dann bin ich losgezogen. Es war so verdammt einfach. Bis zu der Nacht, als ich bei den Riepenhusens eingestiegen bin. Ich bin durch die Terrassentür rein und durch das Wohnzimmer in den Flur. Und da stand plötzlich jemand. Ein Riese, ganz in schwarz. In dem Moment hab ich die totale Panik gekriegt. Ich hab die Pistole gezogen und gefeuert. Das war wie ein Instinkt. Ein Automatismus. Der Typ hat sich an die Brust gegriffen und das Blut gesehen, und dann ist er einfach umgekippt. Ich hab seine Sturmhaube hochgezogen, und da hab ich entdeckt, dass es Kevin war. Mein Kumpel Kevin, verdammt. Als er hingefallen ist, ist ihm so ein schwarzer Kasten aus der Tasche gerutscht. Es war ein Aufzeichnungsgerät, für eine dieser kleinen Kameras. Bjarne sammelt dieses ganze Zeugs. Ich hab es eingesteckt, und dann bin ich abgehauen. Ich war total von der Rolle.«

Leif Sievert schwieg erschöpft.

»Kevin Köhler ist Ihnen auf die Schliche gekommen«, hielt Hannah fest. »Er hat die Grundrisse der fraglichen Objekte bei Ihnen gefunden und an sich genommen« – das war die logische Schlussfolgerung, denn sie selbst hatte die Zeichnungen ja in Kevins Wohncontainer entdeckt. »Und dann hat er sich von Ihrem Bruder die Kamera ausgeliehen und sich in der Villa der Riepenhusens auf die Lauer gelegt, um Ihre Tat aufzuzeichnen.«

»Ja. Das hatte er wohl vor«, bestätigte Leif. »Ich hab das allerdings erst hinterher begriffen. Und ich dachte, er ist mein Freund.« Leifs Stimme wurde sehr leise. »Aber deswegen hab ich ihn nicht umgebracht. Ich wollte das nicht. Ich war einfach nur ... so furchtbar erschrocken.« Leif ließ den Kopf hängen.

Hannah betrachtete ihn eindringlich.

»Und wie war das mit Thilo Mertens?«, fragte sie. »War das auch ein Versehen?«

»Thilo?« Leif blickte wieder auf. »Was ist mit Thilo?«

»Jemand hat ihn erschlagen«, sagte Jonas Voss. »Wahrscheinlich mit einem Schlagstock, wie Sie ihn beim Wachschutz verwenden. Das waren doch Sie? Weil Thilo Mertens genau wie Kevin herausgefunden hatte, was Sie getan haben? Er hat Sie erpresst, weil er ebenfalls Geld brauchte. Er hatte hohe Schulden bei einem Geldhai, wegen seiner Insolvenz und weil er spielsüchtig war. Die Einnahmen aus seinem illegalen Anabolika-Handel haben dafür nicht gereicht.«

Leif war ganz offensichtlich überfordert damit, all diese Informationen zu verarbeiten.

»Tot? Er ist tot?«, konzentrierte er sich auf den entscheidenden Punkt. »Deswegen war da so viel Polizei bei seinem Container. Und wir dachten ...« Er schüttelte den Kopf. »Aber dass er tot ist ... damit habe ich nichts zu tun.«

Hannah schnaubte leise. »Ach, kommen Sie. Sie waren gerade so schön bei der Wahrheit. Bleiben Sie doch dabei.«

Leif sah sie hilflos an. »Ehrlich. Ich hab keine Ahnung, was da passiert ist.«

»Gut.« Hannah steckte das Tablet zurück in die Handtasche und nahm die Handschellen von ihrem Gürtel. »Dann verhaften wir Sie jetzt wegen des Verdachts, Kevin Köhler getötet zu haben. Alles Weitere besprechen Sie mit Ihrem Anwalt. Und vielleicht entschließen Sie sich ja danach, ein umfassendes Geständnis abzulegen.«

Sie ging zu Leif und beugte sich hinter die Stuhllehne, um seine Fesseln zu lösen. Eine Sekunde später richtete sie sich wieder auf. Mit einem Stirnrunzeln blickte sie zu Voss. »Hm.«

Jonas Voss trat neben sie und entdeckte die Handschellen, mit denen Leif Sievert an das Heizungsrohr gefesselt war.

»Ah. Verstehe.« Er wandte sich an Leif. »Wissen Sie, wo der Schlüssel ist?«

Leif Sievert schaute ihn mit wässrigen Augen an. »Den hatten die alten Damen. Die sehen so harmlos aus, aber die sind ... total krass.«

Voss musste lachen.

Leif richtete sich auf, soweit seine Fesseln das zuließen. »Das heißt ... Onkel Clemens hat ihnen den Schlüssel abgenommen. Eine der Frauen hat ihm das Ding zugeworfen, und er … hat es fallen lassen, weil plötzlich alles drunter und drüber ging. Clemens hat versucht, an das Gewehr zu kommen, und im selben Moment kam Kari durch das Fenster …« Leifs Blick wurde glasig. »Die Frau ist wirklich der Hammer.«

Jonas Voss verspürte einen leichten Stich, obwohl Leif Sievert ja nun wirklich keine Konkurrenz mehr war. Er schob die Hände in die Taschen seiner Lederjacke und sah sich im Raum um. Aufmerksam ließ er den Blick über das sorgsam aufgearbeitete Eichenholzparkett gleiten. Gleich darauf trat ein zufriedenes Lächeln auf sein Gesicht. Direkt unter dem Fenster, inmitten der Scherben der zerbrochenen Scheibe, lag ein kleiner, silbrig glänzender Gegenstand.

»Sie haben Glück«, verkündete er, hob den Schlüssel auf und befreite Leif vom Heizungsrohr. Hannah hatte mittlerweile die Kordel von seinen Knöcheln gelöst. Jetzt half sie ihm auf die Beine, und Leif schüttelte seine Arme aus und rieb sich die Handgelenke. Hannah ließ ihm einen Moment Zeit. Dann legte sie ihm ihre Polizei-Handschellen an. Jonas Voss sah ihr nachdenklich dabei zu.

»Sie sagten, Sie haben auf den schwarzgekleideten Mann im Hausflur von Fanny Riepenhusen gefeuert«, richtete er das Wort wieder an Leif.

»Ja, weil ich in Panik war.«

»Wie oft?«, fragte Voss. »Wie oft haben Sie geschossen?«

Leifs blaue Augen schauten ihn traurig an. »Einmal. Nur ein einziges verdammtes Mal. Es war ein Reflex, und dann war er einfach tot.«

Hannah fuhr herum und tauschte einen Blick mit Voss.

Kevin Köhler war von zwei Kugeln getroffen worden.

▪ ▪ ▪

Grethe Aldag marschierte durch das Gebäude, in dem die Fahrkarten für die Rømø-Fähre verkauft wurden. Es war nicht besonders groß, nur ein Raum mit der Kasse und ein paar Aufstellern für Prospekte und Broschüren, dazu ein Gang, in dem sich die Toiletten befanden. Grethe spähte in beide hinein. Ein Mann, der sich gerade die Hände wusch, schaute sie pikiert an, doch Grethe ließ sich nicht beirren. Sie überprüfte die Kabinen und lief dann wieder nach draußen.

»Da drinnen ist er nicht«, verkündete sie Marijke und Witta, die den landseitigen Eingang bewachten. »Und Frau Blom auch nicht.«

»Seltsam.« Marijke blickte sich auf dem Parkplatz um. »Wir haben doch gesehen, wie sie hineingegangen ist, oder nicht?« Sie nahm ihre Brille ab und betrachtete sie. Ihre Augen waren nicht mehr die besten. Vielleicht hatte Kari das Gebäude gar nicht erst betreten, sondern Clemens Sievert irgendwo anders auf dem Gelände entdeckt und ihn verfolgt? Aber wo war sie dann jetzt?

Marijke setzte die Sehhilfe wieder auf und winkte Alma, die vom anderen Ende des Gebäudes zu ihnen herüberschaute. Eilig kam die Freundin zu ihnen.

»Was ist denn los?«

»Sie sind weg«, sagte Grethe. »Frau Blom, und der Sievert auch.«

»Wie kann das denn angehen?« Alma riss die Augen auf. »Und was nun?«

Die alten Damen sahen sich ratlos an. Dann schaute sich Marijke erneut auf dem Parkplatz um. Ihr Blick blieb an ihrem Beetle hängen, und der Schreck fuhr ihr in die Glieder.

»Sie sitzt in meinem Wagen am Steuer«, keuchte sie. »Und Clemens Sievert ist neben ihr. Wahrscheinlich bedroht er sie mit der Waffe.«

Ihre Häkelschwestern fuhren unisono herum und starrten zu Marijkes Auto.

»Um Gottes willen!« Witta Claaßen griff nach Marijkes Arm. »Was sollen wir denn jetzt tun?«

»Die Polizei rufen«, erklärte Grethe nüchtern und sah ihre Häkelschwestern an. »Aber wahrscheinlich hat wieder keine von euch ihr Handy dabei? Jetzt, wo man so'n Ding ausnahmsweise mal brauchen könnte?«

Alma hob ihre Handtasche hoch.

»Doch«, erwiderte sie und zog ein rosafarben umhäkeltes Smartphone hervor. »Ich hab extra die Tasche mitgenommen!«

▪ ▪ ▪

Kari legte ihre Hände auf das Lenkrad. »Glauben Sie wirklich, Sie kommen damit durch?«

Clemens Sievert vollführte eine erschöpfte Geste. Er ließ die Hand mit der Pistole locker zwischen seinen Beinen baumeln, doch Kari hatte keine Zweifel, dass er sie innerhalb einer Sekunde hochreißen und schießen würde, wenn sie versuchte zu fliehen.

»Ich weiß es nicht«, erwiderte er. »Aber ich habe keine Alternative.«

Kari wandte ihm den Kopf zu. »Weshalb haben Sie das getan?«, fragte sie. »Das Geld aus der Firmenkasse unterschlagen?«

»Haben Sie das nicht erraten?« Der Buchhalter lächelte müde. »Ich weiß schon lange, dass mein Bruder die Firma nicht an mich übergeben will, sondern an Leif. Nach allem, was ich für ihn und die Familie getan habe.«

»Sie wollten Ihr Stück vom Kuchen. Und weil Burkhard

Sievert Ihnen das nicht freiwillig gegeben hat, haben Sie es sich einfach genommen.«

»Sie finden das verwerflich, nicht wahr?« Sievert betrachtete nachdenklich die Pistole in seiner Hand. »Ich fand es nur gerecht.«

»Es hat ja auch funktioniert.« Kari ließ ihre Augen über den Parkplatz schweifen. Vor ihr stand eine Schlange von sieben oder acht Wagen. Auch neben und hinter ihr hatten sich rund um den leeren Wachschutztransporter mittlerweile Fahrgäste mit ihren Autos versammelt. Sie konnte nirgendwohin durchbrechen. Und jeder Fluchtversuch war ohnehin sinnlos, solange Clemens Sievert mit der Waffe in der Hand neben ihr saß. »Doch dann haben Sie von der anstehenden Steuerprüfung erfahren.«

Der Buchhalter nickte düster. »Das war der Moment, in dem ich die Sache hätte aufgeben und mich selbst anzeigen sollen. Burkhard hätte mich vermutlich aus der Firma geworfen, und man hätte mich wahrscheinlich verurteilt, aber es wäre sicher auf eine Bewährungsstrafe hinausgelaufen. Ich wäre noch einmal auf die Füße gekommen.« Er hob die freie Hand und ließ sie wieder fallen. »Aber ich habe die Gelegenheit verpasst. Leif hat mir ständig von diesem Surfwettbewerb in Australien vorgeschwärmt und dass er da unbedingt hinwollte. Und dann kam mir eben die Idee ...«

Kari blickte in den Rückspiegel und entdeckte die Häkeldamen, die neben dem Fahrkartengebäude standen und ihr verstohlen zuwinkten. Alma Grieger hielt ein rosafarbenes Ding in die Höhe, ein Smartphone, wie Kari im nächsten Moment erkannte. Die Frauen wollten ihr wohl signalisieren, dass sie die Polizei informiert hatten. Sie musste Clemens Sievert am Reden halten. Wenn es ihr gelänge, seine Aufmerksamkeit zu binden, würden die Beamten sich hoffentlich unbemerkt an den Wagen heranschleichen können und Sievert überwältigen, ehe er sie zwang, auf die Fähre zu fahren.

»Also haben Sie Leif zu den Einbrüchen angestiftet«, führte sie seinen angefangenen Gedanken fort. »Eine Menge Geld für Ihrer beider Träume. Und eine weitere Möglichkeit, es Ihrem Bruder heimzuzahlen. Aber dass deshalb zwei Menschen sterben mussten ... und dann auch noch völlig überflüssigerweise ...«

Sievert kniff die Augen zusammen. »Wie meinen Sie das?«

»Na ja, Sie hätten die Firma ja auch so bekommen.«

Sieverts graue Augen durchbohrten sie wie Röntgenstrahlen. »Nicht ich hätte die Leitung bei *Sylt Guard* übernommen, sondern Leif«, knurrte er. »Das habe ich Ihnen doch eben erklärt.«

»Aber wenn Ihr Bruder Burkhard erfahren hätte, dass Leif sein Studium vergeigt hat«, sagte Kari leichthin, »hätte er dann nicht seine Meinung geändert?«

Der Buchhalter starrte sie an. »Leif hat ... was?«

»Leif hat die letzte Prüfung nicht bestanden. Er kann sie nicht wiederholen. Er wartet nur noch auf seine Exmatrikulation.«

Sämtliche Farbe wich aus Clemens Sieverts Gesicht, und sein Blick flackerte gefährlich. »Das ist nicht wahr«, ächzte er. »Ich hätte Leif, diesen Schwachkopf, erschießen sollen, nicht Kevin.«

Kari schluckte. Damit hatte sie nicht gerechnet. »Das waren Sie? Nicht Leif?«, brachte sie mühsam hervor.

In Sieverts Augen trat ein irres Leuchten.

»Sie haben es doch gerade gesagt«, fauchte er. »Leif ist nicht in der Lage, *irgendetwas* richtig zu machen.« Ein hohles Lachen entwich seiner Kehle, das Kari mehr Angst machte als die Pistole in seiner Hand. »Kevin hat die Pläne bei Leif entdeckt und sich einen Reim darauf gemacht«, sprudelte es aus Sievert hervor, der ganz offenbar die Kontrolle verlor. »Es hat ihn wohl in seiner Ehre als Wachmann gekränkt, aber er brauchte Beweise. Er konnte ja nicht einfach zu Burkhard gehen und ihm sagen, dass er seinen Sohn für einen Dieb hält.«

Kari spürte, wie ihre Hände feucht wurden. Sie hatte sich auf viel zu dünnes Eis gewagt. Was würde Sievert tun, wenn er die Beherrschung verlor?

»Also hat sich Kevin die Kamera von Bjarne geliehen«, sagte sie so ruhig, wie sie es vermochte. »Und Leif in der Villa der Riepenhusens aufgelauert.«

»Ja.« Sievert funkelte sie an. »Und Leif, dieser Dummkopf, hat es nicht gemerkt. Er ist vom Garten aus in die Villa eingestiegen, während Kevin ihn drinnen erwartet hat. Ich weiß nicht, warum er die Waffe überhaupt dabeihatte. Aber als Kevin plötzlich vor ihm stand, hat er geschossen.«

Karis Hände umklammerten das Lenkrad. »Und anschließend ist er zu Ihnen gekommen und hat Ihnen erzählt, was geschehen ist.«

Clemens Sievert beugte sich näher zu ihr. »Können Sie sich das vorstellen?«, grollte er. »Das verdammte Aufnahmegerät hat er mitgenommen, aber die Pistole hat er liegen lassen.«

Kari blickte in Sieverts graue Augen, in denen ein Sturm zu wüten schien, und plötzlich begriff sie.

»Sie sind mit ihm dorthin gefahren, um die Pistole zu holen. Sie haben Leif mit dem zweiten Wagen zurückgeschickt, und dann sind Sie ins Haus gegangen. Und dort haben Sie entdeckt, dass Kevin nicht tot war, sondern nur bewusstlos.«

Sievert hob die Waffe und richtete sie auf Karis Brustkorb.

»So ein Draufgänger und Abenteurer«, spuckte er, »aber kann kein Blut sehen. Der war nicht umgekippt, weil er so schwer verletzt war. Der war bloß vom Anblick seines eigenen

Lebenssafts ohnmächtig geworden. Und gerade, als ich mich gebückt habe, um die Pistole aufzuheben, ist er zu sich gekommen.«

Karis Herz raste wie verrückt. Sie musste ihre gesamte Kraft zusammennehmen, um sich nichts anmerken zu lassen.

»Also haben Sie vollendet, was Leif nicht geschafft hatte. Sie haben ihn erschossen«, sagte sie scheinbar gelassen.

»Was sollte ich denn tun?«, brüllte Clemens Sievert. Die Ruhe, die er ein paar Minuten zuvor noch ausgestrahlt hatte, war wohl dem Schock und dem Ausnahmezustand geschuldet gewesen. Doch nun zeigte sich, wie blank seine Nerven lagen. Kari musste höllisch achtgeben, dass er nicht vollends durchdrehte. Ein Schuss in den Brustkorb aus zehn Zentimetern Entfernung war ein ziemlich sicheres Todesurteil.

»Ratten!«, spie der Buchhalter aus. »Plötzlich waren überall Ratten. Kaum war die eine aus dem Weg, tauchte die nächste auf.«

»Thilo Mertens«, folgerte Kari, deren Herz so hart schlug, dass sie es in den Schläfen spürte. Schweißperlen rannen ihr über die Stirn, doch sie wagte es nicht, die Hand zu heben, um sie wegzuwischen.

»Dieser Versager.« Sievert schnaubte verächtlich. »Aus reiner Gutmütigkeit hat mein Bruder ihn eingestellt.«

»Mertens war ein guter Detektiv«, sagte Kari, obwohl sie sich bewusst war, dass sie den Buchhalter damit weiter provozierte. Doch ihn beruhigen zu wollen, schien ohnehin aussichtslos, und wenn er sich weiter in Rage redete, achtete er zumindest nicht auf seine Umgebung. »Er hat herausgefunden, was Leif und Sie veranstaltet haben.«

Der Buchhalter lachte schrill.

»Ja. Und was hat Thilo getan? Ist er mit seinen Informationen zur Polizei gegangen, wie ein *guter* Detektiv das tun würde? Nein. Er hat beschlossen, dass er sein Wissen lieber zu Geld macht. Er hat mir einen lächerlichen Erpresserbrief geschickt und ist zum vereinbarten Übergabeort am Königshafen gekommen, um sich sein Geld aus dem Papierkorb zu holen.«

Kari bemühte sich, ruhig und flach zu atmen. »Das Sie dort natürlich nicht deponiert hatten«, setzte sie seine Geschichte fort, um ihn weiter zu beschäftigen. »Stattdessen sind Sie ihm zurück in die Kaserne und in seinen Wohncontainer gefolgt. Und dann haben Sie einen Schlagstock genommen und Ihre ganze Wut an ihm ausgelassen.«

»Ja.« Ein Ausdruck von Heiterkeit, der noch beunruhigender war als seine schäumende Wut, glitt plötzlich über Sieverts Gesicht. »Das war eine echte Befreiung.«

Kari drängte das Schaudern, das sie erfasste, mit aller Macht zurück. Sie blickte wieder nach vorn und sah, dass die Rømø-Fähre bereits angelegt hatte. Die Reisenden, die aus Dänemark kamen, verließen das Schiff. Nur noch ein paar Minuten, dann würde sich die Fahrzeugschlange auf dem Parkplatz in Bewegung setzen. Und wenn sie erst auf der Fähre waren, war sie dem Mann, der nichts mehr zu verlieren hatte, hilflos ausgeliefert.

37.

Hannah Behrends klammerte sich am Haltegriff über der Beifahrertür fest. Jonas Voss jagte den Dienstwagen mit hoher Geschwindigkeit über die Straße von Kampen nach List. Leif Sievert, den sie in Handschellen auf die Rückbank verfrachtet hatten, wimmerte leise. Offensichtlich machte ihm Voss' halsbrecherischer Fahrstil ebenso Angst. Doch Jonas Voss konnte sich darum nicht kümmern.

Die Frau, die er liebte, war in Lebensgefahr. Der durchgedrehte Buchhalter von *Sylt Guard* hatte sie als Geisel genommen und wollte mit ihr auf die Rømø-Fähre. Er hatte, wenn Voss sich alles richtig zusammengereimt hatte, bereits zwei Menschenleben auf dem Gewissen. Clemens Sievert würde nicht zögern zu schießen, wenn etwas nicht nach seinen Vorstellungen lief. Es lag an ihm, Kari zu retten.

Er raste mit rotierendem Blaulicht und heulender Sirene durch die Geschäftsstraße in List, und ein paar Touristen drückten sich erschrocken an die Häuserwände. Erst kurz vor dem Kreisel schaltete der Kommissar die Warnsignale aus, um Sievert nicht vorzeitig auf sich aufmerksam zu machen.

Er lenkte den Wagen schleudernd um die Kurve auf den Parkplatz neben der Tonnenhalle und schrie frustriert auf.

Er war so schnell gekommen, wie es nur ging, aber er war trotzdem zu spät. Die Autos fuhren bereits auf die Fähre.

■ ■ ■

Vor Kari setzten sich die Wagen in Bewegung. Einer nach dem anderen verschwanden sie im Bauch des Schiffes.

»Na los!« Clemens Sievert fuchtelte mit der Pistole. »Worauf warten Sie noch?«

Kari atmete tief durch. Sie konnte nirgendwo Polizei entdecken. Jonas Voss und Hannah Behrends waren nicht herbeigeeilt, um sie zu befreien.

Sie ließ den Motor an und schaute auf die freie Fläche, die vor dem Beetle entstanden war. Die Autos, die auf der Seite zum Meer hin vor und neben ihr gestanden hatten, waren bereits auf dem Schiff.

Kari fuhr an. Sie zögerte nur kurz. Dann schaltete sie rasch in den zweiten Gang, riss das Lenkrad herum und drückte das Gaspedal bis zum Anschlag durch.

»Stopp!« Clemens Sievert schrie auf. »Was machen Sie denn da? Halten Sie sofort an!«

Doch Kari ignorierte ihn. Sie hielt ihren Fuß auf das Gaspedal gestemmt und blickte stur nach vorn.

Der Wagen beschleunigte weiter und raste direkt auf die Mole zu.

38.

»Opa Redlef! Schau mal!« Jasper kletterte auf den hohen Stuhl hinter dem Steuerrad im Führerhaus der *Andina* und deutete aufgeregt auf das Wasser. Unmittelbar vor ihnen lagen der Lister Hafen und der Anleger der Rømø-Fähre.

Redlef Voss folgte mit den Augen dem ausgestreckten Finger seines Enkels und entdeckte einen silbergrauen VW Beetle, der mit hoher Geschwindigkeit über den Parkplatz vor der Fähre raste, geradewegs auf das Wattenmeer zu.

»Was macht der denn da?«, murmelte er. »Ist der verrückt?«

Der silbergraue Wagen durchbrach den Zaun, der den Parkplatz von der Kaimauer trennte. Er schoss über die Mole hinaus, neigte sich im Flug nach vorn und stürzte ins Wasser. Eine hohe Fontäne spritzte auf. Der Beetle versank gurgelnd und schäumend, erst langsam, dann immer schneller. Ein paar Sekunden später war er verschwunden. Nur die Luftblasen, die in einem Schwall nach oben trieben, ließen erkennen, welches Drama sich gerade abspielte.

Redlef Voss spürte, wie jemand an seinem Ärmel zerrte. Es war seine Enkelin Finja.

»Schnell, Opa«, drängte sie. »Du musst etwas tun. Die ertrinken doch.«

»Ja. Du hast recht.«

Redlef Voss erwachte aus seiner Schockstarre. Er betätigte ein paarmal die Schiffshupe. Dann schob er den Gashebel nach vorn, und die *Andina* setzte sich stampfend in Bewegung.

■ ■ ■

Um sie herum gurgelte das Wasser. Der Beetle sank immer tiefer. Zugleich versickerte das Licht, und ein tiefes Blau hüllte sie ein. Neben ihr schrie Clemens Sievert. Die Waffe war ihm aus der Hand geglitten, und aus seiner Nase tropfte Blut. Als der Wagen ins Meer gestürzt war, war er mit der Stirn gegen die Windschutzscheibe geprallt.

»Hören Sie auf!«, fuhr Kari ihn an. Sie selbst war unverletzt geblieben. Nur ihre Schultern und die Muskeln in Armen und Beinen schmerzten, weil sie sich mit aller Kraft gegen das Lenkrad und den Wagenboden gestemmt hatte. »Reißen Sie sich zusammen! Wir müssen hier raus!«

Sieverts Augen flackerten panisch. »Ich will nicht sterben«, wimmerte er.

»Das will ich auch nicht!« Kari betätigte den Türöffner und stemmte sich mit der Schulter gegen die Fahrertür, doch diese ließ sich nicht öffnen. Der Druck, den das Wasser ausübte, war zu groß.

Kari schaute auf die Spiralen aus Schlick und das aufgestöberte Seegetier, die vor dem Fenster vorbeitrieben. In ihrem Kopf rasten die Gedanken. Was sollte sie jetzt tun?

»Sehen Sie im Handschuhfach nach«, befahl sie. »Da muss eine Taschenlampe drin sein.«

Sievert kam ihrer Aufforderung nach und beförderte die Lampe hervor. Sie war aus stabilem Metall und sicher ein gutes Kilo schwer.

»Geben Sie her!«

Sievert starrte sie an. »Was wollen Sie damit? Glauben Sie, es hilft, wenn wir besser sehen?«

»Natürlich nicht.« Kari riss ihm die Lampe aus der Hand. Sie holte Schwung und wollte das Gerät gegen die Scheibe der Fahrertür schlagen, doch Sievert fuhr ihr in die Parade.

»Was machen Sie denn da?«, kreischte er. »Wenn das Fenster kaputtgeht, kommt das Wasser rein. Dann kriegen wir keine Luft mehr.«

Kari machte sich ungeduldig los.

»Es ist unsere einzige Chance«, keuchte sie und drosch die Lampe gegen die Scheibe. »Anders kriegen wir die Tür nicht auf.«

Auf dem Fenster zeigten sich Risse. Kari zielte genau auf die Schwachstelle und holte erneut aus.

Clemens Sievert umklammerte ihren Arm.

»Nein«, keuchte er panisch. »Tun Sie das nicht. Ich will nicht ertrinken.«

»Genau das werden wir aber, wenn wir nichts unternehmen.« Kari versuchte sich zu befreien, doch Clemens Sievert hielt sie verbissen fest. Kari fluchte leise. Sie hatten keine Zeit zu verlieren. Entschlossen nahm sie Maß und versetzte dem Buchhalter mit der freien Hand einen Nasenstüber. Sievert heulte auf und ließ ihren Arm los.

»Sie haben mir die Nase gebrochen!«, jammerte er und legte beide Hände an die Nasenflügel. Ein Blutsfaden rann zwischen seinen Fingern hervor.

»Keine Sorge.« Kari rettete sich in Zynismus. »Das dürfte gerade Ihr geringstes Problem sein.«

Sie hob die Taschenlampe und schlug sie gegen die Türscheibe. Auf dem Fenster erschien ein Netz feiner Linien, und dann knickte das Glas ein. Ein paar dünne Wasserstrahlen spritzten in den Wagen. Im nächsten Moment sprang die gesamte Scheibe in Stücke, und das Wasser schoss wie eine Flutwelle ins Innere. Kari schnappte nach Luft und hustete, weil sie Wasser in die Lunge bekam.

Geistesgegenwärtig griff sie unter den Sitz. Sie kippte die Lehne zurück und schob sich ein Stück nach oben. Der Wagen lag schräg nach vorn geneigt im Wasser, und im Rückraum war noch eine Luftblase. Erleichtert atmete sie durch und zerrte Sievert am Kragen zu sich hoch, damit er ebenfalls Sauerstoff bekam.

Sie griff mit beiden Händen nach den Aufschlägen seiner Jacke und zwang ihn, sie anzusehen.

»Ich zähle jetzt bis drei«, sagte sie. »Bei drei holen wir beide tief Luft, tauchen zur Fahrertür und drücken sie auf. Haben Sie das verstanden?«

Sievert nickte schwach.

»Gut.« Kari schloss die Augen und öffnete sie gleich darauf wieder. »Also. Eins. Zwei. Und drei.«

Ein letztes Mal atmete sie ein und kroch nach vorn. Sie spürte, dass Clemens Sievert ihr folgte. Mit den Füßen suchte sie Halt an der Lehne des Beifahrersitzes und stemmte sich mit beiden Händen gegen die Türverkleidung. Sievert kam ihr zu Hilfe. Langsam, wie ein Löffel durch zähen Honig, bewegte sich die Tür.

Kari stieß sich ab und schob sich durch den Spalt, als sie halb offen war. Ihre Lungen schrien nach Sauerstoff, und ihr Blick trübte sich. Sie taumelte durch die blaue Dunkelheit und ruderte mit den Armen, um an die Oberfläche zu kommen. Sie spürte, wie ihre Gliedmaßen schwer wurden und hatte plötzlich keine Ahnung mehr, wo sie sich befand. Bewegte sie sich überhaupt nach oben?

Der Impuls, Luft zu holen, wurde übermächtig. Kari nahm ihre ganze Kraft zusammen, um ihn zu unterdrücken. Wenn sie anfing, Wasser einzuatmen, war sie verloren. Doch sie spürte, wie sie den Kampf verlor. Sie hatte ihren Körper nicht mehr unter Kontrolle. Eine Macht in ihrem Inneren zwang sie, den Mund zu öffnen. Kari vollführte einen letzten verzweifelten Schwimmzug. Im nächsten Moment schnappte sie nach Luft. Kaltes Meerwasser drang in ihre Luftröhre und nahm ihr die Sinne. Ihre Arme und Beine zuckten unkontrolliert.

Und dann durchstieß ihr Kopf plötzlich die Wasseroberfläche.

Kari hustete und keuchte, und langsam kehrte ihre Wahrnehmung zurück. Sie schaute sich suchend um. Sie erwartete, den Kopf von Clemens Sievert irgendwo in der Nähe auftauchen zu sehen, doch da war nichts.

Stattdessen hörte sie hinter sich das dumpfe Rollen eines schweren Dieselmotors. Sie drehte sich wassertretend um und erblickte den Rumpf eines alten Fischkutters, der über ihr aufragte. Es war die *Andina*.

▪ ▪ ▪

»Da ist sie!«

Marijke Meenken deutete auf den dunklen Punkt, der auf der Wasseroberfläche aufgetaucht war, und Jonas Voss, Hannah Behrends und die drei anderen Häkeldamen atmeten erleichtert auf.

Voss hatte die Hoffnung schon beinahe aufgegeben. Viel zu

viel Zeit war vergangen, seit der silbergraue VW Beetle versunken war. Und mit ihm die Frau, die ihm mehr bedeutete als jede andere zuvor. Er hatte geglaubt, dass er es nicht ertragen würde, ständig mit der Angst zu leben, dass sie ihn wieder verlassen könnte. Aber in den vergangenen Minuten hatte er mit schmerzhafter Deutlichkeit gespürt, wie viel schlimmer es wäre, sie tatsächlich zu verlieren.

Jetzt war er so schwach vor Erleichterung, dass er das Gefühl hatte, die Beine würden ihm einknicken. Wie durch einen Nebel sah er, wie der Kutter seines Vaters sich langsam der Unglücksstelle näherte. Eine Strickleiter wurde über die Bordwand geworfen, und Kari griff nach den Enden und kletterte hinauf.

Voss konnte sehen, wie schwer es ihr fiel, wie erschöpft sie war, aber sie kämpfte, bis sie oben war und von seinem Vater und Finja und Jasper in Empfang genommen wurde. Finja hatte eine Decke in der Hand, die sie Kari reichte, und Kari schlang sie sich dankbar um die Schultern.

Die Häkeldamen applaudierten.

»Sie hat es geschafft!«, rief Alma Grieger entzückt.

»Ein Glück!«, sagte Marijke Meenken aus tiefstem Herzen. »Das hätte ins Auge gehen können.«

»Hm«, machte Grethe Aldag und spähte über das Wattenmeer. »Aber wo ist Sievert?«

»Ach du liebe Güte!« Alma schlug die Hände vor den Mund.

Witta Claaßen setzte eine ungnädige Miene auf.

»Der bekommt vielleicht an Ort und Stelle seine gerechte Strafe«, verkündete sie. Hannah Behrends warf ihr einen kurzen Seitenblick zu.

»Mir ist es lieber, wenn wir ihn verhaften und vor ein ordentliches Gericht stellen«, erklärte sie.

Voss stimmte ihr im Grunde zu, doch ein Teil von ihm konnte auch Wittas Haltung nachvollziehen.

»Seht doch!« Alma wedelte aufgeregt mit den Händen. Jonas Voss blickte zur *Andina*. Er sah, wie sich sein Vater das Hemd über den Kopf streifte und auf die Reling kletterte. Hose und Schuhe hatte er bereits abgelegt. In der nächsten Sekunde stieß er sich ab und glitt mit einem sauberen Kopfsprung ins Wasser.

Jonas Voss hielt den Atem an. Er wusste, dass sein Vater ein hervorragender Schwimmer und ein erfahrener Taucher war, aber trotzdem war die Aktion riskant. Doch Redlef Voss war ein Mann, der tat, was nötig war. Und im Gegensatz zum Fährpersonal, das sich erst jetzt anschickte, Rettungsmaßnahmen einzuleiten, hatte er blitzschnell erfasst, was geschehen war, und entsprechend gehandelt.

Voss blickte sich um. Die Neugierigen, die sich um ihn und Hannah und die Häkeldamen herum am Kai versammelt hatten, schauten genauso gebannt zu wie jene an Bord der Fähre, die noch immer am Anleger lag. Mindestens die Hälfte von ihnen hielt Smartphones in die Luft und filmte das Spektakel.

Redlef Voss kam wieder nach oben, schwamm ein paar Züge und tauchte erneut. Ein zweites, drittes und viertes Mal, und immer erschien er mit leeren Händen. Und dann, als schon niemand mehr damit rechnete, zog er einen leichenblassen Clemens Sievert an die Oberfläche, im selben Augenblick, als sich von der anderen Seite der Seenotrettungskreuzer näherte und ein Schlauchboot zu Wasser gelassen wurde, das den bewusstlosen Mann an Bord nahm.

Jonas Voss schaute automatisch auf die Uhr. Wie lange mochte Sievert unter Wasser gewesen sein? Drei, vier Minuten, vielleicht sogar länger? Konnte man das überleben, ohne bleibende Schäden?

Voss wusste es nicht. Aber wenn er ganz ehrlich war, war es ihm in diesem Moment auch herzlich egal. Hauptsache, Kari war gerettet.

39.

Die dunklen Wolken hatten sich verzogen. Der Himmel war blau, und die Abendsonne tauchte den Garten von Marijke Meenken in ein mildes Licht. Die vier alten Damen und Hannah Behrends, die gemeinsam an dem großen Tisch auf der Terrasse saßen, blinzelten zufrieden. Vor ihnen standen die Reste des Festmahls, das Marijke aufgetischt hatte. Jasper und Finja jagten einen kleinen roten Ball durch den Garten. Redlef Voss, der es sich in Marijkes Schaukelstuhl gemütlich gemacht hatte, sog genüsslich an seiner Stummelpfeife.

Marijke schenkte Kirschlikör aus und hob ihr Glas.

»Auf die erfolgreiche Verbrecherjagd«, sagte sie, und alle nippten an ihren Gläsern.

»Schade nur«, bemerkte Witta Claaßen, »dass dein neuer Wagen im Lister Hafen versunken ist.«

»Ja.« Marijke Meenken schnitt eine Grimasse. »Hätte ich das geahnt, ich hätte mit der Anschaffung noch ein paar Monate gewartet.«

»Du hättest dir schon vor Jahren einen neuen kaufen sollen«, widersprach die Kampener Landarztwitwe. »Dann wäre der jetzt auch schon alt gewesen, und es wäre kein großer Verlust. Obwohl …«, sie hielt Marijke ihr Glas hin, damit diese ihr nachschenkte, »… die Versicherung den Schaden ja sicher bezahlt.«

»Schon.« Marijke goss großzügig ein. »Aber das Auto war etwas Besonderes.«

Witta, die in ihrem ganzen Leben keinen eigenen Wagen besessen hatte, sah sie verständnislos an. »Es ist nur ein Gebrauchsgegenstand.«

»Ich hatte die Sachen aus dem alten Käfer hineingetan«, erläuterte Marijke. »Die Schonbezüge, die Rickmer gekauft hatte. Und die kleine Stoffrobbe, die er mir geschenkt hat. Die Sachen sind jetzt hin.«

»Das waren doch nicht die einzigen Erinnerungsstücke an deinen Mann«, wiegelte Witta ab.

»Nein.« Marijke blickte versonnen zum Haus. »Aber trotzdem.«

»Und das alles wegen diesem verfluchten Clemens Sievert«, warf Grethe Aldag ein. »Wenn er Frau Blom nicht entführt hätt, hätt se den Wagen nich ins Wasser fahren müssen.«

»Der hat ja unverschämtes Glück gehabt«, sagte Witta. »Es ist doch verblüffend, was die Medizin heutzutage alles vermag. Wenn ich daran denke, wie wir damals ...«

»Ja, ja.« Grethe, die Wittas drohenden Monolog über das Leben und Wirken eines Kampener Landarztes unterbinden wollte, schnitt ihr das Wort ab. »Das is schon ein dolles Ding. Ich dachte, der is hin.«

»Seines Lebens wird er trotzdem nicht mehr froh«, mischte sich Hannah Behrends ein. »Man wird ihn wegen Unterschlagung und zweifachen Mordes anklagen. Da kommt eine sehr lange Haftstrafe auf ihn zu.«

»Und der Junge?«, erkundigte sich Alma Grieger und nahm sich noch ein Stück von dem Kuchen, den sie selbst gebacken hatte. »Leif?«

»Der muss sich für die Einbruchdiebstähle verantworten. Wahrscheinlich kommt er ebenfalls nicht um ein paar Jahre Gefängnis herum.«

»Traurig«, konstatierte Marijke. »So ein junges Leben, einfach weggeworfen.«

»Nun ja. Wenigstens muss man sich jetzt nicht mehr wegen der zunehmenden Einbrüche sorgen.« Das Gesicht von Witta Claaßen hellte sich auf. »Das heißt, ich kann diesen kostspieligen Vertrag mit *Sylt Guard* rückgängig machen.«

Grethe nippte an ihrem Glas.

»Am falschen Ende spar'n kann auch teuer werden«, bemerkte sie.

»Ach was.« Witta Claaßen winkte ab. »Vor dieser Geschichte mit *Sylt Guard* hatten wir noch nie einen Einbrecher, in all den Jahren. Und außerdem: So viel von Wert gibt es bei mir gar nicht. Da sind die anderen Häuser in Kampen interessanter.«

»Ja, ja.« Grethe rutschte auf ihrem Stuhl nach vorn. »Das sagst du immer. Wirklich eine Schande, dass dein Wilhelm nur ein armer Landarzt war.«

Kari Blom musste schmunzeln, doch dann blendete sie das Geplänkel der Häkeldamen wieder aus. Sie stand mit Jonas ein wenig abseits, und er hatte seine Arme um ihre Hüften gelegt. Er küsste sie, und Kari genoss das Gefühl. Vielleicht hatten Ole Lund und ihre Mutter doch recht. Es hatte etwas für sich, die Kontrolle abzugeben und sich einfach treiben zu lassen.

Jonas gab sie wieder frei und lächelte sie an. Im selben Moment berührte jemand ihren Arm. Es war Jasper, der sie aus seinen leuchtend blauen Augen ansah.

»Bleibst du jetzt hier?«, fragte er.

»Ich weiß nicht.« Kari verspürte das vertraute Ziehen in der Brust. Die Angst, ihre Freiheit zu verlieren, schlich sich auf leisen Sohlen heran. Doch zugleich war da auch eine Sehnsucht nach Geborgenheit.

Sie blickte in Jonas' Augen und sah dort Hoffnung und Wärme. Womöglich konnte man ja beides haben?

»Ja. Vielleicht bleibe ich«, sagte sie zu Jasper. »Aber ich kann nichts versprechen.«

Viel war das nicht. Doch es musste fürs Erste genügen.

DANKSAGUNG

Ich danke meinen Freunden, die immer da sind, wenn ich sie brauche, auch wenn ich gelegentlich für Wochen oder Monate in meiner Schreibwelt verschwinde, Dirk Meynecke für immer neue Perspektiven, Daniel Holbe für ein paar höchst inspirierende Gespräche und die fruchtbare und kongeniale Arbeit an unserem ersten gemeinsamen Projekt, die auch das Sylter Blut beflügelt hat, Constanze Bichlmaier für das liebevolle Lektorat und allen anderen beim Aufbau Verlag dafür, dass sie sich so engagiert um meine Sylt-Reihe kümmern.

Mein besonderer Dank gilt meiner Freundin Anja Rudnick, die dieses Buch auf Herz und Nieren geprüft und durch ihre Anregungen bereichert hat, und natürlich meiner Frau, mit der ich jeden Tag das Glück erleben darf, frei, doch nicht allein zu sein.

Ben Tomasson
Kiel, im Dezember 2017